AM SEIDENEN FADEN

LIZ HARRIS

Übersetzt von
ASTRID RADTKE

HEYWOOD PRESS

1

———

L ondon, Februar 1938

ROSE HAMMOND STAND vor dem ersten der drei Kurzwarenläden ihrer Familie in Queen's Crescent, wo die Läden – einer an jedem Ende der Straße und einer in der Mitte – in ganz Kentish Town als »Upper Hams«, »Mid Hams« und »Lower Hams« bekannt waren. Sie schaute auf ihre Uhr.

Die Zeiger hatten sich kaum bewegt, seit sie das letzte Mal nachgesehen hatte. Es war noch zu früh, um nach Hause zu gehen, dachte sie frustriert, also ging sie in den Laden.

Die drei Mädchen hinter dem hufeisenförmigen Tresen richteten sich prompt auf. Sie lächelte ihnen zu, gab ihnen mit einer kurzen Handbewegung zu verstehen, dass sie weiterarbeiten sollten, und schlenderte den Gang entlang, wobei sie darauf achtete, die Kunden nicht zu behindern.

Hin und wieder hielt sie inne und betrachtete das geordnete Sortiment an bunten Baumwollrollen, Reißverschlüssen, Knöpfen, Nadeln, Stecknadeln, Sicherheitsnadeln und Scheren, das unter dem gläsernen Ladentisch ausgestellt war, und ging dann kommentarlos weiter.

An jedem anderen Tag hätte sie etwas gefunden, das sie hätte anmerken können, etwas, das lobenswert und etwas, das es nicht sein könnte. Aber an diesem Tag war sie mit ihren Gedanken bei dem, was zu Hause geschah, und nicht bei dem, was im Laden vor sich ging. Als sie das Ende des Ladens erreicht hatte, schenkte sie den Verkäuferinnen ein kurzes Lächeln und ging zurück auf die Straße Queen's Crescent.

Hatte sie Tom genug Zeit gelassen, um mit ihrem Vater zu sprechen, fragte sie sich. Ihre Uhr zeigte an, dass sie seit etwas mehr als einer Stunde unterwegs war.

Ja, das hatte sie, entschied sie.

Sie ging zügiger, passierte Mid Hams, ohne anzuhalten, erreichte die Allcroft Road und bog links ab. Als der Verkehrslärm und die Einkäufer weniger wurden, eilte sie weiter.

Die Straße war auf beiden Seiten von dreistöckigen Backsteinreihenhäusern gesäumt, vor denen sich kleine Gärten befanden, die von einer niedrigen Steinmauer oder einem Gebüsch begrenzt wurden. Die Häuser waren schmal, hatten auf beiden Etagen je zwei Sprossenfenster und wurden von einem steilen Schieferdach gekrönt. In scharfem Kontrast zu den gelben Ziegelwänden wölbten sich weiße Stuckleisten über den weiß gestrichenen Fenstern und der Eingangstür.

Als sie ihr Haus erreichte, lief sie den kurzen Weg und die vier Stufen hinauf, die zu der leuchtend blauen Haustür führten. Mit klopfendem Herzen trat sie ein.

Als sie ihre beiden jüngeren Schwestern in der Eingangshalle erblickte, blieb sie abrupt stehen.

Violet, ihre mittlere Schwester, saß auf halber Höhe der Treppe, während Iris, die jüngste der drei, am Fuße der Treppe stand, mit dem Rücken zur Zimmertür, an der Wand.

Als sie hörten, dass Rose zurückkam, riss jede von ihnen sofort ihren Blick von der Tür, die vor ihnen geschlossen worden war, und wandte ihn ihr zu.

»Und?«, fragte Rose, während sie die Tür hinter sich zuschlug.

»Vater ist wütend«, sagte Iris. »Du hättest hören sollen, wie er Tom angeschrien hat. Stimmt's, Violet?«

Violet nickte. »Das ist eine Untertreibung. Aber das wird dich nicht überraschen, Rose. Du weißt, dass er möchte, dass du weiterhin die Geschäfte beaufsichtigst und ihm bei der Expansion hilfst. Das hat er schon oft genug gesagt. Er war so wütend auf Tom, dass er Mutter zu sich gerufen hat.«

»Es gibt nichts, was ich für die Läden tun würde, was ihr beide nicht auch tun könntet«, sagte Rose scharf. »Du hast meine Arbeit übernommen, als Tom hierher kam, Violet, also kannst du sie weiterführen.«

»Ich habe nicht die Absicht, das zu tun!«, schnappte Violet. »Ich werde bald achtzehn und bin alt genug, um mich für das Lehramtsstudium anzumelden. Und genau das werde ich tun. Deshalb habe ich die Schule auch nicht mit vierzehn verlassen. Vater weiß, dass ich Lehrerin werden will, und er freut sich darüber. Du bist die Älteste, also sind die Geschäfte dein Job.«

»Nein, das sind sie nicht! Gut, wenn Violet mich nicht ablösen will, Iris, dann kannst du das tun. Immerhin bist du sechzehn, also alt genug. Du hilfst bereits in den Läden, also könntest du leicht meinen Platz einnehmen, wenn du willst.«

Iris warf ihr einen bösen Blick zu. »Nun, ich will nicht. Was auch immer ich tue, das wird es nicht sein.«

»Das werden wir sehen. Aber da Mutter in letzter Zeit viel weniger im Laden hilft, müsst ihr beide vielleicht noch einmal darüber nachdenken«, sagte Rose, nahm ihre grüne Filzcloche ab und hängte sie an das hölzerne Dielengestell.

Sie schüttelte ihr langes dunkles Haar aus, strich es hinter die Ohren, öffnete den Gürtel ihres halblangen grünen Wollmantels, steckte die Handschuhe in die Manteltaschen und hängte den Mantel neben ihren Hut. Sie strich den Rock ihres karierten Wollkleides glatt und wandte sich der Tür zum Wohnzimmer zu.

»Ich habe nicht die Absicht, meine Pläne zu ändern«, zischte Violet ihr wütend zu.

»Ich auch nicht«, sagte Iris. »Ich weiß vielleicht noch nicht, was ich tun will, aber ich weiß ganz sicher, was ich nicht tun will.«

»Ich heirate Tom«, sagte Rose mit fester Stimme, »und ich werde die Frau eines Farmers sein. Mit dreiundzwanzig brauche ich keine Erlaubnis meines Vaters, um zu heiraten, also werde ich Ende März Mrs. Benest sein und mich auf den Weg nach Jersey machen. Gewöhnt euch daran.«

»Viel Glück beim Leben auf einer Farm«, sagte Violet. »Du kannst das eine Ende einer Kuh nicht vom anderen unterscheiden.« Sie warf Iris einen Blick zu, und beide brachen in einen Lachanfall aus.

Das Lachen von Iris und Violet klang noch in ihren Ohren, als Rose tief durchatmete, die Tür öffnete und in das Zimmer ging. Als sie die Tür hinter sich schloss, sah sie das Gesicht ihres Vaters. Sie zögerte.

John Hammond stand mit dem Rücken zum grün gekachelten Kamin, Tom zugewandt. Das Gesicht ihres Vaters war rot vor Wut. Ihre Mutter stand an seiner Seite und war sichtlich verärgert.

Tom stand mit dem Rücken zu ihr. Seine Hände waren hinter ihm fest verschränkt. Seine Fingerknöchel waren weiß, wie sie bemerkte.

Sie ging direkt auf Tom zu und stellte sich an seine Seite. Er schenkte ihr ein flüchtiges Lächeln, bevor er wieder zu ihrem Vater sah. Als sie Toms Erleichterung über ihre Anwesenheit spürte, rückte sie näher an ihn heran.

Ihr Vater machte einen Schritt nach vorne und drehte sich so, dass er Tom anschaute und nicht sie. »Ich kann dir gar nicht sagen, wie enttäuscht ich von dir bin, Tom«, sagte er steif. »Und ich weiß, wie bestürzt deine Eltern sein werden, wenn sie erfahren, wie du meine Gastfreundschaft missbraucht hast.«

»Sich in Rose zu verlieben, kann man kaum als Verrat an Ihrer Gastfreundschaft bezeichnen, Sir«, sagte Tom mit einem Hauch von Ungläubigkeit in der Stimme. Er schüttelte ungläubig den Kopf, löste seine Hände und fuhr sich mit den Fingern durch sein blondes Haar.

»Da bin ich anderer Meinung!«, sagte ihr Vater. »Du warst ursprünglich hier, um einen Großhändler für das Geschäft deiner Mutter zu finden und dann die Leute zu besuchen, die deine Eltern vor Jahren gekannt haben. Du wolltest uns kennenlernen, so dachte ich zumindest. Du bist nicht hergekommen, um meine Tochter zu ermutigen, ihre Familie zu verlassen und weit wegzuziehen. Von Williams Sohn hätte ich mehr erwartet.«

»Es tut mir leid, dass Sie das so sehen, Sir. Ich habe nicht erwartet, dass ich mich in Rose verlieben würde, aber so ist es nun mal.«

»Das sagst du so. Ich möchte, dass du jetzt auf dein

Zimmer gehst, denn ich möchte mit meiner Tochter unter vier Augen sprechen«, sagte John ungerührt. »Wir rufen dich, wenn Mabel bereit ist, das Essen zu servieren.«

»Natürlich, Sir.« Tom wandte sich an Rose. »Ich hoffe, dass du, wenn ich nachher runterkomme, immer noch darauf erpicht bist, mich zu heiraten«, sagte er.

Als sie die Besorgnis in seiner Stimme hörte, drückte sie seinen Arm. »Das werde ich«, versicherte sie ihm. »Es gibt nichts, was ich mehr will als das.«

Seine Schultern entspannten sich. »Gut.« Er nickte in Richtung ihrer Mutter. »Mrs. Hammond«, sagte er und verließ den Raum.

»Komm und setz dich, John«, sagte Mabel Hammond, ging zu dem Sessel, den er bevorzugte, und klopfte das Kissen auf. »Du siehst müde aus.«

Er nickte. »Das bin ich auch ein wenig.«

Sein Hinken war ausgeprägter als sonst, er ergriff Mabels Hand, ging ein paar Schritte zurück, sank schwer in den Sessel und schloss die Augen. Ihre Mutter legte ihm kurz die Hand auf die Schulter, dann ging sie zu dem Sessel auf der anderen Seite des Kamins.

Rose setzte sich auf das tiefgrüne Samtsofa gegenüber dem Kamin. Sie legte die Füße zusammen und schlang die Hände um ihre Knie.

Die Uhr auf dem Kaminsims aus Eichenholz schlug laut in der Stille des Raumes.

»Was soll das alles, Rose?«, fragte ihr Vater schließlich und öffnete die Augen. »Du kennst Tom kaum. Er weilt noch keine fünf Minuten in England. Das ist keine Grundlage für eine Heirat.«

»Er ist seit fast drei Monaten hier, und das ist lange genug für mich, um zu wissen, dass er definitiv der Richtige für mich ist. Und wenn du fair bist, Vater, wirst du zugeben, dass du ihn sehr magst. Zumindest hast du das bis heute Nachmittag getan.«

»Sag ihr, dass du mir zustimmst, Mabel«, appellierte John verzweifelt. »Sag ihr, sie soll diese verrückte Idee in den Mülleimer werfen, wo sie hingehört.« Er wandte sich wieder an Rose. »Du hast eine verantwortungsvolle Position, Rose - du leitest die Geschäfte. Das ist keine kleine Aufgabe. Und du bist ehrgeizig wie ich und willst, dass wir neue Läden eröffnen. Zumindest hast du das früher gewollt. Deine Zukunft liegt hier bei uns, wo du etwas tust, worin du gut bist. Nicht auf einer Insel weit weg mit jemandem, den du nicht wirklich kennst.«

»Dein Vater hat recht«, sagte ihre Mutter. »Drei Monate sind überhaupt keine Zeit, um jemanden kennenzulernen. Und du hast ihn nur hier in England erlebt, als er mehr oder weniger in den Ferien war. Du kennst ihn nicht im täglichen Leben.«

»Das ist mehr als genug Zeit«, sagte Rose hartnäckig. »Und er ist derselbe Tom, ob er sich nun hier oder in Jersey befindet.«

»Aber das stimmt doch nicht wirklich, oder, Rose? Ein Mensch, der Urlaub macht, und das ist es, was Tom getan hat, kann ganz anders sein als ein Mensch, der arbeitet.« Mabel lehnte sich vor. »Die Sache ist die«, sagte sie sanft. »Ich kenne dich, und ich glaube nicht, dass du Tom wirklich liebst. Du redest dir ein, dass du ihn liebst, aber ich glaube, du irrst dich. Und ich glaube nicht, dass du mit ihm glücklich wärst oder dass du das Leben genießen würdest, das du hättest, wenn du ihn heiraten würdest.«

»Natürlich würde ich das!« Rose lachte. »Wenn du denkst, ich würde es nicht tun, dann kennst du mich nicht.« Sie verlagerte ihre Position, um ihre Mutter direkter anzusehen. »Sag mir, wenn ich Tom nicht liebe, warum will ich ihn dann heiraten?«

Ihre Mutter schenkte ihr ein schiefes Lächeln. »Du magst ihn. Und warum auch nicht? Er ist ein gut aussehender Mann und sehr sympathisch. Und du hast viel Zeit damit verbracht, ihm zuzuhören, wenn er dir von Jersey erzählt hat, und wie schön es dort ist, mit dem tiefblauen Himmel und der Sonne auf dem Meer, und das hat dich zu der Überzeugung gebracht, dass alles hier sehr eintönig und sehr gewöhnlich ist. Das hat dazu geführt, dass du aus Kentish Town fliehen und an einen schönen Ort ziehen willst. Und obwohl ich nicht glaube, dass du dir dessen bewusst bist, hast du erkannt, dass die Heirat mit Tom eine Möglichkeit ist, dies zu tun.«

Rose stieß einen ungläubigen Ausruf aus.

»Du hast nie den Wunsch geäußert, woanders zu leben oder etwas anderes zu machen, bis Tom kam«, fuhr Mabel fort. »Davor warst du glücklich mit deiner Arbeit und hast dich über die Zukunft gefreut, die Hammond's haben könnte. Du bist ein Mädchen aus der Stadt, Rose. Ich glaube ehrlich gesagt nicht, dass es dir gefallen würde, die Frau eines Farmers zu sein oder auf einer kleinen Insel zu leben. Seine Anwesenheit hat dich verunsichert und du siehst die Dinge nicht mehr so klar.«

»Ich bin zwangsläufig verunsichert, wie du es ausdrückst. Ich habe mich in Tom verliebt. Verliebt zu sein, würde jeden verunsichern.«

»Wie gesagt, ich denke, es ist die Idee, nach Jersey zu gehen, die du liebst. Wir sind eine angesehene Familie, sodass du dort allein kaum leben könntest, und das ist der Punkt, wo Tom ins Spiel kommt. Aber jemanden zu heiraten, um woanders leben zu können, ist ein hoher Preis, den du zahlen würdest.«

»Ich heirate Tom, weil ich ihn liebe, und aus keinem anderen Grund«, beharrte Rose.

»Hast du darüber nachgedacht, was passiert, wenn ich recht habe, und dir das Leben auf einer Farm nicht gefällt?«, fragte ihre Mutter.

»Ich werde es lieben, auf der Farm zu leben, und ich werde es lieben, in Jersey zu sein, weil ich mit Tom zusammen sein werde.«

John räusperte sich und lehnte sich in seinem Stuhl vor. »Glaub mir, Rose«, sagte er, »ich habe nichts gegen Tom. Im Gegenteil, sein Vater war ein guter Freund von mir, und deshalb fühle ich eine gewisse Wärme für Tom. Wenn William nicht vor all den Jahren eine Partnerschaft mit mir eingegangen wäre, wäre Hammond's nicht das, was es heute ist. Ich muss zugeben, Tom scheint aus dem gleichen Holz geschnitzt zu sein, aber es ist noch zu früh, um das mit Sicherheit sagen zu können. Ich bitte dich nur darum, noch etwas Geduld zu haben.«

Rose machte Anstalten, etwas zu sagen. John hob seine Hand, um sie aufzuhalten. »Er muss jetzt zum Pflügen nach Jersey zurück, ich weiß. Ich verstehe das. Aber lass ihn allein zurückgehen. Er kann nach der Ernte zu uns zurückkehren. Dann hättet ihr Zeit, zu sehen, was ihr nach ein paar Monaten Trennung füreinander empfindet. Und wenn ihr dann immer noch dasselbe fühlt, könnt ihr mit meinem Segen heiraten.«

»Dein Vater hätte es nicht besser sagen können, Rose«, sagte Mabel und lächelte John anerkennend an.

Rose verschränkte die Arme vor sich. »Ich liebe ihn, und ich möchte ihn jetzt heiraten.«

»Du würdest zu einem für das Geschäft schwierigen Zeitpunkt gehen«, sagte ihr Vater, wobei ein Hauch von Verzweiflung in seiner Stimme mitschwang. »Die Preise sind jetzt so niedrig wie schon lange nicht mehr, und die Leute verdienen mehr. Wir müssen alles tun, was wir können, um das auszunutzen. Wenn du warten würdest, könntest du an unserer zukünftigen Expansion teilhaben, während du dir selbst Zeit gibst, deine Meinung zu bilden.«

Ihr Mund verzog sich zu einer entschlossenen Linie. »Ich weiß es jetzt. Ich werde Tom heiraten und mit ihm nach Jersey gehen, und dabei bleibe ich.«

Ihr Vater blickte hilflos zu ihrer Mutter. Mabel zuckte mit den Schultern.

»Nun, es gefällt mir nicht«, sagte John nach einigen Augenblicken, »aber in deinem Alter kann ich dich nicht aufhalten. Und ich möchte auch nicht mit einer Tochter im Streit liegen, die mir immer eine große Hilfe war.« Er wischte sich über die Augen. »Also gebe ich dir mit großem Widerwillen meinen Segen.«

Tränen stiegen Rose in die Augen. Sie sprang auf, lief zu ihrem Vater hinüber und umarmte ihn ganz fest.

»Danke, Vater«, sagte sie, und ihre Stimme brach. »Das bedeutet mir sehr viel und das gilt auch für Tom. Aber du darfst nicht traurig sein. Ich werde dich so oft besuchen, wie ich kann.«

»Ich kann nur sagen, dass er ein Glückspilz ist«, sagte John unwirsch.

Sie ließ ihren Vater los und drehte sich um, als ihre Mutter mit ausgebreiteten Armen auf sie zukam. Ihre Mutter zog Rose an sich und umarmte sie, dann hielt sie sie auf Armeslänge und sah ihr ins Gesicht.

»Wir hoffen sehr, dass du glücklich wirst, Liebes«, sagte sie. »Aber wenn es nicht so kommt, wie du es dir vorstellst, dann weißt du, dass du bei uns immer ein Zuhause haben wirst. Und wir würden dir nie einen Vorwurf machen.«

Sie umarmte Rose noch einmal, dann wandte sie sich an

John. »Die Mädchen können jetzt auch reinkommen, meinst du nicht? Ich bin sicher, sie haben sowieso am Schlüsselloch gelauscht, und ihre Ohren und Knie müssen ganz schön wehtun. Ich schlage vor, du schenkst uns allen einen Sherry ein, um auf den Anlass anzustoßen, und ich rufe Tom herunter, damit er sich zu uns setzt.«

»Ich hole ihn«, sagte Rose. Freudig lachend lief sie zur Tür. Als sie die Tür öffnen wollte, schaute sie mit leuchtenden Augen zu ihren Eltern zurück. »Tom und ich werden sehr glücklich werden, ihr werdet es schon sehen.«

2

———

 *n diesem Abend*

Rose und Iris saßen auf dem Sofa im Wohnzimmer, eine an jedem Ende, die Knie unter sich gezogen, ein Stück Papier auf jedem ihrer Schöße. Violet lag auf dem Bauch auf dem Teppich zwischen Sofa und Feuer und versuchte, im Schein der Glut in ihrem Buch zu lesen.

»Bist du aufgeregt, Rose?«, fragte Iris.

Rose lachte. »Weswegen denn?«

Iris zuckte mit den Schultern. »Ich weiß es nicht. Weil du bald heiratest, nehme ich an. Dass du ein eigenes Haus hast. Vielleicht Kinder bekommst.« Sie kicherte.

Rose änderte ihre Position. »Natürlich bin ich das, Dummerchen.«

Violet blickte über ihre Schulter zu ihnen auf. »Erleichtert ist wahrscheinlich ein besseres Wort als aufgeregt, Iris.

Das trifft es eher.« Sie wandte ihre Aufmerksamkeit wieder ihrem Buch zu.

Rose rappelte sich auf, sprang vom Sofa herunter und schnappte sich Violets Buch vom Boden. Das Buch an ihre Brust gepresst, setzte sie sich wieder auf das Sofa.

Violet setzte sich wütend auf. Sie schlug die Beine übereinander und wandte sich Rose zu. »Gib mir mein Buch zurück! Du weißt doch, dass meine Geschichtslehrerin gesagt hat, es könnte nützlich sein.«

»Sie ist nicht mehr deine Lehrerin, auch wenn deine Gruppe von Möchtegern-Lehrern sich jede Woche mit ihr trifft. Du kannst es zurückhaben, wenn du mir gesagt hast, was du meinst.«

Violet runzelte die Stirn. »Ich halte es für ziemlich offensichtlich. Vorausgesetzt, du weißt, was ‚erleichtert‘ bedeutet.«

»Sei nicht so neunmalklug, sonst passiert mit dem Buch ein bedauerlicher Unfall«, sagte Rose hochmütig und starrte auf den Kamin. Sie wartete einen Moment. »Und?«, fragte sie nach.

»Ich meinte nur, dass du in deinem Alter erleichtert sein musst, dass dir jemand einen Heiratsantrag gemacht hat. Ich wette, Mutter und Vater sind es auch, obwohl es ihnen leidtut, dass du weggehst. Sie haben sich wahrscheinlich Sorgen gemacht, dass du als vertrocknete alte Jungfer enden würdest, als versteinerte Hammond-Säule, die bis in alle Ewigkeit bei ihnen lebt, oder in einer Bude mit einer engstirnigen Vermieterin, oder in einer winzigen Wohnung mit Gemeinschaftsbad und -küche. Ich wette, deshalb hat Dad so leicht nachgegeben, und Mum auch, obwohl sie recht haben. Du kannst Tom unmöglich in der kurzen Zeit, die du mit ihm verbracht hast, kennen.«

Rose schniefte. »Es geht um Qualität, nicht um Quantität, Professorin Violet. Tom und ich hatten die Gelegenheit, viel zu reden, seit er hier ist. Dank Vater, der mir erlaubt hat, die Geschäfte in deine widerwilligen Hände zu legen, während Tom hier war, und der nicht darauf bestanden hat, dass Mutter jedes Mal mit uns ausgeht, kenne ich ihn besser, als du denkst.«

»Dann ist es ja gut«, sagte Violet ungläubig. »Aber bedenke, dass du mit deiner Entscheidung sehr lange leben musst. Jeden Tag vierundzwanzig Stunden lang. Sieben Tage die Woche. Zweiundfünfzig Wochen im Jahr. Für den Rest deines Lebens.«

Iris richtete sich auf. »Mit dem letzten Teil liegst du falsch, Violet. Das Gesetz hat sich geändert, und es ist jetzt viel einfacher für Frauen, sich scheiden zu lassen. Du kannst dich immer noch von deinem Mann scheiden lassen, wenn er untreu war, aber du kannst es jetzt auch tun, wenn er verrückt ist oder eine unangenehme Krankheit hat, oder wenn er grausam zu dir war oder dich drei Jahre lang verlassen hat. Ivy in Mid Hams hat mir das erzählt. Sie ist froh, dass sich das Gesetz geändert hat, denn sie hasst ihren Mann, der ein Schwein ist, und sie hat einen anderen kennengelernt, der viel netter ist.«

»Das wird immer noch unerschwinglich für Leute wie uns sein«, sagte Violet entschieden. »Es wäre klug, wenn du dir absolut sicher bist, was du tust, Rose.«

»Ich bin mir sicher, also ist das Thema erledigt.« Sie warf Iris einen Blick zu. »Wenn Violet auf ihr Lehrerseminar geht, wirst du die Aufsicht über die Läden übernehmen und all die anderen Dinge tun, die ich getan habe. Wenn du lange genug aufhören kannst, mit den Kunden zu flirten.«

Iris lachte gezwungen. »Sehr witzig. Und noch witziger ist es, wenn du wirklich glaubst, dass ich in Dads Läden arbeiten werde. Glaubst du wirklich, dass es mein Lebenstraum ist, Verkäuferinnen zu beaufsichtigen, die nach Ladenschluss den Boden wischen, und sie dabei zu beobachten, wie sie schmutziges Wasser in einen verzinkten Eimer pressen? Ist dir klar, dass es jeden Tag vierzig Minuten dauert, um den Ladenboden sauber zu bekommen? Für diese vierzig Minuten kann ich eine bessere Verwendung finden.«

»Und das ist noch nicht alles«, sagte Violet mit gespielter Ernsthaftigkeit. »Gerade wenn sie mit dem Boden fertig sind, kommt jemand, der dringend eine Nadel oder einen Reißverschluss braucht. Wir lassen sie natürlich herein und müssen freundlich lächeln, während jeder ihrer Schritte den glänzenden Boden in eine Mischung aus Bleichmittel und Fußabdrücken verwandelt. Und ...«

»Und nachdem sie sich ausgiebig bedankt und verabschiedet haben, muss der ganze grauenhafte Wischvorgang von vorne beginnen«, beendete Iris.

Sie und Violet brachen in Gelächter aus.

»Was für eine Arbeit willst du denn machen, Iris, wenn das Wischen von Böden unter deiner Würde ist?«, fragte Rose.

»Böden wischen ist sicher unter meiner Würde. Der Boden ist da unten und ich bin hier oben«, sagte Iris mit gespieltem Vorwurf. Sie sah zu Violet hinunter, und wieder lachten sie beide.

Rose lächelte. »Sehr witzig. Und was machst du, wenn du nicht in den Läden arbeitest?«

»Am liebsten würde ich gar nichts tun, aber wenn es sein muss, würde ich gerne bei D. H. Evans arbeiten. Ich bin jetzt alt genug. Es ist das größte und schönste Geschäft in der Oxford Street, und weil sie so viele Etagen haben, verkaufen sie alles. Ihr solltet euch mal die verschiedenen Verkaufsbereiche ansehen - jeder ist wie ein kleiner Laden mit einem Vordach darüber, und er hat eine besondere Beleuchtung. Wenn ich Schmuck oder Parfüm verkaufen würde, bekäme ich einen Haufen Provisionen.«

»Sie würden dich niemals in einer dieser Abteilungen unterbringen«, entgegnete Rose. »Das sind die Abteilungen, in denen jeder arbeiten will.«

»Aber nicht in der Kurzwarenabteilung!«, sagte Iris triumphierend. »Mit dem, was ich über das Thema weiß, könnte ich sicher in der Kurzwarenabteilung arbeiten. Ich könnte die Kunden zum Beispiel zu Schnittmustern und Nadelgrößen beraten. Das kann ja nicht jeder.«

»Du willst Vater also nicht mit seinen Kurzwarengeschäften helfen, aber du wärst froh, wenn du bei D. H. Evans Kurzwaren verkaufen und damit Geld verdienen könntest, wem auch immer dieser Laden gehört!«, sagte Rose mit Verachtung in ihrer Stimme.

»Ehrlich, Rose. Du verstehst das völlig falsch! Ich will nicht wirklich in der Kurzwarenbranche arbeiten, Dummerchen. Aber ich wäre verrückt, wenn ich das, was ich weiß, nicht ausnutzen würde. Es wäre ein Sprungbrett in eine bessere Abteilung, wie Schmuck oder Parfüm.«

»Was ist der wahre Grund, Iris?«, fragte Violet. »Ich glaube nicht, dass du mehr Interesse daran hast, Schmuck und Parfüm zu verkaufen, als Knöpfe zu verkaufen.«

Iris kicherte. »Da liegst du falsch. Aber du hast auch recht. Ich bin nicht wahnsinnig begeistert davon, irgendetwas zu verkaufen - es geht mehr um die Person, der ich das Produkt verkaufen würde. Es handelt sich um Artikel, die ein Mann für seine Frau oder Freundin kaufen würde. Das bedeutet, dass ich einen ständigen Kontakt zu Männern haben werde.« Sie kicherte wieder.

»Von Männern, die bereits an jemanden gebunden sind«, sagte Rose. »Nicht Männer, die auf der Suche nach einer Frau sind. Wenn du auf der Suche nach einem Ehemann bist, bist du in einem der Hammond-Läden besser aufgehoben. Ein Mann, der wegen Baumwolle und Nadeln kommt, hat zu Hause niemanden, der für ihn näht.«

Iris winkte abweisend mit der Hand. »So ein Mann würde mich nicht interessieren. Die Art von Mann, den ich will, würde sein Dienstmädchen mit dem Nähen beauftragen. Wir sehen die Dienstmädchen solcher Männer in unseren Läden, aber nicht die Männer, die sie bezahlen. Und ein Mann, der schon eine Freundin hat, kann sie verlassen, wenn er eine andere trifft.«

»Mit so einer egoistischen Einstellung kann ich mir vorstellen, dass du diejenige bist, die als alte Jungfer endet«, sagte Rose mit einer Spur von Spott.

»Apropos egoistisch«, sagte Iris und richtete sich auf. »Du solltest in den Spiegel schauen. Was soll Vater tun, wenn du ihm nicht mehr hilfst? Du weißt, dass Violet Lehrerin wird, und du weißt, dass ich nicht für die Geschäfte geeignet bin.«

»Stellt mehr Mädchen ein«, entgegnete Rose. »Wie er es in der Vergangenheit getan hat.«

Iris zuckte mit den Schultern. »Aber sie würden die Läden nicht führen. Das ist Sache der Familie. Vater hat dir alles beigebracht, was du wissen musst, also bist du die Einzige, die das tun kann.« Sie hielt inne. »Ich nehme an, Mummy könnte mehr tun, als sie bisher getan hat. Sie wird viel Zeit haben, während du meilenweit weg bist und knietief in der Gülle steckst, während ich in D. H. Evans bin und Violet in Kürze ihr College besucht.«

»Es ist Jahre her, dass sie die Geschäfte geführt hat«, sagte Rose abfällig.

»Aber so etwas vergisst man doch nicht«, konterte Iris. »Im Krieg hat sie alles allein gemacht, als Vater an der Front war. Ja, sie hatte Mädchen, die ihr halfen, aber sie war die Chefin des Ganzen. Sie war Kassiererin und Verkäuferin, und sie bestellte die Waren beim Großhändler. Das kann nicht einfach gewesen sein, aber sie hat es geschafft. Wenn sie es damals geschafft hat, als die Dinge noch schwieriger waren, kann sie es sicher auch jetzt schaffen.«

»Nicht unbedingt«, sagte Rose. »Sie ist jetzt älter.«

»So alt auch wieder nicht! Sie könnte es, wenn sie wollte«, sagte Iris gelassen. »Der einzige Unterschied ist, dass es jetzt drei Läden gibt, nicht nur einen. Aber es herrscht kein Krieg und ich wette, es wird auch nie wieder einen geben. Was auch immer mit den anderen Ländern los ist, es wird sich alles klären. Und drei Läden zu führen, kann nicht so schwer sein wie einen Laden während eines Krieges. Aber wenn du dir solche Sorgen um Mutter machst«, fügte sie hinzu, »dann sollten du und Tom vielleicht hier leben und nicht in Jersey.«

»Hm. Das ist keine schlechte Idee, Iris«, sagte Violet. Sie legte den Finger an ihr Kinn, um anzuzeigen, dass sie gründlich nachdachte. »Wer würde schon an einem Ort leben wollen, der für seine schönen Sandstrände, seine bewaldeten Täler und sein perfektes Klima bekannt ist? Niemand würde das wollen. Nicht, wenn man hier leben könnte, mit dem Trubel, der Hektik und dem Schmutz des Marktes vor der Haustür und dem grauen Himmel Tag für Tag, ganz zu schweigen von dem ständigen Regen. Gute Idee, Iris.«

Rose funkelte sie an. »Du bist nicht gerade hilfreich, Violet. Aber nur für den Fall, dass deine lächerliche Bemerkung ernst gemeint war, Iris, Tom liebt die Arbeit auf der Farm, die er eines Tages von seinem Vater übernehmen wird. Er hat sie wirklich vermisst, während er hier war. Und er vermisst auch seine Schwester Kathleen. Sie ist nicht viel älter als ich, und es klingt, als würden sie sich sehr nahestehen. Ich hoffe, sie und ich werden das auch bald. Ich würde ihn nie bitten, hier zu wohnen.«

»Vielleicht solltest du es versuchen, nur um zu sehen, was er sagt«, sagte Iris herausfordernd. »Du könntest ihm sagen, dass du gerne nach Jersey kommst, aber in England leben möchtest, und dass ihr beide in den Geschäften der Hammonds arbeiten wollt.« Sie warf Violet ein verschmitztes Lächeln zu. »Was meinst du, was er dazu sagen würde?«

Rose wurde rot.

Iris hob die Augenbrauen. »Ich nehme an, du antwortest nicht, weil du nicht zugeben willst, dass Tom ohne dich nach Jersey zurückgehen würde. Aber das ist doch die Wahrheit, oder? Du glaubst nicht, dass er dich genug liebt, um deine Wünsche über seine zu stellen oder Kompromisse einzugehen. Wie romantisch.« Violet blickte zu Roses errötetem Gesicht auf.

»Es gibt ein Gewässer, das England von Jersey trennt, Iris«, sagte Violet schnell. »Man nennt es den Kanal. Sie können nicht wirklich einen Kompromiss eingehen, oder? Oder schlägst du etwa vor, dass sie sich auf einem Boot mitten auf dem Meer niederlassen? Es war nie die Rede davon, dass Tom hierbleibt. Er wird in Jersey gebraucht und Rose wusste das, als sie ihn kennenlernte. Wenn er sich entschließen würde, nach Jersey zurückzukehren, obwohl Rose ihn gebeten hat, hierzubleiben, würde das nicht bedeuten, dass er sie nicht liebt. Er würde nur tun, was er tun muss.«

»Das ist richtig, Violet«, sagte Rose und lächelte sie dankbar an.

Iris zuckte mit den Schultern. »Wenn du den Rest deines Lebens auf einer winzigen Insel verbringen und jeden Tag dieselben langweiligen Leute sehen willst, freue ich mich für dich. Mir würde es allerdings nicht gefallen.«

Violet zog ihre Knie bis zum Kinn an und verschränkte ihre Finger vor den Knien. »Ich schlage vor, wir wechseln das Thema. Erzähl uns von deinen Hochzeitsplänen, Rose. Werden wir Brautjungfern sein?«

Rose strahlte. »Das hoffe ich doch. Wir möchten in sechs Wochen in der St. Silas-Kirche heiraten. Wenn wir es schaffen, bedeutet das, dass das erste Aufgebot am Sonntag verlesen wird. Es wird nur eine kleine Hochzeit sein. Nach der Kirche würden wir gerne ins Malden Arms gehen, aber wenn jemand den Veranstaltungsraum schon gebucht hat, müssen wir es uns noch einmal überlegen.«

»Meinst du, Toms Familie wird kommen?«, fragte Violet. »Es wäre schön, seinen Vater kennenzulernen. Dad hat ihn im Laufe der Jahre oft erwähnt, und es wäre schön, dem Namen ein Gesicht zuordnen zu können.«

Rose schüttelte den Kopf. »Tom hat heute Nachmittag mit ihnen telefoniert, und sie sagten, dass es unmöglich wäre, den Hof zu diesem Zeitpunkt zu verlassen. Erstens ist das genau der Zeitpunkt, an dem sie die Kartoffeln ernten müssen. Aber wir wussten, dass sie das sagen würden. Es lässt sich nicht ändern.«

»Das ist schade«, sagte Violet. »Aber es ist verständlich, denn sie sind Farmer. Ich wette, seine Schwester ist enttäuscht, denn sie hätte auch Brautjungfer werden können.«

Rose nickte. »Ich weiß es nicht. Aber das ist ja auch nicht das Wichtigste.«

Iris schniefte. »Wenn du mich fragst, bedeutet die Tatsache, dass sie sich nicht die Mühe machen, zu erscheinen, dass sie nicht gerade erfreut sind, dass Tom dich heiratet.«

Rose drehte sich zu ihr um. »Da liegst du falsch. Tom

sagte, sein Vater klang erst überrascht, dann sehr erfreut. Er kennt Mum und Dad, und er hält es für eine großartige Nachricht. Jeder, der etwas von der Landwirtschaft versteht, würde verstehen, warum sie nicht kommen können.«

»Warum wartet ihr dann nicht mit der Hochzeit, bis die Kartoffeln geerntet sind?«, schlug Iris vor.

»Weil sie bis zum Ende des Herbstes beschäftigt sein werden und Toms Hilfe schon lange vorher brauchen. Deshalb hat er die Rückkehr zu diesem Zeitpunkt gebucht. Er wird auch ein Ticket für mich besorgen. Wir werden auf einem Dampfturbinenschiff fahren, was auch immer das ist. Du liegst also falsch mit dem, was seine Eltern denken, Iris.«

Iris schüttelte den Kopf. »Wenn du das sagst.«

»Das tue ich«, sagte Rose. »Und außerdem geben sie uns das Haus, in dem seine Großeltern gewohnt haben. Es liegt quasi neben dem Haupthaus der Farm, sagte Tom. Sie werden das Innere des Hauses für uns auf den neuesten Stand bringen.«

»Du hast Glück, Rose«, sagte Violet wehmütig. »Es ist nicht das, was ich mir wünsche, aber für die meisten Leute, die heiraten, ist es der ideale Start.«

Rose lächelte breit. »Danke, Violet, das ist es wirklich. Tom sagte, das Farmhaus seiner Familie würde mir gefallen. Es hat dicke Granitwände und einen Blick auf das Meer. Unser kleines Cottage wird die gleiche Aussicht haben. Anscheinend gibt es auf Jersey viele Steinhäuser. Manche sind grau, viele aber auch weiß. Das werde ich sehen, wenn ich dort bin. Und ihr beide werdet es sehen, wenn ihr zu Besuch kommt«, fügte sie lachend hinzu.

3

London, April 1938

UNTER EINEM BLEIGRAUEN Himmel gingen Rose und ihr Vater den Queen's Crescent entlang und versuchten, nicht in die Menschenmenge zu geraten, die sich in der Mitte des Marktes tummelte oder sich vor den Ständen drängte, die unter der Last der Waren ächzten.

Gelegentlich blieb John vor einem der vielen Tische stehen, die die Straße säumten, und betrachtete die angebotenen Waren mit Interesse. Nach ein paar Minuten ging er weiter, vorbei an Ständen, die durch Segeltuchdächer geschützt waren, an Ständen, die der Witterung ausgesetzt waren, und an Ständen mit drei Leinwänden, wo an Stangen billige Kleidungsstücke hingen.

Als sie sich dem Bereich näherten, in dem sich Obst- und Gemüsewagen mit überdachten Karren abwechselten, auf denen weiß gekleidete Händler Fleisch, Milchprodukte und Fisch verkauften, nickte John den Händlern grüßend zu, die mit einem Lächeln erwiderten.

Als sie die Stelle erreichten, an der »Mid Hams« in der Lücke zwischen zwei Ständen zu sehen war, blieb John stehen und starrte auf seinen Laden. Rose stellte sich an seine Seite.

»Die Zeiten haben sich geändert, Rose«, sinnierte er, während sein Blick auf den Laden gerichtet war.

Sie schaute ihn fragend an. »In welcher Hinsicht, Vater?«

»In jeder Hinsicht«, sagte er. Er lächelte sie an, bevor er wieder zu »Mid Hams« blickte. »Lange vor dem Krieg, als ich noch ein kleiner Junge war, lebten wir näher an Camden Town. Dort hat dein Großvater angefangen. Ein Tisch auf dem Markt war alles, was er anfangs hatte. Es dauerte eine ganze Weile, bis er einen zweiten Tisch bekam.«

»Das weiß ich«, sagte sie und versuchte, ihre Ungeduld zu verbergen, zurück zum Haus und zu den Vorbereitungen für ihre Hochzeit zu kommen, und hoffte inständig, dass ihr Vater nicht in eine seiner langatmigen Erinnerungen an die Vergangenheit verfallen würde.

»Das Geld war knapp«, fuhr er fort. Ihr Herz sank. »So etwas wie Taschengeld gab es nicht. Man erwartete von den jungen Leuten, dass sie sich selbst durchschlagen, also bekam ich einen Job in einem Laden in der Nähe. Ein bisschen so wie der da«, bemerkte er und deutete auf einen Laden an der Straße hinter ihm.

Sie folgte seinem Blick. »Das wusste ich nicht«, sagte sie, wobei ihre Überraschung die Ungeduld ersetzte. »Ich dachte, du hättest immer für deinen Vater gearbeitet. Du hast uns nie erzählt, dass du vor Großvater für jemand anderen gearbeitet hast.«

»Vielleicht wollte ich dich nicht auf dumme Gedanken bringen«, sagte er trocken.

Sie lachte und ging weiter. Doch als sie bemerkte, dass er sich nicht bewegt hatte, kehrte sie zu ihm zurück.

»Ich musste um Punkt acht Uhr im Laden sein, um die Fensterläden zu entfernen und sie einzulagern«, sagte er ihr und starrte immer noch auf den Laden auf der anderen Straßenseite. »Dann musste ich die Fenster putzen. Ich war so klein, dass ich dazu auf einer hölzernen Leiter stehen musste. Danach habe ich die Türbeschläge mit Brasso geputzt und den Bürgersteig gefegt. Ich musste den Ladenboden kehren und die Glasvitrinen polieren. Das alles musste ich noch vor der Öffnung der Türen um neun Uhr erledigen.«

»Das ist eine Menge für einen kleinen Jungen«, sagte sie. »Wann hast du denn angefangen, für Großvater zu arbeiten?«

»Nicht bevor ich zehn war. Da hatte er schon einen zweiten Tisch und nahm mehr Geld ein, sodass es sinnvoller war, dass ich für ihn arbeitete als für jemand anderen.«

»Du zeigst mir, wie viel Glück wir drei haben«, sagte sie leise. »Wir hatten es so viel leichter als du.«

»Stimmt, das habt ihr. Aber so sollte es auch sein. Jede Generation sollte ein besseres Leben haben als die Generation davor.«

»Alles, was ich sagen kann, ist, dass ich sehr erleichtert bin, zu dem Zeitpunkt geboren worden zu sein, an dem ich geboren wurde, und nicht früher«, sagte sie emotional.

»Es gab aber auch eine gute Seite, Rose. Ja, die Menschen haben sehr hart gearbeitet, aber im Großen und Ganzen waren sie einander näher als heute, und sie haben sich in schwierigen Zeiten gegenseitig geholfen.«

»Du meinst im Krieg?«

»Nicht nur damals. Wenn zum Beispiel der Gerichtsvollzieher eine Familie aus ihrem Haus warf, weil sie mit der Miete im Rückstand war, nahmen Nachbarn die Kinder für die Nacht bei sich auf und suchten ein Zelt für die Eltern. Jemand brachte den Eltern eine Tasse Kakao und vielleicht etwas Brühe. Die Familie wurde von allen Nachbarn so lange unterstützt, bis sie wieder auf die Beine kam.«

»Das überrascht mich nicht. Ich habe die Menschen hier immer für sehr freundlich gehalten.«

Ihr Vater nickte, und sie setzten ihren Spaziergang fort.

»Und noch etwas ist anders«, sagte er einen oder zwei Augenblicke später, als sie eine Gruppe von Kindern umgingen, die ihnen über den Weg liefen. »Heutzutage sieht man viel weniger Kinder auf der Straße. Wenn man früher auf die Straße ging, sah man immer fünfzig oder sechzig von ihnen. In Gruppen sprangen sie über Pfützen oder wichen den Pferden aus. Es waren große Shire-Pferde, deren Fesseln mit langen Haarfransen bedeckt waren. Wenn ein Pferd auf dem glänzenden Kopfsteinpflaster stürzte und sich die Beine brach, musste es getötet werden. Sie erschossen das Pferd auf der Straße, weißt du. Ohne Sichtschutz drum herum. Die Kinder standen da und schauten schweigend zu. So war das damals.«

»Das ist furchtbar«, sagte sie. »War dein Vater jemals in Versuchung, auf einen anderen Markt zu ziehen?«

John schüttelte den Kopf. »Niemals. Er liebte die Gegend, genau wie ich. Er war in der Nachbarschaft sehr beliebt. Es überrascht nicht, dass er ein freundlicher Mann war und gut zu den Mädchen war, die für ihn arbeiteten. Wie du weißt, war deine Großmutter eines dieser Mädchen.«

»Ich wünschte, sie wären beide noch am Leben gewesen, als wir geboren wurden.«

Er zuckte mit den Schultern. »Ich auch, aber die Menschen lebten damals nicht so lange.«

»Du und Großvater habt also beide jemanden geheiratet, der für euch gearbeitet hat, oder?«

Er nickte. »Das ist richtig«, sagte er. Er blickte sie amüsiert an. »Das ist keine Seltenheit bei Händlern. Das hat Toms Vater William auch gemacht.«

»Ich kann es kaum erwarten, ihn kennenzulernen«, sagte sie und lächelte breit.

»Er ist ein guter Mensch. Ihm habe ich es zu verdanken, dass ich das erste der Geschäfte eröffnen konnte.«

Er blieb stehen und blickte die Straße hinunter auf das Gewirr von Hüten, Schals und flachen Mützen, die auf und ab wippten, auf die Fransen aus Segeltuch, die im Wind flatterten, auf die Holzstreben, die die Stände stützten.

»Ja«, sagte er, fast wie zu sich selbst. »Er war der allerbeste Freund.«

SIE HATTEN SICH KENNENGELERNT, kurz nachdem William bei Ferguson's, dem Großhändler, bei dem John die meisten seiner Waren einkaufte, angefangen hatte zu arbeiten. Sie verstanden sich auf Anhieb, und schon bald half William ihm samstags auf dem Markt aus und bediente einen Tisch, während er den anderen übernahm.

Im Laufe der Wochen hatte sich in seinem Kopf allmählich eine Idee herausgebildet. Und eines Tages hatte er William eröffnet, dass er, wenn William fünfzig Pfund in das Geschäft steckte, dasselbe tun würde. Wenn sie sich zusammentun würden, könnten sie ein Lagerhaus mieten.

In seinem Enthusiasmus hatte er sich verhaspelt, als er erklärte, dass sie, wenn sie einen geeigneten Raum hätten, um die Waren zu lagern, die sich zu dieser Zeit in den Ecken der gemieteten Räume, in denen er wohnte, stapelten, in großen Mengen einkaufen könnten und so einen niedrigeren Preis für die Waren zahlen könnten. Der Gewinn würde also höher ausfallen.

Und da sie in der Lage wären, eine größere Menge an Waren zu lagern, so hatte er hinzugefügt, könnten sie über einen Laden nachdenken. Wenn sie ein Kurzwarengeschäft hätten, könnten sie die ganze Woche über verkaufen, nicht nur donnerstags und samstags, an den Markttagen.

Er fragte William, was er davon hielt.

Und er hielt den Atem an und hoffte inständig, dass er die Anzeichen von Ehrgeiz bei William nicht missverstanden hatte.

Das hatte er nicht.

Er habe schon seit einiger Zeit darüber nachgedacht, Ferguson's zu verlassen, vertraute William ihm an. Die Arbeit an der Kasse und in der Buchhaltung war eine interessante Erfahrung gewesen, und sie hatte ihm Appetit darauf gemacht, etwas Eigenes zu versuchen - er hatte allerdings nicht gewusst, was. Er wusste nur, dass es etwas sein sollte, das ihm eine andere Erfahrung als die Landwirtschaft bot.

Seine Unentschlossenheit, so hatte er weiter erklärt, rührte zum Teil daher, dass seine Auswahlmöglichkeiten begrenzt waren.

Er habe nicht die Absicht, den Rest seines Lebens in England zu verbringen, hatte er John gesagt. Irgendwann würde er auf jeden Fall nach Jersey zurückkehren, um dort den Familienbetrieb mit zu führen, und er wäre froh darüber.

Es bestand keine Dringlichkeit, wann er nach Hause gehen würde, da sein Vater genug Hilfe von den Landarbeitern hatte, die er anstellte, aber er musste es im Hinterkopf behalten.

Er verfügte jedoch über eine kleine Geldsumme, die er aus Jersey mitgebracht und zur Seite gelegt hatte, und zu der er einige Ersparnisse, die er während seiner Arbeit bei Ferguson's gemacht hatte, hinzugefügt hatte. Das reichte zwar nicht aus, um sich selbstständig zu machen, aber es würde ihm ermöglichen, sich in ein laufendes Unternehmen einzukaufen.

Johns Vorschlag, so hatte er mit wachsender Begeisterung gesagt, könnte also die Antwort auf seine Gebete sein. Er würde in einem florierenden Unternehmen arbeiten, an dem er beteiligt war, und es konnte keinen besseren Partner geben als John.

John verspürte eine enorme Welle der Erregung. Da William ein gutes Gespür für Zahlen und er ein gutes Gespür für Geschäfte hatte, konnte eine solche Partnerschaft nur äußerst fruchtbar sein.

Aber es gab eine Schwierigkeit, hatte William schnell hinzugefügt, und das war einer seiner Vorbehalte gewesen.

Wenn sein Geld gebunden war und er kurzfristig nach Jersey zurückkehren musste, konnte das ein Problem darstellen. Aber wenn John ihn für die Zeit, in der er in England weilte, als gleichberechtigten Partner betrachtete, mit gleichem Anteil am Gewinn, und wenn er zustimmte, dass William, wenn er nach Jersey zurückkehrte, egal wie kurzfristig, seine fünfzig Pfund zurückbekommen konnte, dann hatten sie eine Abmachung.

John hatte bereitwillig zugestimmt und William die Hand gereicht, die dieser auch ergriffen hatte.

Beide lächelten breit und gaben sich die Hand.

Würde es William etwas ausmachen, wenn der Laden Hammond's hieße, fragte John und versuchte, nicht zu besorgt zu klingen. Schließlich war er in der Gegend bereits als der Ansprechpartner für Nähbedarf bekannt.

William hatte nichts dagegen einzuwenden. Da er irgendwann nach Jersey zurückgehen würde, hatte er gesagt, es sei sinnvoll, das Geschäft auf Johns Namen zu führen.

So verdankte er William, den er sehr gemocht hatte, viel. Er hatte noch nie einen so guten Freund gehabt, weder vorher noch nachher. Während er also befürchtete, dass Rose feststellen würde, dass ihre überstürzte Heirat ein Fehler gewesen war, war er sich sicher, dass Williams Familie alles in ihrer Macht Stehende tun würde, um ihr zu helfen.

»Worüber denkst du nach, Vater?«, fragte Rose und unterbrach ihn in seinen Gedanken. »Du bist so still.«

»Nur über die Vergangenheit«, sagte er. Er drehte sich um und lächelte sie an. »Über William und Annie und den ersten Laden, den wir gekauft haben. Ich hatte schon ein Auge auf deine Mutter geworfen, die zu der Zeit, als Annie zu uns stieß, bei uns gearbeitet hat. An dem Tag, an dem Annie hinter dem Tresen anfing, warf William einen Blick auf sie und verliebte sich sofort in sie.«

»Wie romantisch«, sagte Rose und strahlte.

»Ja, das war es wohl. Aber es war nicht überraschend. Wie deine Mutter ist auch Annie eine gut aussehende Frau. Zumindest war sie das einmal. Sie und William waren ein auffallendes Paar, beide mit diesem blonden Haar und den tiefblauen Augen.«

»Wie Tom«, sagte Rose mit einem breiten Lächeln. »Er ist älter als ich, also müssen sie geheiratet haben, bevor du Mutter geheiratet hast.«

Er nickte. »Das ist richtig. Tom kam kurz nach ihrer Hochzeit«, fügte er mit einem schiefen Lächeln hinzu. »Er war ein kleines Ding mit einem Schopf blonden Haares.«

Sie lachte.

»Das Geschäft war von Anfang an ein großer Erfolg, aber ein paar Jahre später wurde Williams Vater krank, und ich gab ihm das Geld zurück, das er in das Geschäft gesteckt hatte, und die Familie zog nach Jersey. Tom kann nicht älter als drei Jahre gewesen sein.«

»War William verärgert über die Rückkehr?«

»Ich glaube nicht. Ich glaube, er war bereit, nach Hause zu gehen, denn das war es, was Jersey für ihn immer gewesen war. Annie hätte es lieber gesehen, wenn sie hier-geblieben wären - ich glaube, sie war nicht besonders scharf darauf, die Frau eines Farmers zu sein -, aber sie wusste, dass er immer ein Farmer werden wollte, also konnte sie nichts dagegen sagen, und so zogen sie weg.«

»Gefällt es ihr dort?«

»Ich weiß es nicht genau. Sie wird es dir sicher selbst erzählen. Aber wie sich herausstellte, war es nur gut, dass sie zurückkehrten, denn später im Jahr brach der Krieg aus. Ein paar Monate später wurde Kathleen geboren. Annie wird sich darüber gefreut haben - sie hatte sich immer eine Tochter gewünscht. Als der Krieg zu Ende war, waren beide Elternteile von William gestorben, sodass er wenigstens noch Zeit mit ihnen hatte verbringen können.«

»Das war ein Glück«, sagte sie.

»Ich heiratete deine Mutter, sobald der Krieg ausbrach, und zog dann in den Krieg. Ich hatte Glück, dass ich nichts Schlimmeres als ein Schrapnell in meinem Bein davonge-tragen habe. Von einigen der Verletzungen, die ich gesehen habe, habe ich immer noch Albträume.«

»Mutter erzählte uns, wie beängstigend es war, auf

Nachrichten zu warten. Jedes Mal, wenn es an der Tür klopfte, dachten sie, das würde das Schlimmste bedeuten.«

John schüttelte den Kopf. »Sie ist eine starke Frau, deine Mutter. Während des Krieges hat sie alles allein am Laufen gehalten. Das haben nicht viele Frauen geschafft.«

»Hätte Annie das auch gekonnt?«

»Ich denke schon. Sie muss sich für das Geschäft interessiert haben, sonst hätte sie sich nicht ein kleines Kurzwarengeschäft in Jersey aufgebaut.«

»Ich bin so froh, dass sie es getan hat! Sonst wäre Tom nicht auf die Idee gekommen, in England einen weiteren Großhändler zu suchen, der den in Frankreich bestehenden ergänzt.« Sie zögerte. »Um ehrlich zu sein«, fuhr sie fort, »bin ich ein bisschen nervös, Toms Eltern zu treffen.«

John nickte beschwichtigend. »Das ist nur natürlich.«

»Aber ich habe Angst, dass sie genauso denken wie du, dass wir uns noch nicht lange genug kennen. Tom sagte, sie hätten kein Problem damit, aber vielleicht wollte er mir die Wahrheit ersparen.« Sie schaute ihn besorgt an. »Nach dem, was du von Annie weißt, glaubst du, dass sie mich mögen wird?«

Er lächelte sie warmherzig an. »Ich bin sicher, dass sie das wird, Liebes. Sie ist eine sehr angenehme Frau. Sie hatte viel Temperament, und das hast du auch. Ich denke, sie wird dich dafür mögen.«

»Ich hoffe, du hast recht. Stell dir vor, in zwei Tagen werde ich verheiratet sein. Und nächste Woche um diese Zeit werde ich in Jersey leben.«

»Daran möchte ich nicht denken«, sagte er mit brüchiger Stimme. »Ich werde dich vermissen, Rose.«

Als er sich wieder umdrehte, um auf den Markt zu schauen, starrte sie ihn an. Sein dunkles Haar war ergraut, wie sie mit Erschrecken feststellte.

»Sieh dir das alles an.« Er deutete auf den Markt. Mit einem Kloß im Hals folgte sie seinem Blick.

»Ich habe unseren heutigen Spaziergang vorgeschlagen, um dir zu zeigen, bevor du wegziehst, dass du hier geboren und aufgewachsen bist«, fuhr er mit zitternder Stimme fort. »Der Markt wird dir immer im Blut liegen, Rose. Du bist eine von ihnen. Und genau wie in der Vergangenheit passen die Menschen hier aufeinander auf«, sagte er und wandte sich ihr zu. »Wenn du irgendwann das Gefühl hast, einen Fehler gemacht zu haben, bist du immer wieder willkommen.«

»Danke, Vater«, sagte sie mit brüchiger Stimme. Sie schlang ihre Arme um ihn und drückte ihn fest an sich. »Ich werde euch alle so sehr vermissen. Ich habe vor, so oft wie möglich nach Hause zu kommen.«

4

———

D*er Abend vor der Hochzeit*

SIE SASSEN NEBENEINANDER auf Holzstühlen mit hoher Lehne, die sie auf den Treppenabsatz geschleppt hatten, und Rose' dunkler Kopf ruhte leicht an Toms Schulter. Aus dem Wohnzimmer unter ihnen hörten sie die gedämpften Geräusche der Gespräche ihrer Eltern und Schwestern.

»Ich fand, deine Mutter sah ein wenig missbilligend aus, als sie mich vorhin auf der Türschwelle sah«, sagte Tom und brach das gesellige Schweigen. »Sie hatte sich wohl vorgestellt, dass ich den Abend in dem Zimmer verbringe, das ich für heute Abend genommen habe. Aber ich konnte nicht widerstehen, noch ein paar Minuten mit deinem unverheirateten Ich zu verbringen.«

Sie schmiegte sich enger an ihn. »Ich bin so froh, dass du vorbeigekommen bist. Schließlich darfst du mich nur am Hochzeitstag selbst nicht vor der Kirche sehen. Und da die meisten unserer Sachen bereits im Auto sind, das uns morgen von The Malden Arms zur Waterloo Station bringen wird, bleibt für mich heute Abend nicht mehr viel zu tun.«

»Das hatte ich auch gehofft. Aber als ich den Gesichtsausdruck deiner Mutter sah, fühlte ich mich doch ein klein wenig schuldig. Sie hatte wahrscheinlich gehofft, diesen letzten Abend mit dir zu verbringen. Aber weil ich dich unbedingt sehen wollte, habe ich mich geweigert, mich in ihre Lage zu versetzen, und stand mit einem Lächeln vor der Tür.«

Sie kicherte. »Ich werde morgen mit ihr frühstücken. Violet und Iris werden sicher noch im Bett sein, wenn ich aufstehe, also werden Mutter und ich dann etwas Zeit miteinander verbringen können. Um ehrlich zu sein, bin ich froh, heute Abend nicht mehr über die Hochzeit reden zu müssen. Es fängt an, mich verrückt zu machen. Und das, obwohl es meine Hochzeit ist«, fügte sie lachend hinzu.

Er versteifte sich leicht und drehte sich zu ihr um. »Du bereust doch nichts, oder, Rose?«, fragte er ängstlich. »Deine Eltern haben deutlich gemacht, dass sie es für einen Fehler halten, dass wir jetzt heiraten. Du fängst doch nicht an, wie sie zu denken, oder?«

»Natürlich nicht«, sagte sie und blickte in Augen von tiefstem Blau. Sie hob die Hand und zeichnete die Konturen seines Gesichts nach. Dann ließ sie ihre Hand in den Schoß fallen. »Ich liebe dich, Tom. Ich habe dich von dem Moment an geliebt, als ich dich neben Vater am Fuße der Treppe stehen sah, deinen Koffer umklammert und verwirrt dreinblickend. Ich eilte die Treppe hinunter, nahm immer gleich zwei Stufen, zu spät fürs Kino, und du sahst zu mir auf. Mein Herz blieb stehen. In diesem Moment änderte sich meine Welt. Ich hatte mich verliebt, und das war der Beginn von allem.«

»Dein Haar fiel offen herab – lang, dunkel und glänzend«, sagte er. »Dann sahst du mich mit diesen schönen, tiefbraunen Augen an. Du standest still und hast dein Haar aus dem Gesicht gestrichen. Ich dachte, ich hätte noch nie jemand gesehen, der so schön ist. Und ich habe mich auch verliebt.«

Einen Moment lang berührten sich ihre Lippen fast, dann lehnten sie sich lächelnd zurück.

»Ja«, sagte sie mit einem lauten Seufzer. »Ich habe den Film und meine Freunde ganz vergessen. Ich wollte einfach nur bei dir sein. Und das ist alles, was ich jetzt will. Wenn es nur darum ginge, dass ich nach Jersey gehe, hätte ich das sicher auf eine weniger extreme Weise arrangieren können.« Sie drehte ihren Kopf wieder und sah ihn an. »Ich heirate dich, weil ich dich liebe, Tom, und das ist der einzige Grund.«

»Und mir geht es genauso, Rose.« Er beugte sich vor und küsste sie auf den Kopf.

Sie spürte ein Flattern in ihrem Magen. Sie schob ihre Hand hinter seinen Kopf und zog ihn näher zu sich heran. »Oh, Tom«, flüsterte sie. »Nicht mehr lange.«

Ihre Lippen trafen sich. Zuerst ganz leicht, dann immer stärker. Und noch stärker, als eine Welle der Hitze sie verschlang.

Dann zog er sich ruckartig zurück und atmete schwer.

»Wir sollten besser aufhören«, sagte er mit einem Stöhnen und richtete sich in seinem Sitz auf. »Du weißt nicht, was du mir antust. Morgen um diese Zeit sind wir verheiratet und auf dem Weg nach Weymouth. Ich kann es kaum erwarten, dass du meine Frau wirst«, fügte er hinzu, wobei seine Stimme voller Rührung war.

»Ich auch nicht«, sagte sie, legte ihre Hand auf seine Brust und lehnte sich an seine Schulter. »Du bedeutest mir alles, Tom.«

»Und du mir auch«, sagte er warmherzig. »Ich wünschte nur, ich könnte dir bessere Flitterwochen bieten als eine Nacht in Weymouth. Später im Jahr, wenn die Ernte vorbei ist, werde ich dir die Flitterwochen bereiten, die du verdienst.«

»Die Flitterwochen sind mir egal. Alles, was ich will, ist mit dir zusammenzusein. Und dass das Meer ruhig ist«, fügte sie lachend hinzu.

»Dem schließe ich mich an«, sagte er und legte seinen Arm um ihre Schultern. »Aber wir haben eine frühe Überfahrt nach einem anstrengenden Tag vor uns, und wenn die Wellen nicht wirklich schlimm sind oder das Boot nicht besonders laut knarrt, können wir vielleicht einen Platz finden, an dem wir uns ausstrecken und schlafen können, bis wir Guernsey erreichen.«

»Ist das der erste Halt?«

Er nickte. »Ja, genau. Danach kommt St. Helier. Mein Vater hat gesagt, dass er und meine Mutter am Kai sein werden, wenn wir anlegen, und meine Schwester auch.«

Sie biss sich auf die Lippe. »Ich hoffe, Kathleen mag mich. Ich bin es so gewohnt, Schwestern um mich zu haben, und obwohl Violet und Iris jünger sind als ich, glaube ich, dass ich sie noch stärker vermissen würde, wenn du keine Schwester hättest. Ich freue mich wirklich darauf, sie kennenzulernen. Und darauf, die jüngere Schwester zu sein, nachdem ich mein ganzes Leben lang die älteste war«, sagte sie lachend. »Auch wenn nur ein Jahr zwischen uns liegt.«

»Ich bin sicher, sie wird sich genauso freuen, dich kennenzulernen. Es ist wichtig, dass ihr beide euch gut versteht, denn ich möchte, dass du glücklich bist, Rose. Ich mache mir Sorgen, dass du es nicht sein wirst.«

Als sie die Besorgnis in seiner Stimme hörte, blickte sie zu ihm auf. Er sah sie mit echter Sorge an.

Sie richtete sich auf.

»Warum sollte ich das nicht?«, fragte sie mit schnell pochendem Herzen.

»Weil ich dich von London wegbringe, wo es so viel gibt, wo du hingehen kannst, wenn du nicht arbeitest, wie den Hammersmith Palais, Theater und Kinos, Tanztees und Cafés. Und man kann Fish and Chips kaufen! Die habe ich in Jersey noch nie gesehen. Ich nehme dich mit auf eine kleine Insel, auf der es kaum etwas zu unternehmen gibt. Du könntest es hassen. Und dann fängst du vielleicht an, mich zu hassen.«

»Du irrst dich, Tom!«, beharrte sie. »Ich habe das Gefühl, dass ich Jersey schon kenne. Du hast mir so viel darüber erzählt, dass ich es mir genau vorstellen kann. Es scheint ein wirklich schöner Ort zum Leben zu sein. Im Gegensatz zu Kentish Town, das nicht gerade schön anzusehen ist. Es gibt also keinen Grund zur Sorge.« Sie strahlte ihn an.

»Aber ich mache mir Sorgen«, sagte er. »Ja, es ist schön, aber Schönheit bringt einen nicht sehr weit. Egal, wie sehr ich es dir beschreibe, du kannst unmöglich wissen, wie es ist, an einem so winzigen Ort zu leben. Wahrscheinlich kannst du dir nicht einmal vorstellen, wie klein es ist. Wir haben ein Kino in St. Helier und eine Theatergruppe, und es gibt Tanzveranstaltungen in Sion Hall und vor Ort. Aber die Menschen auf Jersey sind nicht wie die Londoner. Die Insel ist vor allem ländlich geprägt, und die Menschen neigen dazu, dortzubleiben, wo sie geboren wurden. Sie verlassen nur selten ihre Gemeinde, und da sich die

Gemeinden nur selten vermischen, spielt sich das ganze Leben oft in einem Umkreis von nur wenigen Meilen ab.«

»Aber das gilt für einige Teile Englands.«

Er nickte. »Aber nicht in dem Teil, in dem du lebst. Zugegeben, die Dinge ändern sich ein wenig in Jersey. Es kommen immer mehr Neuankömmlinge - pensionierte Oberstleutnante und Beamte zum Beispiel, die das wärmere Klima schätzen -, aber sie bleiben eher unter ihresgleichen. Und natürlich gibt es Touristen von überall her, vor allem aus Frankreich, da wir sehr nahe an der französischen Küste liegen. Aber wir mischen uns nicht unter sie.«

»Das ist alles nicht wichtig, Tom«, sagte sie und legte ihre Hand an seine Wange. »Das Wichtigste ist, mit wem du zusammen bist, nicht wo du bist. Und ich werde bei dir sein.«

Er drückte sie fest an sich. »Ich bin froh, dass du das denkst. Aber ich fühle mich besser, weil ich dich gewarnt habe, dass die Leute dort sehr verschlossen sein können«, sagte er. »Ich hätte dir das wahrscheinlich schon früher sagen sollen.«

»Es hätte keinen Unterschied gemacht.«

»Danke«, sagte er hörbar erleichtert.

»Ich bin froh, dass wir eine Zeit lang bei deiner Familie leben werden«, sagte sie, als sie sich voneinander lösten. »Das bedeutet, dass ich sie besser kennenlernen werde, als wenn wir von Anfang an in einem anderen Haus gewohnt hätten.«

Er lächelte breit. »So kann man es auch sehen. Und es bedeutet, dass du Gesellschaft hast, wenn ich über Nacht weg bin. Das kommt zwar nicht oft vor, nur wenn ich zum Beispiel nach Guernsey fahre.«

»Fährst du oft dorthin?«

Er schüttelte den Kopf. »Nicht wirklich - es ist fast

dreißig Meilen von uns entfernt. Aber ich habe ein paar Fischerfreunde, und wenn sie dorthin fahren müssen, begleite ich sie ab und zu. Wir haben immer viel Spaß, sowohl in unserer Gruppe als auch mit ihren Freunden auf Guernsey. Es gibt eine Art harmlose Rivalität zwischen den Inseln. Die Leute auf Guernsey bezeichnen Jersey als »die andere Insel«, und uns nennen sie Crapauds, was Kröten bedeutet.«

Sie rümpfte die Nase. »Warum Kröten?«

»Weil wir Kröten haben, und Guernsey nicht. Die Kröte ist so etwas wie das Maskottchen von Jersey geworden.«

»Wenn ihr also Kröten seid«, sagte sie amüsiert, »wie nennt ihr dann die Leute auf Guernsey?«

Er lachte. »Les ânes. Das bedeutet die Esel. Weil sie starrköpfig sein können.«

Sie schmiegte sich an ihn. »Nun, ich bin sehr froh, dass dieser Crapaud zu uns gekommen ist, um hier zu wohnen.«

Er küsste sie auf den Kopf. »Und ich glaube, du wirst dich noch mehr freuen, wenn du siehst, auf was für eine schöne Insel er dich bringt. Genauso wie man ihre geringe Größe nicht zu schätzen weiß, bis man dort lebt, kann man sich nicht vorstellen, wie schön sie ist, bis man sie mit eigenen Augen gesehen hat. Wie sehr ich auch die bewaldeten Hügel und Täler beschreibe und dir erzähle, wie es ist, durch Heideflächen zu wandern, die mit gelbem Stechginster übersät sind, und wie aufregend es ist, die Klippen hinunter in Buchten zu klettern, die nur wenige Menschen kennen, du kannst es nicht zu schätzen wissen, wenn du nicht dort gewesen bist.«

»Nun, ich werde sehr bald dort sein«, sagte sie aufgeregt. »Oh, Tom. Ich kann den morgigen Tag kaum erwarten!«

»Ich auch nicht«, sagte er. Er legte einen Finger unter ihr Kinn und hob ihr Gesicht an, damit sie ihm in die Augen sehen konnte. »Ich auch nicht«, wiederholte er und beugte seinen Kopf, um sie zu küssen.

Sie hörten, wie die Tür des Wohnzimmers geöffnet wurde.

»Warum kommst du nicht runter und trinkst einen Whisky mit mir, Tom?«, rief ihr Vater vom Fuß der Treppe. »Mabel wird gleich nach oben gehen und Rose mit den Kleidern für morgen helfen, und wir beide werden im Weg sein. Nach unserem Whisky begleite ich dich zu deinem Zimmer. Ich könnte mir die Beine vertreten.«

»Ich bin gleich unten, Sir«, rief Tom.

Sie standen auf, sahen sich an und lächelten. »Wir sehen uns morgen in St. Silas«, sagte Tom. »Sieh zu, dass du kommst.«

Sie nickte, unfähig zu sprechen, und fühlte sich sehr gerührt.

K*urze Zeit später*

NACHDEM JOHN jedem von ihnen ein Glas Whisky eingeschenkt hatte, stellte er die Flasche zurück auf das hölzerne Tablett auf dem Eichenschrank und nahm in dem verblichenen Sessel gegenüber von Tom Platz.

»Nun, Tom«, sagte er und hielt sein Glas hoch. »Wer hätte vor drei Monaten gedacht, dass ich heute hier sitzen und auf dein zukünftiges Glück mit Rose anstoßen würde.« Er hob sein Glas noch höher. »Prost!«

Tom hob sein Glas, und sie nippten an ihren Getränken.

»Danke, Sir«, sagte Tom und stellte sein Glas wieder auf den Beistelltisch neben sich. »Ich weiß Ihre guten Wünsche zu schätzen. Umso mehr, da ich weiß, dass Sie der Meinung sind, wir würden die Dinge überstürzen.«

John winkte unbestimmt mit der Hand. »Das mag ja sein. Was zählt, ist das, was passieren wird, und nicht, was

Mabel und ich uns gewünscht hätten.« Er hielt inne. »Ich hoffe, Sie nehmen uns unsere Bedenken nicht übel.«

»Das tue ich nicht, Sir. Tatsächlich«, fügte Tom mit einem reumütigen Lächeln hinzu, »waren Sie nicht die Einzigen, die Bedenken hatten. Ich habe es Rose noch nicht erzählt, aber meine Eltern haben das Gleiche gesagt.«

»Haben sie tatsächlich!«

»Sie waren besorgt darüber, dass Rose von allem und jedem entwurzelt werden würde, nachdem sie mich erst so kurze Zeit kennt.«

John nickte. »Das wundert mich nicht. Drei Monate vom Kennenlernen bis zur Heirat sind kaum eine Zeitspanne.«

»Ich liebe sie seit dem Moment, in dem ich sie zum ersten Mal erblickt habe«, sagte Tom. »Und ich werde alles tun, was ich kann, um sie glücklich zu machen. Wir werden einen guten Start haben, denn wir werden ein schönes Haus beziehen. Sie wird Ihnen erzählt haben, dass wir im Farmhaus der Familie anfangen, das ziemlich beeindruckend ist. Unsere Vorfahren haben es im achtzehnten Jahrhundert gebaut. Sie waren führende Mitglieder der Gemeindeversammlung und wollten ein Haus, das ihrem Status entsprach. Seitdem leben die Benests dort und bewirtschaften das Land. Und wenn es fertig ist, werden Rose und ich in unser eigenes Haus einziehen, das gleich nebenan liegt.«

»Sie hat wirklich Glück.«

»Ich bin der Glückliche, Rose an meiner Seite zu haben. Sie können sicher sein, Sir, dass meine Familie und ich alles tun werden, um Rose beim Einleben zu helfen.«

»Ich weiß, das werdet ihr, Junge. William wird nicht vergessen haben, wie es ist, aus einer großen Stadt auf eine kleine Insel zurückzukehren, und Annie auch nicht, die sich auf die gleiche Weise anpassen musste, wie Rose jetzt. Zu wissen, dass sie in der Lage sein werden, alle Schwierigkeiten, denen Rose begegnen könnte, vorauszusehen, ist eine große Erleichterung für Mabel und mich, das kann ich Ihnen sagen.« Er hielt inne. »Aber da ist noch etwas anderes.« Er räusperte sich.

»Was ist es, Sir?«

John nahm sein Glas in die Hand. »Ich bin kein Mann, der viel liest«, sagte er und wirbelte den Rest seines Whiskys in den Tiefen seines Bechers herum, »aber ich behalte im Auge, was im Lande vor sich geht, wie es jeder Geschäftsmann tun muss. Und ich bin auch darüber informiert, was in Ländern wie Frankreich und Deutschland passiert. Vor allem Deutschland. Aber auch Frankreich. Jersey liegt ziemlich nah an Frankreich, glaube ich.«

»Das ist richtig, Sir. Wir sind nur fünfzehn Meilen von der Normandie entfernt. Wir sind die nächstgelegene Kanalinsel zu Frankreich.«

John nickte. »So verstehe ich das. Ich habe diese Woche gelesen, dass Hitler Österreich gezwungen hat, sich Deutschland anzuschließen und Teil seiner Regierung zu werden. Das ist für jeden vernünftig denkenden Menschen eindeutig falsch.«

»Das ist es auf jeden Fall.«

»Ich weiß, es ist nichts, was uns übermäßig beunruhigen sollte«, fuhr John fort. »Aber was vor nicht allzu vielen Jahren geschah, was angeblich der Krieg war, der alle Kriege beenden sollte, zeigt, wie leicht man anderswo in Schwierigkeiten geraten kann. Das hat alles mit den Verträgen zu tun, die wir in der Vergangenheit mit anderen Ländern geschlossen haben.«

»Ich sehe schon, worauf das hinausläuft, Sir. Sie sind besorgt, dass Deutschland und Frankreich Jersey Probleme bereiten könnten, und Sie sind offensichtlich besorgt, weil Rose dort leben wird.«

»Das ist richtig, Junge. Jersey ist viel näher an ihnen dran als an uns. Rose wird weit weg von uns sein.«

Tom lächelte. »Das verstehe ich. Aber vielleicht beruhigt es Sie, Sir, zu wissen, dass die Briten eine Garnison auf den Kanalinseln haben, und dass wir wieder eine eigene Miliz haben, zu der auch eine Gewehr- und eine Maschinengewehrkompanie gehören.«

»Das ist eine Erleichterung, das muss ich zugeben«, sagte John.

»Vater hat Ihnen vielleicht erzählt, dass er sich freiwillig gemeldet hat, als die Miliz zu Beginn des letzten Krieges mobilisiert wurde«, fuhr Tom fort. »Während er den Hof bewirtschaftete, hielt er abwechselnd Wache an der Küste und bei wichtigen Einrichtungen. Diese Miliz wurde kurz vor Kriegsende aufgelöst, aber es gibt jetzt eine andere Einheit.«

John nickte. »In einem ihrer Briefe an Mabel erzählte Annie ihr damals, was William getan hatte. Wenn ich mich recht erinnere, hatte Annie Panik vor einem Ansturm auf die Geschäfte und Banken in Jersey, der wirtschaftlich katastrophal gewesen wäre, und sie überlegte, ob sie William vorschlagen sollte, nach England zurückzukehren.«

»Ja, davon hat sie mir erzählt. Aber, wie sie Ihnen sicher geschrieben hat, ist das Schlimmste nicht eingetroffen, dank der entschlossenen Maßnahmen in Jersey und eines bedeutenden Sieges der Alliierten in Frankreich«, sagte Tom. »Sie brauchen sich keine Sorgen um Rose zu machen, Sir. Jersey ist zu weit weg, als dass es jemanden interessieren könnte. Aber nicht so abgelegen, dass sie Sie nicht besuchen könnten«, fügte er lächelnd hinzu. »Und ich hoffe, Sie kommen und bleiben bei uns.«

»Danke, Junge. Ich bin sicher, das werden wir. Ich werde meine Rose vermissen. Von den drei Mädchen ist sie die einzige, die sich jemals für die Geschäfte interessiert hat, und ich hatte große Hoffnungen, dass sie uns bei unseren Zukunftsplänen helfen würde. Ich hätte ihr zum Beispiel die Aufgabe übertragen, unser Garnsortiment zu erweitern, vor allem in den Bereichen Häkeln und Sticken, und die Auswahl an Textilien zu vergrößern. Aber stattdessen wird sie eine Bäuerin sein. Nicht, dass daran etwas auszusetzen wäre«, fügte er schnell hinzu.

»Rose wird natürlich auf dem Hof helfen. Aber es gibt keinen Grund, warum sie, wenn sie nicht für die Farmarbeit gebraucht wird, nicht ein paar Stunden in Mutters Laden arbeiten könnte. Der ist in St. Helier. Es liegt auf der anderen Seite der Bucht, aber sie könnte leicht mit dem Fahrrad dorthin fahren. Ich bin sicher, Mutter würde sich über ihre Hilfe freuen.«

John nickte. »Das ist gut zu hören.«

»Bis jetzt hat Kathleen Mutter in ihren arbeitsreichen Zeiten geholfen, und gelegentlich auch Kathleens beste Freundin Emily. Aber Rose weiß viel mehr über Kurzwaren als die beiden zusammen. Wie Kathleen kommt auch Emily aus einer Bauernfamilie. Ihre Eltern besitzen eine Farm nicht weit von unserer entfernt. Wir bauen mehr Kartoffeln an als sie, und sie bauen mehr Weizen und Hafer an als wir. Wir bauen nur eine kleine Menge an, um das Vieh zu füttern und um Brot zu backen. Wir halten beide Kühe zum Melken und machen ein bisschen Butter, und wir haben ein paar Schweine und Hühner. Aber Mutter ist die einzige echte Kurzwarenhändlerin unter uns.«

»Ich habe mich sehr gefreut, als ich hörte, dass sie ihre Verbindung zur Kurzwarenbranche aufrechterhalten hat«, sagte John lächelnd. »So hat Ihr Vater sie natürlich auch kennengelernt. Und ich bin froh zu hören, dass Rose nicht etwas aufgeben muss, was sie gut kann und was ihr Spaß macht.«

Tom nahm sein Glas in die Hand. »Ich werde alles tun, was ich kann, um Rose glücklich zu machen, Sir«, sagte er. »Darauf können Sie sich verlassen.« Er trank sein Glas aus und stand auf. »Ich glaube, ich gehe jetzt besser. Morgen ist ein anstrengender Tag. Sie brauchen nicht mit mir zu kommen, Sir.«

»Dann bleibe ich wohl hier«, sagte John, »und spare meine Energie für morgen. Und ich muss noch einmal einen Blick auf meine Rede werfen.« Er erhob sich und wandte sich Tom zu. »Was auch immer in der Zukunft passiert, Tom, ich vertraue darauf, dass Sie sich gut um meine Rose kümmern.«

»Das werde ich, Sir.«

John streckte seine Hand aus, und Tom schüttelte sie.

6

———

J*ersey, April 1938*

BEGLEITET VON MÖWEN, die den tiefblauen Himmel mit weißen und hellgrauen Flecken überzogen, glitt die St. Julien über das glitzernde Wasser auf die grauen Steinmauern zu, die in der Ferne aus dem Meer ragten und den Hafen von St. Helier bildeten.

In Toms Arm lehnte Rose an der Reling des Schiffes und starrte begeistert über die Bucht zu den Villen und kleinen weißen Häusern, die den weiten Bogen des gelben Sandes, der den Rand des Wassers begrenzte, nachzeichneten.

»Es ist alles wunderschön, Tom«, hauchte sie. »Und es ist herrlich und warm. Aber sehr windig«, fügte sie lachend hinzu. Sie hob beide Arme und zog den Knoten des Schals, der ihr Haar aus dem Gesicht hielt, fester. »Ganz anders als in London, wo es für April ziemlich kalt war.«

»Kalt oder nicht, gestern war der schönste Tag meines

Lebens«, sagte er und drehte sich zu ihr um. »Und deinen Kopf auf dem Kissen neben meinem zu sehen, als ich heute Morgen aufgewacht bin, das werde ich nie vergessen. Ich liebe dich so sehr, Rose.«

»Und ich liebe dich auch«, sagte sie und blickte in sein Gesicht.

Er legte seinen Arm um sie und zog sie sanft zu sich.

Sie schmiegte sich so eng an ihn, wie sie konnte, legte ihren Arm auf seine Brust, spürte das schnelle Schlagen seines Herzens neben ihrem und umarmte ihn ganz fest.

Dann lösten sie sich voneinander, lächelten sich an und wandten sich wieder der Aussicht zu, sein Arm immer noch um ihre Schultern, ihr Arm um seine Taille.

»Ich kann nicht glauben, dass ich an einem Ort wie diesem leben werde«, sagte sie und schüttelte den Kopf.

»Nun, das wirst du«, sagte er zufrieden. »Und eigentlich ist es gar nicht so weit von hier. Das ist die Bucht von St. Aubin. Unsere Farm liegt am oberen Ende eines Hangs, der die Bucht überblickt. Wir haben Glück - wir können leicht nach St. Aubin und St. Helier gelangen, ebenso wie in alle anderen Orte im Landesinneren.« Er blickte in Richtung Hafen. »Das wirst du bald herausfinden. Wir sind fast da, Rose.« Seine Stimme klang aufgeregt.

Sie folgte seinem Blick und spürte einen scharfen Stich der Nervosität. Seine Eltern könnten bereits am Kai sein und auf sie warten.

Plötzlich fühlte sich das alles sehr real an.

Was, wenn sie sie nicht mochten? Oder sie mochte sie nicht?

Sie rückte näher an Tom heran und spürte, wie sich sein Arm um sie legte.

Durch seine Nähe beruhigt, versuchte sie, ihre Ängste als Dummheit abzutun. Ihr Vater hatte William und Annie sehr gemocht, und sie ihn. Und obwohl das schon lange her war, gab es keinen einzigen Grund, warum sie sie nicht auch mögen sollten und warum sie sich nicht gut verstehen würden.

Sie war nur so sehr an die Art und Weise gewöhnt, wie ihre Familie Dinge tat. Jetzt würde sie Toms Eltern kennenlernen, die sicher ganz anders handelten.

Bis zu diesem Moment waren sie nicht mehr als Namen gewesen. Aber jetzt, durch ihre Nähe, war die Traumblase, in der sie sich in den letzten Wochen Befunden hatte, geplatzt, und die Realität ihrer Situation wurde ihr zum ersten Mal bewusst. Sie war viele Meilen von ihrer Familie entfernt und würde bald mit Menschen zusammenleben, die sie nicht kannte und die alles auf ihre eigene Art und Weise machen würden. Es könnte sich als schwierig erweisen, sich an das Fremde zu gewöhnen.

Und dann war da noch Kathleen.

Kathleen hatte nicht erwartet, dass Tom ihr nach seiner Rückkehr eine Schwägerin präsentieren würde. Würde sie sich freuen, eine weitere Frau im Haus zu haben, auf deren Bedürfnisse in Zukunft ebenso Rücksicht genommen werden müsste wie auf ihre eigenen, fragte sie sich.

Und was machte eigentlich eine Bäuerin den ganzen Tag? Sie hätte Tom wirklich fragen sollen, als sie noch in London waren, dann wäre sie besser vorbereitet gewesen.

Energisch schob sie einige verirrte Haarsträhnen unter ihr Kopftuch zurück und versuchte, ihre rasch wachsende Nervosität zu unterdrücken.

»Meine Eltern werden dich lieben«, sagte Tom, als hätte er ihre Gedanken gelesen. »Ich kann es kaum erwarten, sie wiederzusehen und dass sie dich kennenzulernen.« Er schaute sie amüsiert von der Seite an. »Und ich kann unsere erste gemeinsame Nacht in einem bequemen Bett kaum erwarten.«

Sie lachte. »Es war ein bisschen klumpig«, sagte sie.

»Das kannst du laut sagen! Und bei dem Versuch, dem größten Klumpen auszuweichen, hätte ich mir fast eine schwere Verletzung zugezogen.«

»Und ich mir auch!«, rief sie aus.

Als sie sich glücklich anlächelten, spürte sie, wie ein Teil ihrer Angst verschwand.

Er lehnte sich mit dem Rücken an das Geländer und sah sie an. »Heute Abend wird es anders sein, Rose«, sagte er, und seine Stimme wurde plötzlich ernst. »Und jeder Tag und jede Nacht danach. Ich liebe dich so sehr, und ich werde immer mein Bestes tun, damit alles für dich perfekt ist.«

»Wenn du bei mir bist, wird es das sein.« Sie hob die Hand und küsste ihn auf die Wange. Sie verweilte einen Moment, ihr Gesicht an seinem, dann wandte sie sich wieder der Aussicht zu.

»Was ist das?«, fragte sie und deutete auf ein Schloss, das auf einem Felsvorsprung ein Stück vom Ufer entfernt stand. »Es sieht ziemlich spektakulär aus.«

Starke Wellen schlugen ungleichmäßig gegen den steinernen Sockel, rollten dann zurück und hinterließen Ringe aus cremefarbenem, pockennarbigem Schaum auf den glänzenden, nassen Granitplatten. Augenblicke später wogte das Meer wieder vorwärts, und ein neuer Schwall mächtiger Wellen überschlug sich, prallte in einer Masse brodelnden weißen Schaums gegen die Felsen, zog sich zurück und hinterließ neue Schaumkronen, die den Felsvorsprung umgaben.

»Das ist Elizabeth Castle«, sagte er. »Es wurde erbaut, als Elisabeth I. Königin war, daher der Name. Zweimal am Tag, wenn die Flut kommt, wird es zu einer Insel. Aber bei Ebbe kann man über einen Damm dorthin laufen.« Er lächelte sie an. »Das werden wir eines Tages tun. Aber jetzt sollten wir lieber zu unseren Koffern zurückkehren und uns bereit machen, von Bord zu gehen. Wir sind sehr bald da.«

Er hielt ihr die Hand hin, und sie nahm sie.

LEICHT SCHWANKEND DURCH die Bewegung des Bootes steckte sie ihren Schal in ihre Tasche. Dann schob sie die Schildpatt-Spange fester in das Haar, das sie oben auf dem Kopf zusammengerollt hatte, setzte ihre Cloche wieder auf den Kopf, nahm mit einer Hand ihren Koffer, hielt sich mit der anderen an der Reling fest und eilte Tom über den Steg nach.

Er hatte bereits trockenen Boden erreicht und wartete am Fuß der Landungsbrücke auf sie. Sobald sie sich ihm näherte, griff er nach ihr, legte seine Hand unter ihren Ellbogen und half ihr auf den Anleger.

Als sie die Menschenmenge sah, die hinter einer Absperrung die Ankommenden musterte, sah sie Tom an. »Sehe ich gut aus?«, fragte sie mit zitternder Stimme.

»Du siehst wunderschön aus, Rose«, sagte er. »Du könntest nie anders aussehen. Komm, lass uns die Familie suchen. Sie werden sich freuen, dich kennenzulernen, und ich kann es kaum erwarten, dich vorzuführen.«

Er nahm ihren und seinen Koffer und ging auf die Absperrung zu.

»Tom!«, hörte sie eine Stimme schreien.

Hinter der Absperrung hatte sich eine mollige blonde Frau aus der Menge gelöst und drängte sich vor, wobei sie wild winkte.

»Mum!«, rief er.

Er eilte um die Absperrung herum, ließ die Koffer zu Boden fallen und öffnete seine Arme, um seiner Mutter entgegenzulaufen.

Rose folgte ihm und hielt sich etwas zurück.

Sekunden später sah sie, wie ein großer, gut gebauter Mann Toms Hand schüttelte, ihn dann an seine Brust zog und ihn fest umarmte.

Dann drehten sie sich zu ihr um.

Drei Paar stechend blaue Augen starrten sie an, zwei Paar mit Interesse, eines mit Stolz.

Sie schluckte schwer.

»Hallo«, sagte sie und ging ein Stück vorwärts, blieb aber ein Stück von ihnen entfernt stehen. »Ich bin Rose.«

»Und ich bin die Mutter von Tom«, sagte die Frau, löste sich von ihrem Mann und ihrem Sohn und eilte auf Rose zu. »Wir freuen uns sehr, dich kennenzulernen, Rose«, sagte sie und umarmte sie herzlich. »Willkommen auf Jersey und in der Familie.« Dann hielt sie sie auf Armeslänge und betrachtete ihr Gesicht. »Tom hat gesagt, Sie seien reizend«, fügte sie mit einem Lächeln hinzu, »und das sind Sie auch.«

»Das ist sehr nett von Ihnen, Mrs. Benest, auch wenn ich sicher vom Wind total zerzaust aussehe«, sagte Rose.

»Du wirst dich bald an den Wind gewöhnen«, bemerkte Toms Vater, als er zu ihnen kam. »Je näher man am Meer ist, desto stärker ist der Wind. Und da wir eine kleine Insel sind, weht der Wind so gut wie überall. Allerdings ist es selten so windig wie auf dem Schiff.«

»Jetzt, wo es zwei Mrs. Benests gibt«, sagte Toms Mutter, »könnte es verwirrend werden, also denke ich, wir sollten uns jetzt entscheiden, wie wir uns gegenseitig nennen wollen. Du wirst natürlich Rose heißen, und ich fände es schön, wenn du mich Annie nennen würdest. Es sei denn, du bevorzugst etwas anderes.«

Rose schüttelte den Kopf. »Nein, das tue ich nicht. Ich denke sogar schon an dich als Annie, denn wann immer Vater dich erwähnte, sagte er Annie.«

Annie strahlte. »Es ist gut zu wissen, dass er manchmal noch an uns denkt.«

»Oh, das tut er! Und Mutter tut das auch. Du und Mr. Benest seid definitiv nicht vergessen worden«, sagte Rose.

William trat vor und reichte Rose die Hand. »Ich freue mich sehr, dich kennenzulernen, Rose. Wie Annie vorgeschlagen hat, sollten wir uns mit Vornamen anreden. Ich bin William.«

»Und ich habe Hunger«, sagte Tom mit einem Grinsen. »Es scheint lange her zu sein, seit wir gegessen haben.«

William lachte. »Du bist also immer noch so gierig, was? Offensichtlich hat dir das miserable Essen in England nicht den Appetit verderben können. Wie gut, dass das Mittagessen auf dem Hof auf uns wartet. Hier, ich nehme die Koffer.« Er hob sie auf und wandte sich der Ortschaft zu.

Tom musterte schnell die Menschen in der Nähe. »Wo ist Kathleen, Dad?«, fragte er und runzelte leicht die Stirn. »Ist sie nicht mit dir gekommen?«

»Leider konnte sie nicht, Tom«, sagte Annie hastig. »Sie wollte mitkommen, aber im letzten Moment bat Emily sie um Hilfe bei etwas, das mit ihrer Farm zu tun hatte. Emily Gorin ist die beste Freundin von Kathleen, Rose. Unsere Familien stehen sich sehr nahe. Kathleen wird heute bei Emily übernachten, du wirst sie also erst morgen Abend beim Abendessen kennenlernen.«

»Ich fürchte, ich weiß nichts über Landwirtschaft«, meldete sich Rose und verdrängte ihre Enttäuschung darüber, dass sie so lange auf ihre Schwägerin warten musste.

Annie lächelte beschwichtigend. »Das wusste ich auch

nicht, als ich hier ankam. Aber wenn man auf einer Farm lebt, lernt man schnell. Nun denn«, sagte sie und ihr Lächeln schien sie alle zu umarmen. »Wollen wir nach Hause gehen?«

ANNIE FÜHRTE Rose in ihre große Küche, gefolgt von Tom.

»Morgen wirst du ausgeruhter sein, Rose, deshalb zeigen wir dir den Rest des Hauses und der Nebengebäude erst dann. Und morgen bringen wir dich zu dem Haus, das dein und Toms Haus sein wird. Es ist fast nebenan. Wir nennen das hier immer das Farmhaus und dein zukünftiges Haus das Cottage.«

»Ein Cottage klingt so himmlisch«, sagte Rose und strahlte.

»Das Zimmer, in dem wir jetzt sind, ist eines der wichtigsten Zimmer. Wenn wir tagsüber nicht auf den Feldern oder in einer der Scheunen arbeiten, versammeln wir uns meist hier. Du wirst feststellen, dass fast immer eine Kanne Kaffee auf dem Herd steht.«

»Ich kann verstehen, warum es euch hier gefällt«, sagte Rose und sah sich in dem Raum mit den hohen Decken um. »Es ist schön und luftig und sehr einladend. Und sieh mal, man kann das Meer sehen«, fügte sie aufgeregt hinzu und deutete auf das Fenster.

Annie lächelte. »Ja, das können wir. Wie du sehen kannst, befindet sich der Kochbereich auf der anderen Seite der Küche, und das Fenster auf der Rückseite blickt auf den Hof und die Nebengebäude. Abends trinken wir unseren Kaffee oft in dem kleinen Wohnzimmer, das an das vordere Zimmer angrenzt. Im Wohnzimmer haben wir unsere Tasse Tee getrunken, als wir zurückkamen.«

»Mir gefällt, was ich von dem Haus gesehen habe«, sagte

Rose glücklich. »Unser Haus in London ist viel schmaler. Es hat weniger Zimmer und ist im Vergleich dazu winzig. Und unsere Küche ist überhaupt nicht wie diese«, fügte sie hinzu. »Ich habe noch nie so eine wunderbare Küche gesehen. Ich liebe den offenen Kamin. Was ist das?«, fragte sie und starrte auf eine Metalltür in der Wand neben dem Kamin. »Das ist doch kein Brotofen, oder?«

»Gut vermutet. Aber ich kann nicht behaupten, dass er oft als solcher benutzt wird«, sagte Annie lachend. »Und das Gestell, das an der Decke hängt, ist für Brot und Speck gedacht, aber das benutzen wir auch nicht oft. Aber wir lassen beides so, weil wir den rustikalen Stil mögen und weil es Teil der Geschichte des Hauses ist.«

»Ich finde, es ist ein schönes Zimmer.«

Annie lächelte sie an. »Ich danke dir. Aber ich nehme an, dass du jetzt ungeduldig bist, weil du wissen willst, wo du und Tom wohnen werdet, bis euer Haus fertig ist. Wir haben zwei Schlafzimmer eingerichtet, von denen ihr eines als Wohnzimmer nutzen könnt. Eines der Zimmer ist euer Schlafzimmer, Tom, aber wir haben ein neues Bett hineingestellt«, erklärte Annie ihm.

Sowohl sie als auch Rose erröteten.

»Wir haben es vor Kurzem renoviert«, fuhr Annie schnell fort. »Und das Schlafzimmer gegenüber wird euer Wohnzimmer sein. Es blickt über den Hof auf die Scheune mit dem Kelterhaus. Dort wird unser Apfelwein hergestellt, Rose. Die Weinpresse nutzen wir tatsächlich«, sagte sie lachend.

Tom trat an Roses Seite und nahm ihre Hand. »Danke, Mum. Das klingt perfekt.«

»Wir haben euch ein Wohnzimmer eingerichtet, weil wir dachten, dass ihr abends vielleicht nicht immer bei uns sitzen wollt. Aber ihr seid herzlich willkommen, wann immer ihr doch Lust darauf habt«, erklärte Annie. »Ich schlage vor, dass du Rose nach oben bringst, Tom, während ich mich um das Essen kümmere. Es wird in etwa einer Stunde fertig sein. William hat euer Gepäck schon nach oben gebracht.«

»Kann ich dir irgendwie helfen?«, fragte Rose.

»Nein, danke, aber es ist nett, dass du das anbietest.« Sie ging hinüber zu einem hölzernen Kleiderständer, der an der Wand hing, und nahm eine geblümte Schürze vom Haken.

»Ich schlage vor, du zeigst Rose das Schlafzimmer und das Bad, Tom, und lässt sie dann auspacken«, sagte sie und schlüpfte in die Schürze. »Du könntest das Auspacken auf später verschieben und deinen Vater suchen. Ich weiß, dass er dir unbedingt zeigen will, was sie in den letzten drei Monaten auf der Farm gemacht haben. Du kannst mir morgen von dem Großhändler erzählen, den du gefunden hast.«

»Gut, dann lass uns gehen«, sagte Tom zu Rose. »Das Tragen über die Schwelle hebe ich mir für den Tag auf, an dem wir in das Haus einziehen«, fügte er mit einem breiten Grinsen hinzu. »Morgen nach dem Frühstück zeige ich dir das Cottage und den Rest des Farmhauses. Aber jetzt, nachdem ich dir oben alles gezeigt habe, gehe ich erst einmal Vater suchen.«

Und gemeinsam gingen sie in die Diele hinaus und die Holztreppe rechts davon hinauf.

»Vielen Dank, dass du unsere Zimmer so schön hergerichtet hast, Annie«, sagte Rose, als sie fast eine Stunde später in die Küche kam. »Ich hatte nicht erwartet, so viel Platz und so viele Schränke zu haben.«

»Freut mich, dass es dir gefällt«, sagte Annie und sah

zufrieden aus. »Aber glaub nicht, dass ihr jeden Abend dort oben allein sitzen müsst. Kommt herunter, wann immer ihr wollt.«

»Danke.«

Annie nahm eine große Terrine in die Hand. »Dein Timing hätte nicht besser sein können. Das Essen ist fertig. Komm und setz dich.« Und sie wies den Weg zu einem rechteckigen, schweren Tisch aus gebürstetem Holz, der vor dem Fenster stand, das auf das Meer hinausging.

»Ich sitze hier«, sagte sie, »am nächsten zum Kochbereich, und William sitzt am anderen Ende. Setzt euch auf die Seite, die ihr wollt. Ich werde die Männer rufen. Und wenn wir gegessen haben, möchte ich alles über deine Familie erfahren, angefangen mit deinem Vater.«

ROSE SPÜRTE Toms Blick auf ihrem Rücken, als sie sich an die Fensterbank ihres Schlafzimmers lehnte und beobachtete, wie sich der Nachthimmel von einem intensiven Indigo-Blau zu einem schwarzen Sternenmantel verdichtete.

Er lag auf dem Bett, die Hände hinter dem Kopf, und beobachtete sie. Eine Haarsträhne war ihm in die Stirn gefallen und glänzte golden im Licht der Nachttischlampe. Sein Pyjama-Oberteil war geöffnet und seine nackte Brust schimmerte.

Ihr Atem ging schnell, und sie zitterte in ihrem dünnen Baumwollnachthemd.

»Komm ins Bett, Frau«, sagte er und klopfte auf den Platz neben sich. »Du siehst aus, als ob du frierst.«

Sie lief hinüber und legte sich neben ihn. Er drehte sich auf die Seite und hüllte sie mit seiner Wärme ein. Jeder Nerv kribbelte, und sie zog ihn näher an sich heran. Als sie seinen Körper hart an ihrem spürte, erschauderte sie erneut.

»Oh, Rose«, hauchte er, ihr Name ein langer, tiefer Seufzer der Liebe.

»Ich liebe dich, Tom«, flüsterte sie, ihre Stimme war voller Sehnsucht. Er beugte sich über sie und löschte das Licht der Lampe.

SIE LAG auf dem Rücken und starrte an die Decke. Dann drehte sie sich zu Tom um. Er lag auf dem Bauch, mit dem Gesicht zur Wand, sein Rücken hob und senkte sich leicht mit seinem Atem.

Das war der Mann, den sie liebte, der Mann, mit dem sie den Rest ihres Lebens verbringen würde.

Jetzt, wo sie in seiner Welt waren, fragte sie sich, was er tat, wenn er nicht auf der Farm arbeitete, während sie den Kopf auf dem Kissen neben sich anstarrte. Sie hatte nicht die geringste Ahnung. Sie hatten sich so schnell kennengelernt, und es war in ihrem Haus gewesen, nicht in seinem, also wusste sie noch nicht, was er abends in seinem eigenen Haus tat.

Es würde ihr Spaß machen, das herauszufinden, dachte sie und schaute wieder an die Decke.

Und wie würde sie ihren Tag verbringen?

Im Idealfall würde sie die Arbeit auf der Farm interessant finden, und abends würden sie und Tom Dinge finden, die sie gerne gemeinsam unternahmen. Spazierengehen vielleicht, wenn das Wetter nicht zu schlecht war. Oder tanzen. Vorausgesetzt natürlich, dass er wirklich gerne tanzte. In London schien er das jedenfalls zu tun. Oder vielleicht sogar etwas, das mit Kurzwaren zu tun hatte.

Offensichtlich interessierte er sich für Kurzwaren, sonst

hätte ihn seine Mutter nicht mit der Suche nach einem Großhändler in England betraut, also wäre das ein Interesse, das sie teilten. Ihr Vater hatte recht gehabt, dass es ihr Spaß machte, die Geschäfte zu beaufsichtigen. Sie mochte die Arbeit und liebte die Herausforderung, die sie ihr bot.

Aber wenn es etwas anderes war, als das, dann war es auch egal. Das Wichtigste war, dass sie über Dinge reden konnten, die nichts mit der Arbeit zu tun hatten. Sie würde es hassen, wenn er sie langweilig fände und es bereuen würde, sie geheiratet zu haben.

Zumal sie jetzt auf sich allein gestellt war und ihre Familie viel zu weit weg war, um ihr zu helfen, falls etwas schiefgehen sollte.

Sie schloss die Augen und versuchte, das plötzliche, überwältigende Gefühl der Ungeheuerlichkeit dessen, was sie getan hatte, zu verdrängen.

7

———

D*er folgende Tag*

ROSE UND TOM STANDEN NEBENEINANDER, mit dem Rücken zum Meer, und blickten auf die beiden Häuser auf der anderen Seite des breiten Sandweges, auf dem sie standen: das Farmhaus zu ihrer Rechten und das kleinere Steinhaus daneben, das ihr Haus werden sollte.

Ein eisernes Tor trennte das Cottage vom Haupthaus und verhinderte, dass sich Tiere außerhalb des großen Hinterhofs, den sich beide Häuser teilten, verirrten.

Auf der anderen Seite des Farmhauses verlief eine Granitmauer entlang der Vorderseite des Hofes bis zu der Stelle, an der sie auf eine Garage traf. In der Granitmauer befanden sich zwei bogenförmige Öffnungen, die durch grün gestrichene Holztüren verschlossen waren: eine große Öffnung für landwirtschaftliche Fahrzeuge und eine kleinere für Personen.

»Die Häuser sehen so schön aus«, sagte Rose fröhlich.

»Dann wollen wir uns unser Haus mal von innen ansehen«, sagte Tom und nahm ihre Hand.

Sie war begeistert, als sie sah, dass sich ihr Wohnzimmer im ersten Stock befand, von wo aus sie einen freien Blick auf das Meer hatten. Vom Wohnzimmer ging ein Balkon mit Metallgeländer ab, der gerade groß genug war, um einen kleinen Tisch und ein paar Stühle aufzustellen. Das bedeutete, dass sie das Meer sehen konnten, egal ob sie drinnen oder draußen waren.

Nachdem sie sich umgesehen hatten, gingen sie durch die Hintertür, die von der Küche abging, nach draußen. Im hinteren Teil des Hofes war ein großer, eingezäunter Gemüsegarten zu sehen.

Sie hoffte inständig, dass der Gemüsegarten eine von Annies Aufgaben sein würde, als sie diagonal über den Hof zu den Nebengebäuden gingen, die hinter dem Farmhaus lagen. Sie hatte im Garten in der Allcroft Road noch nie etwas anderes gemacht, als mit ihren Schwestern darin zu spielen, und sie wüsste nicht, wo sie anfangen sollte.

Doch bevor sie Tom nach dem Garten fragen konnte, führte er sie in die erste der Scheunen. Das war ein Stall für die Schweine, wo einzelne Metallboxen standen, obwohl die Tiere oft draußen auf dem Feld waren, erzählte er ihr, als sie in den nächsten der Ställe gingen.

Nachdem er sie durch den Stall für die Kühe, den Melkstall, die Kartoffelscheune und die Scheunen für die Lagerung, die Weinpresse und das Butterfass geführt und ihr gezeigt hatte, wo die Hühner gehalten wurden, gingen sie hinter die Nebengebäude.

Auf dem Weg zu den Feldern kamen sie an einer Reihe von Gewächshäusern vorbei, in denen, wie Tom ihr erklärte, die Jungpflanzen gezüchtet wurden. Als sie zu einem großen Feld kamen, auf dem die Kühe weideten, blieb Tom stehen und lehnte sich an den Holzzaun. Sie tat es ihm gleich.

»Sehen sie nicht wunderschön aus?«, fragte er und ließ seinen Blick über die hellbraunen und cremefarbenen Kühe schweifen.

»Ich werde sehen, ob ich ein Make-up finde, das einen ähnlichen Effekt erzielt«, murmelte sie.

Er sah sie amüsiert an und blickte dann wieder zu den Kühen.

»Sind sie wild?«, fragte sie.

»Nicht die Kühe. Aber die Bullen können manchmal aggressiv sein. Jersey-Kühe sind eher neugierig und freundlich als grimmig. Und sie können störrisch und temperamentvoll sein. Es sind Kühe mit Persönlichkeit, könnte man sagen.«

»Und was wächst auf diesen Feldern?«, fragte sie und schaute nach links.

»Weizen. Wir pflanzen den Winterweizen im Herbst und ernten ihn Mitte Mai. Und wir pflanzen auch Weizen im Frühjahr und ernten ihn im Herbst. Im Gegensatz zu unseren Freunden, den Gorins, bauen wir aber nicht viel Weizen an. Wir bauen gerade genug für den Eigenbedarf und als Futter für das Vieh an. Wenn wir uns den Gemüsegarten ansehen, wirst du sehen, dass wir Wurzelgemüse haben, aber auch das ist nur für unseren eigenen Bedarf.«

»Ich verstehe«, sagte sie.

»Wir bauen hauptsächlich Kartoffeln an«, fuhr Tom fort. »Und wie du siehst, haben wir viele Kühe, Schweine und Hühner. Die Milch der Kühe liefern wir an die Molkerei, und wir stellen eine bescheidene Menge Butter her. Die Butter ist für den Eigenbedarf, aber wir beliefern auch einige der örtlichen Geschäfte. Und wir versorgen sie auch mit Eiern.«

»Das klingt nach viel Arbeit«, sagte sie, als sie den Weg entlang der Kuhweide einschlugen. Sie warf einen Blick voraus und rief aus. »Sag's nicht! Nach den Kartoffelpflanzen auf dem Hang, der zum Meer hinunterführt, sind das auch wieder Kartoffelpflanzen«, sagte sie und deutete auf die mit Pflanzen bewachsenen Hügel vor ihnen.

Tom lachte und legte seinen Arm um sie.

»Ich habe noch nie so viele Kartoffeln gesehen«, sagte sie, als sie schließlich auf den Hof zurückkehrten.

»Und heute Abend beim Essen wirst du noch mehr sehen«, sagte er lächelnd.

NACHDEM SIE SICH frisch gemacht und ein kornblumenblaues Kleid angezogen hatte, von dem sie wusste, dass es eines von Toms Lieblingskleidern war, ging Rose etwas früher zum Abendessen hinunter, weil sie unbedingt Kathleen kennenlernen wollte, bevor sie sich zum Essen setzten.

Es war ein hervorragender Tag gewesen, und sie hatte sich sehr auf den Abend gefreut, aber zu ihrer Enttäuschung war zwar der Tisch gedeckt, aber niemand in der Küche anwesend.

Sie ging hinaus in die Diele und hinüber zum vorderen Zimmer.

Auch das war leer. Ebenso das Wohnzimmer. Sie fühlte sich ratlos und ging zum Wohnzimmerfenster hinüber und starrte auf die Reihe der steinernen Nebengebäude. Aus einem der Gebäude konnte sie das Muhen von Kühen hören, und zwischen Haus und Scheunen pickten einige Hühner auf dem Boden, aber es war kein Mensch zu sehen.

Tom muss immer noch mit William auf den Feldern sein oder in einer der Scheunen, dachte sie. Sie wollte sich umdrehen, doch ein Geräusch aus dem Hof hielt sie auf. Es kam von ihrer rechten Seite. Sie drückte ihr Gesicht gegen das Glas und schaute nach rechts, wo sie Annie erblickte, die die Wäsche von der Leine vor der Küche abnahm.

Na, dann ist ja eine von ihnen gefunden, dachte sie und richtete sich auf. Doch von Kathleen und den Männern war immer noch nichts zu sehen. Und abgesehen von den Kühen und dem Gackern der Hühner war auch nichts zu hören. Es war ein wenig anders als das ständige Brummen des Verkehrs auf der Queen's Crescent, aber angenehm.

Sie lächelte vor sich hin und kehrte in die Küche zurück.

Als sie vorhin erwähnt hatte, dass sie gerne kochte, hatte Annie auf Kochbücher hingewiesen, die auf dem obersten Regal der großen Kommode in der Küchentür standen, und so dachte sie, dass sie einen Blick darauf werfen würde, während sie darauf wartete, dass Annie hereinkam.

Sie ging zur Kommode hinüber und griff nach dem nächstgelegenen Buch. Als sie es herunterzog, hörte sie Schritte auf dem Flur. Sie umklammerte das Buch und drehte sich zur Tür, als ein Mädchen mit langen blonden Haaren in die Küche kam.

Das Mädchen sah sie und blieb abrupt stehen.

Auf Roses Gesicht breitete sich ein Lächeln aus. »Bist du Kathleen?«, fragte sie. Ohne zu lächeln, nickte das Mädchen. »Ja, das stimmt. Und ich nehme an, du bist Toms Frau.«

»Ja. Ich bin Rose.«

Sie überlegte, ob sie ihr die Hand reichen sollte. Oder ob es freundlicher wäre, sie zu umarmen.

Aber Kathleen ging direkt an ihr vorbei und setzte sich

an den Küchentisch. »Er ist auf dem Weg hierher«, sagte sie kurz und knapp.

Rose zögerte einen Moment, ihre Stirn legte sich vor Überraschung in Falten. Dann stellte sie das Buch zurück ins Regal und setzte sich Kathleen gegenüber.

»Das ist Toms Platz«, schnauzte Kathleen.

Verblüfft über Kathleens Unfreundlichkeit und ratlos, warum sie so war, unterdrückte Rose ihren Instinkt, Kathleen zu sagen, was sie von ihrer Unhöflichkeit hielt, und setzte sich kommentarlos auf den nächsten Stuhl.

Schwere Stille lag in der Luft.

»Du wirst es hassen, hier zu leben«, meldete sich Kathleen mit eisigem Tonfall. »Es passiert nie etwas. Du wirst im Handumdrehen wieder nach Hause wollen.«

»Nein, das werde ich nicht«, entgegnete Rose. »Das hier ist jetzt mein Zuhause. Mein Zuhause wird immer dort sein, wo Tom ist.«

»Hübsch gesagt, aber wir werden sehen«, sagte Kathleen spöttisch. Sie nahm den steinernen Krug in der Mitte des Tisches und schenkte sich ein Glas Wasser ein.

»Ah, ihr habt euch also kennengelernt«, sagte Annie, die mit einem Korb voller Wäsche vom Hof durch eine Tür an der Rückseite der Küche kam. Sie stellte den Korb auf den Boden im hinteren Teil der Küche und machte sich am Herd zu schaffen.

Ihre Stimme klang angespannt, dachte Rose, was darauf hindeutete, dass Annie gewusst hatte, dass Kathleen unfreundlich sein würde, und wahrscheinlich auch den Grund dafür kannte.

Was könnte es also sein, fragte sie sich.

Sie warf einen Blick über die Schulter zu Annie, aber Annie stand immer noch mit dem Rücken zu ihr.

Da Tom erst vor Kurzem nach Jersey zurückgekehrt war

und die meiste Zeit seit seiner Rückkehr mit William verbracht hatte, abgesehen von der Zeit, in der er ihr das Haus und den Hof gezeigt hatte, und sie seitdem entweder mit Annie zusammen war oder sich allein entspannt hatte, musste es sich um etwas handeln, das vor Toms Abreise nach England geschehen war.

Wenn ja, würde Kathleen dann auch unhöflich zu ihm sein?

Sie warf einen verstohlenen Blick auf Kathleen, die sich auf das Stück Brot konzentrierte, das sie auf ihren Teller gelegt hatte.

Mit einem inneren Seufzer der Erleichterung hörte sie, wie Tom und William in die Küche kamen und miteinander sprachen. Tom kam direkt an den Tisch und setzte sich neben sie. William nahm den Platz am Ende des Tisches ein.

Tom lächelte sie breit an und sah dann zu Kathleen hinüber.

»Hallo, kleine Schwester«, sagte er fröhlich. »Lange nicht mehr gesehen.«

Kathleen starrte ihn fest an, dann sah sie wieder auf ihren Teller.

Sein Lächeln verblasste. Er drehte sich zu Rose um und hob die Augenbrauen.

Sie zuckte mit den Schultern.

»Also, was hältst du von der Farm, Rose?«, fragte William und bediente sich an einem Stück Brot. »Tom sagte, er hätte dir heute alles gezeigt.«

»Sie ist wirklich schön«, sagte sie. »Sie ist so hübsch. Und unser Haus auch. Oder sollte ich sagen, das Cottage? Es ist wirklich nett von dir und Annie, dass ihr es uns überlasst.«

Er nickte. »Es ist ein solides Haus. Du würdest es nicht

glauben, aber die Wände sind tatsächlich drei Fuß dick. Hier ist es auch so.«

»So«, sagte Tom. »Das ist bemerkenswert.«

»Unser vorderes Zimmer hier ist ein wenig muffig, wie du wahrscheinlich bemerkt hast«, fügte William hinzu. »Aber das liegt daran, dass wir es nicht oft benutzen. Nur für große Familienfeiern und besondere Anlässe. So wie das Vorderzimmer in der Allcroft Road, nehme ich an«, fügte er hinzu. »Du solltest dich hier wie zu Hause fühlen.«

»Wie nett von dir, dass du dein Wohnzimmer für mich muffig und ungenutzt aussehen lässt«, sagte sie und lachte.

Er lachte mit ihr.

»Warst du heute Nachmittag spazieren?«, fragte Tom sie. »Ich wollte, aber ich war nach dem Mittagessen ziemlich müde - es waren ein paar anstrengende Tage - und Annie hat darauf bestanden, dass ich mich draußen hinsetze, also habe ich es getan, und ich fühle mich jetzt besser. Die Aussicht auf das Meer, mit dem Hafen von St. Aubin auf der rechten Seite, ist wirklich schön.«

»Das ist es, nicht wahr? Und ich sehe, dass du und Kathleen euch schon kennengelernt habt.« Er blickte wieder zu seiner Schwester, und sein Lächeln umfasste sie beide.

Kathleens Blick blieb auf ihrem Teller haften.

Tom tappte offensichtlich genauso im Dunkeln wie sie, stellte Rose fest.

»Wir haben uns gerade erst kennengelernt«, sagte sie, um die kurze Anspannung zu überbrücken, und verstummte.

Annie kam zum Tisch hinüber und stellte einen großen Auflauf hin. »Es ist ein Kaninchenauflauf«, sagte sie. Sie brachte zwei Terrinen, eine mit gekochten Pastinaken und Karotten und eine mit kleinen braunen Kartoffeln. Dann setzte sie sich hin.

»Ihr seid alle sehr still«, sagte sie, schöpfte eine Portion des Auflaufs auf den Teller, der auf dem Stapel von Tellern neben ihr stand, und reichte ihn Rose. »Nimm dir ein bisschen Gemüse, Rose.«

»Die Kartoffeln sind aus eigenem Anbau«, sagte William. »Sie sind besonders lecker, weil sie mit etwas gedüngt sind, das wir Vraic nennen. Das ist Seegras aus Jersey, das an den Stränden der Insel geerntet wird. Wir schütten ihn entweder direkt auf den Boden oder verbrennen ihn und streuen die Asche aus. Oder wir trocknen es und verwenden es als Brennstoff. Es gibt keinen besseren Dünger. Und es ist so viel davon verfügbar. Jersey hat einige der stärksten Gezeitenströme der Welt, und das Meer schüttet freundlicherweise regelmäßig Unmengen von Vraic an der Küste ab. Die Landwirte auf Jersey nutzen es schon seit dem zwölften Jahrhundert.«

»Meine Güte! Das ist eine lange Zeit«, sagte Rose, während sie einen Löffel Kartoffeln auf ihren Teller gab.

Mit steinerner Miene bediente sich Kathleen an den Karotten.

Als alle versorgt waren, nahmen sie ihre Messer und Gabeln in die Hand.

»Die Kartoffeln sind wirklich köstlich!«, rief Rose aus.

»Es gibt nichts Besseres als selbst gezogene Kartoffeln«, sagte Annie lächelnd. »Der Geruch von frisch gegrabenen Kartoffeln am Morgen ist himmlisch.«

»Jetzt, wo du alles gesehen hast, was wir in deiner Abwesenheit gemacht haben, Tom, wie hat dir die Farm gefallen?«, fragte William.

»Sie macht wirklich einen guten Eindruck, Dad. Allerdings reichen drei Monate kaum aus, um die Kühe zu töten und das Gemüse vergammeln zu lassen«, lachte er. »Nicht einmal, wenn Kathleen ihr Schlimmstes tut.«

Er lächelte zu seiner Schwester hinüber. Mit mürrischem Gesicht schob sie ihr Essen von einer Seite ihres Tellers auf die andere und ließ nicht erkennen, dass sie ihn gehört hatte.

Er runzelte die Stirn. »Was ist los mit dir, Kathleen?«, fragte er. »Normalerweise können wir dich nicht zum Schweigen bringen. Aber heute Abend nicht. Du hast noch nicht einmal Hallo gesagt oder willkommen zurück. Und was soll der säuerliche Gesichtsausdruck?«

»Nichts«, sagte sie und spießte eine Karotte mit ihrer Gabel auf.

»Nun, da ist eindeutig etwas!« Er starrte sie verärgert an.

»Iss jetzt auf, Tom«, sagte William und deutete auf Toms Teller, bevor er sich über das Stück Kaninchen vor ihm hermachte.

Wieder herrschte Schweigen.

Minuten später ließ Tom Messer und Gabel auf den Teller fallen, schob seinen Teller beiseite und starrte Kathleen an. »Willst du das ganze Essen über hier sitzen, ohne ein Wort zu sagen, und eine Atmosphäre schaffen, die offensichtlich allen auf die Nerven geht? Du ruinierst Rose ihr erstes richtiges Familienessen mit uns. Sie wird denken, dass wir immer so sind, aber das sind wir nicht. Also, was ist es?«

Kathleen hob eine weitere Karotte auf.

»Tom hat recht, Kathleen«, sagte William. »Du kannst genauso gut sagen, was du unbedingt sagen willst, und dann können wir vielleicht das Essen genießen, das deine Mutter vorbereitet hat.«

Kathleen starrte ihn an.

»Und?«, fragte er, wobei seine Stimme eine Spur lauter klang.

Kathleen blickte von William zu Annie. »Ihr wisst

beide, worum es geht, also warum so tun, als wüsstet ihr es nicht? Ihr wisst, was ich davon halte, dass Tom *sie* geheiratet hat«, sie deutete auf Rose, »obwohl er so gut wie versprochen hatte, Emily zu heiraten.« Sie starrte Tom anklagend an. »Emily war am Boden zerstört, als sie hörte, dass du eine andere heiraten wirst. Alle waren so überrascht. Wir alle dachten, dass du und Emily heiraten würdet. Und das habt ihr auch geglaubt«, fuhr sie ihre Eltern an.

Das wars also, dachte Rose erschüttert. Sie blickte fragend zu ihrem Mann, der Kathleen fassungslos anschaute.

»Ich habe keine Ahnung, wovon du redest!«, rief er aus. »Ich habe nie darüber nachgedacht, jemanden zu heiraten, bis ich Rose kennengelernt habe. Und ich habe Emily nie den Eindruck vermittelt, dass ich mich für sie auf romantische Weise interessiere. Sie ist ein nettes Mädchen, aber das ist auch schon alles. Ich weiß nicht, wie du und Emily denken konntet, ich wolle sie heiraten. Ich bin ja nicht einmal mit ihr ausgegangen.«

»Du hast immer mit ihr auf den örtlichen Veranstaltungen getanzt und dich mit ihr unterhalten, wenn unsere Familien sich gegenseitig besuchten«, sagte Kathleen anklagend.

Tom machte eine hilflose Geste. »Ich war höflich und gastfreundlich, weil sie eine Freundin der Familie ist. Was die Tanzveranstaltungen angeht, so habe ich sie nie besonders gemocht, wie du ja weißt. Ich bin hingegangen, weil es jeder tat - es wurde von mir erwartet - und ich habe mit Emily getanzt, weil sie ein bekanntes Gesicht war und ich mich nicht anstrengen musste. Mehr war es nicht.«

»Das Problem ist«, sagte William leise. »Ich verstehe jetzt, wie auf einer kleinen Insel das Tanzen mit demselben

Mädchen bei jeder Tanzveranstaltung eine Erwartungshaltung bei dem Mädchen hervorrufen kann.«

»Ich habe auch mit anderen Leuten getanzt«, erwiderte Tom. »Ich habe ein paar Mal mit Madeleine Le Feu getanzt. Willst du damit sagen, dass du oder sie erwartet haben, dass ich sie heirate?«

»Bei Emily war es ein bisschen mehr als das, oder?«, sagte William. »Jedes Mal, wenn wir bei den Gorins waren oder sie zu uns kamen, hast du mit ihr geplaudert. Deine Mutter und ich haben uns sogar darüber gewundert. Ich nehme also an, dass es nicht unvernünftig war, dass ihre Familie dachte, dass mehr dahinter steckte als bloße Höflichkeit.«

»Natürlich haben sie das. Die arme Emily ist so traurig«, sagte Kathleen und blickte ihren Bruder an. »Und ihre Eltern sind es auch.«

»Das erklärt, warum sie uns nicht angerufen oder sich zu Toms Verlobung geäußert haben«, sagte William langsam. »Ich muss zugeben, dass mich das etwas überrascht hat, aber es ging alles so schnell, dass ich nicht weiter darüber nachgedacht habe.«

»Nun, das hättest du vielleicht tun sollen«, sagte Kathleen unhöflich. »Tom hat sich Emily gegenüber wirklich schlecht benommen. Außerdem ist es ihr sehr peinlich, was die Leute hinter ihrem Rücken reden werden.«

»Das reicht, Kathleen«, sagte William hitzig. »Ich denke, wir haben genug von dir gehört. Ich weiß, dass du verärgert bist, aber Rose ist jetzt bei uns, und wir sind froh, dass sie da ist. Ich kann mir nicht vorstellen, was sie von uns denken muss. Die ganze Sache ist ein bedauerliches Missverständnis, und Tom wird morgen zu den Gorins gehen und mit ihnen reden. Stimmt's, Tom?«

Tom nickte. »Natürlich.«

»Das tut mir leid, Rose«, sagte William. »Das war nicht die beste Begrüßung, die du in Jersey oder bei uns als Familie hättest haben können. Ich hoffe, dass dies nicht deine Gefühle darüber trübt, dass du hierher gezogen bist.«

Den Tränen nahe öffnete Rose ihren Mund, um ihm zu antworten.

»Jetzt kommt die kleine Rede darüber, dass Tom dort ist, wo er hingehört und sie gehört zu ihm«, sagte Kathleen in spöttischem Ton.

»Die Sache ist erledigt, Kathleen«, sagte Annie scharf. »Oder bist du nicht derselben Meinung?«

Kathleen runzelte die Stirn. »Nein, das bin ich nicht. Ihr seid nicht diejenigen, die für dumm verkauft worden sind.«

»Und du auch nicht«, entgegnete Annie. Sie warf einen Blick über den Tisch zu William. »Ich denke, es wäre ein guter Zeitpunkt, das Thema zu wechseln, William. Warum öffnest du nicht eine Flasche unseres speziellen Apfelweins?« Sie wandte sich an Rose. »Wir möchten dich in unserem Haus willkommen heißen, Rose«, sagte sie mit einem angestrengten Lächeln. »Wir dachten, wir tun es mit Apfelwein aus unserer Weinpresse.«

Kathleen stand auf und ging hinaus, wobei sie die Küchentür hinter sich zuschlug.

8

———

E*in paar Minuten später*

IHR BLONDES HAAR flog lose hinter ihr her, und ihre Augen waren voller Tränen. Kathleen schritt über den Hof zu dem schmalen, zerfurchten Weg, der an der Seite der Kuhweide entlangführte, die dem Haus am nächsten war.

Wieder einmal war Tom ungeschoren davongekommen.

Er konnte nie etwas falsch machen. Und sie konnte nie etwas richtig machen.

Egal, wie sehr sie sich bemühte.

Sie tat immer ihr Bestes, um auf der Farm zu helfen, obwohl ihr die Arbeit nicht wirklich Spaß machte, aber niemand schien ihre Bemühungen zu würdigen. Unermüdlich half sie ihrer Mutter im Haus und im Laden, aber ihre Hilfe wurde als selbstverständlich angesehen. Sie wurde nie kommentiert oder beklatscht.

Dagegen wurde alles, was Tom tat, ausnahmslos bemerkt und gelobt, ohne Ende.

Sie führte das nicht darauf zurück, dass sie nicht geliebt wurde. Das war es nicht. Sie war sich sicher, dass ihre Eltern sie liebten.

Nein, es lag daran, dass Tom derjenige war, der den Hof führen würde, wenn sie nicht mehr da waren.

Tom war derjenige, der wichtig war. Er war es, der bei allem, was er tat, bestärkt und ermutigt werden musste. Nicht sie. Sie würde heiraten und woanders hinziehen. Ganz einfach, Tom hielt die Zukunft ihres Hofes in seinen Händen und das Mittel, den Namen Benest am Leben zu erhalten. Das tat sie nicht.

Sie wischte sich mit dem Handrücken über das Gesicht.

Wahrscheinlich war ihnen gar nicht bewusst, dass sie Tom anders behandelten als sie, aber sie hatte den Unterschied ihr ganzes Leben lang gespürt. Damit würde sie sich abfinden müssen, das hatte sie längst erkannt, bis zu dem Tag, an dem sie heiratete und wegzog.

Aber wenn Emily Tom geheiratet hätte und in das Haus gezogen wäre, wäre alles viel erträglicher gewesen. Sie hätte Emilys Gesellschaft und ihre Hilfe bei der Hausarbeit gehabt, und ihr Leben, bis sie den Hof als verheiratete Frau verließ, wäre so viel angenehmer gewesen.

Sie und Emily verstanden sich sehr gut, denn sie kannten sich schon, als sie noch in den Windeln lagen. Im Gegensatz zu ihr liebte Emily die Arbeit auf der Farm in all ihren Facetten, und sie hätte ihr gerne die Last abgenommmen. Sie wäre die ideale Schwägerin gewesen.

Nur hatte Tom nicht Emily geheiratet.

Rose hatte sie verdrängt.

Und zu allem Überfluss war ihre Mutter nach anfänglichen Bedenken darüber, wie wenig Rose und Tom voneinander wissen konnten, lautstark von der Idee begeistert gewesen, dass es eine weitere Frau auf der Farm gab, die nicht nur ein echtes Interesse an Kurzwaren hatte, sondern auch etwas über die Führung eines solchen Geschäfts wusste.

Was sie, Kathleen, über Kurzwaren wusste, hatte ihre Mutter ihr beigebracht. Was Rose über Kurzwaren wusste, hatte sie von ihrem Vater, dem mehrere Geschäfte gehörten und der viel mehr darüber wusste als ihre Mutter. Ihre Mutter würde sich immer öfter an Rose wenden, wenn sie Hilfe und Ratschläge brauchte, und nicht an ihre eigene Tochter, und im Handumdrehen würde Rose ihren Platz im Laden einnehmen.

Wie Farmer Tom würde auch Kurzwarenhändlerin Rose ein geschätztes Mitglied der Familie werden und von ihr in einer Weise geschätzt werden, wie sie, Kathleen, es nie würde.

Wenn Tom doch nur Emily geheiratet hätte, dachte sie verzweifelt.

Plötzlich kam ihr ein Gedanke, und sie blieb stehen.

Es stimmte zwar, dass Tom eine andere geheiratet hatte, aber er musste nicht mit ihr verheiratet bleiben. Alle sagten, Scheidungen seien heute einfacher als früher. Es war also immer noch möglich, dass er und Emily eines Tages heiraten konnten.

Es bedurfte nur einer kleinen Intervention ihrerseits, damit Rose sich danach sehnte, nach England zurückzukehren. Aber sie musste es eher früher als später erledigen, bevor Kinder kamen und die Sache verkomplizierten.

Andererseits könnte Rose ermutigt werden, in Jersey jemanden zu finden, der ihr lieber war als Tom. Schließlich kannte sie Tom kaum, und je mehr sie ihn kennenlernte, desto wahrscheinlicher war es, dass sie feststellte, dass sie überhaupt nicht zusammenpassten.

Rose war ein Stadtmädchen, aus einem viel größeren Ort als St. Helier, der größten Stadt auf Jersey. Sie wusste überhaupt nichts über die Landwirtschaft. Sie hatte vielleicht romantische Vorstellungen davon, die sie aus Kindergeschichten kannte, aber wenn sie die tatsächliche Arbeit kennenlernte, die mühsam, zermürbend und sehr eintönig war, würde sie sie hassen.

Eine sich beschwerende Rose würde natürlich Tom um Unterstützung bitten, aber da würde sie enttäuscht werden.

Als ihre Eltern von ihrer Sorge gesprochen hatten, dass Rose und Tom sich noch nicht gut genug kannten, um zu heiraten, hatten sie recht gehabt. Rose hatte keine Ahnung, wie sehr Tom mit der Farm verbunden war. Und sie hatte auch nicht gemerkt, dass er kein wirkliches Interesse an der Kurzwarenbranche hatte.

Er hatte die Tatsache, dass seine Mutter einen Großhändler in Weymouth suchte, zum Anlass genommen, den Ort zu besuchen, an dem seine Eltern früher gelebt hatten, und die Leute kennenzulernen, von denen er viel gehört hatte. Aber nie hatte er in seinen Briefen nach Hause auch nur angedeutet, dass er sich wünschte, in England bleiben zu können. In seinen Briefen war immer von Dingen die Rede, die mit der Farm zu tun hatten.

Und wenn Tom sich in den Monaten seiner Abwesenheit nicht verändert hatte, wofür es keine Anzeichen gab, stand er jeden Morgen früh auf, frühstückte schnell und ging dann in die Scheunen und auf die Felder. Er kam nur zum Mittagessen und zum Tee ins Haus zurück, bis der Himmel sich verdunkelte und es Zeit war, zum Abendessen ins Haus zu kommen.

Rose wusste das noch nicht.

Und wenn sie erst einmal anfing, die Struktur von Toms Leben zu verstehen, war sie sicher sehr verärgert über die langen Arbeitszeiten und darüber, wie wenig sie von ihm sah. Tom hätte sie vorwarnen sollen, wie es sein würde, dachte sie vielleicht, und Groll könnte sich einschleichen.

Sie würde sich noch mehr aufregen und möglicherweise entsetzt sein, wenn sie erfuhr, dass nicht nur der Farmer auf dem Hof arbeiten musste, sondern auch seine Frau. Und die Arbeit war ziemlich schwer. Jersey-Frauen wurden nicht als zarte Blümchen behandelt, denen man keine allzu schwere Arbeit zumuten durfte. Man erwartete von ihnen zum Beispiel, dass sie auf die Felder gingen, wenn die Kartoffeln reif waren, und sie an der Seite der Männer ausgruben.

Ja, sie würde sich gelegentlich in den Kurzwarenladen flüchten können, aber die Bedürfnisse des Hofes würden immer Vorrang haben. Und da die Kartoffeln, ihre wichtigste Ernte, das ganze Jahr über Arbeit erforderten, würde es nicht so viele Gelegenheiten geben, um wegzukommen.

Ihre Ideen nahmen schnell Gestalt an, und sie begann wieder zu laufen. Die erste Etappe bestand darin, dass Rose anfing, sich sehr allein zu fühlen. Und dabei könnte sie helfen, dachte sie mit einem Lächeln im Gesicht. Sie würde den Anschein erwecken, dass der Laufpass von Emily der Vergangenheit angehörte und dass sie, Kathleen, sich mit Rose anfreundete, wie es jede gute Schwägerin tun würde.

Aber das Gegenteil wäre der Fall.

Wenn Leute in der Nähe waren, würde sie freundlich mit Rose sprechen. Aber wenn sie nicht da waren, würde sie sie ignorieren. Und wenn sie eine gemeinsame Aufgabe hatten, die sie zum Reden zwang, würde sie nur das absolut Notwendige sagen.

Rose würde unweigerlich nach Tom suchen, um tagsüber etwas Wärme zu finden. Aber damit würde sie Pech haben. Da er den ganzen Tag auf den Feldern beschäftigt war, hatte er keine Zeit, Geduld oder Lust, sich um sie zu kümmern, wenn er nach Hause kam. Ebenso wenig wie ihre Eltern, deren Tage mit ihren eigenen Aufgaben ausgefüllt waren.

Schon bald würde sich Rose, die es gewohnt war, ihre Familie um sich zu haben und mit Menschen zu arbeiten, mit denen sie sich unterhalten konnte, einsam fühlen. Wenn das der Fall war, würde sie sich entweder nach England oder nach einem freundlichen Nachbarn sehnen.

Sollte eine der Nachbarinnen Roses Einsamkeit bemerken und sich mit ihr anfreunden wollen, würde sie bei ihrem nächsten Gespräch beiläufig eine unangenehme Bemerkung über Rose fallen lassen, ob sie nun der Wahrheit entsprach oder nicht, und sie würden ihre Meinung mit Sicherheit ändern.

Wenn ein männlicher Nachbar Rose mit romantischem Interesse ansah, würde Kathleen alles tun, um ihm den Weg in Roses Bett zu erleichtern. Und dann würde sie dafür sorgen, dass Tom es erfuhr.

Zunehmend würde Rose entweder die warme Umarmung ihres Londoner Zuhauses vermissen oder die warme Umarmung von jemand anderem als Tom genießen.

Nach dem, was sie von Rose gesehen hatte, und dem, was sie über Tom wusste, konnte man den beiden zutrauen, dass sie an diesem Punkt die Führung übernahmen und den Rest selbst erledigten. Auf diese Weise würden sie mit Sicherheit zu einem Ergebnis kommen, das von Anfang an unvermeidlich war.

Nur jemand, der in ein bäuerliches Leben hineingeboren wurde, konnte Toms tiefe Gefühle für die Farm verstehen und nicht eifersüchtig auf die Zeit sein, die er auf den Feldern verbrachte.

Jemand wie Emily.

Emily war vielleicht nicht so attraktiv wie Rose, aber sie war trotzdem sehr hübsch. Und als Tochter eines Farmers liebte sie das Leben auf einer Farm, verstand die Anforderungen der Landwirtschaft und wusste, was von einer Farmersfrau erwartet wurde.

Wenn Emily und Tom miteinander sprachen, tauschten sie sich gerne über die Geschehnisse auf ihren jeweiligen Farmen aus. Und während Rose immer unglücklicher wurde und sich über die Aufgaben ärgerte, die von ihr erwartet wurden - Gefühle, die sie aufgrund ihrer Erfahrung als Geschäftsführerin von drei Geschäften wahrscheinlich nicht verbergen konnte -, musste Tom daran denken, wie gerne er sich immer mit Emily unterhalten hatte.

Je mürrischer Rose herumlief, desto mehr leuchtete Emily, die die Arbeit auf dem Hof mit Geschick, Freude und einem fröhlichen Lächeln verrichtete, in Toms Augen.

Kathleen beschleunigte ihre Schritte und bog in den breiten Weg ein, der zu Emilys Farm führte. Sie konnte es kaum erwarten, Emily ihre Gedanken über Rose mitzuteilen und dass sie sich vorstellen konnte, dass Emily in nicht allzu ferner Zukunft vielleicht doch ihre Schwägerin werden würde.

9

———

M*ai, drei Wochen später*

JOHN SCHOB seinen leeren Teller beiseite, wischte sich den Mund mit der Serviette ab und betrachtete Mabel, Iris und Violet.

»Es ist schon seltsam, dass Rose beim Sonntagsessen nicht dabei ist«, bemerkte er. »Ich habe mich immer noch nicht daran gewöhnt, dass sie weg ist. Sie war immer so lebhaft, und sie hatte immer etwas Interessantes über die Geschäfte oder die Kunden zu sagen. Wir werden sie bei den Mahlzeiten wirklich vermissen.«

»Danke für das Vertrauen, das du deinen beiden anderen Töchtern entgegenbringst, Vater«, sagte Violet. Sie sah Iris an und beide kicherten.

»Dein Vater hat es nicht so gemeint«, sagte Mabel mit einem amüsierten Lächeln. »Wie du ja weißt.«

»Natürlich habe ich das nicht«, sagte John schnell. »Aber

du musst zugeben, dass Rose die Einzige ist, die sich jemals für die Geschäfte interessiert hat.«

»Das mag sein«, sagte Violet. »Aber es gibt andere Dinge, die man wissen und über die man reden sollte, und ich habe nie gehört, dass Rose sich dafür interessiert hätte. Wir könnten uns aber dafür interessieren, und das könnte zu einer angenehmen Diskussion am Tisch führen, auch ohne Rose.«

»Was zum Beispiel?«, fragte John.

»Zum Beispiel die Dinge, die unsere Geschichtslehrerin in unserem Gesprächskreis erzählt«, antwortete Violet. »Sie erklärt uns immer die Situation in der Außenwelt und wir reden darüber. Damit wir, wenn wir an der Uni anfangen, wissen, was in anderen Ländern passiert. Es gibt eine Welt jenseits unserer Läden, weißt du.«

»Das weiß ich«, sagte John mit einem Lächeln. »Und Tom wird das bestätigen. Wir haben am Abend vor der Hochzeit darüber gesprochen.«

»Was hat dir deine Lehrerin erzählt, Violet Liebes?«, fragte Mabel, während sie sich vorbeugte, um Violets leeren Teller abzuräumen.

»Dass Adolf Hitlers Ambitionen die Stabilität Europas bedrohen könnten«, sagte Violet. »Und das könnte sehr ernste Konsequenzen haben.«

John lächelte beschwichtigend. »Ich glaube, das ist etwas übertrieben, meinst du nicht?«

»Nein, finde ich nicht. Meine Lehrerin sieht das nicht so. Sie hat gesagt, dass Hitler viele Bedingungen des Versailler Vertrages gebrochen hat und dass er Deutschland mit Sicherheit wieder aufrüsten wird. Niemand legt einen Waffenvorrat an, wenn er nicht die Absicht hat, ihn zu benutzen.«

»Ich denke, wir sollten es dabei belassen, Violet«, sagte

John entschlossen. »Es gibt keinen Grund, unnötig Unruhe zu stiften. Deine Lehrerin hat das Recht zu sagen, was sie will, aber mir wäre es lieber, du würdest ihre Meinung für dich behalten und deine Kommentare auf Dinge beschränken, die uns helfen, unsere gemeinsamen Mahlzeiten zu genießen.«

»Meinst du damit Dinge wie eine Diskussion über deine Geschäfte, Daddy?«, fragte Iris fröhlich. »Wäre das mehr nach deinem Geschmack? Ich fürchte, ein solches Thema ist meilenweit von Violets Interessengebiet entfernt, aber ich kann dich ja dabei unterstützen.«

Er sah sie amüsiert an. »Ich bin sicher, dass du das kannst, Iris. Immerhin bist du erst seit einer Woche bei D. H. Evans angestellt. Es gibt wohl kaum etwas, was du nicht über die Geschäfte weißt.« Er lehnte sich in seinem Stuhl zurück, lächelte Mabel über den Tisch hinweg an und sah dann wieder zu Iris. »Also, was kannst du uns berichten?«

»Dass man von dem, was sie tun, lernen kann. Die Art und Weise, wie sie den Laden gestaltet haben, ist brillant. Die Leute haben Lust, dort ihr Geld auszugeben. Du steckst in einem festgefahrenen Trott fest, und Rose auch. Für euch beide sind Läden einfach nur Tische mit einem Dach aus Schiefer und einer Glasscheibe über einer Holztheke.«

»Ich glaube, das ist ein wenig zu hart für deinen Vater, Iris«, sagte Mabel. »Seine Geschäfte ermöglichen uns ein bequemes Leben.«

»Das weiß ich«, sagte Iris ungeduldig. »Aber das heißt nicht, dass man nichts anders machen kann. Es gibt viele neue Ideen für die Gestaltung von Geschäften, und es gibt eine Fülle von Informationen darüber, was die Leute dazu bringt, etwas zu kaufen. Du und Daddy solltet euch die Läden in der Oxford Street und der Regent Street genau ansehen und das, was ihr seht, bei der Gestaltung eurer eigenen Läden anwenden.«

John drehte sich leicht zu ihr um. »Wovon genau sprichst du, Iris?«

»Das Erscheinungsbild des Ladens, Daddy. Das ist wirklich wichtig. Bei D. H. Evans sorgen die glamourösen Oberflächen dafür, dass sich die Leute, die dort hingehen, auch glamourös fühlen. Die Wände und Säulen sind aus cremefarbenem Marmor, der zu leuchten scheint. Und die Böden sind aus poliertem Kork. Und alle Auslagen aus Metall glänzen satiniert. Es wird viel Glas verwendet. Sie haben Hunderte von Vitrinen aus Glas. Der Laden fühlt sich luxuriös an, und die Leute, die dort einkaufen, wollen Teil dieser Welt sein.«

»All das kostet Geld.«

»Nicht so viel, wie du vielleicht denkst, vorausgesetzt, du siehst dich ein wenig um. Und am Ende würde es sich bezahlt machen, weil du viel mehr Geld einnehmen würdest, weil der Umsatz steigen würde.«

John schüttelte den Kopf. »In der Oxford Street vielleicht, aber nicht hier in Kentish Town. Unsere Kundschaft hier ist ganz anders.«

»Unsere Kundschaft fängt jetzt an, in die U-Bahn zu steigen und zur Oxford Street zu fahren«, erwiderte sie. »Wie alle anderen wollen sie sich besonders fühlen, aber unsere Geschäfte geben ihnen dieses Gefühl nicht.«

»Bei allem Respekt, Iris, wir verkaufen Kurzwaren«, sagte Mabel und lächelte John an. »Wir verkaufen, was die Leute brauchen. Wenn man einen Reißverschluss kauft, fühlt man sich nicht als etwas Besonderes, und es ist auch nichts, was man spontan kauft.«

Iris wandte sich an ihre Mutter. »Ich will damit sagen, dass sie dazu überredet werden könnten. Wenn du zum

Beispiel ein fertiges Kleid in einer Vitrine ausstellst, ein schickes Kleid, wie man es bei D. H. Evans kaufen kann, und dazu alles zeigst, was bei der Herstellung verwendet wurde, einschließlich des Schnittmusters, dann würden die Leute die Teile und das Schnittmuster vielleicht kaufen, auch wenn sie nicht deswegen gekommen sind.«

John setzte sich aufrecht hin. »Glaubst du wirklich, dass das funktionieren könnte?«, fragte er.

»Ja, das tue ich! Und natürlich würdest du den Stoff, aus dem das Kleid genäht wurde, verkaufen. Viele Leute ziehen es immer noch vor, ihre Kleidung selbst zu schneidern, weil das billiger ist, aber ihre Vorstellungskraft ist begrenzt. Wir würden ihnen etwas Elegantes oder Glamouröses vorsetzen, das sie noch nie gesehen haben, weil sie nicht in die Geschäfte gehen, die diese Art von Kleidern verkaufen. Es würde ihnen die Augen öffnen, wie sie aussehen könnten, und sie würden vielleicht das kaufen, was man braucht, um das Kleid anzufertigen.«

John lehnte sich zurück und starrte Iris an. »Nun, du überraschst mich, Iris. Du hast gerade sehr vernünftig geredet, und du hast mir etwas zum Nachdenken gegeben. Ich könnte dich durchaus um Rat fragen.« Er schüttelte erstaunt den Kopf. »Wer hätte das gedacht?«

»Was hast du vor ein paar Minuten über Rose gesagt, Vater?«, fragte Violet.

Sie und Iris tauschten ein amüsiertes Lächeln aus.

Überglücklich, dass es Sonntag war und dass sie an diesem Tag keine Anweisungen für den Gemüsegarten erhalten hatte und auch nicht gebeten worden war, die frisch geernteten Kartoffeln zu sortieren, stand Rose im Hof und starrte zum Farmhaus hinauf, wobei ihr Blick auf die mehreren kleinen Steinsockel fiel, die um den Schornstein herum aufragten. Wozu waren sie da, fragte sie sich.

»Da bist du ja!«, rief Annie, die aus der Küche durch die Tür kam und sich die Hände an ihrer Schürze abwischte. Sie stellte sich neben Rose und schaute zum Dach hinauf, wobei sie der Blickrichtung von Rose folgte.

»Du schaust auf die Simse, wie ich sehe«, sagte Annie. »Vor Jahren haben sie dort das Stroh befestigt. Sie steckten das Stroh unter den Sims, der es vor dem Wasser schützte, das an den Seiten des Schornsteins herunterlief. Heutzutage verwendet man jedoch Schiefer und kein Reet, und Schiefer ist nicht so dick wie Reet. Deshalb sind die Simse gut sichtbar. Die Leute nennen sie Hexenstangen.«

»Warum Hexenstangen und nicht zum Beispiel Möwenstangen?«, fragte Rose. »Hier gibt es viele Möwen.«

»Das ist wohl aufregender, nehme ich an! Im Volksglauben rasten die Hexen auf den Sitzstangen auf dem Weg zu ihren Zusammenkünften. Die Hausbesitzer wollten sichergehen, dass die Hexen einen Platz zum Sitzen hatten, da sie sich nicht ihre Gunst verscherzen wollten«, erklärte Annie mit spöttischem Ernst, »deshalb ist es zu einer Art Tradition geworden, Häuser mit solchen Vorsprüngen zu bauen, auch wenn es heutzutage kaum noch Strohdächer gibt. Wenn du nachsiehst, wirst du sehen, dass du und Tom Hexensitze auf eurem Haus habt, sodass auch ihr vor Flüchen sicher seid!«

»Ich verstehe«, sagte Rose. »Danke. Das ist interessant.« Sie schenkte Annie ein Lächeln und ging auf die Küchentür zu.

»Warte, Rose!«, rief Annie und ging auf sie zu. »Ich wollte mit dir sprechen«, sagte sie. »Ich bin nicht blind - ich weiß, dass du unglücklich bist, und ich möchte wissen, wie ich dir helfen kann.«

Rose zuckte mit den Schultern. »Mir geht es gut, danke«, sagte sie.

»Dir geht es nicht gut, oder?«, sagte Annie sanft.

Roses Augen füllten sich mit Tränen.

»Was ist los, Rose?«, fragte Annie.

»Ich sehe Tom nie«, sagte sie und brach in Tränen aus.

Annie legte ihren Arm um ihre Schultern. »Lass uns eine Tasse Tee trinken, ja? Im Wohnzimmer, schlage ich vor. Niemand wird uns dort stören.«

Kurze Zeit später saßen Rose und Annie auf gepolsterten Stühlen mit Holzrahmen im Vorderzimmer, zwischen ihnen ein Beistelltisch, auf dem zwei Tassen Tee und ein Teller mit Kuchen standen.

»Bedien dich«, sagte Annie und deutete auf den Kuchen, »und erzähl mir, was dich bedrückt.«

Rose holte tief Luft. »Seit den ersten paar Tagen, als Tom mich auf der Farm herumführte und mir dieses und unser Haus zeigte, habe ich ihn kaum noch gesehen. Ich weiß, dass er zu den Mahlzeiten am Tisch sitzt, aber er ist entweder zu müde, um zu reden, oder er und William unterhalten sich über irgendetwas, das mit dem Hof zu tun hat, und er nimmt mich nicht wirklich wahr. Und abends ist er zu erschöpft, um in unserem Wohnzimmer zu sitzen und sich zu unterhalten. Heute ist Sonntag, Annie, und er ist immer noch am Arbeiten. Ich hätte nicht gedacht, dass es so sein würde.« Sie kramte in der Tasche ihres Rocks nach einem Taschentuch.

»Hast du was zu Tom gesagt?«, fragte Annie sanft.

»Ich habe es versucht, aber wenn ich ihm sage, dass ich ihn gerne sehen würde, wenn er nicht immer so müde ist, und dass es mir schwerfällt, mich an die Arbeit zu gewöhnen«, fuhr sie fort, und ihre Stimme verfing sich in einem Schluchzen, »scheint er es nicht zu verstehen. Und neulich hat er sich sogar darüber geärgert, dass ich mich nicht so sehr wie alle anderen darüber freue, dass wir noch in diesem Monat die ersten Frühkartoffeln des Jahres bekommen werden. Das ist eine Mai-Tradition, sagte er mir wie ein wütender Lehrer. Aber woher sollte ich das wissen?«

»Vielleicht ist *Tradition* etwas übertrieben«, sagte Annie, »aber die Ernte beginnt in der Regel im April, und die ersten Frühkartoffeln des Jahres sind für uns etwas Besonderes - die erste Ladung ist besonders lecker.«

Rose wischte sich mit den Händen über das Gesicht. »Mag sein, aber das ist eine andere Sache - ich fühle mich, als würde ich in Kartoffeln ertrinken. Ich scheine ständig in eine Tonne mit losem Dreck zu schauen, eine Handvoll Kartoffeln herauszuziehen, sie zu sortieren und Sack für Sack mit ihnen zu füllen, damit sie dorthin gebracht werden können, wo sie hingehören.«

»Als du in London warst, hast du ihn da nicht gefragt, was wir auf der Farm so tun?«, fragte Annie.

Rose schüttelte den Kopf. »Nicht wirklich, nein. Er hat viel über Jersey gesprochen, weil er es offensichtlich vermisst hat, und er hat immer von der Farm, den Kühen und den Feldern gesprochen. Er sagte zwar, dass ihr Jersey Royals züchtet, aber er hat nicht erzählt, welche Arbeit damit verbunden ist. Ich nahm an, dass ich einkaufen, kochen und putzen würde - die Dinge, die man in London macht, wenn man verheiratet ist. Aber das tust du, und du scheinst keine Hilfe zu brauchen.«

»Und das wirst du auch tun, wenn du in deinem eigenen Haus bist.«

Rose nickte. »Das ist mir klar. Aber so wie ich das verstehe, muss ich auch noch die Kartoffeln und den Gemüsegarten pflegen. Und bei den Hühnern helfen. Ich hatte nicht erwartet, dass sich mein Leben um Hausarbeit und Kartoffeln drehen würde und dass ich am Ende eines jeden Tages so müde sein würde, dass ich selbst dann, wenn Tom reden wollte, zu erschöpft dafür wäre.«

»Glaub mir, Rose, ich verstehe dich sehr gut. Wenn ich dir zuhöre, denke ich daran, wie schwer es für mich war, als ich das erste Mal nach Jersey kam. Ich hatte Glück, dass ich Tom hatte, der mich beschäftigte, und Kathleen kam kurz nach unserer Ankunft hier. Aber es war trotzdem schwierig. Ich fürchte, wir haben dich ins kalte Wasser geworfen und nicht erkannt, dass es nicht leicht für dich sein würde.« Sie hielt inne. »Was ist mit Kathleen? Hausarbeit macht mehr Spaß, wenn man sie mit einer Freundin macht.«

»Kathleen lehnt es strikt ab, mit mir befreundet zu sein. Wenn jemand in der Nähe ist, spricht sie mit mir. Wenn nicht, redet sie nicht. Sie hat mir offensichtlich nicht verziehen, dass ich Tom geheiratet habe. Aber woher sollte ich wissen, dass die Leute dachten, er würde Emily heiraten? Kathleen gibt mir die Schuld für etwas, das nicht meine Schuld war.«

»Ich verstehe«, sagte Annie. »Mir war nicht klar, wie schlecht sie sich benimmt. Das ist sehr unfair von ihr, und ich werde mit ihr darüber sprechen.«

Rose schüttelte den Kopf. »Das hat keinen Sinn. Es ist offensichtlich, dass sie mich nie mögen wird.«

»Ich bin sicher, dass du dich irrst«, sagte Annie mit einem beruhigenden Lächeln. »Nach dem, was ich von dir gesehen habe, Rose, bist du sehr sympathisch. Ich kann gut verstehen, warum Tom sich in dich verliebt hat. Gib Kathleen einfach etwas Zeit. Und was Tom betrifft. Ich kann mir vorstellen, dass er sich Sorgen um dich macht. Immerhin siehst du in den letzten Wochen immer unglücklicher aus.

Ich denke, du solltest ihm so bald wie möglich sagen, was du mir gerade erzählt hast.«

»Wenn er sich *tatsächlich* Sorgen macht, lässt er sich nichts anmerken.«

»Es könnte sein, dass er ahnt, was das Problem ist, aber nicht weiß, was er sagen soll. Alle Männer und Frauen auf einer Farm müssen ihren Beitrag leisten, also kann Tom dir nicht wirklich erlauben, dass du deinen Teil der Arbeit nicht erledigen musst. Aber du kannst nicht so weitermachen. Tom und ich werden einen Weg finden müssen, dich glücklicher zu machen.«

»Das ist sehr nett von dir, Annie, aber es liegt an mir, das für mich selbst zu erledigen«, sagte Rose düster. »Ich schäme mich ein wenig, hier so vor dir zu sitzen. Als ich mich vorhin hörte, dachte ich, wie faul ich klingen würde. Aber ich bin nicht faul - ich habe sehr lange für meinen Vater gearbeitet, und es hat mir wirklich Spaß gemacht. Am Ende des Tages fühlte ich mich allerdings nicht annähernd so ausgelaugt, wie ich mich fühle, seit ich hier bin.«

»Du armes Ding.«

»Aber du hast recht, Annie - so kann es nicht weitergehen. Ich werde mich zusammenreißen und einen Weg finden, mit der Arbeit fertig zu werden.«

Annie lehnte sich in ihrem Stuhl vor. »Ich habe einen Vorschlag. Ich muss morgen in den Laden, also fahre ich mit dem Fahrrad nach St. Helier so gegen zehn Uhr morgens hier ab. Ich hatte schon immer vor, dich zu fragen, ob du einmal im Laden mitarbeiten würdest. Mit deinem Wissen über Kurzwaren wärst du sicher eine große Hilfe. Ich wollte eigentlich warten, bis du dich an das Leben auf dem Hof gewöhnt hast, aber warum fangen wir nicht schon morgen damit an?«

»Oh, das würde ich gerne!«, rief Rose aus. Ein breites Lächeln breitete sich auf ihrem Gesicht aus.

»Dann ist das beschlossen. Wir haben ein Fahrrad, das du nutzen kannst. Ich nehme an, du bist schon mal gefahren.«

Rose nickte. »Ja, aber schon lange nicht mehr. Zu Hause sind die Straßen ziemlich stark befahren, und da bin ich meist zu Fuß zu Vaters Geschäften gegangen.«

»Wenn man einmal gelernt hat, wie man fährt, vergisst man das zum Glück nie. Wir radeln hinunter zur Uferpromenade, die St. Aubin mit St. Helier verbindet, und fahren weiter nach St. Helier. Es ist eine angenehme Fahrt, die uns am Elizabeth Castle vorbeiführt. Wie hört sich das an?«

»Perfekt«, sagte Rose mit zitternder Stimme. »Vielen Dank, Annie. Ich bin wirklich gespannt auf den Laden.«

Annie wedelte mit dem Finger in ihre Richtung. »Lass das Lächeln einfach, wo es ist. Es ist eine Freude, es zu sehen, Rose. Hoffentlich ist es noch da, wenn wir in etwa einer halben Stunde zu Mittag essen.«

Rose strahlte. »Das wird es.«

10

———

D*er nächste Tag*

DAS ERSTE, was Rose sah, als sie am nächsten Morgen das Farmhaus verließ, waren zwei Fahrräder, die an der Steinmauer abgestellt waren.

Sie schaute sich um, aber Annie war nicht zu sehen, also ging sie zu dem Fahrrad, das nur einen vorderen Korb hatte, und warf ihre Tasche in den Korb. Dann schob sie das Fahrrad leicht nach vorne und betätigte die Bremsen. Nachdem sie sich vergewissert hatte, dass die Bremsen funktionierten, balancierte sie das Fahrrad zurück gegen die Wand. Sie richtete sich auf und schaute zur Haustür. Immer noch keine Annie.

Während sie wartete, schlenderte sie über den Weg vor dem Farmhaus und über die Grasfläche zwischen dem Weg und dem steilen Abhang, der zur Straße hinunterführte. Oben auf dem Hang stehend, starrte sie den Hügel hinunter, von dem Annie ihr erzählt hatte, dass er »côtil« genannt wurde. Gepflegte Reihen saftig grüner Kartoffelpflanzen säumten den Hang. Etwas links von ihr befand sich ein großer Fleck brauner Erde, auf dem mit ihrer Hilfe die Frühkartoffeln geerntet worden waren, und daneben wartete ein Stapel Holzkisten darauf, mit Kartoffeln gefüllt zu werden.

Das bedeutet noch mehr Sortierarbeit, dachte sie. Aber nicht von ihr. Nicht an diesem Tag.

An diesem Tag würde sie mit Annie in St. Helier sein, um Annies Kurzwarenladen kennenzulernen.

Sie lächelte vor sich hin und starrte den mit grünem Teppich ausgelegten Hang hinunter zu der niedrigen Steinmauer, die den unteren Teil des Hangs von der Promenade trennte. Auf der anderen Seite der Promenade, jenseits einer Baumreihe, lag ein breiter Streifen gelben Sandes, und dann das tiefblaue Meer. Auf der anderen Seite der weiten Bucht schimmerten die Dächer der Geschäfte und Häuser im Morgenlicht.

St. Helier. Ihr Ziel für den heutigen Tag.

Auf der weiten Meeresfläche zwischen ihrer Seite der Bucht und dem anderen Ufer, an dem St. Helier lag, glitzerten die Wellenkämme in der Morgensonne, und die makellosen weißen Segel der kleinen Jachten, die die Bucht durchquerten, fingen das Licht ein und schillerten vor dem wolkenlosen blauen Himmel.

Sie drehte sich um und schaute nach rechts. Die kleinen Boote, die im Hafen von St. Aubin vertäut waren, schaukelten auf dem Wasser auf und ab.

Beim Anblick der üppig grünen Kartoffelpflanzen zu ihren Füßen, des breiten Bandes aus goldenem Sand, des glitzernden Meeres und der zahlreichen kleinen Boote überkam sie eine Welle des Glücks. Es könnte nicht unterschiedlicher sein als Kentish Town, dachte sie erfreut. Und das war es, was sie gewollt hatte.

Ihre Lebensgeister erwachten. Es würde alles gut werden, dachte sie. Es würde vielleicht ein wenig Anstrengung erfordern, aber sie würde sich an die Arbeit gewöhnen, und sie würde einen Weg finden, sich so zu organisieren, dass sie noch etwas Energie für den Abend hatte.

Sie würde damit beginnen, sich zu erlauben, nur an das zu denken, was ihr an ihrem neuen Leben gefiel, und sie würde jeden Gedanken an das verbannen, was ihr nicht gefiel.

Außerdem würde sie mit Tom sprechen und ihn bitten, seinen Tag so einzuteilen, dass er abends etwas Zeit mit ihr verbringen konnte, ohne dass er zu müde zum Reden war. Sie konnten nicht so weitermachen, als wären sie immer noch alleinstehend. Jetzt, wo sie ihr Leben teilten, musste sich jeder Zeit für den anderen nehmen.

Sie wandte sich um, um zum Farmhaus zurückzugehen. Dabei entdeckte sie einen schmalen Sandweg zu ihrer Rechten, der weiter auf der Anhöhe verlief. Sie hielt inne und folgte ihm mit den Augen, als er sich den Hang hinunter zur Promenade schlängelte. Sie blickte zurück zum oberen Ende des Weges und sah, dass er kurz hinter der Eingangstür des Cottages begann.

Er war perfekt platziert, dachte sie glücklich. Wenn sie erst einmal in ihr Haus eingezogen waren und ihr alles zu viel wurde, wie es in letzter Zeit ein paar Mal der Fall gewesen war, und sie das Bedürfnis verspürte, dem Hof zu entfliehen, würde sie sich davonschleichen können, ohne dass alle sie sahen. Das wäre besser, als sich irgendwo zu verstecken, in Selbstmitleid zu schwelgen und Tränen zu vergießen, von denen sie nicht wollte, dass Tom oder seine Familie sie sahen.

Sie fühlte sich so fröhlich wie schon lange nicht mehr und ging über den Weg zurück zu den Fahrrädern. Im selben Moment kam Annie aus dem Farmhaus. Als sie Rose näher kommen sah, blieb sie stehen und lächelte breit.

»Ich bin so froh, dass du hier bist!«, rief sie sichtlich erfreut aus. »Ich hatte schon befürchtet, du hättest es dir anders überlegt. Und außerdem lächelst du immer noch. Ich freue mich mehr, als ich sagen kann.«

»Von jetzt an, Annie, konzentriere ich mich nur noch auf das, was mir gefällt. Ich mag es, auf einer schönen Farm zu leben, die von netten Menschen geführt wird, mit einer schönen Landschaft vor der Haustür und täglich frischen Eiern. Ich mag es, dass ich gleich in ein Kurzwarengeschäft fahren kann, das ich unbedingt sehen möchte. Und ich mag es, mit dem Fahrrad am Meer entlang fahren zu können. Das kann man in London nicht machen!«

Annie lachte. »Nein, das kann man nicht.«

»Ich habe mir gedacht, dass das deines ist«, sagte Rose und zeigte auf das Fahrrad, das zwei Weidenkörbe hatte, einen am Lenker und einen hinter dem Sattel, »also habe ich das andere genommen.«

»Du hast richtig geraten«, sagte Annie und legte ihre Handtasche in den vorderen Korb und eine Tragetasche in den hinteren. Sie warf einen Blick auf die helle Strickjacke, die Rose über ihrem grünen Baumwollkleid trug. »Ich weiß, es ist ein schöner Morgen, aber wenn wir in der Nähe des Wassers radeln, kann der Wind ziemlich frisch sein. Willst du nicht etwas Wärmeres anziehen?«

»Das ist schon in Ordnung, danke«, sagte Rose.

»Wir fahren langsam«, sagte Annie und schob ihr Fahrrad auf den Weg. »Wir haben es nicht eilig. Kathleen ist früh gegangen und hat für mich geöffnet. Ich habe gestern Abend kurz mit ihr gesprochen«, fügte sie hinzu, »und sie hat zugegeben, dass sie nicht fair zu dir war. Ich denke, du wirst sie heute als einen anderen Menschen vorfinden. Gut, lass uns fahren, ja?«

»Das ist schön, Annie«, sagte Rose, während sie von einer Vitrine zur nächsten ging, mit einem Hauch von Überraschung in der Stimme. »Als Tom sagte, du hättest einen kleinen Laden, dachte ich, er wäre sehr klein und hätte nur wenig Platz für die Auslage. Aber ich hätte mich nicht mehr irren können. Das ist erstaunlich.«

Sie schenkte Annie ein schiefes Lächeln. »Um ehrlich zu sein, bin ich ziemlich neidisch auf dich«, fuhr sie fort. »Es gibt so viel hier im Laden, und es ist auf eine sehr ansprechende Weise angeordnet. Ich mag das Mahagoniholz überall, die Schubladen mit den Kurzwaren unter den Glastheken und all die Stoffballen in den Wandregalen. Und es ist so eine gute Idee, ein oder zwei Stühle zu haben, auf denen man sitzen kann. Und mir gefällt die Idee mit der Kleiderstange. Sind die Kleider aus zweiter Hand?«, fragte sie und griff nach einem lilafarbenen Seidenkleid, das an der Holzstange in der Mitte des Ladens hing.

Annie nickte. »Alle sind gebraucht. Ich mache keine große Sache daraus, aber es hat sich herumgesprochen, dass ich Kleider, die in einem ausgezeichneten Zustand sind und nicht mehr gebraucht werden, verkaufe und den Erlös mit der Person teile, deren Kleider es waren.«

»Das ist eine sehr gute Idee«, sagte Rose.

»Das bedeutet, dass im Laden viel los ist, und Kathleens Hilfe ist von unschätzbarem Wert.« Annie lächelte Kathleen an, die den Tresen mit einem Tuch abwischte.

»Was ist oben?«, fragte Rose und blickte auf die obere Etage, die über eine Mahagonitreppe an der Seite des Ladens zu erreichen war.

»Noch mehr Stoffe«, sagte Annie. »Ich würde gerne mehr aus dem oberen Bereich machen, aber dafür brauchen Kathleen und ich zusätzliche Hilfe. Die Stunden, die wir im Laden verbringen können, sind begrenzt, da wir auch auf dem Hof arbeiten müssen. Wie du gerade merkst«, fügte sie mit einem trockenen Lächeln hinzu. »Emily hat uns gelegentlich geholfen, wenn wir sehr beschäftigt waren, aber sie hat keine Ahnung von Kurzwaren.«

»Ich hoffe, du lässt mich dir helfen«, sagte Rose schnell. »Wäre ich in England geblieben, hätte ich Vaters Geschäfte weitergeführt. Er hat jetzt drei, plant aber, mindestens zwei weitere zu eröffnen.«

Annie lächelte. »Das hat Tom auch erzählt. Das ist sehr nett von dir, Rose, danke. Ich hatte gehofft, du würdest es anbieten.« Sie warf einen Blick auf ihre Uhr. »Oh, je. Die Zeit rennt, und wenn ich jetzt nicht gehe, komme ich zu spät zu meinem Banktermin. Es wird nicht lange dauern. Sieh dich ruhig weiter um, während ich weg bin, und frag Kathleen alles, was du wissen willst. Ich bin mir sicher, dass sie dir gerne alle Fragen beantworten wird.«

Mit einem Nicken zu den beiden ging sie hinaus.

Einen langen Moment lang bewegten sich weder Rose noch Kathleen.

Dann ging Rose zu dem Ständer hinüber und schaute sich erneut die Kleider an. Zur gleichen Zeit trat Kathleen hinter dem Tresen hervor und ging zu einer Tür unter der Treppe hinüber.

Sie zögerte einen Moment. »Ich werde mir einen Kaffee machen. Mutter und ich trinken normalerweise um diese Zeit eine Tasse. Du kannst auch einen haben, wenn du willst«, murmelte sie unfreundlich. »Es dauert nicht lange, ihn zu machen. Wir mahlen die Bohnen zu Hause und bringen sie mit.«

Rose blickte von dem Kleid auf, das sie in der Hand hielt. »Danke«, sagte sie erfreut und überrascht. »Ich hätte gerne eine Tasse Kaffee.«

»Dann stell einen zweiten Stuhl hinter den Tresen«, sagte Kathleen, öffnete die Tür und verschwand.

Kurze Zeit später kam sie mit zwei Tassen Kaffee zurück. »Ich habe Milch in deinen Kaffee getan, weil ich gesehen habe, dass du ihn so trinkst«, sagte sie und reichte Rose, die auf einem der Stühle hinter dem Tresen saß, eine Tasse.

Rose nickte. »Du auch, glaube ich.« Sie nahm einen Schluck von ihrem Getränk. »Das ist schön. Der Kaffee ist gut.« Sie legte ihr sauberes Taschentuch auf den Tresen und stellte ihre Tasse darauf. »Offensichtlich magst du Kurzwaren. Kannst du auch nähen?«

»Wir müssen uns nicht unterhalten, weißt du?«, blaffte Kathleen. »Ich bin sicher, du hast nicht das geringste Interesse an meinen Hobbys.«

Rose zog die Augenbrauen hoch. »Da hast du recht. Und wenn ich früher Interesse gehabt hätte, hätte ich jetzt noch weniger. Aber wir müssen über irgendetwas reden, wenn deine Mutter zurückkommt, und das schien mir ein gutes Thema zu sein.«

»Für dich vielleicht, aber nicht für mich. Ich habe ein viel besseres Thema im Kopf. Und es ist ein ziemlich offensichtliches. Seit du hier bist, läufst du mit einem Gesicht wie drei Tage Regenwetter durch die Gegend. Wann kehrst du denn nach England zurück?«

Rose starrte sie an. »Das werde ich nicht. Und wenn es das ist, was du dir erhoffst, indem du so unfreundlich bist, dann wirst du eine große Enttäuschung erleben.«

Kathleen lachte höhnisch. »Du bist diejenige, die eine Enttäuschung erleben wird. Tom wird deinen Gesichtsausdruck auch gesehen haben, und wenn du glaubst, dass er sich mit deiner Einstellung zur Farm lange abfinden wird, irrst du dich. Und glaub nicht, dass er dir die Arbeit auf dem Hof ersparen wird, damit du im Laden arbeiten kannst, denn das wird er nicht tun. Der Hof steht bei ihm und Dad immer an erster Stelle. Der Laden kommt erst danach.«

»Das weiß ich. Aber ich liebe Tom, und ich werde das schon hinkriegen, was ich erledigen muss. Du wirst schon sehen.«

Sie trank ihren Kaffee aus, ohne etwas zu sagen, und ging dann zum anderen Ende der Theke, wo sie begann, den Inhalt der verschiedenen Schubladen zu betrachten.

Kathleen hob die Kaffeetassen auf und brachte sie zurück in das Zimmer unter der Treppe.

Kathleens Unfreundlichkeit war also ein Trick, um sie dazu zu bringen, nach England zurückzukehren, dachte Rose. Nun, sie würde scheitern. Und auf eine seltsame Weise half es ihr, zu wissen, was hinter Kathleens offener Feindseligkeit steckte.

Es stimmte, dass sie in letzter Zeit Momente gehabt hatte, in denen sie sich gefragt hatte, ob sie stark genug sein würde, Tom zu verlassen und in ihr Leben in England zurückzukehren, obwohl sie ihn sehr liebte. Aber jedes Mal hatte sie gewusst, dass ein Tag mit Arbeit, die ihr keinen Spaß machte, immer noch unendlich viel besser war als ein Leben ohne Tom.

Aber nach dem, was Kathleen gerade gesagt hatte, musste sie alle Gedanken an England hinter sich lassen. Es war eine Schwäche, die sie traurig machte. Das Leben in England lag in der Vergangenheit; ihr Leben mit Tom in Jersey - das war ihre Zukunft.

Sie würde dafür sorgen, dass sie immer ein Lächeln auf dem Gesicht hatte, egal, was in ihr vorging. Sie konnte es schaffen. Es war nur eine weitere Herausforderung in einem Leben, in dem sie schon einige schwierige Herausforderungen gemeistert hatte.

Der Versuch, die Aufmerksamkeit ihrer Mutter auf sich zu ziehen, war ihre erste Herausforderung gewesen.

Sie war ein paar Monate, nachdem ihr Vater in den Krieg gezogen war, geboren worden, aber wegen des Krieges war er erst zurückgekommen, als sie fast vier Jahre alt war. In den ersten vier Jahren war sie also allein mit ihrer Mutter gewesen.

Es war seltsam und unangenehm gewesen, plötzlich einen Vater in ihrem Leben zu haben. Sie hatte sich über ihn geärgert, weil sie nicht mehr im Bett ihrer Mutter schlafen durfte, was sie sich angewöhnt hatte, weil die nächtlichen Kriegsgeräusche ihr Angst gemacht hatten.

Und sie hatte es ihm übel genommen, die Aufmerksamkeit ihrer Mutter teilen zu müssen, zumal er den größeren Teil davon zu haben schien. Erst viel später hatte sie begriffen, dass er mit seinem verletzten Bein oft starke Schmerzen hatte und die Hilfe ihrer Mutter brauchte.

Sie hatte sich auch geärgert, dass sie nicht mehr in den Kurzwarenladen gehen durfte. Während ihr Vater im Krieg war, hatte ihre Mutter sie mit in den Laden genommen. Da ihre Mutter den Laden allein führte, fand sie immer eine Aufgabe für Rose, und sei es nur das Kopieren eines Bildes auf einem Schnittmuster.

Aber als ihr Vater zurückkam, sagte er, dass der Laden kein Ort für kleine Kinder sei, und er verbot ihrer Mutter, sie dorthin mitzunehmen. Stattdessen bezahlte er eine Nachbarin dafür, dass sie tagsüber auf sie aufpasste, bis sie in die Schule kam. Sie vermisste die gemeinsamen Stunden, die sie mit ihrer Mutter verbracht hatte, sehr.

Ihre zweite Herausforderung bestand darin, die Aufmerksamkeit ihres Vaters von ihren beiden jüngeren Schwestern abzulenken und auf sie zu konzentrieren.

Zu der Zeit, als Violet und Iris geboren wurden, war die Familie in die Allcroft Road gezogen, in die Nähe der Geschäfte ihres Vaters. Anders als bei ihrer Geburt konnte ihr Vater die beiden von Anfang an heranwachsen sehen. Er liebte sie offensichtlich, und er behandelte ihre Schwestern ganz anders als sie.

Als sie klein gewesen war, hatte er immer gearbeitet, auch wenn der Laden geschlossen war. Er hatte nie Zeit gehabt, mit ihr zu spielen. Aber mit Violet und Iris war es anders: Er war nie zu beschäftigt, um mit ihnen im Garten zu ringen oder sich an ihren Wasserspielen zu beteiligen.

Sie hatte gesehen, wie er mit ihren Schwestern umging, und war immer entschlossener geworden, ihn dazu zu bringen, sie genauso zu mögen wie die beiden. Und als sie sah, wie erfreut er war, wenn sie etwas über den Laden fragte, wurde ihr klar, dass der Laden der Weg sein würde, seine Zuneigung zu gewinnen. Von da an bot sie häufig an, im Laden zu helfen, und sie begann, alles über das Geschäft zu lernen, was sie konnte.

Da sie keine geborene Näherin war, hatte sie sich anfangs nicht für Kurzwaren interessiert, aber je mehr sie darüber gelernt hatte, desto mehr war sie in das Geschäft eingetaucht.

Ihr Vater war so erfreut über ihr Interesse und darüber, dass sie im Gegensatz zu Violet und Iris ein Gespür für Kurzwaren zu haben schien, dass er anfing, sie zu bemerken und abends mit ihr zusammenzusitzen und über das Geschäft reden zu wollen.

Diese Herausforderungen hatte sie gemeistert.

Die Herausforderung, Kathleen nicht an sich heranzulassen, würde im Vergleich dazu leicht sein. Und außerdem würde sie bei passender Gelegenheit nicht zögern, sich an Kathleen zu rächen, weil sie so abweisend und unfreundlich war.

Es war nur schade, dass sie täglich angesichts von Bergen von Kartoffeln lächeln musste, um Tom und seine Eltern davon zu überzeugen, dass sie mit der Arbeit auf der Farm zufrieden war, dachte sie reumütig. Aber wenn sie jedes Mal, wenn sie eine Kiste Kartoffeln sah, die darauf wartete, von ihr sortiert zu werden, an Kathleen dachte, würde es nicht schwer sein, fröhlich auszusehen, während sie nach der nächsten Jersey Royal griff.

Sie spürte, Kathleens Abneigung gegen sie fast körperlich, und begann ein kleines Liedchen zu summen.

11

———

S *päter am Abend*

ROSE HÖRTE, wie die Wohnzimmertür geöffnet wurde, und sah von ihrem Strickzeug auf, als Annie hereinkam. Annie schloss die Tür hinter sich und zögerte.

»Darf ich mich zu dir setzen?«, fragte Annie.

Rose lächelte. »Natürlich«, sagte sie und ließ ihre Stricknadeln sinken, als Annie sich in den Sessel ihr gegenüber setzte.

»Du bist lieber hier unten als oben in deinem Wohnzimmer, nicht wahr?«, fragte Annie.

»Wenn Tom bei mir wäre, würde ich da oben bei ihm sitzen wollen. Aber wenn ich allein bin, fühle ich mich hier unten weniger einsam.«

Annie nickte. »Das kann ich verstehen.«

»Aber ich bin überrascht, dich hier drin zu sehen«, bemerkte Rose. »Ich dachte, du wärst schon oben.«

»Nein, noch nicht. Während William und Tom in der Scheune nachsehen, wie viele Kartoffeln noch gepflanzt werden müssen, und Kathleen in ihrem Zimmer ist, dachte ich, wir könnten uns ein wenig unterhalten.«

Rose verzog das Gesicht. »Das klingt ominös.« Sie legte ihre Strickwolle und Nadeln auf den Tisch neben sich.

Annie lächelte. »Es ist nicht so gemeint. Was strickst du denn da?«

»Nur einen Teewärmer. Er ist für die Teekanne, wenn wir in unserem Haus sind.«

»Was für eine gute Idee.« Annie machte es sich bequemer. »Nein, es ist nur so, dass du und Kathleen heute Morgen, als ich in den Laden zurückkam, und auch heute Abend bei Tisch einen guten Eindruck gemacht habt, als würdet ihr euch gut verstehen, aber ich kenne Kathleen gut genug, um zu wissen, dass das alles nur ein Schauspiel war. Ich hatte gehofft, dass ihr, wenn ich euch heute Morgen allein lasse, vielleicht miteinander reden würdet, und dass ihr dann Gemeinsamkeiten finden würdet. Aber ich scheine mich geirrt zu haben.«

»Ich war bereit, mich anzufreunden, aber Kathleen war es nicht.«

»Nun, ich fürchte, ihr werdet beide einen Weg finden müssen, miteinander auszukommen«, sagte Annie unverblümt. »Es sieht so aus, als ob ihr nächste Woche in das Haus einziehen könnt, aber auch dann werdet ihr noch Teil des Hofes sein und wir werden alle zusammen arbeiten, oft unter Druck. Keiner kann es sich leisten, mit jemandem im Streit zu liegen.«

»Und das will ich auch gar nicht. Es ist Kathleen, die nicht mit mir befreundet sein will, nicht ich. Sie ignoriert, was du zu ihr gesagt hast, bevor wir in den Laden gingen. Ich hatte mich darauf gefreut, eine Schwester hier zu haben, wo Violet und Iris so weit weg sind, und ich bin wirklich enttäuscht, dass sie so feindselig ist. Sie will nämlich, dass ich nach England zurückkehre, vermutlich um den Weg für Emily frei zu machen.«

»Ich entschuldige mich für sie. Ich weiß, wie unfair sie sich verhält.«

»Vielleicht beruhigt sie sich, wenn Tom und ich nebenan sind. Schließlich muss sie mich dann nicht jedes Mal sehen, wenn sie isst.«

Annie nickte. »Das hoffe ich. In der Zwischenzeit werde ich noch einmal mit ihr über ihr Verhalten sprechen. Die Dinge müssen besser werden. Aber apropos Essen, ich bin eigentlich hergekommen, um dich zu fragen, ob es dir etwas ausmacht, wenn wir die Gorins am Sonntag zum Mittagessen einladen. Wir haben sie früher oft getroffen, aber seit Tom zurück ist, haben wir sie kaum noch zu Gesicht bekommen. Abgesehen von Kathleen, meine ich. Sie ist immer dann auf ihrer Farm, wenn sie hier nichts zu tun hat. Und oft auch dann«, fügte sie mit einem schiefen Lächeln hinzu. »Sie müssen es satthaben, sie ständig zu sehen.«

Rose lachte.

»Und Emily ist seit Toms Rückkehr überhaupt nicht mehr hier gewesen«, fuhr Annie fort. »Wenn wir das noch länger hinauszögern, könnte es unangenehm werden.«

»Natürlich stört es mich nicht«, sagte Rose. »Ich freue mich sogar darauf, Emily kennenzulernen.«

»Und es wird Zeit dafür. Sie ist ein nettes Mädchen und ich bin sicher, du wirst sie mögen. Sie ist nicht die Art von Frau, die sich mit einer Enttäuschung aufhält. Wenn Kathleen sieht, dass ihr euch gut versteht, wird sie dir gegenüber vielleicht weicher. Wie auch immer«, sagte Annie und stand auf. »Das ist alles, was ich sagen wollte. Ich werde morgen mit Kathleen sprechen.«

»Und ich werde alles tun, was ich kann, damit sie freundlicher zu mir ist«, sagte Rose mit einem strahlenden Lächeln.

»Vielen Dank, Rose«, sagte Annie und verließ den Raum.

Als sich die Tür hinter Annie schloss, verblasste Roses Lächeln.

»Was verdanke ich diesem unwillkommenen Besuch?«, fragte Kathleen eisig, als sie ihre Zimmertür öffnete und Rose dort stehen sah.

»Gib deiner Mutter die Schuld«, sagte Rose, ging an Kathleen vorbei und betrat ihr Zimmer. Sie setzte sich auf den Hocker vor Kathleens Schminktisch, mit dem Rücken zum Spiegel. »Sie hat vor ein paar Minuten mit mir gesprochen und mir gesagt, dass unser heutiges Verhalten sie nicht getäuscht hat. Sie ist fest entschlossen, uns einander näherzubringen.«

Kathleen schloss die Tür und hockte sich auf das Ende ihres Bettes. »Und was hast du ihr gesagt?«

»Dass ich verstehe, wie wichtig Harmonie auf dem Hof ist, und dass ich mein Bestes tun werde. Aber da wir beide das wollen müssen, und du ja nicht einverstanden damit bist, ist es unwahrscheinlich, dass es dazu kommt. Ich vermisse meine Schwestern, und ich hätte dich gerne als eine Art Schwester für mich gehabt, aber das willst du offensichtlich nicht.«

»Wenn wir zusammen aufgewachsen wären, wie Emily und ich, wäre es anders gewesen. Wir hätten Kleider getauscht und uns gegenseitig Mädchengeheimnisse erzählt und so weiter. Aber das haben wir nicht, und jetzt ist es für all das zu spät. Emily ist wie eine Schwester für mich, und ich brauche niemand anderen. Schon gar nicht jemanden, der sich das Leben so vermasselt hat.«

»Du magst vielleicht nicht, dass ich hier bin, aber das macht mein Leben noch lange nicht chaotisch.«

Kathleen lehnte sich zurück gegen die Wand. »Das ist Ansichtssache. Die Zukunft wird zeigen, wer von uns beiden recht hat. Du machst genau das Gegenteil von dem, was mein Vater und Tom getan haben. Aber es ist eine Sache, ein paar Monate lang woanders zu leben, eine ganz andere, ein Leben lang. Du denkst, du gewöhnst dich an das Leben hier und fängst an, es zu genießen, aber das wirst du nicht.«

»Ich werde dafür sorgen, dass ich es tue.«

Kathleen lachte höhnisch. »Das ist nichts, was du wollen kannst! Bis jetzt hast du nur die Spitze des Eisbergs gesehen.«

»Ich werde nicht viel umstellen müssen. Wir werden in unserem eigenen Haus leben, dann wird sich einiges entspannen.«

»Die Realität ist, dass du nur wenige Minuten entfernt sein wirst und die meiste Zeit des Tages hier verbringen wirst, jeden Tag. Denn abgesehen von dem Gemüsegarten, um den du dich kümmern musst, und ein paar Hühnern, ist dies der Ort, an dem die Arbeit stattfindet.«

»Du hast den Laden vergessen«, warf Rose ein. »Deine Mutter sagte, sie könne meine Hilfe gebrauchen. Ich werde wohl oft nach St. Helier gehen.«

»Ich bezweifle, dass du das wirst. Du wirst nur gehen, wenn du hier nicht gebraucht wirst, und das wird nicht oft der Fall sein. Deine Routine wird sich, wie unsere, um die Bedürfnisse des Hofes drehen.« Sie hielt inne. »Glaube mir, Rose«, sagte sie, ihre Stimme etwas leiser. »Ich glaube wirklich, dass du hier immer unglücklich sein wirst.«

»Und das hat nichts damit zu tun, dass du dein ganzes Leben lang Toms Aufmerksamkeit hattest«, konterte Rose, »aber jetzt musst du sie teilen, und das gefällt dir nicht?«

Kathleens Stimme wurde noch einmal härter. »Ich hätte sie gerne mit Emily geteilt. Emily ist die Richtige für ihn, und du nicht.«

»Und ich vermute, du bist besorgt, dass deine Mutter mich im Laden haben will und nicht dich«, fuhr Rose fort. »Tom hat gesagt, dass du die Arbeit auf der Farm nicht magst, also ziehst du es offensichtlich vor, in der Stadt zu sein.«

»Du kannst sicher sein, dass Mutter mich eher in den Laden schickt als dich. Sie ist meine Mutter, nicht deine.«

»Das ist es also, ja? Du bist entschlossen, so weiterzumachen wie bisher, obwohl du deine Mutter und alle anderen in der Familie verärgerst?«

Kathleen zuckte mit den Schultern. »Das ist es kurz und bündig. Ich werde dir aus dem Weg gehen, so gut es geht. Wenn wir uns treffen, werde ich höflich sein, aber erwarte nicht mehr als das. Und glaube nicht, dass du, sobald du ins andere Haus gezogen bist, einfach faulenzen kannst, wenn du arbeiten solltest. Wenn du deinen Beitrag nicht leistest, werde ich dafür sorgen, dass es jeder weiß. Und du kannst dich darauf verlassen, dass Tom sehr wütend auf dich sein wird.«

Rose stand auf. »Ich werde mich mit Höflichkeit zufriedengeben. Ich bin nicht mehr daran interessiert, Zeit mit dir zu verbringen, als du mit mir.«

Und sie ging hinaus und ließ die Tür weit offen.

Hätte sie sich umgedreht, hätte sie gesehen, dass Kathleen ihr mit einem zufriedenen Lächeln nachsah.

· · ·

KATHLEEN SAß auf ihrem Bett und zog die Knie bis zum Kinn an. Es war eine geniale Idee gewesen, ihrer Mutter vorhin mit besorgtem Blick zu sagen, dass sie sich schlecht fühlte, weil sie die Gorins schon lange nicht mehr eingeladen hatte, da sie so oft dort war. Sie fügte hinzu, dass sie beschlossen hatte, ihnen einen Kuchen zu backen und ihn am nächsten Tag zu bringen.

Ihre Mutter hatte den Köder sofort geschluckt.

Kathleen hatte recht, hatte sie gesagt. Es wäre ein Fehler gewesen, sie nicht bald nach Toms Rückkehr zum Mittagessen einzuladen. Und soweit sie wusste, war Tom seit seiner Rückkehr nur ein einziges Mal dort gewesen, und sie und William befanden sich in der gleichen Lage. Sie waren am Tag nach Tom dort gewesen.

Das würde nicht reichen, hatte ihre Mutter gesagt. Sie müssen versuchen, die Dinge wieder so zu machen, wie sie waren, bevor Tom nach England ging. Sie gab Kathleen einen Brief, den sie am nächsten Tag zu den Gorins bringen sollte, und lud sie zum Mittagessen am Sonntag ein. Und dann würde sie zur Speisekammer eilen, um nachzusehen, was sie einkaufen musste.

Kathleen streckte sich auf dem Rücken aus, verschränkte die Hände hinter dem Kopf und starrte an die Decke.

Es war an der Zeit, dass Tom daran erinnert wurde, was für eine lebhafte Gesellschaft Emily sein konnte, wie hübsch sie war und wie viel sie über die Arbeit auf einer Farm wusste. Die Farm würde das Hauptgesprächsthema sein, dafür würde sie schon sorgen. Sie brauchte das Thema nur einmal anzusprechen, und Tom und ihr Vater und auch Emilys Vater würden den Rest übernehmen. Emily konnte sich problemlos in jedem Gespräch über Landwirtschaft behaupten.

Rose würde nichts beizutragen haben.

Es war unmöglich, dass Tom, so vernarrt er auch zu sein schien, den Unterschied zwischen Rose und Emily nicht bemerken würde, und er würde sich sicher fragen, ob es nicht voreilig gewesen war, so schnell zu heiraten.

Das war alles, was es brauchte - eine kleine Saat des Zweifels, die von ihr gepflanzt wurde und die man gießen und zum Wachsen bringen konnte.

Und Emily würde die Bewässerung übernehmen.

Sie würde Emily einladen, am Tag nach dem Mittagessen wiederzukommen, zu der Zeit, zu der Tom oft auf einen Kaffee hereinkam. Vorgeblich, um ein wenig zu plaudern, in Wirklichkeit aber, um auf dem positiven Eindruck aufzubauen, den sie am Vortag hinterlassen hatte.

Ein unfehlbarer Plan, dachte Kathleen und lächelte zur Decke hinauf.

12

———

D*er folgende Sonntag*

ALS ANNIE BEGANN, die Dessertteller abzuräumen, hob Rose die gläserne Servierschale in der Mitte des Tisches auf und stand auf.

»Es scheinen noch ein paar Löffel übrig zu sein«, sagte sie lächelnd. »Darf ich jemanden in Versuchung führen?«

George Gorin lehnte sich zurück und klopfte sich auf den Bauch. »Ich würde mich gerne melden, aber ich kann nichts mehr essen«, sagte er. »Annie sagt, du hast das gemacht, Rose. Du Glückspilz, Tom.« Er lächelte Tom an. »Deine Frau ist eine ausgezeichnete Köchin.«

»Ja, das ist sie«, sagte Tom und strahlte Rose an.

Rose lachte. »Hm. Da bin ich mir nicht so sicher. Das kann man nicht verderben - man wirft einfach alles hinein, was man hat. Kompliziertere Gerichte erfordern Fähigkeiten, die mir fehlen, wie Tom nur allzu bald feststellen wird, fürchte ich.«

Sie lächelte zu ihm hinunter.

»Da ich ein wenig abnehmen könnte«, sagte er und grinste zu ihr hoch, »ist das für mich in Ordnung.«

»Wie lange ist es her, dass ihr in euer Haus eingezogen seid, Tom?«, fragte Martha Gorin, als Rose die Schüssel zur Spüle trug.

»Gerade mal zwei Tage«, erklärte er. »Mum und Dad waren unglaublich großzügig mit ihrer Hilfe. Wenn alles geordnet ist, müsst ihr drei uns besuchen kommen. Das würde uns gefallen, nicht wahr, Rose?« Er lächelte sie an, als sie mit einer kleinen Schale Zucker und einem Kännchen Milch an den Tisch zurückkehrte.

Rose nickte. »Auf jeden Fall.«

Martha lächelte. »Das würden wir gerne.«

»Mein Umzugsgeschenk für Rose war ein neues Paar Gartenhandschuhe«, sagte Kathleen mit einem kleinen Lachen. »Ich dachte, die alten wären wohl verschlissen, denn sie wollte keine Kartoffeln mehr ausgraben.«

Sie warf Emily ein verschmitztes Lächeln zu.

»Es ist harte Arbeit, Kartoffeln anzubauen«, sagte George und drehte sich leicht zu Rose um. »Und ganz anders, als du es gewohnt bist, nehme ich an. Kathleen hat uns erzählt, wie schwierig du alles findest und wie unglücklich dich die Arbeit macht.«

»Unglücklich!«, rief Tom aus. Er wandte sich besorgt an Rose. »Das habe ich nicht gewusst, Rose. Das ist ja furchtbar. Du hättest es mir sagen müssen. Ich fühle mich wirklich schlecht, dass ich es nicht bemerkt habe.«

»Kathleen irrt sich, Tom«, sagte Rose schnell. »Mir geht es gut.«

»Es gibt keinen Grund, sich zu schämen, wenn dir die

Dinge über den Kopf wachsen«, sagte George beruhigend. »Es dauert eine Weile, sich an unser Leben zu gewöhnen, und du bist noch nicht lange hier. Du hast in den Kurzwarengeschäften deines Vaters gearbeitet, glaube ich. Du hast sogar geholfen, sie zu führen, erzählte William. Die Arbeit auf der Farm ist ja was ganz anderes.«

Rose schluckte ihren Ärger über Kathleen hinunter und zwang sich zu einem warmen Lächeln: »Es ist sehr nett von Kathleen, dass sie sich so um mich sorgt, und sie hat recht, dass ich die Arbeit auf der Farm als anstrengend empfinde, wie es sicher jeder tut, der neu dabei ist. Ich bin es gewohnt, hart und lange zu arbeiten, aber nicht so lange wie jetzt, und die Arbeit, die ich gemacht habe, war nicht so anstrengend. Aber müde zu sein ist etwas ganz anderes, als unglücklich zu sein.«

Martha schaltete sich ein. »Das haben wir verstanden, Liebes, aber nachdem wir gehört haben, was Kathleen gesagt hat, möchten wir vorschlagen, dass Emily diese Woche jeden Tag vorbeikommt, um dir bei der Kartoffelernte zu helfen. Wir haben weniger Kartoffeln, also können wir sie leicht entbehren. Wir profitieren schon genug von Kathleens Hilfe, also ist dies das Mindeste, was wir tun können.«

»Was!«, rief Emily aus.

»Das ist sehr nett von Ihnen, Mrs Gorin«, begann Rose.

Martha beugte sich vor. »Bitte nenn uns Martha und George, Liebes. Und ich denke, du bist jetzt alt genug, Tom, um das auch zu tun, nicht wahr?«

»Danke«, sagte Rose. »Das ist sehr nett von euch.« Sie fuhr fort, als hätte sie Emily nicht gehört und auch nicht den entsetzten Blick gesehen, den sie Kathleen zugeworfen hatte. »Aber so viel Freundlichkeit ist doch gar nicht nötig«, sagte sie. »Die Arbeit ist sicherlich anders als das, was ich gewohnt bin, aber wie könnte ich unglücklich sein, wenn ich in einer so reizenden Familie lebe, mit Tom als Ehemann, in einem schönen Haus auf einer herrlichen Insel?«

Sie strahlte um den Tisch herum. »Ich bin alles andere als unglücklich. Die Arbeit fällt mir immer leichter, und ich kann ehrlich sagen, dass ich anfange, sie zu genießen.«

»Das ist schön zu hören, Rose«, sagte William herzlich.

Sie spürte die Wärme von Toms Lächeln und wandte sich ihm zu, nahm die Hand, die er ihr entgegenstreckte, und drückte sie.

»Ich glaube, ich wäre vielleicht schon früher so weit gewesen, wenn ich gewusst hätte, wie köstlich das fertige Produkt ist«, fügte sie lachend hinzu. »Ich habe noch nie so wunderbare Kartoffeln gegessen wie die, die Annie serviert. Da lohnt sich die ganze harte Arbeit. Aber«, sie schenkte Emily und Martha ein breites Lächeln, »wenn Sie Emily wenigstens für einen Tag oder so schicken wollen, würde ich sie gerne kennenlernen.«

Verstohlen warf Rose einen Blick auf Kathleen. Kathleen blickte finster auf ihren Teller hinunter.

Ihr Lächeln wurde noch breiter.

»Natürlich kann Emily immer noch hierher kommen, auch wenn es nicht die Mission der Barmherzigkeit ist, die wir uns vorgestellt haben«, sagte Martha. »Das heißt, wenn sie es möchte.«

Rose sah, wie Kathleen Emily warnend anschaute.

»Das würde ich gerne tun«, sagte Emily schnell. »Aber diese Woche passt es nicht. Ich habe einige Dinge zu erledigen, die ich nicht verschieben kann.«

Kathleen lächelte Emily in stiller Zufriedenheit an.

»Um noch einmal auf das Thema Kartoffeln zurückzukommen, Rose«, sagte George. »William hat dir sicher erzählt, dass wir eine geheime Zutat haben, den Seetang aus Jersey, der Vraic genannt wird.« Und er erklärte ihr, was William ihr bereits verraten hatte.

Rose nickte. »Ja, das hat er. Es ist schwer, bei Algen an etwas so Positives zu denken. Ich denke immer an den Seetang, den wir als Kinder an den Stränden fanden. Lange grüne Schleimfäden, die an den Beinen klebten, wenn man ins Wasser ging. Wir haben immer entsetzt gequiekt.« Sie rümpfte angewidert die Nase.

Er lachte.

»Es tut mir leid, dass es mit dem Kaffee so lange gedauert hat«, sagte Annie und kam mit einem Tablett mit einer großen Kanne Kaffee, Tassen und Untertassen an den Tisch. Sie stellte alles auf den Tisch, brachte das Tablett zurück in die Küche, kam zurück und setzte sich.

Sie nahm die Kaffeekanne in die Hand. »Wenn ich den Kaffee eingeschenkt habe, reichst du bitte die Tassen weiter, Kathleen?«, bat sie. »Und von jetzt an«, fügte sie mit Nachdruck hinzu, »ist jede Erwähnung von Kartoffeln oder Vraic verboten. Die arme Rose wird denken, dass wir immer nur darüber reden. Vielleicht könnte eine von euch, Kathleen oder Emily, den Anfang machen und uns verraten, ob es in der Sion Hall irgendwelche Tanzveranstaltungen gibt. Gibt es welche?«

Während Rose, Annie und Martha den Tisch abräumten, machten sich Tom, William und George auf den Weg zu den Gewächshäusern, um zu sehen, wie es den neuen Pflanzen ging.

Kathleen und Emily schlichen sich in die Diele und gingen leise durch die Hintertür auf den Hof und zu den Feldern hinter den Scheunen hinaus. Sie lehnten sich an den Holzzaun und betrachteten die grasenden Kühe, deren hellbraunes Fell in der Sonne glänzte.

»Ich bin froh, dass mein Vater eurem Beispiel gefolgt ist und zum mechanischen Melken übergegangen ist«, sagte Kathleen. »Es ist so viel einfacher als die Kühe zweimal am Tag im Stall oder auf den Feldern von Hand zu melken.«

»Das ist wahr. Aber ich vermisse das Gefühl ihres warmen Atems auf mir, wenn ich auf meinem kleinen dreibeinigen Schemel neben ihnen sitze, und ich vermisse das leise Muhen, das sie von sich geben, und die Art, wie die Milch aufquillt, wenn ich sie in den Eimer spritze.«

Kathleen nickte. »Aber ich wette, du vermisst das frühe Aufstehen nicht.«

»Nein, ganz bestimmt nicht«, sagte Emily inbrünstig, und beide sahen wieder zu den Kühen.

»Und?«, fragte Kathleen nach ein paar Minuten kameradschaftlichen Schweigens. »Was hältst du von der lieben Rose?«

Emily zuckte mit den Schultern. »Nun, ich mag sie nicht besonders, wo sie doch mit Tom zusammen ist. Wären die Umstände anders, hätte ich sie vielleicht gemocht. Sie scheint sich ganz gut eingelebt zu haben, was nach dem, was du gesagt hast, eine Überraschung war, so ist das eben.«

»Das muss aber nicht heißen, dass es damit erledigt ist, oder? Alles, was ich über sie gesagt habe, ist immer noch wahr. Du glaubst doch nicht, was sie heute gesagt hat, oder? Sie hat versucht, mich lächerlich zu machen. Die Wahrheit ist, dass sie die Arbeit auf dem Hof hasst. Du solltest ihren Gesichtsausdruck sehen, wenn sie denkt, dass niemand es bemerkt! Sie wird das Schauspiel nicht ewig aufrechterhalten können, und du und Tom könntet immer noch heiraten.«

Emily drehte sich um. Sie lehnte sich mit dem Rücken

gegen den Zaun und sah Kathleen an. »Ich glaube leider nicht, dass das jemals passieren wird«, sagte sie mit fester Stimme. »Zuerst hast du mir mit dem, was du mir anvertraut hast, Hoffnung gemacht, aber jetzt, wo ich sie getroffen habe, weiß ich, dass ich mich geirrt habe. Selbst wenn sie es hier hasst, würde das niemand an dem, was sie tut oder sagt, erkennen. Meine Eltern glauben, dass sie die Wahrheit sagt. Und ich merke, dass sie sie mögen. Mein Vater war noch ein bisschen gegen sie, als wir losgefahren sind, aber sie hat ihn eindeutig überzeugt.«

»Das ist übertrieben, findest du nicht?«

»Nein, das ist es nicht. Normalerweise sagt er nie viel, aber heute hat er ununterbrochen über Kartoffeln und Vraic geredet. Das macht er nur mit Leuten, die er mag.«

Kathleen kicherte. »Es klingt eher wie eine Bestrafung für die, die er nicht mag.«

Emily lachte, dann wurde sie wieder ernst. »Es ist offensichtlich, dass Rose nicht dumm ist. Deine Mutter mag sie, und wenn Rose die Landwirtschaft so wenig mag, wie du denkst, dann wird sie deine Mutter dazu bringen, sie so oft wie möglich im Laden arbeiten zu lassen. Und warum auch nicht? Sie weiß viel mehr über Kurzwaren als wir. Rose wird also die Arbeit machen, die ihr Spaß macht, und sie wird nicht verschwinden.«

»Und wenn du dich irrst?«

Emily schüttelte den Kopf. »Ich glaube nicht, dass ich mich irre. Und dann ist da noch Tom. Ich sage es nur ungern, aber er ist verrückt nach ihr. Und sie wäre schon längst weg, wenn sie nicht wirklich in ihn verliebt wäre. Sie wird hierbleiben, Kathleen, und wir müssen das einfach akzeptieren.«

»Ich denke, es ist zu früh, um nachzugeben«, sagte Kathleen stur.

»Ich nicht. Und ich will nicht mein Leben lang hinter einer Traumvorstellung herjagen. Das wäre Wahnsinn. Und es würde mich davon abhalten, jemanden für mich zu finden.« Sie hielt inne. »Ich werde wohl Pauls Einladung annehmen müssen, mich zum nächsten Tanz in Sion Hall zu begleiten«, sagte sie mit einem leichten Seufzer.

Kathleen richtete sich auf. »Paul Mauger!«, rief sie aus.

»Ja, dieser Paul. Er ist zwar nicht Tom, aber er ist ganz in Ordnung. Sein Bruder ist auch sehr nett. Du warst doch früher ganz vernarrt in Josh. Und er sieht noch besser aus als früher. Aus seinen Kommentaren schließe ich, dass er dich wirklich mag und sich wünscht, ihr wärt noch zusammen. Ich bin sicher, er würde dich zum Tanzen auffordern, wenn du nicht so kühl zu ihm wärst.«

Kathleen verzog das Gesicht. »Joshua ist verrückt nach jeder, die einen Rock trägt. Er ist ganz bestimmt der größte Schürzenjäger auf der ganzen Insel. Ich wäre eine Närrin, wenn ich ihn wieder ernst nehmen würde. Er war früher nicht daran interessiert, sesshaft zu werden, und ich bin sicher, dass er sich nicht so sehr verändert hat.«

Emily zuckte mit den Schultern. »Was ist denn die Alternative? Wenn wir heiraten wollen, und das will ich auf jeden Fall, dann sind sie die besten von denen, die wir kennen.«

DIE GORINS WAREN SCHON LANGE WEG und das Nachmittagslicht begann zu schwinden, als Rose an Kathleens Zimmertür klopfte.

»Oh, du bist es«, sagte Kathleen, als sie die Tür öffnete und finster dreinblickte. »Ich dachte, es wäre Mum.«

»Tom und ich sind auf dem Weg zurück zum Cottage und ich wollte vorher noch kurz mit dir reden.«

»Das waren bestimmt zwanzig Wörter. So, jetzt bist du fertig, du kannst gehen.«

Rose ging ins Zimmer und schloss die Tür hinter sich.

»Ich weiß, was du heute vorhattest«, sagte sie, »und daran, wie mürrisch du den Rest des Tages warst, kann ich erkennen, dass du weißt, dass du versagt hast. Das war wirklich böse von dir. Du bist fest entschlossen, mich nicht zu mögen. Und es wird dich sicher nicht überraschen, dass ich jemanden, der so gemein ist wie du, niemals mögen könnte. Es ist eine Schande, aber du wirst nie wie eine Schwester für mich sein.«

Kathleen starrte sie an. »Ich bin froh, dass du es endlich begriffen hast.«

»Du kannst sicher sein, dass ich es verstanden habe«, sagte sie kalt. »Jetzt, wo Tom und ich nebenan wohnen, werden wir uns nur noch treffen, wenn es um die Arbeit auf dem Hof oder im Laden geht, und vielleicht bei dem einen oder anderen Essen mit deinen Eltern. Wenn wir uns treffen, werde ich freundlich zu dir sein, um die anderen nicht zu verärgern, und ich hoffe, dass du aus demselben Grund freundlich zu mir sein wirst. Aber es wird nur oberflächlich sein.«

Sie drehte sich um und ging hinaus, wobei sie die Tür fest hinter sich schloss.

Nun, das war eine gewonnene Herausforderung, dachte sie triumphierend, als sie leichtfüßig die Treppe hinunterlief. Kathleens Gesichtsausdruck war köstlich, als ihr klar geworden war, dass beide Elternpaare und Tom glaubten, dass ihr die Arbeit auf dem Hof tatsächlich Spaß machte.

Ihre nächste Herausforderung bestand nun darin, ihren Worten Taten folgen zu lassen und tatsächlich zu versuchen, die Arbeit zu genießen.

Aber das konnte sie für den Rest des Tages und für den

nächsten Tag verschieben. Bevor Tom zum Cottage zurückgegangen war, hatte er ihr gesagt, dass sie den nächsten Tag frei hätten und ihn gemeinsam verbringen würden.

Sie würden ein Picknick mitnehmen, hatte er gesagt, das Annie vorbereiten würde, und erst zum Leuchtturm von La Corbière und dann zur Bucht von St. Ouen fahren. Sie würden ihr Picknick an seinem Lieblingsplatz in den Dünen am Meer genießen.

Nur sie beide allein. Sie konnte es kaum erwarten!

13

———

D*er nächste Tag*

SIE SCHOBEN ihre Fahrräder den Hang hinauf, bis sie schließlich den Gipfel erreichten.

Schwer keuchend ließen sie ihre Fahrräder im Gras liegen, während sich die Räder weiterdrehten, und gingen dicht an den Rand des steilen Abhangs, der zum Meer hinunterführte. Die Arme umeinander gelegt, starrten sie über eine Reihe von Felsen hinweg auf den aus Beton errichteten Leuchtturm.

Der Leuchtturm war eine einsame Erscheinung, die in der Morgensonne cremeweiß schimmerte. Er stand auf einer Ansammlung von zerklüfteten Felsen, die aus dem tiefblauen Meer emporragten und von allen Seiten von den Wellen umspült wurden, die unaufhaltsam in einem Schwall von weißem Schaum nach vorne wogten.

Sie blickten zum Fuß des steinigen Abhangs hinunter,

auf dem sie standen, und sahen, wie das Meer mit Gewalt gegen die glänzenden, nassen Felsen schlug und eine Gischt nach der anderen aufwirbelte, eine höher als die andere.

Instinktiv traten sie einen Schritt zurück.

»Das ist also der Leuchtturm von La Corbière«, sagte Rose. »Er ist atemberaubend.«

Tom nickte. »Er ist wirklich beeindruckend.«

»Was bedeutet Corbière?«, fragte sie.

»Der Sitz der Krähe, die ein böses Omen ist. Es ist offensichtlich, woher der Name stammt. Früher sind hier Schiffe an den Felsen zerschellt, daher wird dieser Ort immer mit einem Gefühl der Bedrohung verbunden sein.«

»Wann wurde der Leuchtturm gebaut?«

»Im Jahr 1870. Damals kamen viele Dampfschiffe aus Südengland hierher, weil der Weg nach Frankreich viel kürzer war. Um zu verhindern, dass sie Schiffbruch erlitten, baute man den Leuchtturm. Für die Schiffe ist es jetzt sicherer, aber nicht unbedingt für die Menschen.«

»Was meinst du?«

»Wenn Ebbe ist, kann man über den Damm zum Leuchtturm laufen. Aber die Flut kommt schnell und leise, und die Menschen sitzen dann fest.«

»Das ist ein beängstigender Gedanke«, sagte sie mit einem Schaudern. »Aber es sieht wunderschön aus.«

»Und unser nächstes Ziel auch, aber auf eine andere Art und Weise. Wir fahren da rüber.« Er drehte sich leicht und zeigte nach rechts. Sie folgte seinem Blick und sah eine riesige Fläche aus Meer und Sand, die sich so weit erstreckte, wie das Auge reichte.

»Das ist die Bucht von St. Ouen«, sagte er. »Das Radfahren wird dir leichter fallen, denn wir werden natürlich bergab fahren, um dorthin zu gelangen.«

»Das hört sich gut an«, sagte sie lachend. »Und ich freue mich darauf, eine andere Bucht zu sehen.«

»Die Bucht wird ganz anders sein als die von St. Aubin. Windgepeitscht und trostlos sind die Worte, die mir in den Sinn kommen, wenn ich an die St. Ouen's Bucht denke. Sie ist sehr lang und ziemlich atemberaubend. Aber das Wasser ist tückisch, und niemand sollte dort schwimmen, wenn er nicht mit den Unterströmungen vertraut und ein guter Schwimmer ist. Ich würde dort nie schwimmen. Zu riskant.«

»Essen wir am Strand?«

Er schüttelte den Kopf. »Nein, zwischen den Sanddünen, dachte ich.«

»Gute Idee. Die Dünen werden uns vor dem Wind schützen.«

Tom nickte. »Das ist richtig. Wir werden leicht einen guten Platz finden, denn es gibt kilometerlange Sanddünen, die mit Grasbüscheln und Schilf bedeckt sind. Ich liebe es dort. In der richtigen Jahreszeit sieht man Vögel und Schmetterlinge, Löwenzahn und Schmetterlingsblütler und Unmengen von Wildblumen, aber man sieht kaum einen anderen Menschen. Ich war seit meiner Rückkehr noch nicht wieder dort, aber wenn ich früher ein paar Stunden Abstand von den Kühen oder Kartoffeln brauchte, bin ich dorthin gefahren.«

»Ich freue mich darauf, es aus der Nähe zu sehen«, sagte sie. »Und ich kann es kaum erwarten, herauszufinden, was Annie zum Mittagessen zubereitet hat. Ich bin schon ganz hungrig.«

Er grinste sie an. »Da sind wir schon zwei! Dann lass uns gehen.« Er hielt ihr die Hand hin. Sie ergriff sie, und mit verschränkten Händen kehrten sie zu ihren Fahrrädern zurück.

. . .

»ICH BIN SATT«, sagte sie glücklich und atmete den salzigen Geschmack des Meeres ein, der sich mit dem Kokosnussduft vermischte, den der Ginster, der auf den Dünen wuchs, verströmte. »Ich hätte nicht noch ein zweites Stück Ingwerkuchen essen sollen. Aber ich konnte nicht widerstehen - er war köstlich.«

Lächelnd beugte sie sich vor, schlang die Hände um die Knie und starrte auf das weite Meer, das sich vom Sand entfernte, bis es mit dem Himmel verschmolz. »Ich liebe es hier, Tom. Es fühlt sich so abgelegen an, aber das ist es gar nicht - es ist gar nicht so weit von unserem Zuhause entfernt. Und es fühlt sich ganz privat an, so als wären nur wir beide allein auf der Welt.«

Er legte sich auf die Seite, stützte sich auf seinen Ellbogen und sah sie an. »Ich weiß genau, was du meinst, Rose. Wir sollten mehr Zeit miteinander verbringen, und ich habe vor, dafür zu sorgen, dass wir das in Zukunft tun. Aber um auf die Gegenwart zurückzukommen, du hast von Privatsphäre gesprochen«, sagte er, wobei seine Stimme einen Hauch von Belustigung annahm. »In der Tat ist es so privat, dass uns nichts daran hindern kann, zu tun, was wir wollen. Und wenn ich dich ansehe, weiß ich, was ich unbedingt tun möchte.«

Sie wandte sich ihm zu. Ihr Blick fiel auf das blonde Haar, das ihm in die Stirn fiel, auf die Falten in den Winkeln der lächelnden blauen Augen, auf die Haut, die von den Stunden auf den sonnenverwöhnten Feldern gebräunt war, auf die Muskelpakete der harten Brust, die sich durch den offenen Ausschnitt seines Hemdes abzeichneten, und sie spürte ein sehnsüchtiges Ziehen tief in ihrem Magen.

»Glaubst du, wir können es wagen?«, flüsterte sie und

legte sich neben ihn.

»Oh ja, ich glaube schon«, sagte er warmherzig.

Lachend zog sie sich ihren leichten blauen Pullover über den Kopf, warf ihn auf die nächstgelegene Düne und ließ ihre weißen Baumwollshorts über die Hüften rutschen.

Sie legten sich zurück in den Sand und starrten in den azurblauen Himmel, ihre Körper eng aneinandergeschmiegt, sein Arm um ihre Schultern, ihre Hand leicht auf seiner Brust.

»Es gibt keine einzige Wolke«, murmelte sie. »Ich weiß, es ist erst Ende Mai, aber es fühlt sich an wie Hochsommer. Es war so eine tolle Idee, hierher zu kommen. Vielen Dank, dass du daran gedacht hast, Tom. Ich habe jede Minute des heutigen Tages genossen.«

»Eigentlich solltest du dich bei Kathleen bedanken«, sagte er augenzwinkernd. »Erst als ich hörte, was sie zu den Gorins sagte, wurde mir klar, dass ich dich vernachlässigt hatte.«

Sie drehte ihren Kopf und sah ihn an. »Nein, das hast du nicht«, sagte sie. »Du hast getan, was du tun musstest, und das war, dich um den Hof zu kümmern. Kathleen irrt sich.«

»Wirklich?«, fragte Tom.

Zwei blaue Augen durchbohrten sie, und sie blickte schnell wieder in den Himmel.

»In London war es anders«, sagte er, während seine Augen ihr Profil abtasteten. »Ich hatte keine wirkliche Arbeit zu erledigen. Und da dein Vater dir erlaubt hat, mich herumzuführen, haben wir die meiste Zeit, die ich in London war, zusammen verbracht, Tag und Abend, und wir waren nicht müde von der Arbeit.«

Sie lächelte ihn an. »Ich weiß«, sagte sie. »Und es war

wunderbar. So wie der heutige Tag.«

»Aber jetzt bin ich zu Hause«, fuhr er fort und drückte sie fester an sich, »es ist anders. Es gibt Dinge, die ich jeden Tag erledigen muss. Zum Beispiel müssen die Kühe früh am Morgen gemolken werden, wenn es noch dunkel ist, und am Abend noch einmal. Die Tiere kennen den Unterschied zwischen einem Wochentag und dem Wochenende nicht, also habe ich am Wochenende nicht frei. Ich vergaß, dass du das nicht wissen konntest.«

»Hätte ich darüber nachgedacht, wäre es mir eingefallen. Das war dumm von mir. Nicht, dass es etwas geändert hätte«, fügte sie hastig hinzu. »Ich hätte dich trotzdem heiraten wollen. Ich wäre nur besser vorbereitet gewesen.«

»Das konntest du nicht ahnen. Dein Vater verbringt seine Abende mit euch allen, und auch die Sonntage, also hast du sicher erwartet, dass wir das auch hier tun würden. Aber das können wir nicht. Ich wusste das, und ich hätte mich langsamer in das Leben auf dem Hof einarbeiten sollen, damit ich tagsüber Zeit für dich habe.«

»So darfst du nicht denken, Tom«, sagte sie und schmiegte sich enger an ihn. »Was auch immer ich vorgefunden habe, als ich hier ankam, am Ende wird alles gut werden - es hat nur etwas mehr Eingewöhnung gebraucht, als wir angenommen hatten. Aber wenn man jemanden so sehr liebt wie ich dich, dann weiß man, dass man es schaffen kann. Und ich liebe dich wirklich, Tom.«

Er zog sie an sich und umarmte sie fest, bevor er ihr ins Gesicht sah. »Und dann ist da noch Kathleen.«

Sie runzelte die Stirn. »Was ist mit ihr?«

»Nun, als wir hierher kamen, hast du dich darauf gefreut, dass ihr beide gute Freundinnen werdet. Ich bin sicher, du hast dein Bestes getan, um mit ihr auszukommen, aber selbst ein Blinder kann sehen, dass ihr meilenweit voneinander entfernt seid. Und das ist Kathleens Schuld.«

»*Schuld* ist ein bisschen übertrieben. Man mag jemanden, oder man mag ihn nicht. Und sie mag mich nicht. Ich fürchte, das merkt man wohl. Immer wenn Leute in der Nähe sind, versuchen wir so zu tun, als würden wir uns gut verstehen. Aber wenn du gemerkt hast, dass wir das nicht tun, dann haben wir offensichtlich versagt.«

»Ich bin mir nicht sicher, ob ihr das habt. Du hast es sehr gut verheimlicht, und ich weiß nicht, ob ich es geahnt hätte, wenn Kathleen gestern beim Mittagessen nicht diese Bemerkungen gemacht hätte. Wenn sie sich wirklich Sorgen um dich gemacht hätte, wäre sie zu mir gekommen oder hätte sich an Mum und Dad gewandt. Dass sie es nicht getan hat, spricht Bände. Sie war eindeutig darauf aus, Ärger zu machen. Danach habe ich euch also genauer beobachtet, wenn ihr zusammen wart. Ich habe dich mit deinen Schwestern gesehen, und es war mir bald klar, dass ihr beide eine Rolle spielt.«

»Ich hoffe, das wird sich mit der Zeit ändern«, sagte Rose. »Aber selbst wenn nicht, wird es nichts daran ändern, was ich für deine Eltern empfinde, die sehr nett sind, oder für dich, der du alles bist, was ich mir wünschen kann.«

»Ich weiß nicht, was jemand, der so wunderbar ist wie du, in mir sehen kann«, sagte er und vergrub sein Gesicht in ihrem Haar.

»Dann lass mich dir helfen.« In ihrer Stimme lag ein Lächeln. »Ich liebe es, wie du über dein Zuhause, deine Familie und deine Arbeit denkst. Sie alle bedeuten dir viel. Das kann nicht jeder von sich behaupten. Wir sind die Glücklichen - du, weil du deine Arbeit liebst, und ich, weil ich mit jemandem verheiratet bin, der ein so gutes Herz und eine so gute Einstellung hat, jemanden, den ich mehr liebe, als ich sagen kann.« Sie küsste ihn auf die Wange.

»Trotzdem«, sagte er nach ein oder zwei Augenblicken, »habe ich in der Woche zu wenig Zeit mit dir verbracht, und das wird sich jetzt ändern. Und ich werde Mum bitten, dir mehr Zeit im Laden und weniger auf dem Hof zu geben. Das kriegen wir schon hin. Wenn nötig, werden wir ein Mädchen für ein paar Stunden pro Woche auf dem Hof einstellen - das zusätzliche Geld, das du im Laden verdienst, würde uns dabei helfen. Es wäre eine bessere Arbeitsverteilung für dich, und für Mum wäre es gut, wenn noch jemand im Laden wäre, der weiß, was er tut.«

»Du musst nichts ändern«, sagte sie ihm. »Wie ich schon sagte, ich finde es jetzt einfacher.«

»Aber ich will es«, beharrte er.

Er stützte sich auf seinen Ellbogen und sah ihr ins Gesicht. »Ich liebe dich, Rose, und ich möchte, dass du diese Liebe jede Minute eines jeden Tages spürst. Eigentlich«, sagte er und lächelte, »könnten wir damit anfangen, dass du meine Liebe jetzt schon spürst. Wenn du wieder Lust dazu hättest, meine ich.«

Sie kicherte. »Komisch, dass du das sagst«, sagte sie, rollte sich auf den Rücken, breitete die Arme aus und blickte zu ihm hoch.

Lachend positionierte er sich über ihr. Sie legte eine Hand auf jede Seite seines Kopfes und zog sein Gesicht langsam auf das ihre zu. Als sein Mund auf ihre Lippen treffen wollte, hielt sie inne und hielt seinen Kopf fest.

»Ich muss mir das Rezept für den Ingwerkuchen von deiner Mutter geben lassen, wenn das die Wirkung ist, die er hat«, murmelte sie.

Und sie legte ihre Hände hinter seinen Kopf und zog sein Gesicht zu ihrem herab.

14

L ondon, September 1939

»UNSERE KUNDEN SCHIENEN HEUTE FRÖHLICH ZU SEIN, trotz
der Ereignisse der letzten Wochen und obwohl wir immer
noch nicht wissen, wie das Ultimatum an Hitler ausgegangen ist«, sagte John zu Violet und Iris, als er das Wohnzimmer betrat, gefolgt von Mabel.

Er setzte sich in seinen Sessel und lächelte die beiden
Mädchen breit an.

»Ja, die Geschäfte florieren«, fuhr er fort. »Mit den gestrigen
Einnahmen war es einer unserer besten Tage seit Langem.
Jetzt, da Chamberlain einen Krieg vermieden zu haben scheint
und alle zuversichtlich sind, dass Hitler tun wird, was von ihm
verlangt wird, hat sich die Stimmung gehoben. Und das,
obwohl sie eine Nachrichtensperre verhängt haben.«

»Die Stimmung hat sich auf jeden Fall verbessert«, sagte

Mabel und setzte sich John gegenüber. »Ich hoffe, dass wir noch vor unserem Sonntagsessen hören, dass Hitler dem Ultimatum zugestimmt hat.«

John nickte. »Ich auch. Wenn wir das hören, ist es vielleicht an der Zeit, über die Zukunft nachzudenken. Ich weiß, dass das Depot voll ist, aber ich frage mich, ob ich nicht noch mehr Waren einlagern sollte.«

»Aber wo willst du es unterbringen?«, fragte Mabel.

»In Roses Zimmer. Nur als vorübergehende Maßnahme.«

»Das könnte ein wenig verfrüht sein, Vater«, sagte Violet und blickte von ihrem Buch auf. »Niemand weiß, ob Hitler einem Rückzug aus Polen zustimmen wird.«

»Aber die meisten Leute scheinen zu glauben, dass er es tun wird«, sagte John mit einem beruhigenden Lächeln. »Das haben wir heute Morgen schon gespürt.«

Violet hob die Augenbrauen. »Wirklich? Ich für meinen Teil glaube nicht, dass er es tun wird. In den Nachrichten hieß es, dass die Deutschen Polen bombardieren und dass Tausende ihrer Truppen dort einmarschiert sind. Und die Regierung glaubt auch nicht, dass er seine Soldaten abziehen wird.«

»Du erschreckst deine Schwester ohne Grund, Violet«, sagte Mabel. »Das weißt du doch gar nicht.«

»Ich habe den starken Verdacht, dass sie nicht aus Jux und Tollerei Gasschutztüren am Parlamentsgebäude anbringen oder Sandsäcke vor den Kellerfenstern stapeln, nur weil sie Lust dazu haben. Und ich bezweifle, dass man uns gesagt hat, wir sollen unsere Fenster mit Verdunkelungsmaterial abdecken und die Fenster mit Klebeband abkleben, damit kein Glas hereinfliegt, nur damit wir uns nicht langweilen.«

»Du bist so trübsinnig, Violet«, sagte Iris mit einem übertriebenen Seufzer.

»Das sind die Eltern der Kinder, die evakuiert wurden, auch!« Violet erwiderte. »Ich bin gestern auf dem Rückweg von der Bibliothek am Bahnhof vorbeigekommen. Die Kinder, die in Gruppen standen, sahen so klein aus, jedes mit seiner kleinen Gasmaskenbox und einem Koffer oder Kopfkissenbezug für seine Kleidung. Sie taten mir so leid. Die Menschen ziehen an die Küste oder aufs Land, weil sie glauben, dass sie dort sicherer sind. Die Lage ist ernster, als jeder in diesem Raum zu glauben scheint.«

»Nicht jeder denkt, dass es ernst ist«, entgegnete Iris. »Gestern waren Massen von Menschen bei den Eröffnungsspielen der Fußballsaison. Sie wären nicht hingegangen, wenn sie gedacht hätten, dass sie jeden Moment bombardiert werden könnten.«

»Ich wusste gar nicht, dass du dich für Fußball interessierst, Iris«, bemerkte Mabel überrascht.

Iris kicherte. »Tue ich auch nicht. Aber der Bruder eines Mädchens, mit dem ich arbeite, interessiert sich dafür, und er sieht ziemlich gut aus. Wenn er Doreen aus dem Laden begegnet, spricht er immer von Fußball.«

Mabel tauschte einen Blick mit John aus. »Apropos D. H. Evans«, begann sie. »Dein Vater und ich sind der Meinung, dass du deine Kündigung einreichen und ganztags in den Geschäften arbeiten solltest.«

Iris richtete sich auf. »Auf keinen Fall! Ich gehe gern ins West End. Es ist eine Sache, mit ein paar Design-Ideen auszuhelfen und ein bisschen in einem der Hams zu verkaufen, wenn ich nicht bei D. H. Evans bin, aber es wäre etwas ganz anderes, die ganze Zeit dort festzusitzen.«

»Rose fand es nicht allzu unangenehm«, sagte John milde. »Und wir sind hier nicht gerade im Gefängnis. Wir können ganz einfach nach Hampstead Heath fahren und dort um die Teiche spazieren gehen oder in die Primrose Hill Gardens, wie deine Mutter und ich es gerade getan haben.«

»Und wo ist Rose jetzt?«, fragte Iris. Sie legte den Finger an ihr Kinn und tat so, als würde sie nachdenken. »Oh, ja, weit weg in Jersey. Mit Stränden und Sonne. Und sie hat eine wunderbare Zeit.«

»Da bin ich mir nicht so sicher«, sagte Violet.

Iris stöhnte auf. »Die Stimme des Untergangs spricht wieder. Ehrlich, Violet, du versuchst nie, die positive Seite der Dinge zu sehen. Wie kommst du darauf, dass sie sich nicht prächtig amüsiert? Ich würde es tun, wenn ich dort wäre.«

Violet zuckte mit den Schultern. »Ich glaube, sie war am Anfang wirklich unglücklich. Ich glaube zwar nicht, dass sie es jetzt noch ist, aber ich glaube auch nicht, dass sie vollkommen glücklich ist. Wenn das Sinn macht.«

»Das tut es nicht«, sagte Iris unverblümt.

»Nun, in ihrem letzten Brief schrieb sie, dass es viel geregnet hatte. Als sie sich die Haare wusch, lehnte sie sich aus dem Schlafzimmerfenster und trocknete sie in der Sonne und im Wind. Sie sagte, sie habe Annie geholfen, Mauerblumen im Garten zu pflanzen, und sie sei mit Tom und William nach St. Helier geradelt, um sich ein paar lokale Märkte anzusehen.«

»Was soll daran verkehrt sein?«, fragte Iris.

»Ja, was ist daran falsch?«, echote John.

Mabel nickte. »Es geht darum, wen sie nicht erwähnt, Violet, nicht wahr?«

»Das ist richtig, Mutter. Sie hat Kathleen nicht erwähnt, und das tut sie nie. Ich weiß, dass sie und Tom jetzt in ihrem eigenen Haus leben, aber sie sind immer noch auf der Farm, also muss sie Kathleen öfters treffen. Man sollte meinen, sie würden etwas zusammen unternehmen. Es ist ein bisschen seltsam, dass sie nicht über sie schreibt.«

»Ich glaube, du interpretierst viel zu viel in etwas hinein, das sie nicht geschrieben hat«, sagte Iris abweisend. »Wenn ich einen Brief schreiben würde, würde ich dich wahrscheinlich nicht erwähnen.«

Violet runzelte die Stirn. »Da magst du recht haben. Aber ich bin geneigt zu glauben, dass sie sich nicht verstehen und dass es sie belastet.«

»Wenn du Recht damit hast, dass sie verärgert ist, könnte das einen anderen Grund haben«, sagte John nachdenklich. »In den Zeitungen und im Radio wird viel über den Krieg berichtet ...«

»Genau wie Violet!«, rief Iris aus.

Violet starrte sie an.

»Und wenn du dich erinnerst, schrieb Rose im Juni, dass sie darüber diskutierten, was im Falle eines Krieges auf den Kanalinseln passieren würde«, fuhr John fort und ignorierte die Unterbrechung. »Sie betonte, dass solche Diskussionen nicht allgemein bekannt seien, weil sie die Leute nicht beunruhigen wollten, aber William ist ein guter Freund des Bailiffs von Jersey, und er war an einigen der Gespräche beteiligt.«

Mabel schnaubte abfällig. »Ich weiß, was Rose meinte, aber Jersey ist ein so kleiner, abgelegener Ort, dass ihn niemand bemerken würde. Außerdem gibt es, wie Tom uns berichtet hat, britische Soldaten auf der Insel«, sagte Mabel. »Sie sind also geschützt.«

John nickte. »Ja, das ist wahr.«

Violet setzte sich aufrecht hin. »Es ist gar nicht so weit weg von hier. Es ist ganz in der Nähe von Frankreich. So nahe, dass, obwohl Englisch die Hauptsprache ist, Französisch sei auf der Insel noch weit verbreitet, meinte Rose. Und auch eine Jersey-Sprache, die eine Art Französisch ist.«

»Wir machen uns doch Sorgen um Polen, nicht um Frankreich«, sagte Iris mit einem Anflug von Ungeduld.

»Du hast recht, Iris«, sagte John. »Und wir hoffen, dass Hitler seine Truppen zurückrufen wird. Wenn er das nicht tut, wird es natürlich ein bisschen kompliziert.«

Mabel warf einen Blick auf die Standuhr in der Ecke des Raumes. »Es ist fast Viertel nach elf, John. Mach das Radio an, ja, Schatz? Lass uns hören, ob es schon Neuigkeiten gibt. Dann schaue ich nach dem Rindfleisch und stelle sicher, dass es schön gebräunt ist.«

Sie ging zur Küchentür und wartete dort, während John zum Schrank neben dem Kamin ging, den Knopf am Funkgerät drehte und zu seinem Stuhl zurückging.

Schweigend hörten sie, dass es keine Antwort auf das an Hitler gerichtete Ultimatum gegeben hatte. Chamberlain teilte ihnen in müdem Tonfall mit, dass sich das Land nun im Krieg mit Deutschland befinde.

Einen Moment lang sagte niemand etwas.

Dann drehte John den Ton ab und sah sich im Wohnzimmer um.

Sein Blick fiel auf den Holztisch, der zwischen dem Sofa und den Sesseln stand, den Kamin mit seiner dunkelgrünen Kachelverkleidung, den Kaminsims mit den Familienfotos, das Bücherregal auf der einen Seite des Kamins, in dem das schwarze Plastiktelefon stand, und den Eichenschrank auf der anderen Seite, auf dem das Radio stand.

Er richtete seinen Blick auf die Wand über dem Kamin, auf das Gemälde von Hampstead Heath, das er und Mabel spontan gekauft hatten, als sie es sich nicht wirklich hatten leisten können. Dann sah er seine Frau an, die in der offenen Tür stand und sich die Hand vor den Mund hielt.

»Du siehst sehr ernst aus, Daddy«, sagte Iris mit einem besorgten Blick auf Violet.

»Der Krieg ist ernst, Iris«, sagte Violet leise.

John nickte. »Ja, das ist er. Wenn du es wissen willst, ich habe mich gefragt, ob wir am Ende des Krieges noch ein Zuhause oder die Geschäfte haben werden. Und was noch wichtiger ist, uns gegenseitig.« Er stand auf. »Ich denke, ein Sherry wäre angebracht. Ich möchte einen Toast auf die Vergangenheit aussprechen, die gut zu uns war, und auf den Erfolg unseres Landes in der Zukunft.«

»Kann ich auch einen haben?«, fragte Iris.

»Zu diesem Anlass, ja.«

John schenkte jedem von ihnen einen Sherry ein. Mabel kam herüber und setzte sich. »Das Rindfleisch kann einen Moment warten«, sagte sie, während sie ihr Glas abhob.

Die Mädchen und John taten dasselbe.

»Auf unseren Sieg«, sagte John leise und hob sein Glas. Sie nahmen alle einen Schluck von ihrem Sherry. »Möge es ein kurzer Krieg sein«, fügte er hinzu und stellte sein Glas wieder auf den Tisch neben sich. »Und mögen wir ihn alle überleben.«

Eine Stille senkte sich über den Raum. Sie saßen da, keiner von ihnen wollte den Raum verlassen und die anderen allein lassen.

Als John undeutliche Worte aufschnappte, die besagten, dass es nach der Rede des Premierministers eine Reihe von Ankündigungen geben würde, drehte er schnell die Lautstärke hoch.

Theater, Kinos, Musiksäle und andere Vergnügungsstätten sollten sofort geschlossen werden, und es würde keine Fußballspiele mehr geben. Iris schrie daraufhin verzweifelt auf. Doch bevor sie ihre Enttäuschung in Worte fassen konnte, gab es weitere Durchsagen. Jeder müsse von der Abenddämmerung bis zum Morgengrauen eine Verdunkelung einhalten, regelmäßig die BBC-Nachrichten hören, überall eine Gasmaske mit sich führen und darauf achten, dass er immer eine Metallscheibe mit seinem Namen und seiner Adresse trage.

»Der Premierminister hört sich wirklich alt an«, sagte Mabel. »Seine Stimme zitterte. Und das sollte sie auch. Er hätte das verhindern können, wenn er sich mehr Mühe gegeben hätte. Jetzt müssen die Männer in den Kampf ziehen, und sie könnten getötet oder in Gefangenschaft genommen werden. Und wir könnten bombardiert werden.«

»Mit solchem Gerede ist nichts zu gewinnen«, sagte John hastig, als er sah, dass die Gesichter der Mädchen ihre Farbe verloren hatten. »Ich werde sehen, ob ich einen Bausatz für einen dieser Anderson-Bunker aus Wellblech auftreiben kann, die die Leute in ihren Gärten aufgestellt haben. In der Zwischenzeit sollten wir herausfinden, wo der nächste öffentliche Schutzraum ist. Wir sehen es uns an, wenn wir gegessen haben. Und wir müssen entscheiden, was wir mit den Geschäften machen. Es könnte schwierig werden, genügend Vorräte zu bekommen, um alle drei Läden offen zu halten.«

Mabel stand auf. »Das Essen muss gleich fertig sein.« Sie hielt inne. »Es ist mir unangenehm, das zu sagen, denn ich weiß, dass ich egoistisch bin, aber ich bin froh, dass ich Töchter habe und keine Söhne. Und ich bin so erleichtert, dass dein Alter und deine Verletzung bedeuten, dass du diesmal nicht kämpfen musst, John.«

Draußen heulte eine Luftangriffssirene.

Einen Moment lang rührte sich niemand.

»Das muss eine Warnmeldung sein!«, rief John. Alle sprangen in Panik auf. »Zu den Türen«, rief er. »Stellt euch in einen Türrahmen - das ist der stabilste Teil des Hauses.«

Sie rannten zu den nächstgelegenen Türen, öffneten sie und hockten sich hin, die Hände schützend über den Kopf. Schwer atmend und mit klopfendem Herzen rührte sich niemand, bis sie das hörten, was sie für die Entwarnung hielten.

»Ich werde uns morgen einen Schutzraum besorgen, wenn ich kann«, sagte John und stand auf. Er beugte sich vor und rieb sich sein krankes Bein. »Und wir müssen immer unsere Gasmasken bei uns tragen.«

»Ich frage mich, wie es Rose wohl geht, wenn sie weiß, dass wir im Krieg sind«, sagte Violet, als sie mit Mabel in die Küche ging, um ihr beim Servieren des Abendessens zu helfen.

»Sie wird erleichtert sein, dass sie nicht hier ist«, sagte Iris und eilte den beiden hinterher. »Wer will schon hier sein, wo man keinen Spaß haben kann? Glaub mir, sie wird froh sein, dass sie da ist, wo sie ist.«

15

———

J*ersey, September 1939*

EINE DÜSTERE STIMMUNG lag über dem Wohnzimmer, in dem Rose und Tom mit Annie, William und Kathleen saßen und die Nachrichten aus England verfolgten.

»Ich glaube, wir haben genug gehört«, sagte William. Er stand auf und schaltete das Radio aus. Als er sich wieder hinsetzte, sah er, wie blass Rose war.

»Ich glaube nicht, dass du dir allzu große Sorgen machen musst, Rose«, sagte er sanft. »Ich weiß, du sorgst dich um deine Familie, aber dein Vater ist zu alt, um zu kämpfen, und selbst wenn er es nicht wäre, würde ihn die Verletzung an seinem Bein ausschließen. Deine Mutter hat bereits einen Krieg überstanden, und sie wird auch diesen überstehen. Sie ist eine starke Frau, und sie wird deinen Schwestern ein Vorbild sein.«

»Aber was ist, wenn sie bombardiert werden?« Ihre Stimme zitterte.

»Sie haben eine gute Luftwaffe, also wird das Land gut geschützt sein. Großbritannien ist eine Insel: Eine Invasion ist so gut wie unmöglich.«

Sie nickte. »Ich bin sicher, du hast recht. Und was ist mit uns? Wie wird sich der Krieg auf uns hier auswirken?«

»Es wird wahrscheinlich ähnlich sein wie beim letzten Mal, vielleicht sogar etwas leichter. Der letzte Krieg hat uns überrascht, aber dieses Mal hat jeder, der den deutschen Vormarsch durch Europa verfolgt hat, erkannt, dass ein weiterer Krieg wahrscheinlich war. Das bedeutet, dass wir dieses Mal besser vorbereitet sind und die Auswirkungen nicht so stark zu spüren bekommen sollten.«

»Welche Auswirkungen gab es denn?«, fragte sie. Sie hörte das Zittern in ihrer Stimme. Und Tom muss es auch gespürt haben, stellte sie fest, als er ihre Hand in die seine nahm. Sie lächelte ihn dankbar an.

»Nun, zunächst einmal«, sagte William, »sind wir zwar eine landwirtschaftliche Gemeinde und in der Lage, unsere Bevölkerung in Kriegszeiten zu ernähren, aber wir sind nicht völlig autark. Wir sind auf Importe von Mehl, Fleisch und Margarine angewiesen, und auch auf Kohle als Brennstoff. Als sich die deutsche U-Boot-Kampagne im Ärmelkanal zuletzt verschärfte, kam es zwangsläufig zu Engpässen, und es gab echte Befürchtungen, dass es in den Wintermonaten schwierig werden könnte. Aber wie gesagt, dieses Mal werden wir besser vorbereitet sein.«

»Was ist mit Tom? Wird er kämpfen müssen?« Rose drückte die Hand ihres Mannes fester.

»Das ist höchst unwahrscheinlich«, sagte Annie. »Ich hoffe es jedenfalls nicht. Wenn es so ist wie früher, werden wir alle Farmer brauchen, die wir haben. Beim letzten Mal mussten wir immer mehr Lebensmittel nach Großbritannien schicken. Das war nicht leicht, das kann ich euch sagen. Wir hatten zu wenig Arbeitskräfte, weil so viele französische und britische Reservisten Jersey zu Beginn des Krieges verlassen hatten, um zu ihren Einheiten zurückzukehren, und wir hatten unsere Miliz mobilisiert. Als man also nach der Hälfte des Krieges die Wehrpflicht einführte, nahm man die Landarbeiter davon aus. Ich bin sicher, dass es dieses Mal genauso sein wird.« Sie lächelte ihren Sohn an. »Ich glaube nicht, dass Tom irgendwo hingehen wird.«

»Ich hoffe, du hast recht«, sagte Rose inbrünstig.

»Und vergiss nicht, Rose«, warf William ein. »Wir sind im Grunde unser eigener Chef. Jersey ist nicht Teil des Vereinigten Königreichs, obwohl das Vereinigte Königreich für die Verteidigung Jerseys verantwortlich ist. Inselbewohner können nicht einberufen werden. Wenn sie wollen, können sie sich freiwillig melden. Aber wir sind eine selbstverwaltete britische Kronkolonie mit einem eigenen Finanz-, Rechts- und Justizsystem.«

»Tom hat mir das alles erklärt«, sagte Rose, »aber es kommt mir sehr seltsam vor. Überall wird Englisch gesprochen. Man benutzt das Pfund, nicht den französischen Franc. Man fährt auf der linken Seite, wie in Großbritannien. Man hört britische Nachrichten im Radio, und man mag Kricket. Man hat das Gefühl, dass wir ein Teil von Großbritannien sind.«

»Aber das sind wir nicht«, sagte Annie mit einem Lächeln. »Und ich denke, du wirst feststellen, dass Jersey für die Dauer des Krieges relativ unbehelligt bleibt.«

ROSE HATTE das Bedürfnis nach frischer Luft, entschuldigte

sich, ging in den Flur, zog ihre Jacke an, nahm ihr Kopftuch aus der Tasche und ging nach draußen.

Als sie den breiten Weg vor dem Farmhaus überquerte und sich das Kopftuch unter das Kinn band, spürte sie den salzigen Wind, der vom Meer herüberwehte. Sie zog ihre Jacke fester an sich und ging zum oberen Ende des Hangs, wo sie auf das weite, blaugrüne Meer starrte.

Sie konnte gerade noch die Landzunge auf der anderen Seite der Bucht sehen. Am Rande des Wassers kauerte die Ansammlung von Häusern und Geschäften, die St. Helier ausmachte. Die Leute würden in der Stadt sein und ihren Geschäften nachgehen, dachte sie. So wie an jedem anderen Tag auch.

Aber es war kein gewöhnlicher Tag.

Eine Bewegung über ihrem Kopf ließ sie scharf aufblicken. Ein einzelner Vogel flog über den Himmel, seine dunkle Gestalt hob sich deutlich von dem hellblauen Hintergrund ab.

Die Mauersegler- und Schwalbenschwärme, die vor ein oder zwei Wochen auf ihrem Weg nach Süden täglich den Himmel überflogen hatten, waren nicht mehr zu sehen.

Das Einzige, was noch übrig war, schien ein einsamer Zugvogel zu sein, der allein zu seiner Familie flog.

Ein Teil von ihr wünschte sich, sie könnte auch wegfliegen. Aber sie würde nicht in den Süden ziehen, sondern nach London zurückkehren.

Seit sie gehört hatte, dass sich England im Krieg befand, war sie in ihrem Kopf in London bei ihrer Familie und teilte deren Sorgen darüber, was in den kommenden Monaten oder Jahren geschehen würde.

Sie wusste, dass sie in der Allcroft Road sein würden, um Pläne zu schmieden, und sie hätte gerne einige Vorschläge gemacht.

Obwohl die Menschen London in großer Zahl verlassen würden, weil sie befürchteten, dass die Hauptstadt zum Ziel eines feindlichen Krieges werden würde, war sie sich sicher, dass ihre Familie nicht darunter sein würde.

Die Menschen würden Kleidung brauchen, und sie mussten in der Lage sein, ihre Kleidung zu flicken, und so wie ihre Mutter während des letzten Krieges in London geblieben war, während ihr Vater im Krieg war, würde ihre Familie während des kommenden Krieges in Kentish Town bleiben. Und wenn sie ihre Läden nicht offen halten konnten, würden sie stattdessen zwei oder drei Stände auf dem Markt übernehmen.

Das bedeutete, dass sie gefährdet sein würden. Also sollte sie bei ihnen sein.

Aber wie konnte sie das bewerkstelligen?

Niemals könnte sie Tom verlassen - sie würde keine Minute Ruhe haben, wenn sie nicht an seiner Seite wäre.

Er war jetzt ihre Familie. Und die Benests waren es auch. Und als Benest sollte sie auch an sie denken und sich an den Diskussionen beteiligen, die sie sicherlich führten, anstatt sich darüber aufzuregen, was in London vor sich gehen könnte.

Seit sie nach Jersey gekommen war, hatte sie sich mehrmals ins Gedächtnis rufen müssen, dass London ihre Vergangenheit war und ihr Leben in Jersey ihre Zukunft. Aber bis jetzt waren das nur Worte gewesen. Jetzt musste sie sich diese Erkenntnis mit ganzem Herzen zu eigen machen, und die Zeit war reif dafür.

Sie drehte sich um und ging zurück ins Wohnzimmer.

»DU HAST NICHT VIEL VERPASST«, sagte Annie zu ihr, als Rose ihren Schal und ihre Jacke an einen Haken an der

Eingangstür gehängt hatte und wieder zur Familie gestoßen war.

»Mir kam es vor, als wäre ich nur ein paar Minuten draußen gewesen«, sagte Rose. »Meine Eltern schienen plötzlich ganz weit weg zu sein.«

»Du kannst nach London zurückkehren. Dann wären sie nicht so weit weg«, sagte Kathleen abfällig.

Rose lächelte sie mit übertriebener Süße an. »Wie heißt es doch so schön: Zuhause ist da, wo das Herz ist? Das heißt, ich bin schon zu Hause, nicht wahr, Kathleen?«

Sie strahlte Tom an, und er sah sie liebevoll an.

Kathleen rümpfte angewidert die Nase. »Da wird einem ja schlecht!«

»Also, Kinder«, sagte Annie sanft tadelnd. Sie deutete auf die Kanne Kaffee, die auf dem niedrigen Tisch in der Mitte des Raumes stand. »Das ist eine frische Kanne Kaffee, Rose. Füll deine Tasse auf und reich Tom die Kanne, falls er sich noch etwas nachschenken möchte.«

Rose hob die Kanne auf. »Vielen Dank«, sagte sie. »Was habe ich denn verpasst?«

»Eigentlich nichts. Ich habe nur gesagt, dass ich denke, dass es ziemlich genau so sein wird wie im letzten Krieg«, sagte Annie. »Tom wird wahrscheinlich die gleichen Aufgaben bei der Miliz übernehmen wie William beim letzten Mal, während er weiterhin auf der Farm arbeitet. Und William wird auf der Farm bleiben.«

»William wird das tun, was er beim letzten Mal getan hat, Rose - sich bei der Miliz engagieren *und* auf der Farm«, mischte sich William ein. »Ich bin Anfang fünfzig, Annie, nicht in einem hohen Alter.«

Annie lächelte. »Wir werden sehen, wie es weitergeht. Wenigstens wissen wir, welche Rolle wir zu spielen haben. Es ist wichtig, die Farm am Laufen zu halten, denn wir werden keine Nahrungsmittel mehr aus den Ländern bekommen, die sich jetzt im Krieg befinden. Wir sollten darüber nachdenken, mehr Weizen anzubauen, William, meinst du nicht?«

Er nickte. »Ich stimme zu. Und vielleicht auch ein bisschen Hafer.«

»Was ist mit dem Laden?«, fragte Rose. »Das könnte auch eine Rolle spielen.«

»Du hast recht«, sagte Annie. »Wenn der Krieg noch länger andauert, werden die Kleiderläden keine Vorräte mehr haben und die Leute werden anfangen, das zu reparieren, was sie schon haben. Wir werden offen haben müssen, um ihren Bedarf zu decken. Ich denke, wir drei - das heißt du, ich und Kathleen - sollten uns morgen früh zusammensetzen und eine Liste machen, was zu erledigen ist.«

»Wir brauchen mehr Vorräte, nicht wahr?«, sagte Rose.

»Auf jeden Fall. Wir müssen Pierre kontaktieren«, sagte Annie. »Er ist mein Hauptlieferant, Rose. Er hat ein Lager in der Normandie. Seine Eltern sind vor ein paar Jahren gestorben und Pierre hat den Großhandel übernommen. Er und seine Frau leiten ihn.«

»Und du hast auch noch den Kontakt in Weymouth, nicht wahr?«, sagte Rose.

»Das stimmt. Bis jetzt haben wir eine Lieferung von ihnen erhalten. Es war eher ein Versuch als eine vollständige Lieferung, aber sie war zufriedenstellend. Wir müssen ihnen sofort eine weitere Bestellung schicken.« Sie beugte sich vor und schenkte sich noch einen Kaffee ein. »Natürlich wissen wir nicht, wie die Lage bei ihnen ist«, fuhr sie fort. »Die britische Regierung wird mit ziemlicher Sicherheit damit beginnen, den Verkehr zwischen Großbritannien und den Inseln einzuschränken, wenn sie es nicht schon getan hat. Wir müssen uns also nicht nur an den Lieferanten in Weymouth wenden, sondern auch herausfinden, was Pierre uns zur Verfügung stellen kann. Das müssen wir bald tun - wir werden nicht die Einzigen sein, die nach Vorräten Ausschau halten.«

»Ist das ein Hinweis, dass ich mich mit ihm in Verbindung setzen soll, Mutter?«, fragte Tom.

»Danke«, sagte sie lachend. »Ich hatte gehofft, du würdest es mir anbieten. Du und Pierre kommt so gut miteinander aus, dass ich sicher bin, dass er für dich tut, was er für niemand anderen tun würde. Und dein Französisch ist so viel besser als meins.«

Tom verschränkte die Hände hinter dem Kopf und blickte an die Decke. »Ich überlege gerade, wie sehr ich mich über ein paar Rock Cakes freuen würde«, bemerkte er.

Annie lachte wieder. »Wenn du das erledigst, backe ich dir die Rock Cakes, die du so gerne magst.«

»Einverstanden«, sagte Tom zufrieden.

ROSE SAß auf dem Sofa und kuschelte sich an Tom. Er legte den Arm um sie, und sie lehnte ihren Kopf an seine Schulter, während sie die Aussicht durch das Wohnzimmerfenster betrachteten.

Die letzten Strahlen der untergehenden Sonne hatten die Segel der Boote weit draußen auf dem Wasser eingefangen und sie in kleine goldene Dreiecke verwandelt, die auf dem schwarzglänzenden Meer dahindümpelten.

»Worüber denkst du nach?«, fragte sie, als die Sonne langsam am Horizont verschwand.

»Wahrscheinlich an dasselbe wie du«, sagte er. »Was auch immer Mutter sagt, dass sich nicht viel ändert, wir sind zwangsläufig von den Ereignissen in England betroffen,

selbst wenn es nur die ständige Sorge um deine Familie ist.«
Er zögerte. »Wenn du wirklich zu ihnen fahren willst, ist das
sicher möglich. Oder glaubst du, sie wären einverstanden,
hierher zu kommen?«

»Sie würden England nie verlassen«, sagte sie.

Sie richtete sich auf und schaute ihn an. »Und ich
möchte Jersey nicht verlassen. Ich mache mir natürlich
Sorgen um meine Familie, aber ich liebe dich, Tom, und ich
könnte nicht von einem Ende des Tages zum anderen leben,
wenn ich nicht bei dir wäre. Ich dachte, ich liebe dich, als
wir geheiratet haben, aber das war nichts im Vergleich zu
dem, was ich jetzt fühle.«

»Und für mich ist es dasselbe, Rose. Obwohl ich dich
vom ersten Moment an geliebt habe, liebe ich dich jetzt
wirklich. Falls das Sinn macht. Selbst wenn nicht, ich weiß
nicht, wie ich es besser ausdrücken soll. Du bist die Person,
die mir jeden Tag die Sonne ins Gesicht scheinen lässt.
Auch wenn es regnet.« Er schnitt eine Grimasse. »Ich
glaube, das habe ich irgendwie vermasselt«, sagte er
reumütig.

Sie schüttelte lächelnd den Kopf. »Das hast du nicht,
Tom. Ich verstehe dich.«

Einen langen Moment lang starrten beide in das Gesicht
des anderen. Dann legte Rose ihren Kopf wieder an seine
Schulter und er legte seinen Arm um sie.

»Niemand ist mir wichtiger als du, Tom«, sagte sie nach
einigen Augenblicken erholsamen Schweigens. »Und
außerdem liegt mir deine Familie am Herzen, die sehr nett
zu mir gewesen ist. Es gibt also keinen Ort, an dem ich
lieber wäre als hier.«

Tom drückte sie fester an sich. »Du weißt gar nicht, wie
glücklich es mich macht, das von dir zu hören«, sagte er.
»Ich wollte dich wissen lassen, dass du gehen kannst, aber

ich hätte jede Minute ohne dich gehasst. Du machst mein Leben vollkommen, Rose, und ich möchte mich nie wieder unvollständig fühlen.« Er blickte amüsiert auf sie herab. »Diesmal habe ich die richtigen Worte gefunden, nicht wahr?«

»Auf jeden Fall«, sagte sie und fuhr mit ihren Fingern über seine Brust. »So sehr, dass es nicht nötig ist, noch etwas zu sagen. Es ist zwar noch ein bisschen früh, aber ich denke, es ist Zeit, ins Bett zu gehen.«

16

J*ersey, Mai 1940*

ROSE STÜTZTE ihr Fahrrad an der Wand neben der Haustür ab und eilte ins Cottage. Wie sie erwartet hatte, war es leer - Tom war irgendwo auf der Farm mit William, das wusste sie.

Er hatte ihr am Abend zuvor gesagt, dass er und William gleich morgen früh losfahren würden, um den Zaun eines der Felder zu überprüfen, auf denen die Kühe weideten. Sie waren besorgt, weil die Holzpfosten in einer Ecke des Feldes instabil zu sein schienen.

Sie freute sich, ein paar Augenblicke für sich zu haben, bevor sie nach nebenan ging, um bei der Reinigung des Destillierapparats in der Apfelweinkelterei zu helfen. Das bedeutete, dass sie sich hinsetzen und den Brief von Violet lesen konnte, den der Postbote ihr gerade gebracht hatte.

Sie nahm ein Glas Wasser und eilte die Treppe hinauf

ins Wohnzimmer. Sie stellte das Wasser auf den Tisch
neben dem Sofa, setzte sich hin, legte die Füße unter sich
und riss den Umschlag auf.

ALLCROFT ROAD,

Samstag, 27. April 1940

Liebe Rose,

*ich dachte, ich schreibe dir heute, denn ich bin sicher, dass du
dir Sorgen um uns machst und wissen willst, was los ist. Da Vater
und Mutter nicht die besten Briefschreiber sind, musst du dich
mit mir begnügen. Aber sie sprechen oft von dir. Das tun wir alle.
Wir wünschten alle, du wärst näher bei uns.*

*Ich fange mit den Familiennachrichten an, denn du wirst dich
fragen, was wir so gemacht haben.*

*Mutter hilft regelmäßig in den Geschäften, da Vater jeden Tag
in ein Büro in Islington geht. Er arbeitet jetzt für die Regierung.
Er spricht nicht gerne darüber, was er tut, also kann ich dir nur
das sagen.*

*Iris ist ziemlich genervt, dass sie nicht mehr bei D. H. Evans
arbeitet. Sie musste kündigen, weil sie in Dads Geschäften
gebraucht wird. Sie tröstet sich damit, indem sie unverschämt mit
allen alleinstehenden männlichen Kunden flirtet, die hierher
kommen. Natürlich nicht, wenn Mutter und Vater in der Nähe
sind, denn das würden sie sehr missbilligen. Sie streitet es zwar
ab, aber ich bin mir nicht sicher, ob sie sich nicht mit dem einen
oder anderen nach der Arbeit getroffen hat.*

*Ich arbeite jedes Wochenende in den Geschäften, aber unter
der Woche helfe ich in einer der örtlichen Schulen. Obwohl ich für
das zweijährige Lehramtsstudium angemeldet bin, ist mein
Lehrerausbildungsinstitut für die Dauer des Krieges nach
Huddersfield verlegt worden. Ich wollte nicht unbedingt mitzie-*

hen, denn ich wollte bleiben und Vater helfen. Als eine örtliche Schule um Hilfe bat, habe ich mich freiwillig gemeldet.

Offiziell bin ich immer noch Schülerin, aber ich bin jetzt auch Lehrerin. Was sagst du dazu? Im Moment vertrete ich einen Lehrer, der mit einer Gruppe evakuierter Schüler nach Wales gereist ist. Das ist eine ausgezeichnete Erfahrung und hat mir gezeigt, dass dies der Beruf ist, den ich wirklich ausüben möchte.

Die meisten der verbliebenen Männer sind zu alt oder untauglich, um zu kämpfen, und am anderen Ende der Altersskala gibt es noch ein paar junge Lehrer wie mich.

Was ist mit dir, Rose?

Wir haben schon lange nichts mehr von dir gehört. Ich weiß, dass du geschrieben hast, dass Tom nach der Kriegserklärung gesagt hat, du könntest uns besuchen, wenn du dich vergewissern willst, dass es uns gut geht, aber du wolltest ihn nicht verlassen. Wir haben uns gefreut, das zu lesen, denn es bedeutet, dass du glücklich bist. Wir waren uns nicht immer sicher, dass es so ist.

Ich nehme an, du weißt, dass die Regierung vor einem Monat die Reisebeschränkungen zwischen dem Vereinigten Königreich und Jersey und den anderen Kanalinseln gelockert hat. Sie ermutigt die Menschen sogar, dorthin in den Urlaub zu fahren. Leider sind wir aufgrund unserer Arbeit nicht in der Lage, dies zu tun. Aber wenn die Farm für kurze Zeit ohne dich auskommt, könntest du vielleicht noch einmal darüber nachdenken, zu uns zu kommen.

Wir würden uns freuen, dich zu sehen. Also denk bitte darüber nach.

Was den Krieg angeht, so fühlt sich das alles ein bisschen seltsam an, ein bisschen wie eine Antiklimax. Wir wissen, dass wir im Krieg sind, und wir sind bereit und warten, aber es ist noch nicht viel passiert.

Die »Bereitschaft« besteht darin, dass viele Schilder von den Straßen entfernt wurden, damit sich der Feind im Falle einer

Invasion verirrt, und dass Sandsäcke auf den Straßen liegen. Die Autolichter müssen gedimmt werden, also mussten wir die Scheinwerfer des Lieferwagens abdecken.

Die Busfenster sind mit schweren Metallgittern abgedeckt, um die Fahrgäste vor herumfliegendem Glas oder Trümmern zu schützen. Alle unsere Fenster sind aus demselben Grund mit Klebeband abgeklebt, und wir haben Verdunklungsvorhänge. Die Luftschutzwächter kommen und verwarnen einen, wenn sie etwas Licht sehen. Die Wächter sehen mit ihren Blechhüten, Kampfjacken und speziellen Gasmasken ziemlich furchterregend aus. Wir haben auch alle Gasmasken.

Wir müssen sie immer bei uns tragen, egal wohin wir gehen. Es gibt sie in klein, mittel und groß. Wenn man sie aufsetzt, riecht es furchtbar nach Gummi. Wir haben sie zu Hause ein paar Mal getragen, um uns an sie zu gewöhnen, aber ich hoffe, dass wir sie nie bei einem echten Gasangriff tragen müssen.

Zum Glück sind die Geschäfte noch gut versorgt. Das Anlegen von Lebensmittelvorräten ist jetzt strafbar, und jedes Mal, wenn man sich mit Freunden trifft, ist das Hauptgesprächsthema die Frage, wann die Rationierung losgeht. Wir sind sicher, dass die Rationierung einiger Lebensmittel in Kürze beginnen wird.

Das ist also der Teil, der vorbereitet ist.

Das »Warten« besteht darin, dass nicht viel passiert. Vor der Kriegserklärung verursachte Hitler eine Krise nach der anderen. Er übernahm Österreich, dann Teile der Tschechoslowakei und griff dann Polen an, wodurch der Krieg begann. Ich habe versucht, den anderen zu erzählen, was mein Lehrer gesagt hat, aber keiner von ihnen schien sich dafür zu interessieren. Sie sagten alle, ich würde Panikmache betreiben.

Nun, ich wäre froh gewesen, wenn ich ein Panikmacher gewesen wäre und es keinen allzu großen Grund zur Sorge gegeben hätte. Es gibt aber einen, es ist nur eine Frage des Zeitpunkts. Obwohl wir uns schon seit Monaten im Krieg befinden, warten wir immer noch darauf, dass etwas Schreckliches passiert. Es ist, als ob man zum Essen einlädt, den Tisch deckt und das Essen kocht, aber niemand kommt. Gleichzeitig würde man niemanden einladen, wenn das, was kommt, auch nur einen Bruchteil dessen wäre, was sich im letzten Krieg abgespielt hat.

Es scheint seltsam zu sein, dies unter diesen Umständen zu sagen, aber das Leben scheint weiterzugehen wie bisher, oder vielleicht sollte man besser sagen, fast wie bisher. Jeder muss jetzt einen Ausweis bei sich tragen, der zeigt, wer er ist und wo er wohnt. Sogar Kinder müssen einen Ausweis haben.

Vater hat sich ein neues Radio gekauft, um sicher zu sein, dass er die Nachrichten empfangen kann. Der Ton des alten Geräts war wirklich schlecht. Es knisterte ständig, wenn du dich erinnerst. Es wird dich überraschen, dass Vater jetzt jeden Tag die Zeitung liest, und auch die »Picture Post«.

Vielleicht hast du noch nie von der »Picture Post« gehört, denn sie ist ziemlich neu und wir haben sie früher nie bezogen. Sie enthält viele Fotos von Ereignissen, wie der Titel schon sagt, und sie macht eine Kampagne gegen das, was jetzt mit den Juden in Deutschland geschieht.

Die normalen Zeitungen sind voll von Anzeigen für langstielige Schaufeln und Spachteln, mit denen man Brandbomben beseitigen kann. Am Anfang war es ziemlich beängstigend, sie zu sehen, aber da nichts passiert ist, beunruhigen sie uns nicht mehr.

Die einzige andere Sache, die wir gekauft haben, ist etwas, das überhaupt nicht beängstigend ist. Wir haben ein paar neue Wolldecken gekauft. Wir dachten, es sei seltsam, sie zu diesem Zeitpunkt zu besorgen, aber Mutter sagte, man wisse nie, wann man sie brauchen könne. Das ist typisch für Mutter!

Ich muss jetzt aufhören, denn ich fahre zu Mid Hams.

Wir denken so oft an dich und fragen uns, wie es dir geht. Bitte schreib bald, oder besser noch, komm. Wir sehnen uns danach, von dir zu hören oder dich zu sehen.

Grüß Tom, William und Annie von uns, ja? Und natürlich auch Kathleen. Ich hoffe, es läuft besser mit ihr. Sie muss sich doch inzwischen an dich gewöhnt haben.

Alles Liebe,
Violet

ALS ROSE den Brief wieder in den Umschlag steckte, hörte sie Tom die Treppe hochkommen.

»Ich wollte gerade zum Farmhaus rübergehen«, sagte sie, als er ins Wohnzimmer kam, »aber ich habe einen Brief von Violet bekommen und konnte es kaum erwarten, zu erfahren, was in Kentish Town passiert.«

»Also, was gibt es Neues?«, fragte er und setzte sich neben sie.

»Hier.« Sie reichte ihm den Brief. »Es steht nichts Privates drin, du kannst ihn selbst lesen.«

Er überflog ihn schnell und reichte ihn ihr zurück. »Er ist sehr freundlich und informativ«, sagte er.

»Ich weiß.« Sie schaute ihn an. »Ich wollte ja nicht zurück nach England«, sagte sie und steckte den Brief in ihre Schürzentasche, »aber es ist eine Weile her, dass ich sie gesehen habe, und ich habe darüber nachgedacht, für etwa eine Woche dorthin zu fahren. Meine Eltern werden auch nicht jünger. Aber schau nicht so besorgt«, sagte sie und beugte sich vor, um ihn zu küssen. »Ich bin wieder da, bevor du merkst, dass ich weg bin.«

»Ich fürchte, das ist jetzt keine so gute Idee«, sagte er sanft. »Es ist einen Monat her, dass Violet den Brief geschrieben hat, und der Krieg läuft nicht so gut. Ich würde mir Sorgen um deine Sicherheit machen, wenn du in London wärst.«

Sie starrte ihn alarmiert an. »Warum, was ist passiert?«

»Hitlers Truppen rücken in Nordfrankreich ein. Die britischen Truppen sind auf dem Rückzug. Sie wurden an die französische Küste zurückgedrängt.«

»Auf dem Rückzug?«, echote sie. Ihre Hand flog zu ihrem Mund. »Du meinst, wir verlieren den Krieg?«

»So weit würde ich nicht gehen. Sagen wir einfach, es könnte alles besser laufen. Ich werde eine Zeit lang nicht mehr zu Pierre fahren können, das steht fest. Aber der Krieg wird sich kaum auf die Insel auswirken, also hoffe ich, dass du hierbleibst. Ich könnte es nicht ertragen, wenn ich wüsste, dass du von Bomben und weiß Gott was bedroht wirst.«

»Ich drücke die Daumen, dass meine Familie in Sicherheit ist«, sagte sie und wurde ganz blass im Gesicht. »Aber mach dir keine Sorgen, Tom. Ich werde nirgendwo hingehen.«

17

*J*ersey, Juni 1940

»ICH DACHTE MIR SCHON, dass ich euch hier finde, obwohl gerade keine Essenszeit ist«, sagte William, als er die Küche betrat und Annie, Tom und Rose um den Tisch herumstehen sah, die entsetzt auf die *Jersey Evening Post* starrten.

Er ließ sich schwer auf seinen Platz fallen. »Ihr habt es gelesen, wie ich sehe.«

Tom und Rose setzten sich auf ihre Stühle, und Annie holte die Kanne Kaffee vom Herd. Als sie alle Tassen gefüllt hatte, stellte sie die Kanne zurück auf den Herd und setzte sich zu ihnen an den Tisch. »Danke, Annie«, sagte William. Er nahm einen Schluck Kaffee und stellte seine Tasse ab.

»Ist es wahr?«, fragte Tom und deutete auf die Zeitung.

»Ich sage es nur ungern, aber ja«, sagte William müde. »Ich komme gerade aus dem Büro des Bailiffs, und die Briten werden Jersey tatsächlich entmilitarisieren. Sie ziehen ihre zweitausend Soldaten sofort ab. Hinzu kommt, dass die Miliz von Jersey in Massen abgereist ist, um sich dem Hampshire Regiment anzuschließen.«

Verblüfftes Schweigen folgte auf seine Worte.

»Wir hatten gehofft, dass die Zeitung falschlag«, sagte Annie schließlich.

»Und weil die britischen Truppen abziehen«, fuhr William fort, »werden die Vizegouverneure abberufen. Das bedeutet, dass es zumindest für die Dauer des Krieges keine offiziellen Vertreter der Krone in Jersey geben wird. Alexander Coutanche wird ihren Platz einnehmen. Er ist ein hervorragender Bailiff, sodass Jersey zumindest in guten Händen sein wird. Aber wie ihr euch vorstellen könnt, herrscht in der Stadt Chaos.«

»Großbritannien lässt uns also im Stich, was?«, sagte Annie verbittert, mit einem Zittern in der Stimme. »Und das nach all dem, was Churchill vor nicht allzu langer Zeit über den Kampf an den Stränden und die Nicht-Kapitulation gesagt hat.«

William nickte in Richtung der Zeitung. »Ich denke, man kann es ihnen nicht wirklich verübeln. Realistisch betrachtet haben sie keine andere Wahl, als ihre Truppen abzuziehen und neu zu verlegen«, sagte er. »Man bedenke nur, wie viele Soldaten, Flugabwehrkanonen und Kampfflugzeuge benötigt würden, um Jersey und alle anderen Kanalinseln zu verteidigen. Sie hier zu haben, würde die englische Küste verwundbar für Angriffe machen.«

»Aber was ist mit uns?«, konterte Annie. »Sind wir nicht wichtig?«

»Natürlich sind wir das. Aber sie werden es abgewägt haben. Da Frankreich besiegt ist und die Deutschen in Paris stehen, steht Großbritannien mit dem Rücken zur Wand. Es braucht alle Soldaten, die es bekommen kann, wenn es

Hitler besiegen will. Sie müssen beschlossen haben, dass die Deutschen uns sehr wahrscheinlich in Ruhe lassen werden, da wir weder für Großbritannien noch für Deutschland strategisch wichtig sind.«

»Aber in der Zeitung steht, dass sie alle Frauen und Kinder evakuieren werden, die Jersey verlassen wollen, und auch Männer im militärischen Alter«, sagte Tom. »Sie sind sich also nicht sicher, ob sie recht haben.«

William nickte. »Und deshalb ist die Stadt so überlaufen. Einige Inselbewohner sind nervös, und anscheinend gibt es seit heute früh eine lange Schlange, um ins Rathaus zu gelangen. Niemand wird auf ein Boot gelassen, wenn er nicht die richtigen Papiere hat.«

»Du magst der britischen Regierung nicht böse sein, William«, sagte Annie und erhob ihre Stimme. »Aber ich schon. Die Deutschen können Jersey von der Halbinsel Cherbourg aus sehen, also warum sollte jemand glauben, dass Hitler in Frankreich Halt machen würde, wenn er so leicht zu uns gelangen kann? Wenn er herausfindet, dass wir keinen Schutz haben, wird er sofort hierher kommen. Und was für ein Coup wäre das für ihn, Deutsche auf britischem Boden!«

William runzelte die Stirn. »Was willst du damit sagen, Annie? Einige unserer Nachbarn werden wahrscheinlich weggehen, und wir wissen, dass andere in den letzten Wochen still und leise weggezogen sind. Für Landwirte wie uns ist es zwar schwieriger zu gehen, aber es ist nicht unmöglich. Willst du damit sagen, dass du nach England zurückkehren willst?«

Annie zuckte hilflos mit den Schultern. »Ich weiß nicht, was ich damit sagen will. Wir sollten auf jeden Fall darüber nachdenken. Der Gedanke, unser Zuhause und alles, was wir daran lieben, zu verlassen, ist so schrecklich, aber das ist auch die Alternative, an Ort und Stelle zu bleiben, ohne zu wissen, was passieren wird oder ob wir in den Straßen von St. Helier auf Springerstiefel treffen werden.« Sie warf einen Blick zur Tür. »Kathleen sollte hier sein und mit uns darüber diskutieren.«

»Ist die Frage, wo sie ist, eine dumme Frage?«, fragte William.

»Sie ist entweder bei Emily oder in der Stadt«, sagte Annie. »Ich weiß nicht, wo. Sie ist zu Emily gegangen, nachdem sie die Bienen mit Wasser bespritzt hat.«

»Warum sollte sie das tun?«, fragte Rose erstaunt.

»Um sie kampfunfähig zu machen. Bienen sind furchtbare Schwimmer und selbst ein wenig Wasser hindert sie daran, die Farm zu verlassen. Deutsche oder nicht, wir brauchen die Bienen, um hierzubleiben und unsere Pflanzen zu bestäuben. Aber ich denke, sie wird bald zurück sein. Die Gorins werden besprechen wollen, was zu tun ist, und sie werden Kathleen nicht dabei haben wollen.«

Mit einem plötzlichen Ausruf setzte sich Tom aufrecht hin. »Ich hatte gerade einen Gedanken! Ich bin doch im militärischen Alter, oder nicht? Wenn die Deutschen hierher kämen, würden sie vielleicht erwarten, dass ich für sie kämpfe. Wenn sie das täten, würde ich mich strikt weigern.«

»Sie würden dich nicht verweigern lassen, Tom. Man würde dich ins Gefängnis werfen oder Schlimmeres.« Annie starrte über den Tisch hinweg zu William, ihre Augen waren ängstlich. »Tom hat recht, William. Sie könnten darauf bestehen, dass er für Deutschland kämpft.« Ihre Stimme zitterte. »Die einzige Antwort ist, dass er und Rose sofort nach England gehen müssen. Wir werden jemanden einstellen, der ihre Arbeit übernimmt.«

William hob die Hände zum Protest. »Warte mal, Annie!

Du gehst zu schnell vor. Wir wissen nicht, ob die Deutschen hierher kommen werden. Wahrscheinlich werden sie es gar nicht.«

»Aber wenn Tom evakuiert werden will, muss er jetzt handeln«, sagte Annie. »Er braucht die nötigen Papiere. Das Angebot wird nicht mehr lange aufrechterhalten werden.«

Plötzlich gab es einen lauten Knall, als die Tür zur Küche aufsprang und gegen die Wand schlug. Kathleen erschien, rot im Gesicht und atemlos.

»Ich bin so schnell zurückgeradelt, dass mir jetzt kochend heiß ist«, sagte sie und fächelte sich mit der Hand das Gesicht, während sie zur Spüle ging und sich ein Glas Wasser einschenkte. Sie trank es aus und setzte sich dann zu den anderen an den Tisch.

»Wo bist du gewesen?«, fragte Tom.

»In St. Helier mit Emily. Du hast ja keine Ahnung, wie es dort ist, sowohl in der Stadt als auch am Hafen. Als wir in der Stadt ankamen, mussten wir mit unseren Fahrrädern auf dem Bürgersteig fahren, weil man nicht auf der Straße radeln durfte - die ganze Gegend um die Gloucester Street war voller Autos.«

»Dein Vater ist auch dort gewesen«, warf Annie ein. »Er hat dasselbe erzählt wie du.«

»Es war fast unheimlich, nicht wahr, Dad?«, meinte Kathleen und schüttelte verwundert den Kopf. »Die Leute, die vor dem Rathaus Schlange standen, waren so still. Es war wirklich seltsam. Jemand in der Schlange sagte, dass er schon zehn Stunden wartete. Das ist eine sehr lange Zeit. In der Nähe der Banken war es allerdings lauter. Die Leute drängelten und schubsten sich gegenseitig und versuchten, an einen Schalter zu kommen, um ihre Ersparnisse abzuheben.«

»Sie werden sich daran erinnern, was beim letzten Mal passiert ist«, sagte Annie.

»Sie können aber nicht viel abheben«, sagte Kathleen ihr. »Sie haben die Abhebungen auf fünfundzwanzig Pfund begrenzt. Und wir haben gehört, dass einige der Bankangestellten alle handelbaren Wertpapiere, was immer das ist, und andere Dokumente einpacken. Sie machen eine Liste davon und werden sie mit einem Postschiff nach England schicken.«

William nickte. »Das ist die richtige Entscheidung. Wir wollen doch nicht, dass unsere Wirtschaft zusammenbricht.«

»Aber am Hafen war es noch schlimmer«, fuhr Kathleen fort. »Ehrlich, Mum, da warteten Tausende von Menschen hinter den Absperrungen, die sie daran hinderten, auf die Piers zu gehen. Ganze Familien saßen in der heißen Sonne auf dem Boden, mit all ihren Taschen und Habseligkeiten, die sich um sie herum stapelten. Und man konnte Schüsse aus Frankreich hören.«

»Wie beängstigend«, sagte Annie und wurde blass.

»Das war es. Und auf dem Heimweg hätten wir uns an jeder Menge Fahrrädern und Autos bedienen können. Die Leute stellen sie einfach ab, wenn sie wegziehen. Unglaublich.« Sie lehnte sich in ihrem Stuhl zurück. »Was habe ich verpasst, weil ich dort war und nicht hier?«

»Wir haben darüber diskutiert, ob wir bleiben oder gehen sollen«, sagte Annie unverblümt. »Ich habe gesagt, dass Tom im wehrfähigen Alter ist und er und Rose sich überlegen sollten, nach England zu gehen, und ich wollte gerade vorschlagen, dass sie jetzt ihre Papiere holen gehen. Aber nachdem ich gehört habe, was du und dein Vater gesagt habt, denke ich, dass wir warten sollten, bis die Warteschlangen abklingen. Meinst du nicht auch, Tom?«

Tom wandte sich an Rose. »Was denkst du?«, fragte er. »Du hast gesagt, dass du deine Eltern sehen willst. Das könnte deine Chance sein. Sollen wir gehen?«

Rose dachte einen Moment lang nach. »Ich bin mir nicht sicher«, sagte sie langsam. »Wenn du in England bist, musst du vielleicht für die Briten kämpfen. Ich weiß, dass du auf der richtigen Seite kämpfen würdest, aber wenn du in Jersey bleibst, müsstest du auf keiner Seite kämpfen, oder? Die Landwirtschaft ist ein geschützter Beruf. Und wenn die Deutschen hierher kämen, müssten sie essen wie alle anderen auch, also würden sie die Farmer in Ruhe lassen. Um deiner Kartoffeln willen«, fügte sie lachend hinzu, »sollten wir also bleiben.«

William strahlte sie an. »Das ist ein ausgezeichnetes Argument, Rose, danke. Und danke, dass du bereit bist, bei uns zu bleiben. Bist du einverstanden, Tom?«

»Das bin ich auf jeden Fall«, sagte er. »Zu bleiben ist wahrscheinlich die richtige Entscheidung. Wenn so viele weggehen, könnte Jersey am Ende zu wenige Leute haben, die sich um die Tiere und die Ernte kümmern. Wenn wir weggingen, würden wir das Elend der Insel nur noch vergrößern.«

»Es ist gut, dass du dich vor einiger Zeit eingedeckt hast, Annie«, sagte Rose. »Kurzwaren könnten bald sehr gefragt sein.«

»Das ist richtig«, sagte Annie. »Ich habe nicht so weit vorausgedacht, aber du hast recht.«

»Dann bleiben wir also hier?« William blickte in die Runde und sah das zustimmende Nicken. »Dann gibt es Dinge, die wir tun sollten.«

Er trank seine Tasse Kaffee aus.

»Das Evakuierungsangebot hat alle glauben lassen, dass

die Deutschen tatsächlich bei uns einmarschieren könnten. Ich persönlich halte das für sehr unwahrscheinlich, aber es ist vielleicht klug, sich auf das Schlimmste vorzubereiten. Als Erstes schlage ich vor, dass wir auf der Farm einen Platz einrichten, an dem Tom sich verstecken kann, falls es nötig sein sollte.«

Tom lächelte breit. »Das ist eine wirklich gute Idee, Dad. Ich würde mich viel wohler fühlen, wenn ich wüsste, dass ich ein geheimes Versteck habe.«

»Dann ist das etwas, was William und Tom tun können«, sagte Annie und nahm die Tassen, die ihr am nächsten standen, in die Hand. »Sie können jetzt rausgehen und nach einem geeigneten Versteck suchen. Idealerweise sollte es in der Nähe der Küche sein. Und du, Kathleen, könntest nachsehen, ob die Bienen dort sind, wo sie sein sollten, und Rose, es gibt Kartoffeln, die sortiert werden müssen. Das Leben geht weiter. Ich werde das Essen vorbereiten.«

Als sie aufstanden, hörten sie, wie ein Auto den Weg entlang kam und vor dem Farmhaus anhielt.

Während Annie eilig die letzten schmutzigen Tassen vom Tisch entfernte, brachte Rose die Kanne mit den Resten des Kaffees zur Spüle. Kathleen eilte zum Fenster und spähte hinaus. »Das sind Emily und ihr Vater!«, rief sie aus.

Sie eilte hinaus in den Flur und kehrte wenige Augenblicke später mit George und Emily zurück.

»Ich entschuldige mich dafür, dass ich einfach so auftauche«, sagte George unbeholfen. »Wir hätten wirklich vorher anrufen sollen, aber es ist so viel in so kurzer Zeit passiert.«

»Das ist überhaupt kein Problem, George. Setz dich doch«, sagte Annie. »Ich werde frischen Kaffee kochen. Und du kannst mir dein Urteil über den Orangenkuchen geben, den ich gestern gemacht habe«, fügte sie hinzu, während sie zur Kaffeemühle hinüberging. »Ich habe das Rezept von Madeleine Le Feu abgekupfert.«

»Wir haben gerade alles besprochen«, sagte William und zog einen Stuhl für George heran. »Ich nehme an, ihr habt das Gleiche getan.«

George nickte. »Ja, das haben wir.«

Tom und Rose setzten sich wieder, und Kathleen zog einen Stuhl heran, damit Emily sich neben sie setzen konnte. »Ja«, fuhr George fort. »Bleiben oder gehen, das ist die Frage, die sich jeder stellt, nicht wahr?«

»Und wie habt ihr euch entschieden?«, fragte Kathleen.

Emily blickte über den Tisch hinweg zu ihrem Vater. »Wir gehen«, sagte sie. Sie wandte sich an Kathleen. »Geht ihr auch?«

Kathleen schüttelte den Kopf. »Nein, wir bleiben hier.«

»Das dachte ich mir«, sagte Emily.

William sah George überrascht an. »Aber was ist mit deiner Farm, George?«

»Nun, das ist einer der Gründe, warum wir hier sind. Ich war mir ziemlich sicher, dass ihr bleiben würdet, und ich hoffe, ihr nehmt die Kühe - so viele haben wir nicht - und die wenigen Schweine und Hühner, die wir haben. Joshua Mauger wird sich um den Weizen und den Hafer kümmern und generell ein Auge auf die Farm haben, während wir weg sind. Wir sind ein bisschen weit von der Farm der Maugers entfernt, also wird Joshua wahrscheinlich eine Zeit lang bei uns wohnen.«

»Glaubst du, er wird damit zurechtkommen?«, fragte William erstaunt. »Er ist nicht wie Paul. Soweit ich weiß, hat er nie Interesse an der Landwirtschaft gezeigt. Ich dachte, die Stadt war immer sein Ziel, nicht die Felder der Familie.«

George zuckte mit den Schultern. »Da so viele weggehen, haben wir keine andere Wahl. Wenn wir vor der Ernte nicht wieder hier sind, weiß Josh, dass er jede Hilfe einstellen kann, die er braucht. Aber ich hatte gehofft, dass du und Annie gelegentlich nachsehen könntet, ob alles in Ordnung ist. Und im Gegenzug würde euch ein Teil der Ernte gehören.«

»Das machen wir gerne, George«, sagte William.

Annie kam mit dem Kaffee und zwei zusätzlichen Tassen zurück. Sie ging um den Tisch herum, füllte allen die Tassen und setzte sich dann.

»Es wird uns leidtun, dich und Martha gehen zu sehen«, sagte sie.

Er lächelte reumütig. »Glaubt mir, das beruht auf Gegenseitigkeit. Ich hoffe nur, dass es nicht zu lange dauert, bis wir wieder zurück sind.«

»Da du offensichtlich in einem Tag oder so abreist, kann ich ja später vorbeikommen und wir gehen alles durch«, schlug William vor.

»Das wäre sehr hilfreich. Ich bin dir dankbar«, sagte George. »Und Martha wird es auch sein. Sie geht gleich morgen früh zum Rathaus und wird so lange warten, bis sie die Papiere hat, die wir brauchen.«

»Darf ich fragen, warum ihr euch entschlossen habt, zu gehen?«, fragte Tom.

»Um ehrlich zu sein, ist es wegen Martha«, sagte George entschuldigend. »Sie hat sich in einen gewissen Zustand gebracht. Es ist schön und gut, wenn der Bailiff sagt, dass wir ruhig bleiben sollen und dass er und seine Frau nicht die Absicht haben, irgendwohin zu gehen, aber Martha hat Familie in England, und einen Ort zu haben, an den sie gehen kann, hat sie verunsichert. Außerdem bin ich mir ziemlich sicher, dass sie die Propaganda während des letzten Krieges nicht vergessen hat, in der die Hunnen als schreckliche Bestien dargestellt wurden, die darauf aus sind, Frauen zu vergewaltigen und Säuglinge zu töten. Das hat einen tiefen Eindruck bei ihr hinterlassen.«

»Was hältst *du* davon, zu gehen?«, fragte William.

»Wenn man bedenkt, dass da drüben Krieg herrscht, bin ich nicht so begeistert. Aber Marthas Familie lebt in einem kleinen Dorf im Herzen Englands, wir sollten also sicher genug sein. Aber wie die britische Regierung all die Menschen aus Jersey und von den anderen Kanalinseln transportieren will, weiß ich nicht. Ich freue mich nicht darauf, mit Tausenden von anderen Menschen in ein schmutziges Boot gepfercht zu werden. Und da ich nicht glaube, dass es eine Eskorte geben wird, werden wir ein leichtes Ziel sein.«

Kathleen verzog das Gesicht. »Das ist beängstigend.«

»Und was ist mit den Tausenden von Inselbewohnern, die nach Weymouth oder Southampton drängen werden?«, fragte William. »Ihr könntet von einem Chaos ins nächste stolpern.«

George zuckte die Achseln. »Das ist ihr Problem, nicht unseres.«

William nickte. »Stimmt. Und unser Problem ist, wie wir das tägliche Leben auf der Insel aufrechterhalten können, wenn zu viele Menschen die Insel verlassen.«

»Das werden sie nicht«, sagte George mit fester Stimme. »Ich bin mir ziemlich sicher, dass viele von denen, die sich beeilt haben, ihre Papiere zu bekommen, ihre Meinung ändern werden, wenn sie die Sache durchdacht haben. Wenn man erst einmal weiß, dass man gehen kann, kann man sich entspannen und die Nachteile einer Ausreise klar erkennen. Leider fürchte ich, dass Martha eine Ausnahme sein wird«, fügte er mit einem schiefen Lächeln hinzu.

»Was meinst du, Emily?«, fragte Kathleen.

Emily blickte auf ihren Teller hinunter. »Ich weiß es nicht genau. Ein Teil von mir will nicht gehen. Paul schien sehr interessiert zu sein, und bis wir zurück sind, hat er wahrscheinlich schon eine andere gefunden.« Sie blickte zu Kathleen hinüber. »Und egal, was hier passiert wäre, wir beide hätten zusammen gelacht. Jetzt sitze ich vielleicht in einem winzigen Dorf fest, bin allein und sterbe vor Langeweile.«

»Warum gehst du dann?«, fragte Kathleen in einem anklagenden Tonfall. »Du liebst die Farm.«

Emily zuckte mit den Schultern. »Ich nehme an, es wäre schön, ein paar Leute zu treffen, die ich noch nicht kenne. Es könnte sogar ziemlich aufregend sein. Vielleicht gibt es auf einer der Farmen in der Nähe, wo wir wohnen werden, jemanden, der wirklich gut aussieht«, fügte sie hinzu. »Und bevor du sagst, er würde einberufen werden - nein, das würde er nicht, da er ein Farmer ist.«

George stand auf. »Wir müssen los«, sagte er. »Wir sehen uns später, William. Wir werden versuchen, vor unserer Abreise vorbeizukommen, wenn möglich. Komm mit, Emily.«

»Ich wünschte, du würdest auch nach England gehen«, sagte Emily, während sie und Kathleen den beiden Männern aus dem Haus folgten. Als sie sahen, wie George und William beim Auto innehielten und zu reden begannen, gingen sie über den Weg und stellten sich mit Blick auf das glitzernde Meer.

»Ich auch«, sagte Kathleen und nickte. »Dann müsste ich nicht jeden Tag diese alberne Rose sehen.«

»Dieses Gefühl wird nicht lange anhalten«, sagte Emily mit einem Anflug von Bitterkeit.

Kathleen blickte Emily an und legte ihre Stirn in Falten. »Was meinst du?«

»Wenn du nur Rose als Gesellschaft hast, wirst du bald nicht mehr denken, dass sie furchtbar ist«, sagte Emily. »Und wenn ich zurückkomme, hast du mich vergessen und bist mit ihr befreundet.«

»Aber wenn es nach dir geht, wirst du nicht zurückkommen. Es ist ziemlich klar, dass du hoffst, einen Farmer zu heiraten und auf einer Farm zu leben, die meilenweit von hier entfernt ist. Warum ist es also wichtig, mit wem ich befreundet bin?«

»Ich möchte immer noch, dass wir beste Freunde sind. Ich mache nur das Beste aus der Situation, in die mich meine Eltern zwingen«, sagte Emily hastig. »Wenn es nach mir ginge, würde ich bleiben.«

Kathleen starrte Emily mit wachsender Erregung an. »Dann sag ihnen, dass du bei uns wohnen willst! Mum und Dad würden sich freuen, dich hier zu haben. Und ich natürlich auch.«

Emily errötete. »Das kann ich wirklich nicht«, sagte sie unbeholfen. »Mutter hat gesagt, sie würde nicht ohne mich gehen, und wenn wir alle hierblieben und die Deutschen kämen, dann würde ich das bis zum Ende meines Lebens bereuen.«

»Verstehe«, sagte Kathleen und ihr Gesicht verfinsterte sich. »Und was wäre wohl passiert, wenn Tom Rose nie getroffen hätte? Dann hättest du nebenan gewohnt und nicht Rose. Und dann würdest du hierbleiben. Und nach dem, was dein Vater gesagt hat, würde deine Mutter trotzdem weggehen, denn das ist es, was sie tun will. Es gibt also wirklich keinen Grund, warum deine Eltern nicht allein gehen können. Wenn du dieses Argument vorbringen würdest, würden sie dich wahrscheinlich bleiben lassen.«

Emily schüttelte den Kopf. »Ich glaube, dafür ist es zu spät.«

»Dann gehst du besser«, sagte Kathleen. »Dein Vater sitzt im Auto. Der Himmel bewahre, dass er ohne dich abreist, und deine arme Mutter dich zurücklassen muss, wenn sie nach England geht«, fügte sie bitter hinzu.

18

———

J ersey, 28. Juni 1940

ROSE HIELT INNE, als sie ihren Vorgartenweg von Unkraut
befreite, richtete sich auf und streckte sich. Dann schlenderte sie mit der Forke in der Hand zum Rand des Hügels
hinüber.

Sie blieb einen Moment stehen und neigte ihr Gesicht
der Sonne zu, dann senkte sie den Blick auf die Bucht.

Aus dieser Entfernung war St. Helier nicht mehr als eine
Ansammlung von kleinen weißen Häusern und Fenstern,
an denen das Sonnenlicht reflektierte. Aber am Strand
unter ihr lachten und spielten Menschen jeden Alters,
planschten im Wasser, kickten mit einem Fußball im Sand
und hatten Spaß.

Sie konnte ihre Freude hören und lächelte, weil alles so
normal schien.

Zur Erleichterung der Familie war die anfängliche

Panik, die auf die Evakuierung gefolgt war, mit jedem Tag geringer geworden. Die Menschen, denen sie auf den Wegen oder in den Geschäften begegneten, sagten immer öfter, dass der Krieg an ihnen vorbeizuziehen schien, so wie das Schlimmste des letzten Krieges.

Und wer würde das nicht denken, wenn es dort so friedlich und so schön ist, dachte sie glücklich. Es war keine wirkliche Überraschung, dass George recht behalten hatte - von den dreiundzwanzigtausend, die sich zur Ausreise angemeldet hatten, waren schließlich nur Sechseinhalbtausend gegangen. Aber zu Kathleens Leidwesen waren die Gorins unter ihnen gewesen.

Sie stand noch ein paar Minuten in der Sonne und genoss die Szene, die ihr ans Herz gewachsen war, dann drehte sie sich um, um zum Weg zurückzukehren und das Unkraut weiter zu jäten.

Ein leises Brummen am Himmel ließ sie innehalten und nach oben schauen. Sie schirmte ihre Augen gegen die Sonne ab und erkannte hoch über ihr eine Reihe schwarzer Flecken.

Nur weitere britische Flugzeuge, die unterwegs waren, um irgendwo ihre Bomben abzuwerfen, dachte sie, oder deutsche Aufklärer.

Wenn es deutsche Flugzeuge waren, würden die Menschen darin nur einen Flickenteppich aus gelben und grünen Feldern mit Häusern und Dörfern und unzähligen dunkelgrünen bewaldeten Hängen sehen. Sie würden eine Insel sehen, die im Norden von felsigen Klippen und im Westen, Süden und Osten von breiten Sandstränden begrenzt war. Und sie könnten Menschen erkennen, die spielten und sich entspannten.

Aber sie würden keine Flugabwehrkanonen oder Marineschiffe im kleinen Hafen von St. Aubin oder im größeren

Hafen von St. Helier sehen, sodass sie wüssten, dass die Insel keine Bedrohung für sie darstellte.

Drei der Flugzeuge lösten sich von den anderen und drehten auf St. Helier zu.

Ihr Herz schlug heftig. Sie ließ ihre Forke fallen und ihre Hand flog zu ihrem Mund.

Die Flugzeuge flogen mit hoher Geschwindigkeit auf die Stadt zu, ihre Geschütze schossen.

Unter ihren Rümpfen begannen kleine schwarze Objekte zu fallen. Wie silberne Blitze fielen sie. Kleine Stäbchen, die im Licht glitzerten.

Das sind doch Bomben oder Geschosse, dachte sie in Panik.

Bevor sie sich bewegen konnte, ertönte eine laute Explosion in der Gegend von St. Helier, und ein riesiger Feuerball hüllte die Stadt ein. Die Insel vibrierte unter ihr.

Es waren Bomben, erkannte sie.

Sie wirbelte herum und rannte erschrocken in ihr Cottage.

Im Flur hielt sie inne, unsicher, wie sie sich am besten schützen sollte.

Dann stürzte sie in ihrer Verzweiflung in die Küche und warf sich unter den Tisch.

Mit rasendem Atem und wild klopfendem Herzen lauschte sie den Flugzeugen, die im Tiefflug über sie hinwegflogen, und den Kugeln, die in die Straße einschlugen. Sie betete verzweifelt, dass der Rest der Familie in Sicherheit war, und fürchtete, dass Tom draußen auf den Feldern war, ein sichtbares Ziel, und rollte sich so klein wie möglich zusammen.

Als sie dort kauerte, zitternd, die Hände über dem Kopf, hörte sie das Brummen der Motoren in der Ferne.

Ein paar Augenblicke lang blieb sie dort, wo sie war, zu

gelähmt vor Angst, um sich zu bewegen. Und dann hörte sie, wie jemand in die Küche rannte.

»Bist du da, Rose?«, hörte sie Annie rufen.

»Ich bin hier unten«, rief sie und kletterte unter dem Tisch hervor.

Sie umarmten sich vor Erleichterung.

»Das war ein guter Platz«, sagte Annie zu ihr. »Kathleen und ich sind in den Schrank unter der Treppe geflüchtet.«

»Wo ist Tom?«, fragte sie.

»Ich bin sicher, dass er in Sicherheit ist. Kathleen ist losgezogen, um ihn zu suchen. Ich mache mir Sorgen um William«, sagte Annie mit aschfahler Miene. »Er ist heute Morgen nach St. Helier gefahren. Lass uns zum Farmhaus zurückgehen und auf Neuigkeiten warten, oder besser noch, darauf, dass William zurückkommt.«

»DAS MÖCHTE ich nicht allzu oft tun müssen«, sagte Tom, zupfte die letzten Strohhalme aus seinem Haar und seinem Hemd und legte sie auf die Küchenarbeitsplatte. »Ein Glück, dass ich in der Nähe der Scheunen war, als ich die Flugzeuge hörte. In dem Moment, als ich die Bomben sah, dachte ich nur daran, dass mich das Glas der Fensterrahmen treffen würde, wenn sie zerbrächen, und ich lief zur nächsten Scheune und kroch in den größten Heuhaufen.«

»Er sah aus wie eine Vogelscheuche, als ich ihn fand«, sagte Kathleen lachend.

»Du hast das Richtige getan, Tom«, sagte Annie. »Klamotten kann man waschen. Ich hoffe nur, dass William ein Versteck gefunden hat.«

»Das hat er«, hörten sie William rufen.

Alle drei drehten sich zur Tür, als er in die Küche kam. Eine Welle der Erleichterung schwappte durch den Raum.

Annie rannte zu ihm und umarmte ihn. »Ich habe mir solche Sorgen gemacht«, sagte sie mit zitternder Stimme. »Komm, setz dich hin und erzähl uns, was passiert ist. Kathleen, schenk deinem Vater einen Cidre ein.« Sie zog William zu seinem Stuhl und stellte sich neben ihn, ihren Arm um seine Schultern gelegt.

»Da gibt es nicht viel zu sagen. Ich fuhr auf dem Rückweg nach St. Aubin an der Promenade entlang, als ich die Flugzeuge sah. Aber es gab keine Fliegeralarmwarnung, und in den letzten Tagen waren viele Flugzeuge im Tiefflug unterwegs - sie hatten Fotos gemacht, hatte man mir gesagt -, also habe ich mir nichts dabei gedacht. Erst als sie anfingen, Bomben abzuwerfen. Sobald sie das taten, verließ ich das Auto und rannte in Sicherheit. Es gab nicht viele Verstecke, also warf ich mich in einen der großen Tamariskenbüsche am Straßenrand und hoffte auf das Beste.«

»Da du nicht verletzt bist, hast du dir offensichtlich einen guten Platz ausgesucht«, sagte Annie und umarmte ihn erneut.

»Von meinem Versteck aus sah ich die Flugzeuge im Tiefflug über die Promenade in Richtung St. Aubin fliegen. Unter den Salven des Maschinengewehrfeuers knirschte der Asphalt auf der Straße, und die Menschen warfen sich auf beiden Seiten der Straße zu Boden.«

»Was für ein Glück, dass du nicht verletzt wurdest«, sagte Annie und küsste ihn auf den Kopf.

»Das ist es auch! Jedenfalls bin ich, sobald die Flugzeuge weg waren, aus dem Gebüsch gekrochen, habe mich abgestaubt und bin zurück zum Hafen gefahren, um zu sehen, ob ich helfen kann.« Er schüttelte den Kopf. »Ich habe einige schreckliche Verletzungen gesehen, das kann ich euch sagen. Der Himmel weiß, wie viele getötet wurden. Die

Gegend um den Hafen war verwüstet, und das Meer war übersät mit Schiffswracks und Booten. Einige der nahe gelegenen Geschäfte brannten - vor lauter schwarzem Rauch konnte man die Sonne nicht sehen. Und sowohl das Pomme d'Or als auch das Royal Yacht Hotel wurden beschädigt.«

»Wenn ich daran denke, dass ich dort hätte sein können!«, rief Kathleen mit großen Augen aus. »Ich wollte heute Morgen nach St. Helier fahren, aber da Emily nicht mehr da ist, macht das nicht so viel Spaß, also habe ich es gelassen. Ich bin so froh, dass ich zu Hause bei Mum geblieben bin.«

»In Zukunft solltest du St. Helier besser meiden, Kathleen«, sagte William, »vor allem den Hafen. Das ist der naheliegendste Ort für einen Angriff. Und die Stadt selbst ist es auch. Wir müssen über den Laden nachdenken, Annie. Wir wissen nicht, ob es einen weiteren Angriff wie den von heute Morgen geben wird.«

»Armes St. Helier«, sagte Annie. »Daran ist nicht zu denken. Zum Glück warst du da, um zu helfen.«

»Alles schien unter Kontrolle zu sein, und es gab für mich nichts zu tun, also kam ich zurück. Es war eine beunruhigende Heimreise, das kann ich euch sagen. Ein großer Teil des Gestrüpps an den Hängen stand in Flammen, und ich sah zerbrochene Fenster und Türen, die aus den Angeln gehoben worden waren. Ich wusste nicht, was ich vorfinden würde, als ich nach Hause kam. Bis ich euch alle dort sitzen sah und die Erleichterung spürte, war mir nicht klar, wie sehr ich mich gefürchtet hatte.«

»Du hättest nach England zurückgehen sollen, als du noch die Chance dazu hattest, Rose«, schnaubte Kathleen. »Jetzt bist du nur eine Person mehr, um die sich Mum und Dad Sorgen machen müssen.«

»Halt die Klappe, Kathleen«, sagte Tom wütend. »Es gibt keinen Grund, so zickig zu sein.«

»Ja, das reicht, Kathleen«, sagte Annie scharf. »Man kann es auch so sehen, dass jemand anderes die Arbeit übernimmt, die eigentlich dir allein zusteht.«

»Ich bin froh, dass ich hier bin, um euch zu helfen, und nicht jenseits des Ärmelkanals, wo ich mir Sorgen um euch mache«, sagte Rose.

»Das ist ein netter Gedanke, Rose«, sagte William. »Wir wissen das zu schätzen.«

Kathleen blickte Rose an, die ihr ein leichtes Lächeln schenkte, in das sie einen Hauch von Triumph einstreute.

Tom sah sich am Tisch um. »Jetzt, wo wir die Realität des Krieges auf unserer kleinen Insel gesehen haben, stellt sich die Frage: Was kommt als Nächstes?«

Am Ende des Tages saßen Tom und Rose allein in ihrem Wohnzimmer auf dem Sofa, die Arme umeinander gelegt, und starrten zum Wohnzimmerfenster. Das Fenster war mit einer Verdunkelungsfolie abgedeckt worden, und sie blickten auf unendliche Schwärze.

»Ich vermisse diese schönen Sonnenuntergänge«, sagte Rose mit einem Seufzer.

Tom nickte. »Ich auch.« Er zögerte. »Ich weiß, was du meiner Familie erzählt hast, Rose, aber bedauerst du tief im Inneren, dass du nicht nach England zurückgekehrt bist, als du die Chance dazu hattest? Sag es mir ganz ehrlich. Ich würde es dir nicht verübeln.«

»Nicht eine Minute lang«, sagte sie und blickte ihm tief in die Augen. »Ich bin da, wo ich sein will, hier bei dir, Tom, egal, was vor mir liegt. Ich liebe dich so sehr, dass es wehtut.«

Sie spürte, wie sich die Spannung in seinen Muskeln lockerte, und ließ ihre Hand über seine Brust gleiten.

Er sah auf ihre Hand hinunter und dann wieder auf ihr Gesicht.

Beide lächelten sich langsam an, dann wandten sie sich dem schwarzen Vorhang zu, der die Welt ausschloss und ihre Zweisamkeit versiegelte.

19

———

J*ersey, Juli 1940*

NACH EINER UNRUHIGEN Dienstagnacht saß Rose am Mittwochmorgen auf einem Stuhl im Hof hinter dem Haus und beobachtete die Hühner, die im Garten pickten. Was für zwei lange Tage waren das gewesen! Vor allem beängstigend, dachte sie rückblickend.

Am Montag hatten sie mit Schrecken gesehen, wie in der Nähe von St. Helier zwei Fallschirme von deutschen Flugzeugen abgeworfen wurden.

Zuerst hatten sie gedacht, die Deutschen würden Soldaten auf der Insel absetzen. Doch gegen zehn Uhr an diesem Morgen erfuhr William das Gegenteil, als Robert Le Feu von St. Helier aus anrief und ihm mitteilte, dass die Fallschirme bei Ebbe auf dem Strand gelandet waren, an denen jeweils ein langer Zylinder befestigt war und keine Person.

Im Inneren jedes Zylinders befanden sich ein Stapel Nazi-Flaggen und offizielle Nachrichten für den Oberbefehlshaber von Jersey, erzählte Robert William. Die Nachrichten waren an den Bailiff weitergeleitet worden, der am Morgen eine Krisensitzung einberufen hatte.

William radelte sofort nach St. Helier und gesellte sich zu den Menschenmassen auf dem Royal Square - ihre Gesichter waren angespannt, ihre Augen voller Angst.

Ein Teil des Royal Square war abgesperrt, und ein oder zwei Arbeiter standen mit großen Pinseln und Töpfen voller Farbe bereit. Mehrere Leute fragten die Arbeiter, was sie da machten, aber sie sagten nichts.

Als der Bailiff aus dem Regierungsgebäude herauskam, sah er sehr angespannt aus, als er zur goldenen Statue von Georg II. hinüberging, sich an den Fuß der Statue stellte und wartete, bis sich alle beruhigt hatten.

Sie hätten keine andere Wahl, als sich zu ergeben, sagte der Bailiff, und bevor die deutschen Truppen einträfen, müsse auf jedem Grundstück auf der Insel eine weiße Flagge gehisst werden, um zu zeigen, dass kein Widerstand geleistet werde. Wenn dies nicht bis sieben Uhr am nächsten Morgen geschehe, werde ein schweres Bombardement erfolgen.

Während er sprach, rückten die Arbeiter in den abgesperrten Bereich vor und begannen, ein großes weißes Kreuz in der Mitte des Königsplatzes zu malen.

Die Menge zerstreute sich, und William radelte schnell zurück nach St. Aubin, um der Familie zu sagen, was sie zu tun hatte.

Doch als er dort ankam, stellte er fest, dass sie es bereits wussten. Der Bailiff hatte veranlasst, dass Kopien des Ultimatums gedruckt und an bekannten Stellen auf der ganzen Insel angebracht wurden, und als William die Küche betrat, war Annie gerade dabei, eine abgenutzte weiße Weste an einem Besen zu befestigen.

»Ich nehme dafür keine guten Klamotten«, sagte sie. »Wir hängen das an eines der Schlafzimmerfenster. Du brauchst dich nicht zu bemühen, Rose.«

Aber Rose wollte kein Risiko eingehen, und zurück im Haus fand sie eine alte weiße Bluse, befestigte sie am Stiel eines Besens, wie Annie es getan hatte, und hängte sie an das Wohnzimmerfenster.

Später an diesem Tag, als sie und Annie das Abendessen zubereiteten, weil sie beschlossen hatten, jede Mahlzeit gemeinsam einzunehmen, solange die Insel besetzt war, und während Tom und William auf den Feldern mit den Kühen beschäftigt waren und Kathleen die Schweine fütterte, hörten sie das Dröhnen von Flugzeugen, die im Tiefflug über die Farm flogen.

Sie eilten nach draußen und sahen in den Himmel. Eine Formation von Flugzeugen flog in Richtung Westen zum Flughafen von Jersey.

Rose wandte sich an Annie. »Ich wette, das ist die erste Truppe deutscher Soldaten«, sagte sie.

Und sie hatte recht.

Als der Dienstag anbrach, erfuhren sie, dass die abgesetzten Soldaten in der Nacht zuvor einen Bus beschlagnahmt hatten und nach St. Helier gefahren waren.

Leute, die den Bus vorbeifahren sahen, sagten, dass die Soldaten sehr jung und ganz normal wirkten. Sie waren freundlich und winkten, als sie vorbeifuhren.

Ein Truppentransporter mit deutschen Funktionären traf am frühen Nachmittag im Hafen von St. Helier ein, und eine Delegation unter der Leitung des Bailiffs, der zuvor nach Fort Regent gefahren war und persönlich den Union Jack eingeholt hatte, fuhr mit einem Boot hinaus, um sie zu begrüßen.

Später wies der Bailiff einen Staatsbediensteten an, Zimmer für die Deutschen in den örtlichen Hotels zu finden, und die deutschen Soldaten wurden in der ganzen Stadt einquartiert.

Für den Rest des Tages flogen deutsche Flugzeuge ein und aus. Man munkelte, dass sich St. Helier mit deutschen Soldaten füllte. Die deutsche Marine, so erfuhren sie, hatte das Hotel Pomme d'Or übernommen und nutzte es als Hauptquartier.

An diesem Abend las William die Titelseite der *Jersey Evening Post* vor, in der die Befehle der deutschen Kommandantur aufgelistet waren - Befehle, die befolgt werden mussten, da sonst ernsthafte Maßnahmen ergriffen würden. Der Rest der Familie hörte fassungslos zu.

Der erste Befehl sah eine Ausgangssperre vor. Jeder musste um elf Uhr abends in seinem Haus sein und durfte es nicht vor fünf Uhr morgens verlassen.

Es war verboten, irgendwelche Sender zu hören, außer denen von deutschen und von Deutschland kontrollierten Rundfunkanstalten. Sie durften mit niemandem außerhalb Jerseys kommunizieren und auch keine Nachrichten von dort erhalten. Die Kommunikation mit Menschen außerhalb Jerseys, so machte der Kommandant deutlich, würde als feindlicher Akt betrachtet und könne zu einer Bombardierung führen.

Rose war entsetzt, als sie erfuhr, dass sie keinen Kontakt mehr zu ihrer Familie aufnehmen konnte und diese auch nicht zu ihr.

Ab elf Uhr an diesem Abend mussten die Uhren auf der

Insel um eine Stunde zurückgestellt werden, um der Berliner Zeit zu entsprechen.

Es gab eine vorübergehende Amnestie für alle Arten von Gewehren, Dolchen und anderen Waffen sowie für alle Munition, die bis zum Mittag des folgenden Tages im Stadtarsenal abgegeben werden mussten.

Die Benutzung von Booten wurde eingeschränkt, und die Nutzung von Autos für private Zwecke war verboten. Der Verkauf von Benzin war nicht erlaubt, außer für grundlegende Dienstleistungen, wie Arztbesuche, Lebensmittellieferungen und sanitäre Zwecke. Hierfür sollte eine Genehmigung erteilt werden.

Die Verdunkelungsvorschriften blieben in Kraft, und Banken und Geschäfte sollten wie bisher geöffnet bleiben. Preiserhöhungen waren strengstens untersagt.

Rose und Tom lagen in dieser Nacht eng aneinander gekuschelt im Bett.

ALS SIE AM MITTWOCHMORGEN ERWACHTEN, herrschte noch immer Trübsinn.

»Die Banken haben gerade noch rechtzeitig gehandelt, wie es scheint«, erzählte William ihnen beim Mittagessen, als er nach einer Reihe von Telefonaten zu ihnen stieß. »Sie wurden angewiesen, die Geschäfte wie gewohnt weiterzuführen, und das werden sie auch tun. Aber zum Glück haben sie inzwischen alle Chiffren, Unterschriftsproben und Vollmachten vernichtet, die für die Deutschen nützlich gewesen wären.«

»Das war klug«, sagte Tom.

»Leider ist das noch nicht alles. Kaum zu glauben, aber die Deutsche Reichsmark soll die Währung der Insel werden! Wir werden keine Pfund Sterling mehr haben.«

»Reichsmark!«, rief Annie aus und blickte von der Socke auf, die sie gerade stopfte.

»Ich fürchte, ja. Und da die Banken alle ihre Konten in Pfund Sterling führen, wird es sicher einen ständigen Streit um die Wechselkurse geben.«

»Aber warum sollten sie die Währung ändern?«, fragte Annie und runzelte die Stirn.

William zuckte mit den Schultern. »Du kannst sicher sein, dass es ihnen einen finanziellen Vorteil bringt.«

»So eine Frechheit!«, rief sie aus. »Ich wette, sie werden uns bestehlen.«

»Das werden sie wahrscheinlich. Aber es wird ihnen egal sein, was wir denken. Für sie ist die Besatzung reibungslos verlaufen und ein weiterer großer Sieg für Hitler, obwohl wir uns kampflos ergeben haben.«

»Ich wette, ihre Soldaten sind froh, dass sie hier gelandet sind«, sagte Tom verärgert. »Sie haben eine Insel mit kilometerlangen Stränden und Buchten, mit wildblumenübersäten Klippen und tiefblauem Meer um sich herum erobert! Sie haben nicht das lausige Wetter und die Schwierigkeiten in Russland, wo andere Deutsche hingeschickt wurden. Die Deutschen hier werden ein gutes Leben auf unserer Insel haben, während wir gezwungen sind, wie Gefangene zu leben. Das ist nicht fair.«

»Was glaubst du, was man in London dazu sagen wird?«, fragte Rose. »Immerhin haben sie uns schutzlos zurückgelassen.«

William zögerte. »Ich vermute, sie werden bestürzt sein über den Verlust der Inseln. Wir sind nicht die einzige Insel, die von den Deutschen besetzt ist, die anderen Inseln sind es auch. Und die anderen liegen näher an England. Es würde mich wundern, wenn Churchill jetzt nicht besorgt

wäre über die reale Aussicht, dass die Deutschen in Großbritannien landen könnten.«

»Ich weiß nicht, wie es Churchill geht«, sagte Annie,
»aber ich mache mir Sorgen um meinen Laden. Es ist fast
eine Woche her, dass ich dort war, und die ganze Zeit war er
geschlossen. Ich denke, ich werde morgen früh hingehen,
aufmachen und die Bestände überprüfen. Ich werde auch
ein paar Lebensmittel einkaufen, wenn ich in der Stadt bin.«

»Ich werde auch mitkommen«, sagte Rose.

»Und ich auch«, sagte Kathleen hastig. »Ich will sehen,
wie die Deutschen aussehen.«

»Ihr solltet nicht alleine gehen«, sagte Tom besorgt.
»Wenn Dad mich morgen entbehren kann, gehe ich mit
euch.«

»Auf keinen Fall! Du solltest dich von den Ortschaften
fernhalten, wenn du nicht unbedingt dorthin musst, Tom«,
sagte Annie schnell. »Wir wollen nicht, dass die Deutschen
dich sehen. Und außerdem bin ich mir sicher, dass uns
nichts passieren wird. Aber danke für den Gedanken.« Sie
lächelte dankbar.

William öffnete seinen Mund, um zu sprechen.

»Und bevor du dich einmischst, William, und sagst, dass
du mit uns kommst«, sagte Annie, »das wird auch nicht
nötig sein. Wir kommen schon allein zurecht. Du musst wie
geplant zur Farm der Gorins gehen und sehen, wie Josh
zurechtkommt. Dann musst du dich um das Versteck für
Tom kümmern. Es ist jetzt sehr wichtig, dass das so schnell
wie möglich erledigt wird.«

»Hast du dich schon entschieden, wo es sein soll?«,
fragte Rose William.

Er nickte. »Ja, aber ich bin nicht wirklich zufrieden
damit. Ich hoffe, dass mir etwas Besseres einfällt.«

»Woran hast du gedacht?«, fragte sie.

»In der großen Scheune mit den Heuballen«, erklärte Annie ihr. »Sie wollen eine falsche Wand auf der Rückseite bauen. Hinter dem großen Ballen in der Ecke wird es eine versteckte Tür geben.«

»Die Familie von Paul Mauger hat dasselbe gemacht«, warf Kathleen ein.

»Ich weiß«, antwortete William. »Und das macht mir Sorgen. Ich habe das schreckliche Gefühl, dass bald jede Farm in der Gegend eine falsche Wand in mindestens einer seiner Scheunen haben wird. Die Deutschen müssen nur eine falsche Wand finden, um zu wissen, dass sie auf jedem verdächtigen Grundstück nach einem ähnlichen Versteck suchen müssen. Aber bis einer von uns eine originellere Idee hat, müssen wir es dabei belassen.«

»Ich werde versuchen, mir ein besseres Versteck auszudenken«, sagte Kathleen.

Tom lächelte sie an. »Danke, Kathleen. Das werde ich auch tun.«

»Da ist noch eine Sache«, sagte Annie. »Ich denke, wir sollten anfangen, Kartoffelmehl herzustellen. Ich weiß, dass man daraus kein gutes Brot, keinen Kuchen oder Kekse backen kann, aber es könnte für Pudding nützlich sein, wenn wir zu wenig Mehl haben. Ich muss dir zeigen, wie man das macht, Rose. Es bedeutet, Kartoffeln zu schaben, sie zu zerdrücken, das Mus zu waschen, es zu trocknen und dann zu mahlen. Das bedeutet, dass wir von jetzt an mehr Kartoffeln schaben als sortieren werden.«

Rose nickte. »Sag mir einfach, was zu tun ist, und ich tue es.«

»Um auf morgen früh zurückzukommen, Mädchen«, sagte William. »Wenn ihr es euch anders überlegt, und ich doch mitkommen soll, sagt es mir einfach. Ich kann auch später am Tag zu den Gorins gehen.«

»Das werden wir«, versprach Annie. »Es ist schade, dass wir nicht mit dem Auto fahren können, denn das bedeutet, dass wir nicht viel mitnehmen können.« Sie sah sich am Tisch um und schüttelte verwirrt den Kopf. »Ich kann nicht glauben, dass ich mich tatsächlich davor fürchte, nach St. Helier zu fahren, wo ich schon öfter war, als ich zählen kann. Es ist wie ein furchtbarer Traum. Ich denke immer, ich wache auf und alles ist wieder normal.«

William stand auf und ging zu ihr an den Tisch. Er legte seine Arme um sie und drückte sie fest an sich.

»Eines Tages wird alles vorbei sein, Annie«, sagte er. »Bis dahin müssen wir einfach den Kopf einziehen. Wir werden versuchen, so zu leben, wie wir es immer getan haben, aber innerhalb der Regeln, die sie uns auferlegt haben. Das Wichtigste ist, dass wir alle zusammen sind.«

20

———

D*er folgende Tag*

BEI SO VIELEN WEIßEN KISSENBEZÜGEN, die aus den Fenstern hingen, war es, als würde einem ständig eine Wäscheleine ins Gesicht wehen, bemerkte Rose zu Annie, als die beiden und Kathleen die Brückenwaage am Ende der Promenade erreichten und anhielten, um die Zeichen der Verwüstung zu betrachten.

»Ich weiß, was du meinst«, sagte Annie und starrte auf die Molen. »Es ist schwer zu glauben, dass hier Menschen getötet wurden.« Sie blickte sich um. »Es ist einfach zu tragisch für Worte.«

Sie stiegen wieder auf ihre Fahrräder und radelten zum Laden. Ein kurzer Blick in den Laden zeigte, dass es keine Bombenschäden gegeben hatte. Voller Erleichterung beschlossen sie, ihre Fahrräder in dem kleinen Hinterhof an der Rückseite des Geschäfts abzustellen und noch vor der Öffnung des Ladens die Sachen auf ihrer Liste zu kaufen. Andere würden wahrscheinlich die gleiche Idee haben«, meinte Annie, und je früher sie ihre Einkäufe erledigten, desto besser.

»Außerdem«, fügte sie hinzu, »werden wir sowieso irgendwann die deutschen Invasoren zu Gesicht bekommen, also sollten wir es so schnell wie möglich hinter uns bringen.«

Zu ihrer Überraschung liefen nur wenige Deutsche durch die Straßen, und die, die da waren, lächelten und sahen recht entspannt aus.

Das Gleiche galt für die Gegend um das Rathaus, wo nur ein einziger Soldat Wache hielt. Er trug einen Blechhelm und hatte ein Gewehr bei sich. In der Nähe lehnten zwei junge Soldaten aus einem Fenster, aber sie unterhielten sich, während sie ihre Zigaretten rauchten.

»Alle haben sich umsonst aufgeregt«, bemerkte Kathleen, nachdem drei junge deutsche Soldaten auf die Straße getreten waren, damit sie auf dem Bürgersteig bleiben konnten. Die Soldaten grinsten sie an, als sie an ihnen vorbeigingen, und Kathleen, die hinter Rose und Annie ging, lächelte zurück.

»Ich finde, sie sehen ganz in Ordnung aus«, sagte Kathleen zu ihrer Mutter, als sie diese einholte. »Und sie sehen auch nicht so schlecht aus.«

Annie blickte sie finster an. »Sie sind der Feind, Kathleen. Das darfst du nicht vergessen. Du solltest nichts mit ihnen zu tun haben.« Mit fest zusammengekniffenem Mund wies sie den Weg in den Lebensmittelladen.

»Es ist gut, dass Sie heute gekommen sind, Frau Benest, denn ich weiß nicht, wie lange Sie noch einkaufen können«, sagte Herr Le Conte, während er ihre Bestellung aufnahm. »Man sagt, dass die Deutschen bald eine Rationierung einführen werden. Aber Sie haben ja die Farm, also wird es Ihnen nicht so schnell an etwas mangeln.«

Annie runzelte überrascht die Stirn. »Aber warum sollten sie noch mehr Rationierung wollen? Sie rationieren doch schon seit geraumer Zeit, und die Vorräte an Lebensmitteln sind hoch, nicht wahr?«

»Aber das wird nicht mehr lange der Fall sein. Die Deutschen haben einen großen Teil beschlagnahmt, um ihre Truppen zu ernähren. Im Moment sind vielleicht nicht viele Soldaten hier, aber Sie können sicher sein, dass es bald mehr sein werden. Und wir bekommen keine Lebensmittel mehr aus Großbritannien.«

»Was glauben Sie denn, was sie sonst noch rationieren werden?«, fragte Rose.

»Wenn ich richtig gehört habe, Butter, Zucker, Speisefette und Fleisch«, sagte Herr Le Conte, während er die Kaffeebohnen abwog, sie einpackte und das Paket neben das Glas Marmite und die Tüte Zucker stellte, die auf Annies Liste gestanden hatten. »Und die Ladenbesitzer werden wahrscheinlich inoffiziell andere Artikel rationieren, wenn ihre Vorräte zur Neige gehen.«

»Ich hoffe für uns alle, dass Sie falsch informiert wurden, Mr. Le Conte«, sagte Annie, als sie die Lebensmittel bezahlte. »Grüßen Sie Frau Le Conte von mir, ja?«

Sobald sie den Laden verlassen hatten, wandte sie sich an die beiden Mädchen. »Wir gehen gleich in den Laden, stauben ab und räumen auf«, sagte sie. »Dann machen wir eine vollständige Inventur. Wir müssen genau wissen, was wir auf Lager haben. Vielleicht müssen wir überlegen, wie viele Artikel die Leute auf einmal kaufen dürfen. Aus

Weymouth werden wir in nächster Zeit nichts mehr bekommen, und ich bin nicht sicher, ob Pierre uns noch beliefern kann. Aber wir werden es bei ihm versuchen.«

»Und was machen wir danach?«, fragte Kathleen. »Ich habe daran gedacht, in der Stadt spazieren zu gehen und zu sehen, ob ich jemanden kenne.«

»Ich fürchte, das musst du dir für einen anderen Tag aufheben, Kathleen. Ich brauche euch beide im Laden. Du kannst verkaufen, während Rose und ich die Inventur machen. Dann brauche ich dich zu Hause. Wir müssen unseren Vorrat an Lebensmitteln und lebensnotwendigen Dingen überprüfen und eine Liste mit allem erstellen, was wir noch besorgen müssen. Wir kommen morgen wieder und kaufen, was auf der Liste steht.«

»Das kann doch sicher einen Tag warten«, sagte Kathleen mürrisch. »Ich habe schon seit Ewigkeiten keinen meiner Freunde mehr gesehen.«

»Nein, kann es nicht«, schnappte Annie. »Wir werden nicht die Einzigen sein, die vor einer möglichen Rationierung gewarnt wurden, und es könnte schon morgen einen Ansturm auf die Geschäfte geben. Ich brauche deine Hilfe, Kathleen, und nun ist Schluss mit der Diskussion. Du solltest auch deine Schränke überprüfen, Rose, da du noch nicht lange genug hier bist, um einen großen Vorrat anzulegen.«

NACH DEM ABENDESSEN erzählte William im Wohnzimmer, dass er darüber informiert worden war, dass sie bei der Weizenernte einen Teil des Getreides an die Deutschen abliefern müssten, möglicherweise sogar die Hälfte davon.

»So viel dazu, dass Herr Le Conte dachte, dass es jedem,

der eine Farm hat, gut gehen würde«, bemerkte Annie verzweifelt.

»Gut ist sicher zu hoch gegriffen«, sagte William. »Aber wir sind in einer besseren Lage als diejenigen, die keinen Hof haben. Ich habe das schreckliche Gefühl, dass es in den nächsten Monaten sehr schwierig werden wird.«

»Du siehst immer nur das Schlimmste«, sagte Kathleen mürrisch. »Alle haben gesagt, wie schrecklich die deutschen Soldaten sein werden, aber unten am Hafen haben wir einige von ihnen gesehen, die Eis für die Kinder gekauft haben. Und einige kamen heute in den Laden und waren sehr höflich, was ihnen niemand zugetraut hätte.«

Rose nickte. »Kathleen hat recht. Es war eine angenehme Überraschung. Sie hielten sogar die Tür auf, als ein Kunde hereinkam.«

»Nun, zumindest hat die Besatzung eines bewirkt - sie scheint euch beide einander nähergebracht zu haben«, sagte Annie fröhlich.

»Sie haben uns überhaupt nicht bedroht«, fuhr Kathleen fort und ignorierte die Bemerkung ihrer Mutter. »Es waren die Kleider auf dem Ständer, für die sie sich interessierten, und einige der Stoffe. Sie sagten, sie würden die Sachen an ihre Familien in Deutschland schicken. Und sie haben sich nicht einfach genommen, was ihnen gefiel, und sind wieder gegangen. Sie klickten mit den Absätzen, salutierten und bezahlten die Waren. Und nicht, dass es wichtig wäre, ein oder zwei waren ziemlich gut aussehend«, fügte sie hinzu.

Sie ließ sich tiefer in den Sessel sinken, und ein Lächeln umspielte ihre Lippen.

»So wie ich nicht will, dass Tom mehr in Erscheinung tritt, als er muss, gilt das auch für dich, Kathleen«, sagte Annie scharf. »Abends wird nicht mehr in der Stadt herumgelaufen. Solange es Krieg gibt, darfst du nach dem Abendessen nicht mehr ausgehen. Ist das klar?«

Kathleen starrte ihre Mutter an. »Ich bin kein Baby, aber du behandelst mich wie eines. Andere Leute in meinem Alter gehen auch aus.«

»Aber du nicht. Du bist nicht wie die anderen, du bist meine Tochter und ich muss wissen, dass du in Sicherheit bist. Du bleibst den ganzen Abend zu Hause. Ist das klar?«, wiederholte Annie.

»Ich denke schon«, sagte Kathleen mürrisch. »Aber ich glaube, du machst dich umsonst verrückt. Ich habe den Eindruck, dass alles in Ordnung ist.«

»So sehr ich auch hoffe, dass dein Optimismus gerechtfertigt ist, Kathleen«, sagte William, »wir müssen uns so verhalten, als ob es nicht so wäre. Du bleibst nach dem Essen zu Hause, wie deine Mutter sagt. Und sie hat recht, wenn es darum geht, die Lücken in unseren Regalen zu füllen. Damit ihr mehr tragen könnt, werde ich dafür sorgen, dass du und Rose morgen eine Tasche hinten auf euren Fahrrädern habt, und auch einen Korb vorne. Aber wir werden nur das besorgen, was wir brauchen. Wir werden keine Waren auf Vorrat kaufen.«

»Und was die Farm angeht«, sagte Tom. »Da wir erfahren haben, wie viel wir den Deutschen geben müssen, und das ist vielleicht nur für den Anfang, haben Dad und ich beschlossen, die Ställe der Schweine schalldicht zu machen. Wir wollen nicht, dass die Deutschen wissen, wie viele Schweine wir haben, denn wir denken, dass sie sich in Zukunft nicht nur die Ernte, sondern auch die Tiere holen könnten.«

»Im Moment ist es nur eine Vorsichtsmaßnahme, aber eine notwendige, denken wir. Und Tom hatte auch noch eine andere Idee. Sag es ihnen, Tom«, forderte William auf.

»Wir haben bereits die Hühner der Gorins und auch unsere, und Dad wird morgen mit dem Wagen losfahren, um zu sehen, ob er noch mehr bekommen kann. Wir werden ein paar Ställe am Ende des Hofes bauen, sodass wir die Hühner, die wir immer in der Scheune hatten, ziemlich gut versteckt halten können, und auch Hühner hinter dem Haus, die besser zu sehen sein werden.«

»Das ist eine sehr gute Idee, Tom«, sagte Annie mit einem Lächeln. »Wenn jemand die Hühnerställe vor der Hütte sieht, wird er annehmen, dass er alle unsere Hühner entdeckt hat, und nicht weiter suchen.«

»Ich kümmere mich um die Hühner, Tom«, sagte Rose. »Ich kümmere mich sowohl um die in den Ställen als auch um die in der Scheune.«

»Ich frage mich, welche Regeln sie als Nächstes aufstellen werden«, sagte William mit versteinerter Miene. »Morgen schaue ich nach, ob noch mehr Hühner zu bekommen sind. Wenn ihr morgen aus der Stadt zurückkommt, solltet ihr Mädchen alle Kartoffeln ausgraben, die reif genug sind. Sortiert einige und behaltet einige für das Kartoffelmehl. Tom, du besorgst den nötigen Draht und das Holz und fängst an, die Ställe zu bauen. Später werden du und ich auf den Feldern arbeiten. Aber im Moment denke ich, dass das alles ist, was wir tun können.«

ROSE STAND in der Dunkelheit des Schlafzimmers am Fenster und schob die Vorhänge von der Scheibe weg. Sie atmete tief die nach Jasmin duftende Nachtluft ein.

Egal, was am Tag an Unglücklichem passierte, die Nacht war wirklich schön, dachte sie, und sie spürte, wie sie sich entspannte, als sie durch den schmalen Spalt zum Vollmond hinaufblickte. Unbemerkt von der Depression, die

die Insel bedrückte, schimmerte der Mond knochenweiß über der Bucht und versilberte die riesige Wasserfläche unter sich.

Sie schloss die Augen und blieb so stehen, wie sie war, bewegungslos, und spürte, wie die Sorgen des Tages von ihr abfielen.

Ein leises Geräusch von außerhalb des Fensters ließ sie die Augen öffnen.

Sie zog den Vorhang ein Stück weiter zu sich heran, lehnte sich näher an den Fensterrahmen und blickte hinunter zum Farmhaus.

Eingerahmt vom Mondlicht, ihr Fahrrad an die Wand gelehnt, schloss Kathleen die Haustür auf und tat offensichtlich ihr Bestes, um nicht gehört zu werden.

Rose biss sich auf die Lippe und sah zu Tom hinüber. Er lag in der gleichen Position im Bett, in der er gelegen hatte, als sie unter die Decke geschlüpft und zum Fenster hinübergegangen war. Sein gleichmäßiges Atmen verriet ihr, dass er fest schlief.

Sollte sie ihn stören, fragte sie sich. Vielleicht nicht. Er hatte an diesem Tag viel körperliche Arbeit geleistet und hatte am nächsten Tag noch viel mehr zu tun. Er brauchte seinen Schlaf.

Sie schaute wieder nach draußen, aber Kathleen und ihr Fahrrad waren verschwunden. Also schob sie den Vorhang zurück, kehrte zum Bett zurück und kletterte hinein. Dabei warf sie einen Blick auf ihre Nachttischuhr. Es war kurz vor elf Uhr.

Wenigstens hatte sich Kathleen an die Sperrstunde gehalten, dachte sie. Aber sie hatte ihrer Mutter und ihrem Vater ausdrücklich nicht gehorcht, als sie ausgegangen war.

Andererseits war sie kein Kind, und wie ein solches

behandelt zu werden, hatte sie eindeutig verärgert und konnte sie dazu verleiten, etwas Dummes zu tun.

Was sollte sie tun, überlegte sie, während sie an die Decke starrte. Sollte sie es Tom sagen, oder Annie und William, oder ihnen allen? Oder sollte sie Kathleen zur Rede stellen? Oder sollte sie das, was sie gesehen hatte, einfach für sich behalten?

Sie war noch dabei, sich für die beste Vorgehensweise zu entscheiden, als sie einschlief.

21

D *rei Wochen später*

DIE NACHMITTAGSSONNE STAND HOCH am Himmel, als Tom und Rose auf dem Rad den Weg zur Hauptstraße hinunter nach St. Aubin und weiter nach Noirmont und zur Bucht von St. Brelade fuhren.

Als sie die Straße nach St. Aubin erreichten, überquerten sie sie geradeaus und fuhren weiter auf dem Weg, wobei sie gelegentlich einen Blick auf den Hafen von St. Aubin werfen konnten, wo die kleinen Boote schräg auf dem nassen Sand lagen und darauf warteten, dass die Flut sie wieder aufrichtete.

Als sie die Kreuzung erreichten, auf die Tom zugesteuert hatte, verließen sie die Straße und folgten einem schmalen Pfad unter einem Gewölbe von Bäumen.

Kurze Zeit später kamen sie aus dem Wald heraus. Zwischen riesigen goldenen Büscheln von duftendem

Stechginster und Ginster fuhren sie auf die offene Heide zu, die in der Ferne zu sehen war.

»Wenn du die Aussicht auf die Bucht von St. Brelade's von der Spitze der Klippe aus siehst, wird es dir den Atem rauben«, sagte Tom begeistert. »Es ist eine wirklich schöne Bucht und einer meiner Lieblingsorte. Man sieht alle möglichen Vögel, die in den Spalten der Klippen nisten, vor allem Kormorane und Austernfischer.«

»Es war eine gute Idee, hierher zu kommen«, freute sie sich.

Als sie sich dem Rand der offenen Heidelandschaft näherten, blieb Tom mit einem lauten Ausruf des Ärgers abrupt stehen.

»Da sind Soldaten«, sagte er. »Ich hatte nicht damit gerechnet, dass sie hier sein könnten. Und den Betonplatten nach zu urteilen, sieht es so aus, als wollten sie eine Art Festung bauen. Das bedeutet, dass sie von nun an immer hier sein werden, denn es ist unwahrscheinlich, dass sie den Ort ungeschützt lassen.«

Er blickte Rose bedauernd an. »Wir sollten besser nicht weitergehen. Wenn wir das tun, sind wir im Freien und sie werden uns sehen. Ich hatte mir so gewünscht, vor dem Abendessen ein paar Stunden mit dir zu verbringen, nur wir beide, weit weg von der Farm, was wir schon lange nicht mehr hatten. Und während wir auf das Meer blicken, dachte ich, könntest du mir sagen, was dich bedrückt.«

»Wer sagt, dass mich etwas bedrückt?«, fragte Rose und vermied es, ihm direkt in die Augen zu sehen.

»Ich sage das«, sagte er. »Und da wir jetzt hier sind, wahrscheinlich zum letzten Mal für eine Weile, können wir genauso gut bleiben. Wir können uns dort drüben in die Lücke zwischen den Büschen setzen. Wir könnten immer noch etwas von der Aussicht genießen, aber die Deutschen nicht sehen oder von ihnen gesehen werden. Und dann kannst du mir sagen, was du auf dem Herzen hast.«

Er holte eine Flasche Apfelwein und zwei Becher aus seiner Satteltasche, schob sein Fahrrad ins Gebüsch und setzte sich auf einen umgestürzten Baumstamm, der etwas abseits des Weges lag. Er grinste zu Rose hoch und tätschelte den Platz neben sich. Sie schob ihr Fahrrad zu einem Baum, legte ein paar Äste darüber und setzte sich an die Stelle, die er vorgeschlagen hatte.

»Hier«, sagte er, goss etwas Apfelwein in einen Becher und reichte ihn ihr, bevor er sich selbst einen einschenkte. »Und?«, fragte er und steckte die Flasche zurück in seine Tasche.

»Es ist Kathleen«, antwortete sie unverblümt.

»Das dachte ich mir schon. Was hat sie dieses Mal angestellt?«

Rose stieß einen Seufzer aus. »Ich bin hin- und hergerissen, ob ich etwas sagen soll. Es geht mich eigentlich nichts an, aber ich mache mir Sorgen, was passieren könnte.«

»Warum fängst du nicht am Anfang an?«, schlug er vor. »Was hat sie jetzt vor?«

»Also gut.« Und sie erzählte, wie sie Kathleen drei Wochen zuvor spät in der Nacht hatte zurückkehren sehen, obwohl ihr gesagt worden war, sie solle zu Hause bleiben.

Sie habe Kathleen nichts gesagt, sagte sie ihm, und auch niemandem in der Familie, denn Kathleen sei alt genug, um zu wissen, was sie tue. Und wenn sie gegen den Willen ihrer Mutter handelte, war es Sache ihrer Mutter, das zu händeln, nicht ihrer Schwägerin.

Aber sie hatte sie seither im Auge behalten und sie jeden Abend in der Woche zurückkehren sehen, immer kurz vor der Sperrstunde. Sie befürchtete nun, dass Kathleen eines Tages einen deutschen Soldaten ins Haus bringen würde. Natürlich nicht ins Haus, sagte sie schnell. Aber vielleicht auf den Hof. Wenn sich ein Deutscher mit dem Hof und seinem Grundriss vertraut machen würde, was durchaus passieren könnte, wäre das ein Grund zur Sorge.

»Das heißt aber nicht, dass sie einen Deutschen mitbringt«, sagte Tom nach ein paar Augenblicken. »Wenn sie rausgeht, ist das vielleicht nur eine kleine Auflehnung gegen all die Befehle und Verbote und die Bewegungseinschränkungen. Es kann ihr nicht viel Spaß machen, zumal sie in einem Alter ist, in dem sie ans Heiraten denken kann. Und gerade jetzt, wo Emily nicht mehr hier ist, um ihr Gesellschaft zu leisten.«

»Zum Teil ist das wahr. Aber sie widersetzt sich ihrer Mutter und ihrem Vater, nicht den Deutschen.«

»Und natürlich könnte die Person, an der sie interessiert ist«, fuhr Tom fort, »wenn sie an jemandem interessiert ist, ein Junge aus Jersey sein. Joshua oder Paul Mauger, zum Beispiel. Es muss nicht unbedingt ein deutscher Soldat sein.«

»Das ist wahr.« Sie runzelte nachdenklich die Stirn. »Joshua arbeitet ja auf der Farm der Gorins, und er ist ein attraktiver Mann. Und Kathleen geht von Zeit zu Zeit dorthin, um nach dem Rechten zu sehen, also wird sie ihn in letzter Zeit einige Male gesehen haben. Das haben wir alle. Meinst du, er könnte es sein?«

»Es ist möglich«, sagte er, »aber nur eine Vermutung. Vor ein paar Jahren ist sie mit ihm ausgegangen, und ich glaube, sie war ziemlich angetan von ihm, aber das ist vorbei. Ich weiß nicht genau, warum. Danach begann sie sich mit einem Arthur Costain zu treffen, der in einem Versicherungsbüro arbeitete. Im Vergleich zu Josh war er langweilig und farblos. Sie schien ihn aber zu mögen, und sie verlobten sich. Doch kurz nachdem sie mit der Planung ihrer Hochzeit begonnen hatten, wurde Arthur unerwartet in die Niederlassung seiner Firma in Southampton versetzt. Also war auch das vorbei.«

»Wollte sie nicht mit ihm gehen?«, fragte sie erstaunt.

»Sie wäre sofort mitgegangen, aber sie hatte keine Gelegenheit dazu. Arthur sagte, es sei schon schwer genug, sich an seine neue Stellung und an eine neue Stadt zu gewöhnen, da müsse man sich nicht auch noch an die Ehe gewöhnen. Und weg war er. Die arme Kathleen. Aber nun könnte sie die Sache mit Josh wieder in Angriff genommen haben, nehme ich an.«

Rose dachte einen Moment lang nach. »Ich würde gerne glauben, dass du mit Joshua Recht hast, aber ich glaube nicht, dass du das tust. Außerdem bin ich mir sicher, dass ich den Deutschen gesehen habe, den sie mag.«

Erst kürzlich sei sie mit dem Fahrrad von der Gorins-Farm zurückgefahren, nachdem sie Joshua ein paar Eier gebracht hatte, erzählte sie Tom, und habe Kathleen vor sich gesehen, die an einem Holzzaun lehnte, der ein Feld umgab, auf dem eine Gruppe von Deutschen gerade übte.

Schnell war sie vom Rad gestiegen, hatte es flach auf den Boden gelegt und sich hinter einen großen Busch gehockt, von dem aus sie Kathleen und die Soldaten beobachten konnte, ohne dass diese sie sehen konnten.

Sie rannten, sprangen und krabbelten auf dem Boden herum und sprangen abwechselnd über eine niedrige Mauer am unteren Ende des Feldes. Alle waren in das Geschehen vertieft, bis auf zwei Soldaten, von denen einer den Männern Anweisungen zurief, während der andere etwas abseits stand und das Geschehen beobachtete. Die Uniform des Mannes, der sich von den anderen abhob, ließ darauf schließen, dass es sich um einen Offizier handelte.

Nach ein paar Minuten drehte sich der Mann, den sie für einen Offizier hielt, um und ging zu Kathleen hinüber, deren Gesicht sich dabei aufhellte. Als er bei ihr ankam, stand er mit seinem Körper ganz nah bei ihr, nur durch die Holzstäbe des Zauns getrennt. Sie wechselten ein paar Worte, und dann kehrte er in seine Aufsichtsposition zurück.

Er stand in einem Winkel, von dem aus er Kathleen häufig ansehen konnte, erzählte Rose Tom, sodass sie einen guten Blick auf sein Gesicht werfen konnte. Er war ein gut aussehender Mann, und es war nicht schwer zu verstehen, warum Kathleen sich in ihn verliebt hatte, was sie anscheinend auch getan hatte. Ihre Sorge war, dass es schwierig sein könnte, Kathleen davon zu überzeugen, keine Zeit mit jemandem zu verbringen, zu dem sie sich so offensichtlich hingezogen fühlte.

Denn dieser Jemand war der Feind.

Und je höher der Rang, desto gefährlicher der Feind.

Ein paar Tage später, fuhr sie nach einer kurzen Pause fort, in der sie den Apfel und den Käse gegessen hatten, die Rose mitgebracht hatte, war sie auf dem Weg zum Laden in St. Helier gewesen, als sie Kathleen mit demselben Offizier gesehen hatte. Sie standen vor dem Caesarea-Pub in der Cattle Street, in der Nähe einiger deutscher Soldaten und einer Gruppe von Jersey-Mädchen, die schick gekleidet waren und wie wild mit den Soldaten flirteten.

Zwischen Kathleen und dem blonden Offizier war kein Platz gewesen, um eine Scheibe Speck zu schieben, erzählte sie Tom.

Und das hatte sie wirklich beunruhigt.

Es konnte nur eine Frage der Zeit sein, bis der deutsche

Soldat Kathleen zurück zum Farmhaus begleitete, sagte sie. Sie war sich ziemlich sicher, dass er das bisher noch nicht getan hatte, aber wenn sich eine ernsthafte Freundschaft zwischen ihnen entwickelte, war es fast sicher, dass er sie in Kürze nach Hause bringen würde.

Abgesehen von dem Ruf, den Kathleen bekommen würde, wenn sie sich weiterhin mit einem Deutschen einließ, gab es noch andere Risiken.

Die Soldaten wurden nun in Häusern einquartiert, in denen es leere Zimmer gab, und die Zahl der benötigten Zimmer stieg, da immer mehr deutsche Truppen eintrafen. Es war daher nicht überraschend, dass sich die Insel schnell füllte.

Die Größe des Hauses und die Anzahl der Nebengebäude konnte von außen nur erahnt werden. Aber wenn Kathleens Offizier das Gebäude oder auch nur den Hof betrat, wusste er sofort, dass dort mehrere Deutsche einquartiert werden konnten.

Und wenn Deutsche dort einquartiert waren, würde es nicht lange dauern, bis sie herausfanden, wie viele Schweine und Hühner sie tatsächlich hatten. Und sie könnten feststellen, dass William, wie viele ihrer Freunde aus der Landwirtschaft, nicht ganz ehrlich war, wenn es darum ging, wie viel Weizen und Hafer sie geerntet und wie viele Eier sie hatten.

Kathleens Freundschaft mit dem Deutschen war eine gefährliche Situation, schloss sie, und sie wusste nicht, ob sie William und Annie davon erzählen sollte.

Rose beendete ihren Bericht und sah Tom hoffnungsvoll an.

»Ich werde mit ihr reden müssen«, sagte er sofort. »Sie muss aufhören, sich mit den deutschen Soldaten herumzutreiben. Es wäre furchtbar, wenn sie vorbeikommen würden. Du hast recht, was die Risiken für uns angeht. Abgesehen davon, dass wir eine harte Strafe bekommen könnten, wie zum Beispiel Gefängnis, wenn wir die Ertragszahlen ändern, könnten die Leute denken, dass wir Lebensmittel für unseren eigenen Gebrauch zurückhalten. Du weißt aber, dass das Gegenteil der Fall ist. Wir geben Lebensmittel an Nachbarn ab, die keine Farmen haben, jetzt, wo die Rationierung wirklich zu greifen beginnt. Ich werde auf jeden Fall mit Kathleen sprechen.«

»Danke, Tom. Du musst aber wirklich aufpassen, was du sagst«, sagte sie besorgt. »Ich habe gehört, wie Frau Le Feu deiner Mutter gestern erzählt hat, dass die Deutschen mehrere Männer im wehrfähigen Alter verschleppt haben. Wenn sie recht hatte und Kathleen wütend auf dich wird, weißt du nicht, wie sie reagieren wird.«

Tom schüttelte den Kopf. »Ich kann mir nicht vorstellen, dass sie mich jemals verraten würde.«

Sie legte ihren Arm um ihn. »Ich sage es nur ungern, Tom, denn sie ist deine Schwester, und ich glaube nicht, dass sie dir oder deinen Eltern absichtlich wehtun würde, aber Menschen sagen Dinge, ohne nachzudenken, wenn sie wütend sind.«

Er nickte. »Ich weiß, was du meinst. Vergiss aber nicht, dass die Landwirtschaft immer noch eine geschützte Tätigkeit ist.«

»Aber die Deutschen machen jetzt die Regeln, nicht wahr? Sie könnten argumentieren, dass es keinen Mangel an Arbeitskräften gibt. Schließlich wurden bei der Evakuierung der Landwirte mehrere Betriebe geschlossen, sodass eine Reihe von Landarbeitern arbeitslos wurde. Einige dieser Männer könnten als Ersatz für dich geschickt werden.«

»Ich verstehe, was du meinst. Es wird nicht so einfach

sein, wie ich anfangs dachte«, sagte er langsam. »Ich muss darüber nachdenken.«

»Ich frage mich, ob es nicht besser wäre, wenn du dich völlig raushältst und ich diejenige bin, die mit ihr spricht«, sagte Rose. »Kathleen mag mich schon jetzt nicht, also macht es keinen Unterschied, wenn sie mich noch mehr hasst. Es ist sicherer, wenn sie mich zum Ziel ihres Zorns macht, als dich.«

»Nun, wenn es dir nichts ausmacht«, sagte Tom. »Das ist wirklich nett von dir.«

Er nahm ihr Gesicht in seine Hände und schaute ihr tief in die Augen. »Aber geh kein Risiko ein. Mir ist es lieber, die Deutschen nehmen mich mit, als dass sie dir irgendeine Strafe auferlegen. Ich liebe dich von ganzem Herzen, Rose.«

Dann beugte er den Kopf und küsste sie fest auf die Lippen.

Draußen herrschte tiefe Nacht. In Dunkelheit gehüllt, saß Rose in der Küche des Farmhauses und wartete.

Ein Schlüssel drehte sich im Schloss.

Wenige Augenblicke später hörte sie ein leises Knarren, als sich die Haustür öffnete, und durch die offene Tür sah sie, wie Kathleen aus der Schwärze draußen hereintrat und in die Schatten schlich, die das Haus erfüllten. Um kein Geräusch zu verursachen, schloss Kathleen die Haustür vorsichtig hinter sich und wandte sich der Treppe zu.

Rose ging leise zur Küchentür hinüber. »Hallo Kathleen«, sagte sie leise.

Kathleen zuckte zusammen. Sie drehte sich um und sah Rose an, dann blieb sie stehen.

»Komm und setz dich, ja?« Rose deutete auf Kathleens Stuhl, dann ging sie zurück zum Tisch, schaltete die Lampe ein, die sie in die Mitte des Tisches gestellt hatte, und setzte sich.

Kathleen zögerte einen Moment, dann trat sie ein, schloss geräuschlos die Tür und setzte sich auf Williams

Stuhl. »Das sollte besser schnell gehen«, sagte sie. »Ich bin müde und nicht in der Stimmung für ein vertrauliches Gespräch.«

Rose zwang sich zu einem Lächeln. »Es wird kurz sein. Es ist nur so, dass ich dich fast jeden Abend spät nach Hause kommen sehe, und ich bin mir ziemlich sicher, dass Annie und William nicht wissen, dass du nach dem Abendessen noch ausgehst. Sie wären wütend und beunruhigt, wenn sie es wüssten.«

»Na und?«, erwiderte Kathleen.

»Und ich habe dich mehr als einmal mit demselben deutschen Soldaten gesehen«, fuhr Rose fort. »Das beunruhigt mich ein wenig. Ich weiß, es geht mich nichts an ...«

»Du hast recht, es geht dich nichts an«, unterbrach Kathleen sie. »Und wenn es darum geht, dann sage ich jetzt gute Nacht.« Sie wollte aufstehen.

»Nein, geh nicht! Hör mir zu, ja?«

Mit einem theatralischen Seufzer setzte sich Kathleen wieder hin.

Mit möglichst leiser Stimme, um Annie und William nicht zu beunruhigen, kam Rose direkt zur Sache und erklärte ihre Besorgnis wegen der Gefahr, die von den Deutschen ausging, wenn sie auf die Farm kamen, sei es ins Haus oder nur in die Nebengebäude.

»Du bist nur eifersüchtig«, sagte Kathleen spöttisch. »Ich amüsiere mich, und du nicht.«

»Ich bin nicht eifersüchtig - ich mache mir nur Sorgen, dass du uns in Gefahr bringst.«

»Ich bin nicht dumm«, schnauzte Kathleen. »Das weiß ich alles. Du bist so eingebildet, dass du glaubst, du wärst die Einzige, der das Wohl der Familie am Herzen liegt, und dass nur du weißt, wie man alle am besten beschützt. Nun, ich weiß es auch. Der beste Weg, meine Eltern und Tom zu schützen, ist, die Deutschen auf unserer Seite zu haben. Und das ist wahrscheinlicher, wenn ich mit einem deutschen Offizier befreundet bin, der etwas zu sagen hat.«

»Und was passiert, wenn er ein anderes Mädchen kennenlernt, das genauso vernarrt in ihn ist wie du? Es ist ziemlich offensichtlich, dass viele Mädchen aus Jersey gerne Nylonstrümpfe und Pralinen geschenkt bekommen, im Auto mitgenommen werden und zum Abendessen oder zum Tanzengehen. Wenn er das Interesse an dir verliert, kann er sich aussuchen, wen er will.«

»Das glaubst du doch selbst nicht«, entgegnete Kathleen. »Nun, du wirst feststellen, dass du dich irrst. Klaus ist nicht so. Aber wenn wir schon dabei sind, könntest du auch auf dein eigenes Verhalten achten. Für den Anfang solltest du aufhören, nachts nach mir Ausschau zu halten. Glaub nicht, ich hätte dich nicht durch den Spalt zwischen Vorhang und Fenster gesehen, denn das habe ich. Du verhältst dich lächerlich.«

»Wenn er sich gegen dich wendet«, sagte Rose ruhig und hatte Mühe, ihr Temperament zu zügeln, »könnte das schlecht für die Familie sein. Aber du denkst an niemanden außer an dich, oder?«

»Und du denkst überhaupt nicht«, sagte Kathleen. Sie beugte sich zu Rose vor. »Ich weiß, worum es hier geht, Rose. Mit Tom verheiratet zu sein, ist eine große Enttäuschung. Du hast nie erwartet, dass du knietief in Kartoffeln und Hühnern stecken würdest, und du bist eifersüchtig auf all die Dinge, die ich tun kann.«

»Mach dich nicht lächerlich«, entgegnete Rose.

»Du steckst in einem Teufelskreis fest, den du dir selbst eingebrockt hast«, spottete Kathleen, »und du beneidest mich darum, mit einem mächtigen Mann wie Klaus zusammen zu sein. Nun, wenn du dir selbst einen Klaus wünschst, um dein Leben aufzupeppen, gibt es jeden Donnerstagabend einen Tanzabend. Ich schlage vor, du versuchst dein Glück bei einem davon. Was mich betrifft, ich gehe jetzt ins Bett.«

Als Rose sie gehen sah, beschloss sie, Tom zu sagen, dass sie mit Kathleen gesprochen hatte, es aber dabei zu belassen. Es hatte keinen Sinn, ihn wegen etwas zu beunruhigen, das sie nicht ändern konnten.

Und es gab immer eine Chance, so unwahrscheinlich sie auch schien, dass sie Kathleen dazu gebracht hatte, ernsthaft über das Risiko nachzudenken, das sie damit einging, und wenn sie das tat, würde sie vielleicht ihr Verhalten ändern.

Sie schaltete die Lampe aus und kehrte in das Haus zu Tom zurück.

KATHLEEN LAG auf ihrem Bett und ärgerte sich darüber, dass Rose ihr sagte, was sie zu tun hatte, und das auch noch in ihrem eigenen Haus! So eine Frechheit, dachte sie.

Leider waren die Tage, an denen sie gehofft hatte, dass Rose so gelangweilt und verzweifelt war, dass sie nach England zurückkehrte, schon lange vorbei - die Besatzung hatte dieser Hoffnung ein Ende gesetzt.

Und aus der anderen Idee, die sie kurz nach Roses Ankunft gehabt hatte, nämlich dass Rose einen Mann kennenlernen könnte, der kein Farmer war und zu dem sie besser passte als zu Tom, war auch nichts geworden.

Auch das hatte sie dem Krieg und den Entbehrungen der Besatzungszeit zu verdanken.

Ihre Hoffnung, dass Rose durch ihre Abneigung gegen die Arbeit auf der Farm oder durch ihre Handlungen das Ende ihrer Ehe herbeiführen und den Weg für Emily frei machen würde, war zwar für Emily inzwischen gegenstandslos geworden, aber sie hoffte immer noch inbrünstig, dass Roses Ehe mit Tom ein Ende finden würde.

Sie hatte begonnen, Rose zu hassen, und ihre anfängliche Feindseligkeit gegenüber Rose war durch Roses Versuch, sich zwischen sie und Klaus zu stellen, noch verstärkt worden. Rose und Tom glücklich zusammen zu sehen, war wie ein Messer, das ihr in die Seite gestoßen wurde, und sie würde alles tun, um diese Selbstzufriedenheit aus Roses selbstgefälligem Gesicht zu wischen.

Leider war es nicht so einfach zu erkennen, was sie tun konnte, um das Ende der Ehe zu beschleunigen.

Wäre Rose der flirtwillige Typ gewesen, hätte sie vielleicht mit einem der deutschen Offiziere angebandelt, die täglich auf einen Kaffee bei Forte's vorbeikamen. Aber bei so vielen Mädchen, die sich dort herumtrieben und alle wie verrückt versuchten, das Interesse eines Soldaten auf sich zu ziehen, gab es für die Deutschen keinen Grund, sich wirklich um eine der Frauen zu bemühen, und sie würden es sicher nicht bei jemandem tun, der nicht versuchte, von ihnen bemerkt zu werden.

Und die Wahrscheinlichkeit, dass sie die Aufmerksamkeit eines zufällig auf der Straße vorbeikommenden Soldaten erregte, war gering, denn wie die meisten Frauen aus Jersey, die nicht auf der Suche nach einem Mann waren, hielt Rose ihren Blick gesenkt, wenn sie an einem Deutschen vorbeikam.

Aber vielleicht sollte sie die Hoffnung, dass Rose einen anderen Mann finden würde, nicht allzu schnell aufgeben, überlegte sie. Mit ein wenig Nachdenken würde ihr vielleicht doch noch ein möglicher Kandidat einfallen.

Dieser Kandidat müsste natürlich ein Mann aus Jersey sein, und er müsste die Initiative ergreifen. Da so viele

Männer weg waren und die meisten der verbliebenen Männer in der Landwirtschaft beschäftigt waren, würde es nicht einfach sein, einen Mann für Rose zu finden, einen Mann, dessen Leben sich nicht um die Erntebereitschaft des Weizens drehte. Es musste doch jemanden geben, der infrage kam.

Außerdem musste es jemand sein, der nicht so hungrig war, dass er ständig ans Essen dachte und nicht an den Nervenkitzel einer Tändelei.

Es müsste ein Mann wie Joshua Mauger sein.

Sie setzte sich im Bett auf.

Das war die Antwort, dachte sie aufgeregt.

Josh kümmerte sich um die Farm der Gorins und hatte anfangs so schlechte Arbeit geleistet, dass entweder ihre Eltern oder Tom immer wieder hinübergehen mussten, um ihm zu helfen. Auch Rose war schon einige Male dort gewesen und hatte ihm seinen Anteil an den Eiern gegeben.

Und das war *die* Gelegenheit.

Sie beschloss, am nächsten Tag ein ruhiges Wort mit ihrer Mutter zu wechseln. Sie würde darauf hinweisen, dass der Laden mehr Aufmerksamkeit brauchte, als ihre Mutter ihm in den letzten Wochen geschenkt hatte, und das darauf schieben, dass ihre Eltern so oft zu den Gorins hinüberfuhren.

Dann schlug sie vor, dass Rose nun, da Joshua zu wissen schien, was er tat, einige der Besuche auf dem Hof übernehmen und regelmäßig dorthin fahren könnte. Ihre Mutter könnte sich dann auf den Laden konzentrieren.

Sie könnte hinzufügen, dass sie selbst nicht freiwillig zu den Gorins gehen würde, da es sie zu unglücklich machte, dort zu sein, wenn Emily nicht da war.

Rose und Josh würden also zusammenkommen.

In einer solchen Situation, in der sie Stunden in der

Nähe eines sehr gut aussehenden Mannes verbrachte, der kein wirkliches Interesse an der Arbeit auf der Farm hatte, aber ein großes Interesse an attraktiven Frauen, und der, wie sie aus früherer Erfahrung wusste, eine sehr gute Gesellschaft war, konnte sich durchaus etwas zwischen ihnen entwickeln.

Und selbst wenn das nicht der Fall war, konnte man den Eindruck gewinnen, dass sich etwas entwickelt hatte. Ein paar Worte in Toms Ohr würden genügen.

Sie legte sich zurück ins Bett und lachte vergnügt.

23

———

L *ondon, September 1940*

»DIE SCHÜLER SIND UNGLAUBLICH«, sagte Violet zu Iris, als sie nach dem Abendessen im Wohnzimmer saßen und auf die Rückkehr ihres Vaters warteten, der einen Großhändler in der Gegend von Guildford besucht hatte. Ihre Mutter war in der Küche und deckte den Tisch für das Frühstück am nächsten Tag.

»Ihre Schutzräume sind nicht vergleichbar mit dem Anderson, den Vater für uns gebaut hat«, fuhr Violet fort. »Mutter hat unsere so gemütlich wie möglich gemacht, aber ihre sind feucht und ziemlich dunkel, und sie müssen sich lange auf unbequemen Bänken an den Seiten des Unterschlupfs zusammenkauern. Aber das scheint sie nicht zu stören.«

»Was passiert, wenn sie auf die Toilette gehen wollen?«, fragte Iris.

Violet verzog das Gesicht. »Es gibt einen Eimer hinter einem Sichtschutz aus Säcken. Je weniger darüber gesagt wird, desto besser!«

»Na ja, wenigstens kommst du aus dem Unterricht raus«, bemerkte Iris. »Mit einem Haufen Kinder herumsitzen, nichts tun und dafür bezahlt werden, ist gar nicht so schlecht, auch wenn die Umgebung ziemlich furchtbar ist.«

»Wir sitzen nicht herum und tun nichts, wie du sagst«, erwiderte Violet. »Wir arbeiten wirklich hart. Die Kinder werden unruhig, wenn sie nicht beschäftigt sind, und wir müssen sie von dem ablenken, was draußen vor sich geht. Wir sagen das Einmaleins auf, singen Lieder, lesen ihnen Geschichten vor. Solche Dinge eben. Glaub mir, es ist nicht leicht, die Kinder in solchen Momenten zu beschäftigen, vor allem, wenn sie nach einer Nacht mit schweren Bombenangriffen müde in den Tag starten. Du solltest es ausprobieren.«

»Nein, danke. Ich überlasse das gerne dir. Ich habe viel zu viel zu tun in meinem Laden. Vor einem Jahr hätte ich dich noch ausgelacht, wenn du mir gesagt hättest, dass die Menschen heute nach Baumwolle und allem, was man zur Herstellung von Kleidung braucht, lechzen würden und dass sie jeden Stoffrest kaufen würden, den sie finden könnten, nicht nur, um Kleidung für ihre Kinder, sondern auch für sich selbst anzufertigen. Aber so ist es nun einmal.«

»Nun, das ist keine Überraschung«, sagte Violet. »Heutzutage gibt es in den Geschäften nicht mehr genug Kleidung von der Stange, und was man findet, ist sehr teuer. Ich wäre erstaunt, wenn sie nicht bald mit der Rationierung von Kleidung beginnen würden. Lebensmittel und Benzin sind schon rationiert, warum also nicht auch Kleidung?«

»Ich bin sicher, dass sie das werden«, sagte Iris. »Es war ein Glücksfall, dass wir eine große Menge an weißer Baumwolle vorrätig hatten. Wir dachten, wir würden es als Einlage oder für Tischtücher verkaufen, aber wegen der Verdunkelung wollen die Leute Kleidung, mit der sie im Dunkeln gut zu sehen sind, also kaufen sie die ganze Baumwolle auf. Außerdem kaufen sie diese Knöpfe, die bei Tageslicht normal aussehen, aber nachts grell leuchten.«

»Vater macht sich sicher Sorgen, ob der Vorrat reicht.«

»Stimmt. Wir haben praktisch keine Strickwolle zu verkaufen. Mutter ist dazu übergegangen, Wollknäuel herzustellen. Du solltest sie sehen, wenn sie loslegt. Es gibt niemanden, der besser darin ist, ausrangierte Wollsachen zu zerlegen, die Wolle zu waschen, sie zu dehnen und wieder aufzuwickeln.«

»Es ist gar nicht so schwer, wenn man es ein paar Mal gemacht hat, Iris«, sagte Mabel, kam ins Zimmer und setzte sich. »Und wenn die Nachfrage nach Wolle so groß ist wie hier.«

»Aber es ist mitten im Sommer!«, rief Violet erstaunt aus.

»Das ist unerheblich. Die Frauen vom Women's Voluntary Service haben in den Luftschutzkellern und an vielen anderen Orten alle zum Stricken gebracht. *Stricken für den Sieg*, nennen sie es, und überall entstehen Nähkreise. Dank der schweren Bombenangriffe der letzten Nächte muss sich der Stapel ganz schön aufgetürmt haben.«

Violet runzelte fragend die Stirn. »Haufen wovon? Was machen sie denn?«

Mabel zuckte mit den Schultern. »Alles, was den Kriegsanstrengungen dient. Socken, zum Beispiel, und Mützen, Pullover, Handschuhe und andere Kleidungsstücke für unsere Soldaten. Jeder kann einem Zirkel beitreten - sogar die Queen hat einen im Buckingham Palace.«

»Was ist mit Garnrollen und Ähnlichem? Sind die auch gefragt?«, fragte Violet.

Mabel nickte energisch. »Wie Iris schon sagte, will jeder Nähzubehör haben. Jetzt, wo die Bekleidungsfabriken eher Uniformen und Fallschirme als Kleider herstellen, müssen die Leute mit der Kleidung auskommen, die sie haben.«

»Ich nehme an, das ist der Grund, warum Vater heute nach Guildford gefahren ist«, sagte Violet.

»Das ist richtig, Liebes. Wir brauchen dringend mehr Vorräte. Wir wissen nicht, wie lange der Krieg dauern wird, aber nach den Erfahrungen der Vergangenheit können wir wohl davon ausgehen, dass er viel länger dauern wird, als die Leute glauben.«

»Rose hat Glück, dass sie aus all dem heraus ist, auch wenn sich ihr Leben auf Kartoffeln zu konzentrieren scheint«, sinnierte Iris.

»Es macht sicher keinen Spaß, besetzt zu sein«, sagte Mabel scharf. »Für uns ist es schon beängstigend, nicht zu wissen, was vor sich geht, aber für sie muss es noch schlimmer sein. Ich werde mich nicht eher beruhigen, bis wir einen Brief bekommen, der uns sagt, dass es ihr gut geht.«

»Es könnte ewig dauern, bis wir wieder mit Jersey kommunizieren«, sagte Violet. »Aber an dem Tag, an dem wir wieder schreiben dürfen, werde ich es tun.«

»Wenigstens ist sie von Wasser umgeben und kann abtauchen«, stöhnte Iris. »Ich wünschte, ich könnte ein Bad haben, das mehr als fünf Zentimeter tief ist! Es ist lächerlich. Wer kann sich in einer so kleinen Menge Wasser waschen?«

»Hör auf, dich zu beschweren, Iris«, schnappte Violet.

Sie hörten, wie sich die Haustür schloss, und schauten

alle zur Wohnzimmertür, als John mit müdem Blick ins Zimmer kam.

Mabel richtete sich auf. »Ich bin erleichtert, dass du wieder da bist, John. Ich habe mir schon Sorgen gemacht. Ich bringe dir eine Tasse Tee, und möchtest du etwas essen? Ich weiß, dass du etwas besorgen wolltest, aber hast du es denn geschafft?«

»Ich habe es geschafft, danke, also geht es mir gut. Aber ein Whisky wäre mir lieber als eine Tasse Tee«, sagte er und setzte sich. Er seufzte schwer. »Es war ein langer Tag. Und auf der Rückfahrt habe ich eine Entscheidung getroffen.«

Er blickte entschuldigend zu Mabel, die ihm gerade einen Whisky einschenkte. »Ich fürchte, wir werden den Verkauf von Upper und Lower Hams einstellen müssen.«

»Was!«, rief Mabel aus. Sie drehte sich erstaunt zu ihm um.

»Ich habe mich schon seit einiger Zeit gefragt, ob wir das tun sollten, und ich glaube, es ist unvermeidlich geworden. Ich werde Mid Hams offen halten, und wir werden für die Dauer des Krieges zwei Stände auf dem Markt betreiben.«

Seine Frau und seine Töchter starrten ihn an. »Ich dachte, allen Geschäften geht es gut«, sagte Iris.

John nickte. »Im Moment schon, aber das wird nicht mehr lange so bleiben. Zwei weitere Mädchen haben mir gestern erzählt, dass sie in der Munitionsfabrik anfangen werden. Wir können mit den Löhnen nicht mithalten, und es wird immer schwieriger, Personal zu finden. Außerdem wird es immer schwieriger, alle drei Läden voll zu versorgen, da wir keine Waren aus Übersee bekommen können. Und nach dem, was ich heute gesehen habe, werden wir nur noch begrenzt von unseren lokalen Lieferanten beliefert werden können. Ich kann gerade noch einen Laden und die Verkaufsstände versorgen, aber nicht drei Läden.«

»Was haben sie in Guildford gesagt?«, fragte Mabel, reichte ihm das Glas mit dem Whisky und setzte sich dann.

»Es geht nicht so sehr darum, was sie *gesagt* haben, sondern darum, was ich gesehen habe. Als Hitler im Juli ankündigte, dass er sich auf eine Invasion vorbereite und dass deutsche Truppen an der Südküste landen würden, hielten wir das für Wunschdenken, für etwas, das nie passieren würde. Aber wenn man weiter nach Süden kommt, spürt man die Angst und sieht, dass die Menschen das Risiko einer Invasion sehr ernst nehmen.«

Violet runzelte die Stirn. »Aber was können sie dagegen tun?«

»Sie bauen Verteidigungsanlagen. Ich habe einige von ihnen gesehen. Im Grunde genommen nehmen sie Dörfer und Städte an wichtigen Punkten entlang der Route ins Landesinnere von Kent ein und verwandeln sie in Festungen.«

»Wie?«, fragte Violet.

John zuckte mit den Schultern. »Sie haben Schützengräben gebaut, Stacheldraht errichtet und an einem Teil des Drahtes Sprengstoff angebracht. Die Idee ist, dass sich den eindringenden Panzern unerwartete Hindernisse in den Weg stellen, und während sie zögern, greifen sie sie an.«

Violet nickte. »Das wundert mich nicht. Mein Lehrer war sich sicher, dass die Deutschen uns überrennen wollen.«

»Und das ist noch nicht alles«, fuhr John fort. »Sie rechnen damit, dass der Feind die Hauptstraßen benutzen wird, und deshalb errichten sie ein Netz von Sperren und bewaffneten Posten vom Bristolkanal bis hinauf nach Cambridgeshire und möglicherweise noch weiter nach

Norden. Sie errichten Reihen von Steinblöcken auf den Straßen, die jeden feindlichen Panzer, der die Küstenverteidigung durchbricht, aufhalten sollen. Das Gleiche gilt für die Pillboxen, die sie im Süden errichten.«

»Pillbox-Hüte sind jetzt sehr beliebt«, sagte Iris. »Wir haben sie bei D. H. Evans verkauft.«

»Das sind bewaffnete Stellungen, Iris«, sagte John und lächelte. »Die Wände und das Dach sind aus Beton, nicht aus Filz, und sie sind mit jeder Art von Metall verstärkt, die es gibt. Seltsamerweise habe ich keine gesehen, die mit Samtstreifen verstärkt waren. Und im Gegensatz zu den Hüten haben sie Schlitze an der Seite, aus denen leichte Maschinengewehre und Gewehre herausgeschoben werden können.«

Violet runzelte die Stirn. »Glaubst du, Hitler ist auf den Kanalinseln einmarschiert, um ein Sprungbrett zu haben, von dem aus er eine vollständige Invasion starten kann?«

John nickte. »Das ist ziemlich wahrscheinlich. Er wird vorausgedacht haben, wie sie es im Süden getan haben. Und wie wir es auch tun sollten. Auf dem Heimweg habe ich angefangen, mich zu fragen, ob auch wir uns gegen das wappnen sollten, was in Zukunft passieren könnte. Daher meine Entscheidung bezüglich der Läden.«

»Was willst du mit Upper und Lower Hams machen?«, fragte Violet.

»Nichts. Nach dem Krieg werden sie wieder zu Läden. Bis dahin werden sie praktisch zwei zusätzliche Lager sein. Es ist sinnvoll, unsere Bestände an mehr als einem Ort zu haben. Zurzeit wird alles im Hauptdepot gelagert, und in jedem der Läden gibt es nur eine begrenzte Menge an Vorräten.«

Mabel nickte. »Du hast recht, John. Wenn eines der

Gebäude bombardiert würde, hätten wir wenigstens noch Vorräte in den anderen.«

»Das ist die Absicht dahinter«, sagte er. Er schaute auf seine Uhr. »Wenn niemand mehr etwas hinzuzufügen hat, schlage ich vor, dass wir das Radio einschalten. Es ist fast Zeit für die Neun-Uhr-Nachrichten. Und ich denke, danach kommt *It's That Man Again*. Ein bisschen Tommy Handley ist willkommen - er wird uns aufheitern nach der deprimierenden Entscheidung, die heute getroffen werden musste.«

24

Jersey, Oktober 1940

DER REGEN HATTE am frühen Morgen aufgehört, aber es wehte ein starker Wind, als Kathleen mit dem Fahrrad zur Farm der Gorins fuhr, den Kopf gegen den Wind gesenkt.

Als sie die Farm erreichte, stieg sie ab und ging mit dem Fahrrad den Weg entlang. Sie bemerkte, dass das Gras auf beiden Seiten des Weges ein wenig verwildert aussah. Es war mit Zweigen und herabgefallenen Blättern bedeckt und musste dringend gemäht werden, bevor der Winter einbrach.

Es war keine Überraschung, dass der Hof nicht sehr gepflegt aussah - Joshua hatte dem Hof einfach von Anfang an nicht die nötige Aufmerksamkeit geschenkt. Aber wenigstens hatte er den wichtigsten Teil erfolgreich erledigt, dachte sie, nämlich das Getreide einzufahren.

Ihre Eltern hatten sich Sorgen um das Getreide gemacht, seit deutsche Inspektoren von Farm zu Farm zogen und auf Schnelligkeit drängten, und sie waren sehr erleichtert gewesen, als Rose ihnen erzählt hatte, dass Joshua Männer eingestellt hatte, die bei der Herbsternte helfen sollten.

Er hatte einige der Männer aus England eingestellt, die während der Kartoffelsaison auf Jersey gestrandet waren, und zusammen mit den angeheuerten Männern hatten sie unter den wachsamen Augen der Inspektoren den gesamten Weizen, Mais und Hafer eingefahren.

Die Dreschmaschinen hatten den ganzen Tag gearbeitet, und als der Dreschvorgang abgeschlossen war, war Joshua zur Stelle gewesen, als die Deutschen die Menge des produzierten Getreides abgemessen und dann einen Teil für ihren eigenen Bedarf beschlagnahmt hatten, genau wie sie es mit der Milch auf ihrer Farm getan hatten.

Als er den Deutschen gegeben hatte, was sie gefordert hatten, hatte er Rose gesagt, dass William mit seinem Wagen zu den Gorins fahren und seinen Anteil an der Ernte abholen könne. Den Rest würde er einlagern. Als Rose seine Nachricht an Annie und William weitergegeben hatte, waren sie über den Fleiß von Josh angenehm überrascht gewesen.

Da die Anforderungen an die Farmer immer strenger wurden, weil die Lieferungen aus der Außenwelt versiegten, hatten viele gelernt, einen Teil ihrer Ernte und ihres Viehs zu verstecken. Aber wenn Joshua, der weniger mit den Möglichkeiten vertraut war, versucht hätte, die Deutschen zu betrügen, wäre sie sehr besorgt gewesen.

So sehr sie Klaus auch liebte und ihn für einen guten Mann hielt, war ihr doch bewusst, dass die Deutschen

Gehorsam erwarteten und jeden, der gegen die Regeln verstieß, hart bestraften.

Aber zum Glück wusste Joshua das, und nichts deutete darauf hin, dass er ein Risiko eingehen würde.

Es war jetzt etwa drei Monate her, dass Rose begonnen hatte, zwei oder drei Tage in der Woche auf die Gorins-Farm zu gehen, und es wäre interessant zu wissen, ob sich zwischen ihr und Josh etwas entwickelte, zumal Tom in letzter Zeit bei einigen Gelegenheiten ziemlich gereizt auf Rose reagiert hatte, was darauf hindeutete, dass zwischen den beiden nicht alles in Ordnung war.

Das erste Mal war es ein paar Wochen zuvor gewesen, als britische Flugzeuge in der Nacht Flugblätter mit der Aufschrift »Nachrichten aus England« abgeworfen hatten. Es enthielt eine Botschaft des Königs und der Königin und ein Foto der beiden im zerbombten Teil des Buckingham Palace.

Rose hatte einen Blick darauf geworfen und war in Tränen ausgebrochen.

Tom hatte angenommen, dass sie sich wünschte, wieder in England zu sein und nie nach Jersey gekommen zu sein. Rose versicherte ihm, dass sie sich nur Sorgen um ihre Familie machte, die durch das Bild der zerstörten königlichen Kapelle noch verschlimmert wurde. Obwohl sie die Sache auf sich beruhen ließen, schienen sie in den Tagen danach nicht mehr so locker miteinander umzugehen.

Das zweite Mal geschah dies am Ende der ersten Oktoberwoche, als Rose, die früher von den Gorins zurückgekommen war, mit der Aufgabe betraut wurde, Marmelade zu kochen, da ihre Vorräte aufgebraucht waren, weil sie es von Anfang an versäumt hatten, die Menge der Marmelade zu begrenzen, die jeder auf sein Brot streichen durfte.

Entschlossen, so viel Marmelade wie möglich herzustellen, hatten sie die Landschaft durchkämmt und die wenigen Brombeeren, die noch nicht gepflückt worden waren, in zwei Eimern eingeweicht.

Rose hatte etwas von ihrem schwindenden Zuckervorrat bekommen, um ihn für die Marmelade zu verwenden. Ihr Zuckervorrat war kostbar: Sie hatten zwar begonnen, Zuckerrüben anzubauen, um sie als Süßungsmittel zu verwenden, aber es würde noch eine Weile dauern, bis sie fertig waren.

Annie hatte einen entsprechend großen Topf, aber er war zu schwer, um ihn nach nebenan zu tragen, also musste Rose die Marmelade in Annies Küche kochen. Sie hatte die Beeren gerade zum Kochen gebracht, gesüßt mit etwas Bienenhonig und ihrem geliebten Zucker, als Annie aus St. Helier zurückkam und mit der *Jersey Evening Post* wedelte. Sie reichte sie Rose und ging hinaus, um mit William zu sprechen.

Die Zeitung hatte angekündigt, dass man über das Rote Kreuz eine Nachricht an Verwandte in England schicken konnte. Sie durften bis zu fünfundzwanzig Wörter schreiben. Vor lauter Aufregung hatte Rose ein Stück Papier von der Arbeitsplatte genommen, war zum Küchentisch geeilt und hatte begonnen, ihrer Familie zu schreiben.

In ihrem Bemühen, ihnen in fünfundzwanzig Worten mitzuteilen, dass sie trotz der geänderten Umstände zurechtkamen, und sie gleichzeitig zu fragen, wie es ihnen ging, vergaß sie die Marmelade, die übergekocht war und eine klebrige, scharlachrote Masse bildete, die sich langsam auf dem Herd ausbreitete und dort erstarrte.

Tom war wütend darüber gewesen, dass sie dem Schreiben an England, das sie später an diesem Tag oder am nächsten Tag hätte erledigen können, den Vorrang gegeben hatte, anstatt sich auf die kostbare Marmelade zu konzentrieren.

Obwohl er sich später entschuldigte und ihr sagte, er verstehe ihre Sorge um ihre Familie angesichts der schweren deutschen Angriffe, die jede Nacht auf London stattfanden, war die Atmosphäre zwischen ihnen mehrere Tage lang kühl gewesen.

Wenn es jemals einen Zeitpunkt gab, an dem Rose sich jemandem anvertrauen musste, dann war es dieser, wie Kathleen feststellte, da es sowohl in England als auch in Jersey so viel gab, worüber Rose sich Sorgen machen musste.

Die Spannungen auf Jersey hatten sich seit September verschärft, als alle Juden aufgefordert worden waren, sich bei den Behörden zu registrieren. Alle Geschäfte, die im Besitz von Juden waren, mussten deutlich als solche gekennzeichnet werden. Da es Gerüchte über die Feindseligkeit gegenüber den Juden in Deutschland gab, sorgte eine solche Kennzeichnung für große Unruhe.

Und da die Nächte von Fluglärm und Flakfeuer erfüllt waren und die Flugzeuge tagsüber tief und oft mit beängstigender Geschwindigkeit über sie hinwegflogen, fürchtete jeder um seine Sicherheit und die seiner Familie und Freunde.

Auch das Wetter war zum Feind der Menschen geworden, die versuchten, die Beeinträchtigung ihres Lebens so gering wie möglich zu halten, denn seit etwa einem Monat wurde Jersey von Stürmen und heftigem Regen heimgesucht.

In dieser Zeit wurde die harte Realität der Besatzung spürbar, zusammen mit den Entbehrungen, die sie mit sich brachte, wie zum Beispiel der Mangel an Lebensmitteln. Erst einen Monat zuvor war eine Gemeinschaftsküche für

Kinder eröffnet worden, und es gab Andeutungen, dass in absehbarer Zeit auch Küchen für Erwachsene eröffnet werden könnten.

Hunger und der Zwang, feindliche Befehle zu befolgen, lasteten schwer auf allen, und Rose brauchte wahrscheinlich eine warme, freundliche Schulter. Doch angesichts der angespannten Lage zwischen ihr und Tom konnte diese Schulter nicht die von Tom sein.

Hatte sie sich also an Joshua gewandt? Kathleen wollte das herausfinden, deswegen besuchte sie Joshua, während Rose in einer der Scheunen des Farmhauses Kartoffeln schälte.

Als sie die Haustür des efeubewachsenen Hauses erreichte, stützte sie ihr Fahrrad an der Wand ab, nahm ihren Schal ab, schüttelte ihr Haar und versuchte mit den Fingern so gut es ging, die blonden Strähnen aus dem Gesicht und in den Knoten zu schieben, den sie im Nacken gewickelt hatte.

Dann klopfte sie an die Tür, trat zurück und wartete.

Niemand antwortete, also ging sie nach ein oder zwei Minuten zum Seitentor, stieß es auf und ging zur Rückseite des Hauses, wie sie es immer tat, wenn sie Emily besuchte.

Als sie auf dem Hof ankam, erregte eine Bewegung vor den Scheunen, die auf der anderen Seite des Hofes lagen, ihre Aufmerksamkeit. Sie sah, dass Joshua aus einer der Scheunen herauskam und auf die Felder zuging.

»Josh!«, rief sie und hob ihre Hand, um zu winken.

Als er sie hörte, drehte er sich um, sah sie und änderte sofort die Richtung.

»Na, das ist ja eine Überraschung«, sagte er und kam grinsend auf sie zu. »Womit habe ich die Ehre verdient?«

»Muss es einen Grund geben, damit ein Freund einen anderen aufsucht?«, fragte sie spielerisch.

»Oh, dann sind wir immer noch Freunde, ja? Ich dachte, du hättest deine alten Freunde vergessen, jetzt wo du dich in illustren Kreisen bewegst.«

Sie blickte demonstrativ auf die gebräunte Brust, die sich unter dem weißen Hemd abzeichnete, das offen stand. »Niemand könnte dich vergessen, und das weißt du auch«, sagte sie und verlieh ihrer Stimme eine kokette Note.

»Ich könnte fast glauben, dass du mit mir flirtest, aber ich muss mich irren. Ich kann dir weder Schokolade noch Nylonstrümpfe schenken und dich auch nicht in einem Ungetüm von Auto über die Insel kutschieren«, sagte er lachend.

Auch sie lachte.

»Du hast recht, du irrst dich, wenn du glaubst, dass ich flirte«, sagte sie. »Ich bin nur freundlich. Das Flirten überlasse ich Rose. Ich kann mir vorstellen, dass sie dabei richtig gut ist.«

Er runzelte leicht die Stirn. »Rose? Sie flirtet nicht«, sagte er. »Und sie ist verheiratet.«

Kathleen lachte schallend. »Warst du es oder ein anderer Joshua, der von einem Banker, der eines Tages unerwartet früh nach Hause kam, fast mit heruntergelassenen Hosen erwischt wurde? Ich wette, dieser Joshua hat immer noch eine Narbe auf dem Hintern, weil er in unangemessener Eile aus dem Fenster geklettert ist.«

Sie lachten beide.

»Keine Sorge«, fügte sie hinzu. »Ich will gar nicht wissen, was da mit Rose läuft.«

Er schüttelte den Kopf und sah verwirrt aus. »Was hat es mit Rose auf sich?«

Kathleen veränderte ihre Gesichtszüge, um Besorgnis zu zeigen. »Es tut mir wirklich leid - ich hätte nichts sagen sollen. Was ihr miteinander treibt, geht niemanden etwas an. Vergiss, dass ich was gesagt habe.«

Er machte eine Geste der Hilflosigkeit. »Ich verstehe nicht, wie du darauf kommst, dass Rose und ich miteinander flirten würden. Wie kommst du darauf?«

»Ich nehme an, weil sie viel von dir spricht. Sie hat mehr als einmal gesagt, dass sie dich hübsch findet, und sie kommt so oft wie möglich hierher. Sie hat es geschafft, dass Mum einverstanden ist, dass sie mehr Zeit hier verbringt, als sie es früher getan hat. Und als ich heute Morgen ankam, sah ich, dass der Rasen vor dem Haus gemäht werden musste, also nahm ich an, dass du zu sehr mit etwas anderem beschäftigt warst. Es tut mir leid, wenn ich das falsch verstanden habe.«

»Ich fürchte, das hast du.«

Kathleen hob eine Augenbraue. »Wirklich?«

»Ja, wirklich.« Sie hörte eine Spur von Verärgerung in seiner Stimme. »Sie ist eine attraktive Frau, und du weißt, dass ich auf attraktive Frauen stehe, aber sie ist nicht mein Typ. Zugegeben, das würde mich nicht davon abhalten, ihr entgegenzukommen, wenn sie mir auf dem Silbertablett serviert würde, wenn du verstehst, was ich meine, aber sie hat nie etwas getan, das mich glauben lässt, dass sie mehr als eine Freundschaft will.«

»Ich verstehe.«

»Und ich gehöre nicht zu der Sorte Mensch, die sich jemandem aufdrängt«, fuhr er fort. »Das habe ich nicht nötig. Es gibt genug Fische im Meer. Auch wenn die Fischer heutzutage eine Lizenz brauchen, um sie zu fangen, und die Strände vermint sind«, fügte er lachend hinzu.

Sie unterdrückte ein Lachen als Antwort.

»Aber du, Kathleen«, sagte er und seine Stimme klang warm. »Das ist mal etwas anderes. Du siehst umwerfend aus. Und wenn du anstelle von Rose hierher kommen würdest, könnte ich kaum die Finger von dir lassen.«

Sie lachte. »Vor ein paar Jahren ist dir das noch ganz gut gelungen.«

»Stimmt. Aber ich war jung. Damals wusste ich nicht, was für einen goldenen Preis ich in den Händen hielt. Dein Deutscher ist ein Glückspilz.«

Sie räusperte sich in plötzlicher Verlegenheit. »Okay. Ich sehe ein, dass ich mich in dir und Rose getäuscht habe«, sagte sie. »Aber das war nicht der Grund, warum ich hergekommen bin. Ich wusste nicht, ob du schon gehört hast, dass die Deutschen allen jungen Männern zwischen achtzehn und fünfunddreißig befohlen haben, sich registrieren zu lassen.«

»Ich weiß es. Paul hat es mir erzählt. Einige Soldaten waren auf dem Hof unserer Familie, um die Färsen zu sehen und um herauszufinden, ob sie Hühner haben und wenn ja, wie viele. Und um sie daran zu erinnern, dass sie, wenn sie Schweine haben, jedes Mal benachrichtigt werden müssen, wenn es einen Wurf gibt. Sie würden die Ferkel zählen, sagte Paul mir, und sie bis zur Schlachtung im Auge behalten.«

Kathleen nickte. »Ich weiß - wir haben Schweine.« Sie schenkte ihm ein verschmitztes Grinsen. »Es gibt Möglichkeiten, das zu umgehen, weißt du. Dad sagt, wenn eines seiner Schweine eines natürlichen Todes stirbt, lässt er es untersuchen und stellt eine Bescheinigung aus. Dann gibt er das tote Schwein an einen anderen Farmer weiter, der ebenfalls eine Bescheinigung dafür bekommt. Für die Deutschen ist ein Schwein ein Schwein. Es kann weitergegeben werden, bis es stinkt, und jeder Landwirt, der ein Zertifikat erhält, kann ein Schwein für sich behalten.«

»Hey, das ist clever«, sagte Joshua voller Bewunderung.

»Ich wünschte, die Gorins hätten noch Schweine. Ich habe eine Vorliebe für Schweinefleisch.«

»Ich auch«, sagte Kathleen. »Eigentlich für jedes Fleisch. Da das Fleisch rationiert ist, essen wir so viel Gemüse, und die Zubereitung dauert ewig.«

»Aber du bekommst doch Fleisch in Restaurants, nicht wahr? Ich wette, dein Deutscher führt dich zum Essen aus.«

Kathleen errötete. »Manchmal tut er das. Aber ich gehe nicht nur mit ihm aus, um gefüttert zu werden, weißt du. Er ist wirklich eine gute Gesellschaft. Und seine Freunde sind es auch«, fügte sie mit einem Anflug von Trotz hinzu.

Er hob seine Hände. »Ich will dich nicht angreifen. Ich stimme dir zu, was die Soldaten angeht. Paul sagte, dass diejenigen, die wegen der Färsen dort waren, sehr freundlich waren. Sie haben sich unterhalten und Paul dann vor dem von dir erwähnten Befehl gewarnt. Er müsse sich keine Sorgen machen, sagten sie ihm, da er ihnen als Landwirt nützlicher sei. Als Paul mir das sagte, war ich erleichtert, das kann ich dir sagen. Mein Hintern ist bereits verunstaltet worden, wie du zu wissen scheinst, und ich möchte ihn vor weiterem Schaden bewahren.«

Sie kicherten. Dann fragte Kathleen nach Pauls Färsen, die die Deutschen inspiziert hatten.

»Sie fanden sie nicht gut genug und sind losgezogen, um einen anderen Farmer zu plagen.«

»Dann werde ich das auch tun«, sagte sie. »Weggehen, meine ich. Aber nicht um einen anderen Farmer zu plagen.«

»Komm mal wieder vorbei«, sagte er grinsend. »Wenn dein Deutscher es dir erlaubt. Du bist immer eine gute Gesellschaft. Und du bist schön anzuschauen, Kathleen. Das bist du wirklich.«

»Das werde ich«, sagte sie. Da war also nichts zwischen Rose und Joshua, dachte sie, als sie sich auf den Weg zu ihrem Haus machte. Und das war auch nicht zu erwarten gewesen.

Trotz der Andeutungen, die sie gemacht hatte, um das Gegenteil zu suggerieren, war Joshua sicher, dass Rose kein Interesse an ihm hatte, und er hatte eindeutig keins an ihr. Zu ihrer Überraschung war sie recht froh darüber, dass es zwischen ihnen nichts Ungewöhnliches gab.

So viel dazu, dass Tom Josh und Rose auf frischer Tat ertappte, während sie ihn betrog, dachte sie reumütig, als sie in die Pedale trat. Das bedeutete natürlich nicht, dass sie nicht den Anschein erwecken konnte, dass zwischen den beiden etwas vor sich ging, auch wenn es nicht der Fall war. Es würde sie zwar etwas mehr Mühe kosten, aber es wäre machbar.

Aber wollte sie das immer noch tun?

Nein, das wollte sie nicht, stellte sie verwirrt fest. Sie wollte nicht an Rose mit Joshua denken, egal ob es die Wahrheit oder eine Lüge war.

Sie hatte die Unterhaltung mit Joshua vorhin genossen - man konnte sich gut mit ihm unterhalten, es machte Spaß, mit ihm zusammen zu sein, und er war sogar sehr attraktiv mit seiner schlanken Statur, seiner gebräunten Haut und seinem hellbraunen, von der Sonne gebleichten Haar.

So sehr, dass sie, wenn sie nicht in Klaus verliebt gewesen wäre, ihm vielleicht hinterhergelaufen wäre. Und sie hatte das Gefühl, dass er sich hätte fangen lassen.

Aber sie liebte Klaus und das würde nicht passieren.

Was Rose betraf. In Ermangelung eines anderen offensichtlichen Kandidaten für die Rolle des Schuldigen bei Rose und angesichts der Tatsache, dass die Menschen sich immer mehr darauf konzentrierten, die Schwierigkeiten zu bewältigen, mit denen sie täglich konfrontiert waren, war es unwahrscheinlich, dass es jemanden geben würde, der diese Rolle übernehmen würde.

Ein Windstoß wehte ihr Kopftuch über ihr Gesicht.

Außerdem war das winterliche Wetter nicht gerade förderlich für romantische Vergnügungen, und da die Tage immer kürzer wurden, würde sie ihre Zeit verschwenden, wenn sie versuchte, etwas zu inszenieren.

Zudem schränkte die Ausgangssperre ein. Rose war nicht die Art von Person, die einer nächtlichen Verabredung nach der Ausgangssperre zustimmte, sodass es nicht infrage kam, etwas in dieser Richtung zu planen, bis die Tage länger geworden waren.

Alles in allem würde sie die Idee zumindest bis zum nächsten Frühjahr fallen lassen müssen, wenn das Wetter besser war. Die Hemmungen schmolzen, oder man konnte den Anschein erwecken, dass sie unter den Strahlen einer wärmenden Sonne geschmolzen waren.

Aber auch wenn sie noch ein paar Monate warten musste, konnte sie alles nutzen, was ihr in den Weg kam, um den Boden für ein zukünftiges Engagement zu bereiten, stellte sie fest, als sie das Farmhaus erreichte.

Es würde zum Beispiel nicht schaden, Rose in ein schlechtes Licht zu rücken, wann immer es möglich war. Es bestand immer die Hoffnung, dass Roses Ehe an der zunehmenden Anspannung ihrer Situation zerbrechen würde, und das Hervorheben von Roses Fehlern könnte dies beschleunigen.

»WIE WAR ES BEI JOSH?«, fragte Annie, als Kathleen in die Küche kam, wo William, Tom und Rose saßen.

»Gut«, sagte Kathleen und setzte sich. »Er wusste, dass er sich anmelden muss, aber das wird ihn nicht betreffen.

Aber ich fand, dass die Farm ein bisschen heruntergekommen aussah, und habe mich gefragt, ob ich ihm helfen sollte. Nur um den Hof für die Wintermonate vorzubereiten.«

»Braucht er dich und Rose?«, fragte Tom erstaunt.

Kathleen zuckte mit den Schultern. »Es scheint eine Menge Arbeit für zwei Leute zu sein, vor allem, wenn keiner von beiden besonders erfahren ist. Er hat sich zwar Hilfe geholt, aber die kostet Geld, und jetzt, wo die Ernte vorbei ist, musste er sie entlassen.«

»Was ist denn mit der Farm los?«, fragte William.

»Ich habe einen allgemeinen Eindruck, das ist alles. Die Blätter müssen vom Rasen geharkt und das Gras gemäht werden. Ich bin nicht weit nach hinten gegangen, aber mir ist aufgefallen, dass der Gemüsegarten jemanden mit grünem Daumen braucht, der ihn in Ordnung bringt. Wenn der Krieg morgen zu Ende wäre und die Gorins nach Hause kämen, würden sie einen Anfall bekommen.«

»Die Gorins haben sich entschieden, die Farm zu verlassen«, schnappte Rose. »Sie haben Glück, dass sie die Hilfe haben, die sie bekommen haben. Andere Farmen sind stillgelegt worden. Wenn du denkst, dass ich so schlechte Arbeit leiste, Kathleen, warum gehst du nicht jeden Tag mit einem Spaten bewaffnet hin und machst es besser?«

»Also, ihr zwei«, sagte Annie. »Ich glaube, wir lassen alles so, wie es ist, Kathleen. Wie Rose schon sagte, war es die Entscheidung der Gorins, nach England zu gehen. Sie sind vernünftige Leute und ich bin sicher, dass sie nicht erwarten, dass ihre Farm so geführt wird, wie wenn sie geblieben wären.«

William nickte. »Deine Mutter hat recht, Kathleen.«

»Und wir laufen Gefahr, mit der Arbeit, die hier erledigt werden muss, in Rückstand zu geraten«, fuhr Annie fort.

»Die Zubereitung der Mahlzeiten dauert länger, weil wir so viel Gemüse essen, und für Dinge wie Tee, Zucker und Kaffee müssen wir Ersatz finden, es sei denn, wir wollen sie von Schwarzhändlern kaufen und ihre extrem hohen Preise bezahlen.«

»Wie hoch ist hoch?«, fragte William. »Ein bisschen echter Tee wäre ein Genuss.«

»Um dir eine Vorstellung zu geben, verlangen sie umgerechnet fünfzehn Schilling für ein Pfund Zucker und fünfundzwanzig Pfund für ein Pfund Tee. Ich weiß, dass sie nicht so gut sind, aber wenigstens sind die Brombeerblätter für den Tee und die gemahlenen Eicheln für den Kaffee kostenlos.«

»Das klingt wirklich viel«, sagte William.

»Und ich werde es nicht bezahlen«, sagte Annie fest. »Ich kaufe nicht auf dem Schwarzmarkt. So haben wir jetzt weniger Zeit am Tag, um die Dinge zu tun, die wir früher getan haben. Wenn du zum Beispiel in die Scheune gehst, wirst du einen Haufen Kartoffeln sehen, die darauf warten, geschrubbt zu werden.«

Kathleen stöhnte laut auf.

»Das ist ja alles schön und gut, Kathleen«, sagte Annie munter, »aber da wir kein Maismehl haben, brauchen wir mehr Kartoffelmehl als bisher. Ich habe heute zwei Siebe gekauft, damit wir das Mehl selbst sieben können. Und wir müssen die Äpfel ernten. Wir müssen einige von ihnen schälen, wenn ich schwarze Butter machen will, wie ich es immer tue. Wir können der Gorin-Farm nicht noch mehr Zeit widmen als jetzt schon. Sie werden nicht erwarten, dass wir ihre Farm auf Kosten der unseren betreiben.«

»Ich hoffe, du hast das verstanden, Kathleen«, sagte William fest. »Ich will keine Kritik an Rose mehr hören, ob verschleiert oder nicht.«

Sie blickte ihren Vater an.

»Und jetzt«, fuhr er fort, »heute kam der Sohn von Frau Le Feu vorbei. Tony entschuldigte sich, dass er diesmal keine Muscheln und Krebse mitbringen konnte, aber die Strände sind nicht sicher. Stattdessen hat er uns zwei Kaninchen mitgebracht, und Annie hat uns einen Kanincheneintopf mit Brokkoli gemacht. Also lasst uns alle Boshaftigkeiten beiseitelassen und in Ruhe genießen.«

25

J*ersey, Februar 1941*

MIT EINEM LAUTEN Klappern bei jeder Radumdrehung, wenn die Metallteile, die die Behelfsreifen in den Felgen hielten, auf den schneebedeckten Boden aufschlugen, schoben Rose und Tom ihre Fahrräder vom Royal Square den Hügel hinunter, vorbei an vereinzelten Schnee- und Eishaufen, die sich an den Mauersohlen der Geschäfte und in den Türnischen festgesetzt hatten.

Vor ihnen glitzerte das kalte Morgenlicht auf dem stahlgrauen Meer.

»Die Bäume auf der Promenade sehen fast gespenstisch aus, findest du nicht auch?«, fragte Rose, ihr Atem war eine weiße Nebelsäule. »Ich bin so überrascht, dass wir so viel Schnee bekommen haben. Als es im Januar geschneit hat, dachte ich, das wars für dieses Jahr. Zum Glück habe ich letzte Woche die Erbsen und die Blumen *Jungfer im Grünen* gepflanzt. Der Boden wäre jetzt viel zu hart, um das zu tun. Ich möchte, dass unser Vorgarten dieses Jahr wirklich schön aussieht.«

»Das wird schon klappen, da bin ich mir sicher.« Er lächelte sie an und warf dann einen Blick auf das leere Schaufenster, an dem sie vorbeigingen. »Ich hätte nicht warten sollen, bis meine Hose so voller Löcher ist, dass sie wie schwarze Spitze aussieht. Ich weiß nicht, was ich tun soll - in den Läden gibt es nichts mehr.«

»Ich bezweifle, dass deine Mutter dir helfen kann. Sie hat Mühe, Nachschub zu bekommen. Im Laden gibt es keine Wolle mehr. Und auch keine mehr in der Fabrik in Summerland, was ein Schock war. Du hast gesehen, wie besorgt sie war, als sie gestern zurückkam. Alle unsere Geschäfte und Fabriken stehen leer, weil die Deutschen überall auf der Insel sind und alles aufkaufen.«

»Das kann man ihnen nicht verübeln«, sagte Tom. »Wenn du dich erinnerst, haben wir in einem der Kleiderläden, in denen wir waren, diesen Deutschen sagen hören, dass es in Deutschland so gut wie keine Kleidung mehr zu kaufen gibt.«

»Ich glaube, das stimmt. Und wenigstens haben wir noch Lebensmittel. Aber das liegt daran, dass wir auf einer Farm leben«, fügte sie hinzu. »Das tut nicht jeder. Es gibt einen echten Mangel an Milch und Butter. Ich weiß, dass es Annie schwerfällt, Lebensmittelpakete für die Menschen zu schnüren, die sie kennt und die Hilfe brauchen, und für alle anderen, von denen sie hört, dass sie hungrig sind.«

Er nickte. »Wie ich meine Eltern kenne, finden sie immer etwas zu geben, solange die Menschen hungern.«

»Sieh mal, Tom!«, rief sie aus. »Da ist noch ein Kleiderladen. Vielleicht hast du dieses Mal Glück. Ich hoffe es. Es ist ein bisschen kühl, wenn man den ganzen Tag Badehosen tragen muss. Nicht, dass es mir etwas ausmachen würde, wenn du es tätest«, fügte sie mit einem Kichern hinzu. »Obwohl ich mir nicht sicher bin, wie viel Arbeit ich dann noch erledigen könnte.«

Er grinste sie an. »Das können wir testen, wenn wir zu Hause sind«, sagte er, lehnte sich zu ihr und umarmte sie.

Sie erreichten den Laden des Tuchhändlers und blieben abrupt stehen.

Über das Fenster war in leuchtendem Gelb grob der Davidstern gemalt.

Als sie schockiert dastanden, öffnete sich die Ladentür und der Geschäftsführer erschien. »Ich habe Ihr Zögern gesehen«, sagte er. »Kann ich Ihnen irgendwie helfen?«

»Selbst wenn ich nichts bräuchte, wäre ich in Versuchung, etwas zu kaufen«, sagte Tom, »nur um die Deutschen zu ärgern. Aber ich brauche eine Hose. Ich nehme an, Sie haben keine?«

Der Manager schüttelte den Kopf. »Tut mir leid, ich habe keine. Ich habe aber ein paar Hemden.«

»Dann sind Sie wohl der einzige Ort in Jersey, der welche hat«, sagte Rose. »Ich kann mir vorstellen, dass die Leute wegen der Abbildungen Angst haben, in Ihren Laden zu gehen.« Sie deutete auf den Davidstern.

»Er wird nicht mehr lange da sein«, sagte der Manager. »Ich kaufe den Laden vom Besitzer zu einem bescheidenen Preis. Ich bin zwar kein Jude, aber er hat mir einen Job gegeben, als ich einen brauchte, und ich bin froh, dass ich ihm auf diese Weise zeigen kann, wie dankbar ich bin. Wenn der Krieg vorbei ist, wird er es mir für den gleichen Betrag wieder abkaufen.«

Tom lächelte. »Das ist großartig.«

Der Manager zuckte mit den Schultern. »Mehrere von uns kaufen Läden für die Dauer des Krieges, mit der

Absicht, sie für das, was wir bezahlt haben, an die Eigentümer zurück zu verkaufen. Heutzutage gibt es nicht mehr viele Juden in Jersey, da die meisten bei der Evakuierung weggegangen sind - ich glaube, es sind nur noch etwa dreißig. Aber das Mindeste, was wir tun können, ist, uns um die zu kümmern, die noch hier sind. Sie sind auch Menschen aus Jersey.«

»Bedauerlicherweise brauche ich kein Hemd«, sagte Tom. »Aber ich komme wieder.«

Der Geschäftsführer zögerte. »Vielleicht hätte ich nicht sagen sollen, dass ich den Laden kaufen will. Ich hoffe, es war klug von mir, Ihnen zu vertrauen. Man hört von Leuten, die über ihre Nachbarn Bericht erstatten, sogar über Leute, die ihre Freunde waren.«

»Das würden wir nie tun«, sagte Tom. »Und wir sehen uns in der Zukunft irgendwann wieder.«

Sie machten sich wieder auf den Weg. »Das ist so nett von diesem Mann«, sagte Rose herzlich.

Tom lächelte. »Das ist es, nicht wahr? Und es ist schön, dich heute Morgen so fröhlich zu sehen.«

Sie lachte. »Ich fühle mich fröhlich. Zu hören, dass es allen zu Hause gut geht, hat meine Laune wirklich gehoben. Ich hatte mir solche Sorgen gemacht, wegen der Bombenangriffe auf London. Und es hat auch nicht geholfen, als wir Ende letzten Jahres gezwungen waren, unser Radio für drei Monate abzugeben. Wenn man nicht weiß, was vor sich geht, befürchtet man das Schlimmste. Wir hätten nicht wegen der sogenannten Spionage auf Guernsey bestraft werden dürfen. Das war so ungerecht.«

»Aber es unterstreicht die Tatsache, dass es keinen Sinn hat, organisierten Widerstand zu leisten - die Deutschen haben mehr als einmal bewiesen, dass sie bereit sind, unschuldige Menschen zu bestrafen, wenn es einen Akt des

Widerstands gibt. Verflucht!«, rief er aus. Er blieb stehen und starrte auf seinen Fahrradreifen hinunter.

»Ist er wieder geplatzt?«, fragte sie verzweifelt.

»Nein, das ist der Schlauch, der sich abwickelt. Das Stück Metall, das ihn gehalten hat, ist abgefallen. Und ich dachte, ich hätte den Reifen so gut repariert, nachdem ich mein Klebe- und Flicksystem zugunsten von Dads Ratschlag aufgegeben und den Gartenschlauch benutzt hatte. Er hat mir geholfen, ihn auszumessen, auf die richtige Länge zuzuschneiden und um die Felge zu wickeln, also weiß ich, dass dieser Teil des Prozesses gut gemacht war. Ich habe wohl die Metallteile an beiden Enden nicht richtig befestigt, sonst wäre eines davon nicht abgerutscht.«

»Wir haben Zeit, dass du es jetzt wieder anbringst, auch wenn du es noch einmal machen musst, wenn wir zu Hause sind. Wir könnten dort drüben zu der Kranbrücke gehen, dort kannst du es reparieren.«

Tom nickte. »Na dann los.«

Er nahm den Metallgriff in die Hand, und während sich sein Reifen bei jeder Umdrehung ein wenig mehr abrollte, steuerten sie auf die Holzbank zu, die ihnen am nächsten war.

Rose setzte sich und sah zu, wie Tom das Fahrrad auf den Kopf stellte, es auf dem Lenker balancierte und den Rest des Schlauchs vom Rad entfernte. Dann wickelte er den Schlauch vorsichtig wieder um die Felge.

»Würdest du den Schlauch bitte festhalten?«, fragte er Rose. Als sie sich nach vorne beugte, um dies zu tun, hörten sie eine Welle von Gelächter, lautem Jubel und erhobenen deutschen Stimmen.

Beide drehten sich zu dem Geräusch um. Einige deutsche Offiziere kamen aus dem Hotel Pomme d'Or mit der Ausgelassenheit von Leuten, die gerade ein gutes Essen mit viel Wein genossen hatten. Unter ihnen schwatzten und lachten mehrere Mädchen aus Jersey, die sich an die Soldaten klammerten.

In der Mitte von ihnen stand Kathleen.

Tom setzte sich sofort hin, mit dem Rücken zur Gruppe, und sein Blick war wütend.

»Lass sie nicht sehen, dass du sie ansiehst, Rose«, zischte er. »Mit etwas Glück gehen sie die Mulcaster Street hinauf und kommen nicht zum Hafen.«

Zu ihrer Erleichterung wandte sich die Gruppe ab und ging in Richtung Norden der Stadt, wobei sie ihren Lärm und ihre Ausgelassenheit mitnahmen.

»Ich bin mir ziemlich sicher, dass einer dieser Offiziere Kathleens Klaus war«, sagte Rose. »Dann trifft sie sich also immer noch mit ihm. Wusstest du das?«

»Natürlich nicht. Du hast mir gesagt, du hättest mit ihr gesprochen und sie auf die Gefahr hingewiesen, der sie uns aussetzt. Sie hat offensichtlich nicht beachtet, was du gesagt hast, und so nutzt sie den Samstag, den Mum und Dad uns freigegeben haben.«

»Ich habe mein Bestes getan«, konterte Rose. »Ich habe wirklich gehofft, dass sie zuhören würde.«

»Hast du nicht versucht herauszufinden, ob sie das eingesehen hat?«

»Und wie hätte ich das tun sollen?«, fragte sie und wurde wütend. »Ich habe mich nicht getraut, sie noch einmal vom Fenster aus zu beobachten. Sie wäre wütend geworden, wenn sie mich gesehen hätte, und wer weiß, was sie dann getan hätte.«

»Ich denke immer noch, dass du hättest erkennen müssen, dass sie deinen Rat nicht befolgt hat«, sagte er.

»Das hättest du auch«, erwiderte sie mit blitzenden Augen. »Sie ist schließlich deine Schwester, und wenn jemand weiß, wie sie ist, dann bist du es. Niemand hat dich daran gehindert, nachzusehen, ob sie in ihrem Zimmer ist.«

Er streckte die Hand aus und nahm ihre Hand. »Ich weiß, und es tut mir leid, Rose. Ich habe mich eben unmöglich aufgeführt. Ich bin nur so enttäuscht. Und ich bin frustriert, weil ich nicht weiß, was wir dagegen tun können. *Ich* werde dieses Mal mit ihr reden, aber ich bezweifle, dass ich mehr Erfolg haben werde als du.«

»Ich hoffe, du hast Erfolg. Ich stehe Kathleen zwar nicht sehr nahe, aber ich mag es nicht, wenn die Leute sie als *Jerrybag* bezeichnen, was sie tun werden, und sie mit Verachtung betrachten, weil sie mit einem Deutschen zusammen ist. Es ist eine Schande, dass sie nichts für Joshua Mauger empfindet. Zumindest nehme ich an, dass sie das nicht tut, sonst wäre sie nicht mit Klaus zusammen.«

»Josh!«, rief Tom aus. »Glaubst du, er ist an ihr interessiert?«

»Ich weiß es nicht genau. Aber du hast mir erzählt, dass sie früher zusammen waren, und in letzter Zeit, als ich bei den Gorins war, hat Joshua Kathleen ein paar Mal erwähnt, besonders nach ihrem letzten Besuch dort. Es war scheinbar beiläufig, aber ich habe mich ein- oder zweimal gefragt, ob er es nicht bedauert, dass sie nicht mehr zusammen sind.«

»Also ich nicht«, sagte er.

»Wenn sie deine Warnung wegen ihrer Freundschaft mit Klaus ignoriert, könnte Josh vielleicht dazu gebracht werden, Interesse zu zeigen, falls ich recht habe. Zumindest könnte es sie ablenken oder ihr Interesse an ihm neu entfachen.«

Tom nickte. »Es wäre einen Versuch wert. Doch wenn wir heute noch nach Hause kommen wollen, sollte ich lieber den Reifen fertigmachen.«

. . .

TOM STAND am Fenster im Obergeschoss und sah, wie Kathleen aus dem Stall kam, wo sie die Kühe gemolken hatte, und auf das Farmhaus zuging.

Er machte sich auf den Weg.

Seine Eltern standen vor der Weinpresse und unterhielten sich, und er wusste, dass Rose im Cottage war und ihm Zeit geben wollte, mit Kathleen zu sprechen, bevor sie rüberkam, um bei den Vorbereitungen für das Abendessen zu helfen.

Durch sorgfältiges Taktieren kam er in dem Moment die Treppe hinunter, als Kathleen sich anschickte, in ihr Schlafzimmer hinaufzusteigen. Als sie ihn auf der Treppe sah, trat sie zurück, um ihn herunterkommen zu lassen, bevor sie nach oben ging.

»Was für eine angenehme Überraschung, Kathleen«, sagte er, als er von der untersten Stufe trat. »Du bist wieder da. Vermutlich, um etwas zu essen, bevor du wieder ausgehst. Aber nein, sicher nicht. Du kannst doch nicht so schnell wieder hungrig sein.«

»Wenn du etwas zu sagen hast, Tom, warum sagst du es dann nicht einfach?«, sagte sie säuerlich.

»Rose und ich haben dich heute in der Stadt gesehen, und ich denke, viele andere Leute auch. Leute, die uns kennen. Du warst mit einer Horde ausgelassener Deutscher unterwegs, die aus dem Pomme d'Or kamen. Und auch mit anderen Frauen, die wie du bereitwillig mit den Deutschen kollaboriert.«

»Wir kollaborieren nicht. Das ist, wenn man der anderen Seite hilft, den Krieg zu gewinnen. Das tun wir nicht - wir verbrüdern uns. Und das ist nicht falsch, auch wenn es dir vielleicht nicht gefällt. Wenn man dir zuhört, Tom«, fuhr sie fort, »könnte man meinen, du wärst neidisch auf mein Leben. Aber warum solltest du das nicht sein? Es macht eindeutig mehr Spaß als deins.«

»Wenn die Deutschen den Krieg verlieren, werden du und sie froh sein, überhaupt ein Leben zu haben.«

Kathleen lachte. »Du machst deine kleinen Witze, nicht wahr? Die Deutschen werden nichts verlieren.«

»Doch, das werdet ihr«, sagte er unverblümt. »Wenn du es nicht schon getan hast, wirst du deinen Ruf als nettes Mädchen aus einer guten Familie verlieren, einer Familie, die seit vielen Jahren zum Rückgrat von Jersey gehört. Man wird dich als *Jerrybag* bezeichnen, als eine Frau, die bereitwillig mit einem Deutschen ins Bett geht. Wenn man einmal einen guten Ruf verloren hat, ist es sehr schwer, ihn wiederzuerlangen. Willst du wirklich so wahrgenommen werden?«

Sie blickte ihn finster an. »Dein Problem ist, dass du scheinheilig und langweilig geworden bist. Ich nehme an, das hast du von deiner scheinheiligen und langweiligen Frau abgeguckt. Es ist nicht schlimm, wenn man sich amüsieren will, und wenn das den jungfräulichen Tanten auf der Insel nicht gefällt, dann haben sie eben Pech gehabt.«

»Und was ist mit der Gefahr, in die du uns bringst?«

Sie hob eine Augenbraue. »Welche Gefahr? Ich habe Klaus nie ins Haus gebeten und er hat auch kein Interesse gezeigt, hierher zu kommen.«

»Die Gefahr, in der du schwebst, und wir auch, wenn er dich loswerden will.«

»Du glaubst, dass Rose dich für immer lieben wird, nicht wahr?«, sagte sie aggressiv, ihr Gesicht hart. »Du glaubst, dass du so liebenswert bist, dass jemand, der dich einmal liebt, nie wieder aufhören wird. Wenn du also für immer geliebt werden kannst, warum glaubst du, dass es unmöglich ist, dass mich jemand für immer liebt? Bin ich so wenig liebenswert, dass selbst wenn jemand anfängt, mich zu lieben, er bald wieder damit aufhört? Das denkst du also von mir, ja?«

Tom errötete und verlagerte sein Gewicht auf den anderen Fuß. »Nein, das ist es nicht, Kathleen. Natürlich ist es das nicht.« Er lehnte sich an den Geländerpfosten und sah sie an. »Du glaubst also wirklich, dass Klaus dich liebt und nicht nur auf ein bisschen Spaß aus ist? Ich will nicht böse sein, ich will es nur wissen.«

Ihr Gesichtsausdruck wurde weicher. »Um ehrlich zu sein, ich weiß es nicht. Ich hoffe, er tut es. Ich mag ihn wirklich gern. Er ist nicht verheiratet, falls du das denkst. Dinge, die er gesagt hat, und Dinge, die seine Freunde gesagt haben, beweisen das. Ich weiß, er ist ein paar Jahre älter als ich, und man würde erwarten, dass er eine Frau zu Hause hat, aber vor dem Krieg hat er sich auf den Aufbau seiner Karriere konzentriert.«

»Er wäre nicht der erste Mensch, der das tut«, sagte Tom.

Kathleen lächelte. »Ganz genau! Er ist ziemlich besitzergreifend, und wenn er keine starken Gefühle für mich hätte, würde es ihn nicht stören, was ich tue, oder? Zumindest hoffe ich, dass ich recht habe.«

»Das hoffe ich um deinetwillen. Nun, dann belassen wir es dabei. Ich muss die Apfelweinsituation überprüfen. Wir sehen uns dann beim Abendessen.« Und er ging durch die Hintertür und über den Hof hinaus.

»MEHR GIBT ES NICHT ZU SAGEN«, sagte Tom zu Rose, als sie abends im Bett lagen. »Sie scheint ihn wirklich zu mögen, und sie denkt, das beruht auf Gegenseitigkeit. Ich hoffe nur, dass sie recht hat.«

»Das hoffe ich auch«, murmelte Rose.

Tom blickte zu ihr hinunter. »Was denkst du?«

»Wir wissen, dass er sie manchmal nachts zurückbringt, denn ich habe das Auto gehört. Und wir wissen, dass sie sich tagsüber in St. Helier treffen, und vielleicht auch an anderen Orten. Es ist also wahrscheinlich, dass er sie zumindest einige Male, wenn sie tagsüber unterwegs sind, in der Nähe von hier abholt. Aber er kommt nicht zum Haus, und Kathleen zufolge hat er nie den Wunsch gezeigt, ins Haus zu kommen.«

»Und?«, fragte Tom.

»Es bedeutet, dass er nicht daran interessiert ist, ihre Familie kennenzulernen. Er muss zwar wissen, dass er nicht willkommen ist, aber ich hätte gedacht, dass er nach der Zeit, in der sie zusammen sind, ihre Eltern kennenlernen möchte, wenn er wirklich an ihr interessiert wäre.«

Tom biss sich auf die Lippe. »Du hast recht«, sagte er. »Es könnte also sein, dass er das nicht als etwas Dauerhaftes ansieht. Und wenn er eine kennenlernt, die ihm gefällt, könnte er Kathleen ohne weiteres fallen lassen.«

»Das ist meine Sorge. Ich glaube, Kathleen ist nicht realistisch. Und ich kann mir nicht vorstellen, dass sie ihn so einfach ziehen lässt, du etwa?«

»Nein, das kann ich nicht. Und das könnte sich auf der Farm rächen«, sagte er langsam.

Rose zitterte.

Sie lagen sich gegenüber und hatten ihre Augen weit aufgerissen.

26

J*ersey, Oktober 1941*

NIEDERGESCHLAGEN HOLTEN sie ihre Fahrräder vor dem örtlichen Gemischtwarenladen ab, einem zweistöckigen Farmhaus mit schrägem Dach und einem Anbau an der Vorderseite, das seit Menschengedenken als Laden diente, und schoben sie auf die gegenüberliegende Straßenseite, die von malvenfarbenen Astern gesäumt war.

Sie stützten ihre Fahrräder ab und lehnten sich für ein paar Augenblicke gegen die Sättel, um sich in der Wärme der Spätherbstsonne ein wenig zu entspannen.

»Das wars dann also«, sagte Rose mit fester Stimme. »Es gibt keine Konserven mehr, und da wir nur dort einkaufen können, wo unsere Rationskarten registriert sind, können wir es nirgendwo anders versuchen. Das bedeutet jeden Abend eine Extraportion Rüben. Ein wirklich deprimierender Gedanke.«

»Stimmt, aber wir werden das schon schaffen.«

»Vielleicht. Aber wie lange müssen wir uns das noch gefallen lassen?«, sagte sie mit schwerer, müder Stimme. Sie starrte in Richtung des bewaldeten Hangs, der sich hinter dem Laden erhob.

»Du siehst wunderschön aus, Rose«, sagte Tom leise und betrachtete ihr Profil, während sie den Hügel hinaufblickte.

Sie lächelte ihn reumütig an. »Es ist nett, dass du das sagst, aber ich habe zu viel Gewicht verloren. Es gibt eine Grenze, wie viele Rüben, Kartoffeln und Kohlrüben man vertragen kann. Ich musste alle meine Kleider ändern. Ich bin zu dünn.«

»Du siehst perfekt aus. Und die Farbe steht dir ausgezeichnet.«

Sie errötete vor Vergnügen. »Ich liebe diesen Blauton. Es ist eigentlich die Farbe deiner Augen.«

»Ich weiß nicht, was ich dazu sagen soll«, sagte er grinsend. »Vielleicht sollte ich lieber etwas tun, als etwas zu sagen.« Er nahm ihre Hand in die seine, hob sie zum Mund und küsste nacheinander jeden ihrer Finger.

Sie kicherte und zog ihre Hand weg.

Er nahm sie wieder und hielt sie mit beiden Händen fest. »Ich habe einen Vorschlag zu machen. Ich habe schon eine Weile darüber nachgedacht.« Ein Hauch von Unbeholfenheit lag in seiner Stimme. »Ich weiß, dass wir gesagt haben, dass wir mit einem Baby noch warten wollen, und ich weiß, dass das Essen knapp ist und keiner von uns derzeit gut genährt ist, aber ich denke, wir sollten jetzt versuchen, ein Kind zu bekommen. Sag nicht, dass das eine blöde Idee ist«, fügte er schnell hinzu. »Ich weiß nicht, wie lange der Krieg noch dauern wird und welche weiteren Entbehrungen auf uns zukommen werden, aber ich weiß, dass du eine wunderbare Mutter sein wirst, und ich möchte, dass du die Chance bekommst, eine zu sein.«

Sie wurde rot. »Oh Tom, ich würde auch gerne eins haben. Aber es ist der falsche Zeitpunkt. Hätten wir nicht beschlossen, uns erst einmal ein paar Jahre Zeit zu geben, um uns kennenzulernen, hätten wir vielleicht schon ein Kind gehabt, bevor die Deutschen kamen. Aber das haben wir nicht. Und jetzt sind wir in einer Art Gefängnis. Ich würde lieber warten, bis wir frei sind und wieder gutes Essen genießen können. Ich weigere mich zu glauben, dass die Deutschen für immer hier sein werden.«

»Wenn du es dir anders überlegst, brauchst du nur ein Wort zu sagen und wir lassen der Natur ihren Lauf.«

Sie legte ihre Hand an seine Wange. »Ich liebe dich, Tom, und ich hätte gern eine Miniaturausgabe von dir. Es ist sehr verlockend zu sagen, zum Teufel damit, und es mit diesem Baby zu versuchen. Und wenn der Krieg noch lange andauert, werden wir es vielleicht wagen.«

»Es ist eine Schande, dass der Tag noch so jung ist, denn ich fühle mich bereit fürs Bett«, sagte er. »Vielleicht wäre ein Nachmittagsschlaf angebracht.«

Sie kicherte. »Leider haben wir versprochen, heute Nachmittag mit deinen Eltern zum Royal Square zu gehen, um die Militärkapelle zu hören.«

Tom stöhnte. »Müssen wir? Ich kann mir bessere Möglichkeiten vorstellen, einen Samstagnachmittag zu verbringen.«

»Ja, wir müssen«, sagte sie mit gespielter Strenge. »Wir kommen nicht oft genug raus, und es wird lustig werden. Es werden Stücke aus der Oper gespielt, die ich liebe. Deine Eltern waren schon mal bei den Samstagnachmittagskonzerten und haben gesagt, die Band sei wirklich gut. Und da sie das Publikum nach Vorschlägen fragen, spielen sie eine gute Auswahl. Ich werde sie bitten, das Londonderry Air zu spielen.«

»Ich nehme an, das ist besser als im Kino«, sagte Tom. »Das letzte Mal, als wir im Gaumont waren, gab es so viel unverhohlene deutsche Propaganda, dass es kein Wunder ist, dass nur deutsche Soldaten im Publikum saßen, die Jerrybags und wir. Alle anderen müssen gewusst haben, was sie erwartet. Nie wieder.«

»Und es ist besser, am Nachmittag auszugehen, als zu einem Tanz in der Sion Hall zu gehen. Bei all den Schieße- reien und den grellen Blitzen am Himmel fühle ich mich nachts nicht mehr sicher. Und wegen der Ausgangssperre muss man ständig auf die Uhr schauen oder riskieren, auf dem Heimweg den deutschen Patrouillen auszuweichen. Und davon gibt es eine ganze Menge.«

Tom nickte. »Es war anders, als wir noch das Auto benutzen konnten, aber es ist eine ziemliche Strecke, die wir mit dem Fahrrad zurücklegen müssen, und es ist noch schwieriger, weil wir jetzt auf der rechten Seite der Straße fahren müssen.«

»Ich kann mich nicht an die Veränderung gewöhnen. Ich hasse es«, sagte sie. »Und außerdem würden wir die Neun-Uhr-Nachrichten verpassen, wenn wir nachts rausge- hen. Da von meiner Familie nicht viel zu hören ist, sind die Radionachrichten fast unsere einzige Verbindung zu dem, was in London passiert.«

Tom nickte. »Du hast recht«, sagte er. »Ich freue mich plötzlich darauf, die Band heute Nachmittag zu hören.«

Sie lächelten sich an.

»Ich sage es nur ungern, weil es hier so schön ist und die Blumen herrlich duften«, sagte Rose nach ein paar Minu- ten, »aber ich glaube, wir sollten gehen. Du wolltest vor dem Mittagessen die Schweineställe ausmisten, und ich habe versprochen, die letzten Äpfel einzusammeln und Annie mit der Butter zu helfen. Und es gibt ...«

»Kartoffeln zu putzen«, sagten sie beide gleichzeitig.

Lachend stiegen sie wieder auf ihre Fahrräder und radelten in Richtung St. Aubin.

»So, jetzt sind die letzten Leute weg«, sagte Tom und ging in die Küche.

»Als ich die Äpfel zur Kelterei brachte, sah ich sie auf dem Weizenfeld. Einige habe ich von hier aus erkannt, aber nicht alle. Was haben sie gemacht?«, fragte Rose und blickte von den Kartoffeln auf, die sie gerade schälte.

»Das sind Leute ohne Hof. Für sie ist es noch schwieriger als für uns, zumal die Kartoffelernte in diesem Jahr sehr schlecht ausgefallen ist und die Deutschen das meiste weggenommen haben. Ich kann mir vorstellen, dass auch auf der Farm der Gorins viele von ihnen gewesen sind.«

.»Aber wir bauen nicht viel Weizen an, und ihr habt das meiste abgeerntet, also was haben sie gemacht?«, fragte Rose verblüfft.

»Sie ernten, was auf dem Feld übrig geblieben ist. Das machen sie mit ihren bloßen Händen. Es ist wirklich harte Arbeit - die Stängel schneiden in sie hinein, wenn sie sie herausziehen.«

»Das klingt schmerzhaft«, sagte sie.

»Sie würden sagen, dass es ein paar Schnitte wert ist. Sie haben lieber wunde Finger als einen leeren Magen. Wenn sie genug bekommen, mahlen sie es in ihren Kaffeemühlen und machen daraus eine Art Brot. Bei der Rationierung von Brot ist so etwas sehr hilfreich. Es sind interessante Leute, mit denen man sich unterhalten kann. Sie reisen viel herum, sodass sie Dinge aufschnappen, bevor sie offiziell werden, und sie haben mir einige ziemlich alarmierende Dinge erzählt.«

Die Hintertür knallte zu.

Sie drehten sich um und sahen Kathleen, die mit einem Korb voller Wäsche aus dem Hof kam.

»Aha!«, sagte Tom. »Hier ist jemand, der weiß, ob das, was ich gehört habe, stimmt.«

Kathleen stellte den Korb auf dem Boden vor dem Herd ab und goss sich eine Tasse Kaffee ein, die auf der Herdplatte aufgewärmt worden war. Sie nahm einen Schluck davon, verzog das Gesicht und schüttete ihn in die Spüle. »Das ist ungenießbar. Mum hat wieder gemahlene Löwenzahnwurzel verwendet. Ich würde lieber Wasser trinken.«

»Stimmt es, was die Leute sagen, Kathleen?«, fragte Tom.

»Ich habe nicht mit ihnen geredet, woher soll ich das wissen? Ich war mit Mutter im Laden, und dann habe ich beim Waschen geholfen.«

Tom zuckte mit den Schultern. »Ich dachte, dein Klaus hätte vielleicht etwas gesagt.«

Sie warf ihm einen verschmitzten Blick zu. »Dann erzähl mir doch mal, was du gehört hast.«

»Dass die Deutschen sich nicht damit zufrieden geben, alle halbe Meile oder so einen Beobachtungsposten zu haben, und dass sie überall auf der Insel Geschützstellungen und Munitions- und Treibstofflager haben, und so ziemlich alles andere, was man sich vorstellen kann. Also holen sie Arbeiter, um Mauern, Türme und weitere Geschützstellungen zu bauen und so weiter. Ist das richtig?«

»Ja, das stimmt, aber es ist Hitlers Idee. Er hat befohlen, die Inseln viel besser zu befestigen, als sie jetzt sind. Gib Leuten wie Klaus nicht die Schuld. Sie müssen tun, was man ihnen sagt. Und weil das Heer mit den Befestigungen überfordert sein wird, wird die Organisation Todt hinzugezogen. Das sind militärische Bauarbeiter, keine Soldaten. Der Mann, der diese Organisation gegründet hat, Dr. Todt, kommt nächsten Monat, um zu sehen, was zu tun ist.«

Tom runzelte die Stirn. »Was steckt dahinter, Kathleen? Hat Klaus es dir erzählt?«

»Er hat gesagt, dass Hitler dafür sorgen will, dass dieses kleine Stückchen Reich nicht verloren geht. Er sagte, dass wir einen strategischen Wert haben. Nach dem Krieg werden die Inseln deutsch bleiben und ein Stützpunkt für U-Boote sein. Hitler glaubt, dass es den Beziehungen zwischen Deutschland und Großbritannien helfen wird, da es ein schöner Ort für Nazi-Familien ist, um Urlaub zu machen.«

Tom lächelte sie an. »Danke, dass du uns das erzählt hast. Das hättest du nicht tun müssen.«

»Da ihr ja zur Abwechslung mal so nett seid, werde ich euch auch sagen, dass nicht alle Todt-Mitarbeiter Deutsche sein werden. Die Deutschen in der Gruppe werden eine militärische Uniform tragen und bewaffnet sein, aber die ausländischen Arbeiter werden ihre eigene Kleidung tragen und müssen Befehle von den Deutschen entgegennehmen. Laut Klaus sind die Todt-Arbeiter ein schmuddeliger Haufen, und einige sind ein ganzes Stück älter als richtige Soldaten.«

»Dann nehme ich an, dass die Damen aus Jersey nicht in Scharen hinter ihnen herlaufen werden«, sagte Tom trocken. »Das wird nicht leicht für sie sein.«

»Es wird sie nicht stören«, sagte Kathleen lässig. »Sie eröffnen ein Bordell für die Todt-Arbeiter im Abergeldie-Hotel in der St. Clement's Road. Und das ist alles, was ich weiß. Als Gegenleistung dafür, dass ich euch das erzählt habe, kannst du bügeln, Rose.«

Lachend rannte sie aus der Küche, und einen Moment später hörten sie ihre Schritte auf dem Korridor über ihnen.

»Jersey wird also wie eine bewaffnete Festung sein«, sagte Rose. »Schon jetzt fühlen wir uns nicht sicher, und trotz oder gerade wegen all dieser Befestigungen werden wir uns in ein paar Monaten noch weniger sicher fühlen.«

*J*ersey, Dezember 1941

DIE UHR im Wohnzimmer des Farmhauses tickte laut.

Tom und Rose saßen dicht beieinander auf dem mahagonigerahmten Sofa gegenüber von William und Annie, deren blumenbespannte Sessel zu beiden Seiten des Kamins standen. Ihr Radio aus Bakelit stand auf einem Tisch an der Wand hinter Williams Stuhl.

»Ich weine diesem Jahr keine Träne nach«, sagte Annie. »Ich erkenne unsere schöne Insel nicht mehr wieder, mit so vielen Betonbauten überall. Und diese Arbeiter, die die Deutschen hierher gebracht haben! Wer weiß, woher sie kommen - sie sehen halb verhungert und halb bekleidet aus. Und sie könnten alle möglichen Krankheiten haben.«

»Es ist auch alles andere, was sie tun«, sagte Tom. »Zum Beispiel noch mehr Rationierungen. Und was du gesagt hast, Dad, dass sie eine Liste der Einwohner von Jersey haben wollen, auf der steht, wer im Vereinigten Königreich geboren ist – das kommt mir sehr seltsam vor. Ich frage mich, was sie vorhaben.«

»Ich versuche, nicht daran zu denken, genauso wie ich versuche, nicht daran zu denken, was Kathleen macht. Sie hat sich schon seit einiger Zeit nicht mehr um den Hof gekümmert, weil sie tagsüber so viel unterwegs ist, und ich weiß, dass sie meine Bitten ignoriert und abends ausgeht«, sagte William in einem müden Ton. »Sie macht es einem schwer, sie zu lieben. Ich tue es aber. Aber im Moment mag ich sie nicht besonders.«

»Meinst du, es lohnt sich, noch einmal zu versuchen, zu ihr durchzudringen?«, fragte Tom.

William schüttelte den Kopf. »Ich fürchte, ich weiß es nicht. Wenn wir noch mehr über ihn sagen, könnte sie für immer weggehen. So enttäuscht ich auch von ihrem Verhalten bin, das würde ich nicht wollen.«

»Ich hoffe nur, dass die Sache, die sie mit dem Deutschen hat, nicht schlecht für sie ausgeht. Oder für uns, was das betrifft«, sagte Annie.

William nickte. »Ich auch. Wir haben heute Morgen ein Schwein geschlachtet, und ich möchte nicht, dass man das herausfindet. Aber ich glaube nicht, dass sie uns jemals verraten würde.«

»Sie ist so dumm«, sagte Tom wütend, »und so kurzsichtig. Was passiert, wenn die Deutschen den Krieg verlieren? Seit dem Angriff auf Pearl Harbour und den Eintritt der Amerikaner scheint das durchaus möglich. Wir machen uns alle Hoffnungen. Wenn es so kommt, was wird dann aus Kathleen?«

»Möglicherweise ist sie dann immer noch mit Klaus zusammen«, meldete sich Rose. »Sie glaubt, er meint es ernst mit ihr. Sie könnten heiraten, nehme ich an.«

»Das kann ich mir nicht vorstellen«, sagte Annie und schüttelte den Kopf. »Er hat keinen Versuch unternommen, uns zu treffen. Abend für Abend sitzen wir nur zu viert hier. Kathleen muss doch wissen, dass sie und Klaus willkommen sind, sich uns anzuschließen. Nun, vielleicht ist ,willkommen' das falsche Wort, aber wenn sie es ernst meinen, sollten wir ihn kennenlernen.«

Rose wurde leicht rot. »Ich hoffe, es macht euch nichts aus, dass wir jeden Abend hier bei euch sitzen«, sagte sie zu William und Annie. Sie lachte verlegen und hob ihr Apfelweinglas auf. »Ich habe ein schlechtes Gewissen, weil wir mehr hier sind als in unserem eigenen Haus. Ihr seht uns tagsüber, also müsst ihr das Gefühl haben, dass ihr uns nicht entkommen könnt.«

Annie lächelte sie herzlich an. »Ganz und gar nicht. Beide Häuser sind dein Zuhause, Rose, und es macht uns so glücklich zu wissen, dass du Zeit mit uns verbringen möchtest. Nicht wahr, William?«

»Natürlich tut es das«, sagte er und lächelte sie beide breit an.

»Da fühle ich mich gleich besser. Danke, dass du das sagst.«

»Und wenn es kälter wird, hilft es, dass wir alle in einem Haus sind, was das Brennmaterial angeht«, fügte Annie hinzu. »Wir werden weniger Holz brauchen, und das ist auch gut so, denn es gibt schon jetzt kaum noch welches. Die meisten Bäume sind inzwischen gefällt worden, oft von den Deutschen, aber ebenso oft von Einheimischen, die lieber riskieren, gefangen zu werden, als zu erfrieren. Bald werden wir nur noch Holz haben, das wir am Wegesrand finden.«

»Man könnte es wie die Le Feus machen und die Möbel

und Regale zerhacken. Ich hasse die Kommode in meinem alten Schlafzimmer«, sagte Tom fröhlich.

»Das ist ernst, Tom«, sagte Annie. »Wenn die Behörden von Jersey keine Gemeinschaftsküchen und -öfen eingerichtet hätten, würden die Menschen jetzt verhungern, weil es an Lebensmitteln und Brennstoff mangelt.«

William warf einen Blick auf seine Uhr und stieß einen spitzen Ausruf aus. Er wandte sich an den Tisch hinter ihm und schaltete das Radio ein. »Es ist Zeit für die Nachrichten«, sagte er. »Ich kann euch nicht sagen, wie froh ich bin, dass wir das alte Pye-Radio weggeschmissen haben. Es wäre schwierig gewesen, diese riesige Batterie jede Woche wieder aufzuladen. Das hier ist so viel einfacher - solange wir Strom haben, um es zu betreiben, versteht sich. Gut, hören wir uns an, was in London passiert. Und vielleicht erinnern sie sich auch an die Kanalinseln und berichten über uns.«

ALS WILLIAM DIE NACHRICHTEN AUSSCHALTETE, tauschte er einen besorgten Blick mit Annie.

»Nun, das ist keine wirkliche Überraschung, oder?«, sagte Annie mitfühlend. »Sie waren gezwungen, die Einberufung zu verlängern, wenn man bedenkt, wie lange sich der Krieg schon hinzieht und wie viele Menschen ihr Leben verloren haben.«

»Ich weiß, und ich habe es irgendwie erwartet. Aber gleichzeitig habe ich wie verrückt gehofft, dass es nicht passieren würde«, sagte Rose. »Wenigstens wird Vater nicht mehr kämpfen müssen, er ist ja schon über einundfünfzig und hat sowieso ein schlimmes Bein. Aber was ist mit Violet und Iris, jetzt wo sie unverheiratete Frauen zwischen zwanzig und dreißig einberufen haben? Und sie lassen die

Liste der geschützten Berufe außer Acht. Das ist beängstigend.« Sie biss sich auf den Daumennagel.

Tom rückte näher an sie heran und nahm sanft ihre Hand von ihrem Mund.

»Ich glaube, du bist sofort in Panik geraten und hast zu früh aufgehört zuzuhören«, sagte er ihr. »Studenten sind davon ausgenommen. Violet hilft zwar mit Schulkindern, aber sie ist an einer pädagogischen Hochschule eingeschrieben, also ist sie Studentin. Sie wird nirgendwo hingehen.«

»Du hast Recht!«, rief sie aus. »Puh! Du weißt gar nicht, was für eine Erleichterung das ist.« Sie hielt inne. »Aber was ist mit Iris? Sie ist keine Studentin.«

»Wie alt ist sie?«, fragte William.

Sie dachte einen Moment lang nach. »Sie wird im August neunzehn.«

»Da hast du es«, sagte er triumphierend. »Sie ist noch nicht volljährig, also ist sie auch befreit. Wenn der Krieg nicht mehr lange dauert, muss sie genauso wenig Militärdienst leisten wie Violet. Wie wäre es mit einem weiteren Glas Apfelwein, um das zu feiern? Und dann reden wir darüber, was wir an Weihnachten machen.«

KATHLEEN LEHNTE sich mit dem Rücken gegen die Steinmauer des Farmhauses und lächelte Klaus verführerisch an. »Wenn du mich das nächste Mal abholst, könntest du ins Farmhaus kommen und meinen Eltern Hallo sagen«, sagte sie. »In all den Monaten, in denen wir zusammen sind, bist du noch nie hereingekommen und hast meine Eltern kennengelernt.«

»Und ich bin froh, wenn ich es dabei belassen kann, *mein Liebling*«, sagte er leichthin. »Ich glaube, deinen Eltern ist das auch lieber. Eine Konversation zwischen uns wäre nicht einfach.«

»Wir beide kommen doch gut zurecht, oder? Du sprichst ein ausgezeichnetes Englisch. Ich dachte nur, du würdest sie gerne kennenlernen, und wenn du dich bei ihnen wohlfühlst, möchtest du vielleicht zu Weihnachten kommen. Natürlich werden wir nicht das übliche große Essen haben, aber meine Eltern werden versuchen, es zu etwas Besonderem zu machen.«

Er sah bedauernd aus. »Es ist Tradition, dass wir deutschen Offiziere besondere Feiertage zusammen verbringen. Es würde meinen Vorgesetzten nicht gefallen, wenn ich nicht bei ihnen wäre. Und ich glaube«, er schenkte ihr ein schiefes Lächeln, »dass deine Familie lieber die Weihnachtssendung der Kanalinseln hören würde, als mir zuzuhören.«

Sie schmollte. »Ich glaube, sie würden dich lieber kennenlernen. Sie haben den König schon einmal gehört, also müssen sie ihn nicht noch einmal hören.« Sie strich mit ihrer Hand auf seinem Arm auf und ab. »Selbst wenn du sie nicht vorher treffen willst, warum kommst du nicht am ersten Weihnachtstag, auch wenn es nur für kurze Zeit ist? Ich werde mich so langweilen, wenn du nicht da bist.«

Sie strich mit einem Finger über den metallenen Brustadler über seiner Tasche und ließ dann ihre Hände über die Vorderseite seiner dunkelgrünen Gaberdine-Wolltunika zu seinem steifen Kragen gleiten. Sie spielte mit den Kragenlaschen und fuhr mit den Fingern zu seinem Nacken.

Sanft zog er ihre Hände zurück und ließ sie auf ihre Seiten fallen.

»Dann fürchte ich, du wirst dich langweilen müssen, mein Schatz«, sagte er fest. »So wie du Traditionen zu folgen hast, so habe auch ich welche. Ich muss jetzt gehen.«

Er wandte sich um, um zu seinem Auto zurückzugehen, blieb aber stehen und sah sie an. »Wie du sagst, gehört es zu euren Traditionen, dass ihr am ersten Weihnachtstag ein großes Essen zu euch nehmt«, sagte er. »Du solltest nicht vergessen, dass die meisten eurer Tiere uns gehören. Ihr dürft keine töten. Morgen wird es eine Inspektion auf den Farmen geben, auch auf eurer, um die Schweine und Rinder zu zählen. Deine Eltern wollen das vielleicht wissen«, fügte er mit einem Hauch von Belustigung in der Stimme hinzu.

Er grinste sie an und ging mit einem Salut zu seinem Auto.

KATHLEEN SAß DA und starrte auf ihr Spiegelbild in ihrem Frisiertisch.

Sie wusste nicht, was sie denken sollte.

In den letzten Wochen hatte sie sich gefragt, ob Klaus nicht das Interesse an ihr verlor. Sie konnte nicht genau den Finger drauflegen, aber die Dinge waren nicht mehr so wie in den ersten Tagen ihrer Freundschaft.

Was war das für ein Spaß gewesen in diesen ersten berauschenden Tagen!

Wann immer sie es geschafft hatte, vom Hof und vom Geschäft wegzukommen, hatte er auf einen Chauffeur verzichtet und sie selbst gefahren, und gemeinsam hatten sie jeden Winkel der Insel erkundet. Und wenn sie ihn mehrere Tage lang nicht sehen konnte, holte er sie abends an der Promenade ab, und sie fuhren irgendwohin außerhalb der Stadt.

Ihr Ziel war es immer, die abgelegensten Buchten oder versteckten Lichtungen tief im Wald zu finden, und wenn sie einen Ort gefunden hatten, an dem sie niemand sehen würde, legten sie sich zusammen hin und sie kuschelte sich an ihn.

Am Anfang hatte er sich mit Küssen begnügt, aber nach ein paar Malen war er so scharf auf sie geworden, dass er mehr wollte, hatte er ihr gesagt. Er hatte ihr versichert, dass er jedes Risiko eines Kindes verhindern würde, sodass ihre Familie nie erfahren müsste, was sie taten.

Sie hatte gezögert, so weit zu gehen, wie er es von ihr verlangt hatte, und etwas zu tun, was ihre Eltern entsetzen würde, wenn sie es wüssten. Und der Gedanke, dass er sie sehen könnte, wenn sie nicht vollständig bekleidet war, war ihr sehr peinlich.

Aber ihr Instinkt sagte ihr, wenn sie ihm nicht zeigte, was sie für ihn empfand, würde er eine andere finden. Und da sie ihn in der Tat sehr attraktiv fand und er offensichtlich dasselbe für sie empfand, war es nur natürlich, dass sie bei ihrem vierten Treffen zustimmte, sich von ihm ausziehen zu lassen und sich beibringen zu lassen, wie man ihm Freude bereitete.

Und nach den ersten paar Malen hatte sie sich immer mehr darauf gefreut, mit ihm allein zu sein.

Er war ein schöner Mann, strahlend und golden und ohne ein Gramm Fett. Jedes Mädchen wäre überglücklich, wenn es wüsste, dass ein solcher Mann sie liebte, und sie war nur zu glücklich, das zu tun, was jedes andere Mädchen mit einem solchen Mann gerne getan hätte.

Und da jeder wusste, dass sie die Freundin eines Offiziers war, behandelten die Deutschen sie mit Respekt.

Nicht so die Einwohner von Jersey, das war wahr.

Die Leute aus Jersey wandten sich regelmäßig von ihr ab und zischten ihr »Jerrybag« zu, wenn sie vorbeiging. Sie schüttelte nur den Kopf und ignorierte sie. Es war ihr egal, was sie dachten. Sie war die Freundin von jemandem, der auf der Gewinnerseite stand, mit dem sie sicher war, dass sie eine Zukunft hatte, und sie waren eifersüchtig.

Und wenn der Tag kam, an dem die Deutschen den Krieg gewonnen hatten, würden die Leute, die sie beleidigt hatten, für ihre Unhöflichkeit bezahlen, dachte sie vergnügt, während sie das Leben mit einem gut aussehenden Mann genießen würde, der sie liebte.

Sie runzelte die Stirn beim Blick in den Spiegel.

Aber liebte er sie?

Hatte er das tatsächlich gesagt oder hatte sie es aufgrund der Dinge, die sie gemeinsam taten, vermutet?

Wenn sie zurückdachte, wurde ihr klar, dass er diese Worte nie wirklich gesagt hatte. Er hatte liebevolle Worte auf Deutsch geflüstert, und sie hatte angenommen, dass er ihr sagte, dass er sie liebte, aber er hatte nicht das eigentliche Wort »Liebe« benutzt. Zumindest nicht im Englischen.

Und wenn sie ehrlich zu sich selbst war, hatten sich die Dinge seit diesen frühen Tagen verändert.

In letzter Zeit hatte er sich mehr dafür begeistert, in St. Helier herumzuhängen, als die Insel zu erkunden, und sie schienen mehr Zeit mit seinen Freunden zu verbringen als allein, egal ob sie ihn tagsüber oder abends traf.

Außerdem benutzten sie das Auto viel seltener. Er hatte begonnen, sie zu ermutigen, den ganzen Weg nach St. Helier mit dem Fahrrad zu fahren, anstatt wie früher bis zum Ende der Strandpromenade in St. Aubin zu fahren und dort auf ihn zu warten, damit er sie mit seinem Auto abholen konnte.

Er hatte auf die zunehmende Benzinknappheit hingewiesen und gesagt, es sei vernünftig, das Auto nur dann zu benutzen, wenn es wirklich notwendig sei. Er fügte hinzu, dass es schwieriger sei, versteckte Orte zu finden, da so viele

Arbeiter auf der Insel seien, um die Befestigungsanlagen zu bauen.

Aber sie hatte einige seiner Offiziersfreunde in ihren Autos herumfahren sehen, ihre Freundinnen an ihrer Seite. Der Mangel an Treibstoff und der Zustrom von Arbeitern machte ihnen offensichtlich nichts aus.

Und so sehr sie auch versucht hatte, es zu verdrängen, so hatte es doch in der Woche zuvor ein beunruhigendes Ereignis gegeben, als sie im Kurzwarenladen geholfen hatte.

Sie hatte gerade im Schaufenster gestanden und die wenigen Artikel, die sie zum Verkauf hatten, umgeräumt, als sie ihn die Straße hinunterkommen sah. Sie hatte sich aufgerichtet und aufgeregt gewunken, um ihm zu signalisieren, dass er in den Laden kommen sollte.

Aber er war einfach vorbeigegangen, als hätte er sie nicht gesehen.

Sie hatte sich hinterher eingeredet, dass er sie nicht gesehen hatte, aber in Wirklichkeit hätte er sie wohl kaum übersehen können, so wie sie am Fenster stand und wild mit den Händen winkte. Sie hatte versucht, sich zu versichern, dass er ihre Mutter und Rose hinter dem Tresen gesehen hatte, und dass er sie nicht auf so beiläufige Weise hatte treffen wollen.

Aber es war schwer gewesen, sich davon zu überzeugen, dass dies die Erklärung für sein verletzendes Verhalten war.

Obwohl, nach dem, was er ihr an diesem Abend erzählt hatte, könnte das die Wahrheit sein, dachte sie jetzt. Denn wenn er keine starken Gefühle für sie hegte, warum hätte er sie dann vor der Inspektion gewarnt und ihr gesagt, sie solle es an ihren Vater weitergeben?

Er muss gewusst haben, dass die Farmer zu dieser Jahreszeit die Tiere töten, die sie versteckt haben, um Weihnachten und Neujahr zu feiern, und er hat angenommen, dass ihr Vater das auch tun würde. Aber wegen seiner Gefühle für sie wollte er nicht, dass ihre Familie dabei erwischt wurde, wie sie gegen die Regeln verstieß.

Die meisten Menschen auf der Insel waren sich einig, dass die Deutschen sie höflich und rücksichtsvoll behandelten, aber nur, solange sie sich an die Regeln hielten. Wer dagegen verstieß, wurde hart bestraft - er konnte ins Gefängnis geworfen, geschlagen oder in ein Lager in Deutschland geschickt werden. Klaus wollte ihrer Familie ein solches Schicksal ersparen und hatte sie gewarnt, was passieren würde.

Also muss er sich wirklich um sie sorgen.

Aber wenn das so war, warum wollte er nicht mit ihnen Weihnachten feiern? Ihm muss klar gewesen sein, dass sie, egal was sie vorher von ihm gedacht hatten, dankbar sein würden, dass er ihnen geholfen hatte, und dass sie ihn willkommen geheißen hätten.

Sie starrte in den Spiegel und suchte nach einer Antwort.

Ihr Gesicht starrte sie an, blass und ängstlich, keine Antwort in Sicht.

28

Jersey, *Juni 1942*

WILLIAM SCHLUG AUF DEN TISCH, schob die *Jersey Evening Post* von sich weg und rief Tom zu, er solle die Frauen von draußen hereinholen. Tom rannte ohne zu zögern los, sein Herz klopfte schnell, denn er hatte Angst vor dem, was sein Vater gelesen haben musste.

Er fand sie wie erwartet beim Fischputzen in der Scheune, die ein großes Wasserbecken hatte. Seine Mutter hatte drei Dornhaie aus einem Vorrat bekommen, der unter einer der leeren Fischtheken des Fischmarktes versteckt war. Es war ein Dankeschön, hatte der Fischhändler angedeutet, für die Eier und die Butter, die die Benests in aller Stille unter den Bürgern der Stadt verteilt hatten.

Und dann hatte Joshua Mauger ihnen vier Krabben geschenkt, als er an diesem Tag vorbeigekommen war. Ein befreundeter Fischer hatte sie gefangen, erzählte er

William, als sie bei einem Kaffee saßen. Obwohl die Fischer neunzig Prozent ihres Fangs an die Deutschen abgeben mussten, mochten die Deutschen keine Schalentiere, und so waren einige Krabben übrig geblieben, die der Fischer unter seinen Freunden aufgeteilt hatte. Joshua hatte gedacht, dass sie den Benests schmecken könnten.

»Wir stinken nach Fisch«, beschwerte sich Kathleen, als sie Tom in die Küche folgte, dicht gefolgt von Annie und Rose. »Ich wollte ihn gerade abwaschen, bevor er in meine Haut eindringt. Was ist so wichtig, dass es nicht warten kann, Tom?«

»Das hier«, sagte William, zog die Zeitung wieder vor sich her und breitete sie aus.

Sie scharten sich um ihn und lasen den Hauptartikel: Alle Radiogeräte mussten auf einmal abgegeben werden. Sie sollten zu einer Sammelstelle gebracht werden und deutlich gekennzeichnet sein, damit sie später wieder abgeholt werden konnten.

»Der Bailiff wird das verhindern können«, sagte Annie voller Zuversicht. »Ein Radio ist unerlässlich. Es ist unsere einzige Möglichkeit, mit der Außenwelt in Kontakt zu bleiben.«

»Ich weiß nicht, ob er das kann«, sagte Tom langsam. »Das fühlt sich nicht wie eine Strafe an, wie beim letzten Mal, als sie unsere Radios beschlagnahmt haben. Es ist eher so, als ob sie uns daran hindern wollen, herauszufinden, wie sich der Krieg entwickelt. Und zwar deshalb, weil es in den letzten Monaten besser für uns gelaufen ist. Sie werden merken, dass wir das wissen, und sie werden wissen, dass Churchills letzte Rede eine der ermutigendsten war, die er je gehalten hat, was unsere Moral gestärkt hat. Das wird ihnen nicht gefallen. Es wird darum gehen, uns im Dunkeln zu lassen.«

Rose nickte. »Das macht Sinn, Tom. Da es niemandem erlaubt ist, die anderen Inseln zu besuchen, und die Leute nicht mehr nach Frankreich fahren können, wären wir ohne ein Radio völlig isoliert. Ich weiß, dass wir jetzt Nachrichten vom Roten Kreuz bekommen, aber sie kommen spät, sehr unregelmäßig und sind sehr knapp gehalten.«

»Was sollen die Deutschen denn sonst tun?«, fragte Kathleen scharfsinnig. »Die BBC sagt immer wieder, dass es bald eine alliierte Invasion auf dem Kontinent geben wird und dass jeder den Invasoren helfen soll, wenn sie landen. Es ist nicht verwunderlich, dass die Deutschen sie zum Schweigen bringen.«

»Wir haben ein Recht darauf zu wissen, was vor sich geht«, sagte Rose wütend.

»Man sollte die Deutschen also nicht verärgern, nicht wahr?«, sagte Kathleen. »Klaus und ich waren vor ein paar Tagen im Opernhaus und haben uns *Der Kaufmann von Venedig* angesehen. Jedes Mal, wenn Shylock auftrat, wurde er laut beklatscht, nur weil Shylock Jude war. Kannst du es den Deutschen verübeln, dass sie wütend sind?«

»Ja«, sagte Tom unverblümt.

Roses Augen verengten sich und sie starrte Kathleen an. »Was hältst du von der Anordnung des Funkverkehrs, Kathleen? Wirst du zu deinen deutschen Freunden rennen und jeden verpfeifen, der den Befehl missachtet?«

Kathleen wurde rot. »Natürlich nicht!«

»Kathleen würde nie etwas tun, was uns in Gefahr bringt, Rose, und auch keinen unserer Nachbarn«, warf Annie ein. »Oder, Darling?«

»Natürlich würde ich das nicht. Nicht, dass ich erwarte, dass mir jemand von euch glaubt«, sagte sie und stürmte aus dem Zimmer.

Tom starrte ihr hinterher und wandte sich dann ab.

»Immerhin hat die BBC eine Anleitung zum Bau eines Quarzempfängers veröffentlicht«, sagte er. »Ich nehme an, wir werden einen bauen müssen. Ich werde allerdings unser Radio vermissen.«

»Kopf hoch, Tom«, sagte Annie. »Du siehst aus wie sieben Tage Regenwetter.«

»Was gibt es da zu lachen?«, fragte er mürrisch.

»Nur, dass ich manchmal dafür bekannt bin, Anweisungen zu missachten«, sagte sie leichthin und lächelte breit. »Erinnerst du dich an das alte Pye-Gerät?«

»Du meinst das klobige, von dem ich dir gesagt habe, du sollst es wegwerfen, wenn wir das neue bekommen?«, fragte William.

Sie nickte. »Ja, genau das. Aber ich habe es nicht weggeworfen, oder?«, sagte sie triumphierend. »Es war zu gut, um es wegzuwerfen, auch wenn es wirklich unpraktisch zu benutzen war. Ich dachte, es könnte eines Tages nützlich sein, also habe ich es auf den Dachboden gelegt.«

»Wie um alles in der Welt hast du das Ding durch den engen Spalt auf den Dachboden bekommen?«, fragte Tom erstaunt.

»Es ist erstaunlich, was man alles schaffen kann, wenn man entschlossen ist«, sagte Annie mit einem zufriedenen Lächeln. »Geh nach oben und schieb die Falltür auf. Fühl rechts herum und du wirst es finden. Das Gerät werden wir den Deutschen aushändigen.«

»Komm schon, Tom«, sagte William und sprang auf. »Danke, Annie. Das war eine geniale Idee.« Er umarmte sie fest und rannte dann mit Tom die Treppe hinauf zum Treppenabsatz.

»Wo werden wir das Bakelit-Radio verstecken?«, fragte Rose, als sie und Annie ins Wohnzimmer gingen, um das Radio zu holen. »Es muss irgendwo sein, wo man es leicht erreichen kann, aber wo es nicht gefunden wird, wenn die Deutschen alles durchsuchen.«

»Wie wäre es mit der Kaminbrüstung?«, schlug Annie mit Blick auf den Kamin vor.

»Du müsstest einige der vorderen Steine herausnehmen, oder? Dann müsstest du ein Regal im Schornstein anbringen. Und was ist mit den Kabeln? Außerdem braucht es Strom, nicht wahr? Und dann müsste man die Steinmauer so aussehen lassen, als wäre sie nie angerührt worden, was sehr schwierig zu machen wäre. Außerdem müssen wir in der Lage sein, es im Handumdrehen zu verstecken.«

»Rose hat recht«, sagte William, der mit Tom in den Raum kam, nachdem er das Pye-Radiogerät auf dem Boden in der Ecke der Küche zurückgelassen hatte. »Wenn andere das tun, was wir tun, und ich bin mir sicher, dass das viele tun, werden sie sicher auch an die Kaminbrüstung denken. Es ist wie mit den falschen Wänden: Wenn die Deutschen in ein paar Kaminsimsen Geräte finden, sind das die ersten Stellen, die sie durchsuchen.«

»Wie wäre es dann mit einem Ort, den sie für unwahrscheinlich halten, weil er ihnen direkt ins Gesicht starrt?«, schlug Annie vor.

»Was meinst du, Mum?«, fragte Tom.

»Ich denke, es würde in den Brotbackofen passen. Wenn du die Ofentür öffnest, siehst du die Heizsteine. Dahinter befindet sich eine Wand aus losen Ziegeln. Und ganz hinten im Ofen gibt es eine weitere Wand. Zwischen den beiden Wänden gibt es eine große Lücke. Wir könnten die losen Ziegelsteine entfernen, das Funkgerät in die Lücke stellen und die Ziegelsteine wieder einsetzen. Wenn wir ein paar Krümel auf die Heizsteine streuen, sieht es so aus, als ob der Ofen kürzlich benutzt worden wäre.«

Sie gingen in die Küche und stellten sich um den Ofen herum.

William öffnete die Metalltür, entfernte die Mauer aus Ziegelsteinen, inspizierte den Spalt und setzte die Ziegel wieder ein. »Ich glaube, das ist die Lösung, Annie«, sagte er. »Es bedeutet nur, dass wir die Nachrichten hier hören und nicht im Wohnzimmer.« Er hielt inne. »Aber wir müssen sehr vorsichtig sein. Jeder, der ein Radio hat, wird in ernste Schwierigkeiten geraten, wenn er erwischt wird.«

»Du brauchst dir keine Sorgen zu machen. William. Keiner von uns wäre so dumm, jemandem zu erzählen, dass wir ein Radio haben«, sagte Annie. »Setzt euch alle hin. Ich hole das, was man heutzutage als Kaffee bezeichnet.«

»Es ist nicht nur das«, sagte William und setzte sich, gefolgt von Tom und Rose. »Wir dürfen nie etwas erwähnen, was wir in den Nachrichten gehört haben, denn das würde uns verraten. Die Deutschen haben überall Augen und Ohren, und ich kenne einige Fälle, in denen sich Nachbarn aus Bosheit gegenseitig verpetzt haben. Das Gerät geheimzuhalten, könnte wirklich eine Frage von Leben und Tod sein.«

»Ich verstehe, was du meinst«, sagte Annie und kam mit einem Tablett mit Tassen und einer Kanne herüber. »Wir werden alle besonders vorsichtig sein, was wir sagen.« Sie schenkte den Kaffee ein.

William nahm eine Tasse, nippte daran und verzog das Gesicht. »Es gibt noch etwas, was wir vorsichtshalber tun sollten.« Er wandte sich an Tom. »Dieser Kristallempfänger, den du erwähnt hast. Ich denke, wir sollten einen bauen, nur für den Fall, dass wir eines Tages keinen Strom mehr haben.«

»Gutes Argument«, sagte Tom. »Es sollte eigentlich ganz

einfach sein.« Er zögerte. »Ich nehme an, wir müssen Kathleen sagen, was wir tun.«

»Ja, aber erst, wenn wir es unbedingt müssen. Sie hört selten die Nachrichten mit uns, selbst wenn sie zu Hause ist, also könnte es eine Weile dauern, bis sie merkt, dass wir das Radio behalten haben.«

»Sie würde es niemandem sagen«, sagte Annie fest.

»Ich hoffe, du hast recht«, sagte William. »Aber es ist besser, wenn wir das nicht auf die Probe stellen.« Er holte tief Luft. »Josh hat mir heute Morgen etwas erzählt, und ich habe auf den richtigen Moment gewartet, um es weiterzugeben. Es ist besser, wenn Kathleen es nicht erfährt. Als er gestern in St. Helier war, hat er anscheinend im Caesarea angehalten und dort Kathleens Deutschen gesehen. Er hat ihn schon ein paar Mal gesehen und war sich sicher, dass es Klaus war. Er sagte mir, Klaus scheine sich sehr gut mit einer Frau zu amüsieren, die ganz offensichtlich nicht Kathleen war.«

»Du glaubst also, dass es vorbei ist«, sagte Annie und lehnte sich zurück. »Wenn es so ist, würde das erklären, warum sie in den letzten Wochen so verstimmt war. Ich wäre so erleichtert, wenn das wahr wäre. Ich habe einige der Dinge gehört, die unsere Nachbarn über sie gesagt haben, und je eher sie keinen Grund mehr haben, das zu sagen, desto besser.«

»Das bedeutet, dass sie den Deutschen weniger wahrscheinlich von dem Radio erzählen wird, nicht wahr?«, fragte Rose.

»Das könnte man meinen«, sagte William. »Es sei denn, sie denkt, dass sie sich bei Klaus wieder beliebt macht, wenn sie ihm etwas erzählt, worauf er reagieren kann und was ihm Lob von seinen Vorgesetzten einbringt. Nein, ich denke, wir werden so lange wie möglich darüber schweigen.«

. . .

EINE WOCHE später saß die ganze Familie um den Küchentisch, auf dem die *Jersey Evening Post* aufgeschlagen lag. Rose nähte, während sie und die anderen zuhörten, wie William einen Befehl des deutschen Kommandanten vorlas, der in der Zeitung stand.

Der Kommandant hatte zehn Personen in Jersey verhaftet, die als Geiseln festgehalten wurden. Eine Gruppe hatte Flugblätter gedruckt, die die Beschlagnahmung von Radios anprangerten, und sie auf der ganzen Insel verteilt, und es hatte Sabotageakte in Verbindung mit dem Telefon gegeben. Wenn die Täter sich nicht stellten, würden die zehn Geiseln in Internierungslager auf dem Kontinent gebracht.

»Mir graut es langsam davor, die *Jersey Evening Post* zu lesen«, sagte Tom, als William geendet hatte. »Jeden Tag scheinen die Deutschen eine neue Ankündigung zu veröffentlichen.«

»Ich habe eines dieser Flugblätter gesehen«, sagte Annie. »Ich dachte gleich, dass man sich besser nicht über die Beschlagnahmung beschwert. Wir alle wissen, dass die Deutschen Unschuldige bestrafen, damit die Schuldigen gestehen. Aber als ich heute Madeleine Le Feu sah, sagte sie mir, dass die Brüder, die das getan haben, es zugegeben haben, bevor jemand verletzt wurde. Es war allerdings eine sinnlose Sache, das zu tun. Solche Aktionen irritieren die Deutschen, aber das ist alles, was sie tun.«

Tom sah seine Mutter erstaunt an. »Das ist ein bisschen pessimistisch, findest du nicht auch?«

»Nein, finde ich nicht. Nimm das Gemälde mit den V-Zeichen vom letzten Jahr. Alle fingen an, ein V an Wände, Türen, Torpfosten, Bäume zu malen - überall, wo man ein

Zeichen anbringen konnte. Es sollte ein stiller Protest gegen die Deutschen sein. Und das Ergebnis? Unsere Radiogeräte wurden eine Zeit lang beschlagnahmt, und jeder, der beim Malen eines V erwischt wurde, wurde verhaftet und ins Gefängnis gesteckt.«

»Aber die Leute haben protestiert«, sagte Tom, »und die Deutschen werden es zur Kenntnis genommen haben.«

»In der Tat, das haben sie. Sie fingen selbst an, überall V-Zeichen aufzumalen, und die ganze Sache verlief im Sande. Wir hatten alle umsonst gelitten.«

»Ich frage mich immer noch, ob wir nicht aktiv etwas gegen die Deutschen unternehmen sollten«, sagte Tom und runzelte die Stirn. »Etwas Subtiles.«

»Wir tun bereits unseren Teil, Tom, und zwar einen praktischen«, sagte William. »Wir geben den Menschen zu essen. Trotz all der Beschränkungen und der deutschen Anordnungen, die uns vorschreiben, was wir anbauen sollen, und obwohl wir so viel von dem, was wir produzieren, abgeben müssen, bauen wir hinter ihrem Rücken so viel wie möglich an und geben das, was wir können, an Menschen weiter, die Hilfe brauchen.«

»Ich stimme Mum zu«, sagte Kathleen. »Das Aktive, von dem du sprichst, Tom, würde nur Ärger bringen, und es würde dir nichts bringen. Aber genug davon. Ich habe Besseres zu tun, als hier zu sitzen und mir anzuhören, wie du meine Freunde kritisierst.« Sie stand auf und verließ zügig den Raum.

William sah ihr hinterher. »Die Brüder waren wohlmeinend, aber töricht«, sagte er, als sich die Tür hinter ihr schloss. »Sie hätten sich eine Scheibe vom Herausgeber abschneiden sollen. Die Deutschen brauchen die *Evening Post*, um ihre Nachrichten an die Bevölkerung weiterzugeben - mit Nachrichten meine ich ihre Bekanntmachungen und Propaganda. Wenn sie also Arthur Harrison eine Nachricht geben, die er einfügen soll und von der er weiß, dass sie eigentlich Propaganda ist, sorgt er dafür, dass sie in einer schlechten Übersetzung erscheint. Auf diese Weise wissen wir, was wir da lesen. Aber auf eine Art und Weise, die niemanden gefährdet.«

»Was für eine clevere Idee«, sagte Rose. Sie legte die beiden Hälften des alten Lakens, das sie in der Mitte durchgeschnitten hatte, wieder zusammen und ordnete sie so an, dass die weniger abgenutzten Teile in der Mitte lagen. Sie spannte den Stoff zwischen Daumen und Zeigefinger ihrer linken Hand und begann, kleine Stiche zu machen.

»Wenn ich dir zusehe, fühle ich mich um einige Jahre zurückversetzt, Rose«, sagte Annie und sah bewundernd auf Roses Arbeit. »Wir haben die Lebensdauer eines Lakens immer auf diese Weise verlängert. Und du hast eine besonders geschickte Hand.«

»Mum hat das immer gemacht«, sagte Rose, »und sie hat uns dreien beigebracht, wie man es macht. Iris ist die Beste von uns allen. Sie kann alles. Sie braucht nicht einmal ein Muster.«

»Ihr seid eindeutig geschickte Mädchen«, sagte Annie mit einem Lächeln.

»Und Glückspilze«, sagte Rose. »Zumindest bin ich das. Ab und zu ein bisschen zu nähen und euch im Laden zu helfen, ist für mich eine willkommene Abwechslung zum Kartoffelwaschen. Das lockert meine wöchentliche Routine ziemlich auf.«

»Apropos Routine.« William warf einen Blick auf die Uhr an der Wand. »Es ist fast sieben«, sagte er. »Zeit für die Sechs-Uhr-Nachrichten aus England.« Er schüttelte den

Kopf. »Wann wird dieser Wahnsinn enden? Komm schon, Tom. Lass uns das Radio einschalten, vielleicht bekommen wir heute Abend eine Antwort auf meine Frage.«

»Wenigstens ist einer meiner Eltern ein Optimist«, sagte Tom und ging mit seinem Vater zum Brotofen.

29

———————

J*ersey, September 1942*

ALLEIN IN IHREM Haus starrte Rose hoffnungslos auf das Blatt Papier auf ihrem Schoß. Wie um alles in der Welt sollte sie die Ereignisse des vergangenen Monats in die fünf-undzwanzig Zeichen fassen, die sie ihrer Familie schicken durfte? Sie lehnte sich gegen das Sofa zurück und seufzte.

Der August war besonders schwierig gewesen, sinnierte sie, während sie durch ihr Wohnzimmerfenster auf eine von Holz umrahmte Meereslandschaft blickte.

Es war Ebbe, und die späte Nachmittagssonne und das salzige Meer hatten jeden Hauch von Gelb aus dem weiten, nassen Sand ausgewaschen und ihn in einen silbernen Teppich verwandelt.

Kathleen war schon den ganzen Monat über gereizt und schnauzte jeden an, der mit ihr sprach. Sie traf sich immer noch mit Klaus, dessen waren sie sich sicher, aber nicht mehr so oft. Und Rose war überzeugt, dass sie einmal, als sie in St. Helier auf der Suche nach Schuhen gewesen war, Klaus gesehen hatte, wie er vor ihr den Hügel hinaufging, den Arm um die Schultern einer anderen Frau gelegt.

Sie hatte nur seinen Rücken gesehen, nicht sein Gesicht, als sie schnell in die nächste offene Tür geschlüpft war, die holzbesohlten Sandalen umklammernd, die sie gekauft hatte, darauf bedacht, nicht entdeckt zu werden. Aber sie hatte ihn in den letzten Monaten oft genug gesehen, um die Art, wie er sich bewegte und seinen Kopf hielt, zu erkennen.

Kathleen musste mitbekommen, dass Klaus begonnen hatte, andere Bekanntschaften zu schließen, und das würde ihre Stimmung erklären.

Nicht nur Kathleens Gemütszustand wirkte sich auf das Leben im Farmhaus aus, auch die Spannungen auf der ganzen Insel hatten im letzten Monat zugenommen.

Die Atmosphäre hatte sich mit der Ankunft einer großen Zahl russischer Männer und Jungen, die von den Deutschen auf die Insel geschickt und in den riesigen Lagern untergebracht worden waren, die die Deutschen zu errichten begonnen hatten, dramatisch verändert.

Die erste Gruppe von Gefangenen war zur Zwangsarbeit gebracht worden, dann kamen Hunderte weitere, darunter auch Frauen.

Eines Tages hatte sie in St. Helier im Laden gearbeitet, als sie Schritte hörte, die auf eine Menschenmenge hindeuteten, die die Straße entlang kam. Die Geräusche der Bewegung wurden von lauten deutschen Stimmen begleitet, die Befehle erteilten. Wie viele andere war sie auf die Straße gegangen, um zu sehen, was los war, und hatte eine Kolonne von Gefangenen vorbeiziehen sehen.

Sie starrte sie mit wachsendem Entsetzen an.

Als sie gehört hatte, dass russische Zwangsarbeiter an

den Befestigungsanlagen arbeiten sollten, hatte sie nicht erwartet, eine Reihe zerlumpter, ganz offensichtlich hungernder Elendsgestalten zu sehen.

In schmutzige Lumpen gekleidet, sahen sie aus wie wandelnde Skelette, mit bleichen Gesichtern und ausgemergelten Körpern. Einige waren sogar schuhlos. Die Füße eines der Gefangenen, die auf ihrer Seite der Straße entlanggingen, waren in blutverschmierte Lumpen gewickelt, und der Mann ging, als ob jeder Schritt äußerst schmerzhaft wäre. Und auch andere waren ähnlich zugerichtet.

Die Reihe der Gefangenen wurde von mehreren Deutschen flankiert, die etwas andere Uniformen trugen als die, in denen die Menschen in Jersey die Soldaten zu sehen gewohnt waren.

Es waren Mitglieder der Organisation Todt, hatte ihr Nachbar ihr gesagt. Die Männer waren mit Peitschen ausgerüstet, die sie brutal gegen jeden einsetzten, der zu langsam war, um die Kolonne in Bewegung zu halten.

Einige der Russen sahen so jung aus, so bedürftig nach Wärme und Freundlichkeit, dass ihr das Herz aufgegangen war. Sie hatte sich danach gesehnt, ihnen zu helfen, wusste aber nicht, wie sie das tun sollte. Die Menschen, die neben ihr auf dem Bürgersteig standen, waren ebenfalls schockiert. Viele weinten.

Als sie zurück in den Laden ging, stellte sie fest, dass ihr Gesicht ebenso wie das der anderen tränennass war.

ALS NÄCHSTES ÜBERNAHMEN die Deutschen die Telefonzentrale, sodass einen Tag lang keine Anrufe empfangen oder getätigt werden konnten. Alle Bauarbeiten wurden eingestellt, und die Russen blieben eingesperrt.

Einen ganzen Tag lang war kein Deutscher zu sehen, und alle fragten sich, warum. Und dann kam die Nachricht. Die Briten waren in Frankreich gelandet und hatten einen Großangriff auf die Stadt Dieppe durchgeführt.

Es soll der größte Angriff gewesen sein, den die Briten je unternommen hatten, und die Deutschen waren erschrocken, weil sie dachten, die Briten seien endgültig in Frankreich gelandet.

Es hieß, deutsche Offiziere übten ihr Evakuierungsverfahren für den Fall, dass die Engländer dauerhaft in Frankreich Fuß fassen würden. Die einfachen deutschen Soldaten, so wurde gemunkelt, würden in Jersey zurückbleiben, um die Geschütze zu bemannen.

Kathleens Stimmung war übel.

Aber die Deutschen hielten sich nicht lange versteckt. Zwei Tage später gab es einen neuen Befehl, der besagte, dass die Ausgangssperre bereits um zehn Uhr und nicht erst um elf Uhr gelten sollte, und in der *Jersey Evening Post* erschien ein langer Artikel, in dem von einer vereitelten britischen Landung die Rede war. Die schlechte Übersetzung des Berichts machte deutlich, dass er von den Deutschen stammte.

ANFANG SEPTEMBER ERHIELTEN die Farmer im Bezirk Coin Varin den Befehl, ihre Höfe innerhalb von zehn Tagen zu räumen, ihr gesamtes Vieh mitzunehmen, aber ihr Mobiliar zurückzulassen. Der Grund dafür, so glaubten alle, war, dass die Deutschen erwarteten, dass die Briten in der Bucht von St. Ouen landen, direkt zum nahe gelegenen Flugplatz gehen und von dort aus nach St. Helier marschieren würden.

Die Deutschen, die sich zu diesem Zeitpunkt in Coin

Varin befanden, wo sie schwere Geschütze hatten, würden dann auf die Briten schießen.

In den wenigen Tagen, die ihnen zugestanden wurden, bevor sie ihre Höfe verlassen mussten, hatten die Farmer von Coin Varin Mühe, alternatives Land für ihr Vieh zu finden. Seitdem waren alle Farmer, auch William und Tom, in Sorge, dass ihnen dasselbe passieren könnte.

Und als wäre das nicht schon schlimm genug für die Farmer, interessierten sich die Deutschen auch noch für ihren Weizen.

Am Samstagabend, dem Tag vor dem Erntedankfest-Gottesdienst in den Kirchen, gaben die Deutschen den Befehl, dass der gesamte Weizen bis Sonntagabend einge-bracht werden müsse. Daraufhin hatten alle Farmer den ganzen Sonntag über hart gearbeitet, um den Weizen zu ernten.

Da es auf der Benest-Farm nur eine kleine Menge Weizen gab, war William geblieben, um sich darum zu kümmern, während Tom zur Gorins-Farm gegangen war, um Joshua zu helfen.

Wie schon beim letzten Mal, als die Farmen angewiesen worden waren, die Weizenernte zu beschleunigen, wurden beide Farmen den ganzen Tag über in regelmäßigen Abständen von Inspektorenteams besucht, von denen eines William mitteilte, dass sowohl die Inspektoren als auch die Farmer in Schwierigkeiten geraten würden, wenn die Ernte nicht schneller vonstattenginge.

Glücklicherweise war das Wetter warm, was den Ernte-helfern zugutekam. Es war in der Tat einer der schönsten Tage seit Langem, aber alle Farmer und Arbeiter waren zu beschäftigt, um ihn zu genießen. Keiner konnte durchat-men, bis die Lastwagen beladen waren.

Die Leute sagten untereinander, der Grund für diese

Eile sei, dass die Deutschen eine Invasion der Briten auf den Kanalinseln befürchteten.

Allein der Gedanke an eine mögliche britische Invasion verunsicherte alle. Sie fürchteten sich davor, Hoffnung zu schöpfen, denn der Schmerz über eine Enttäuschung wäre größer, als wenn sie sich überhaupt keine Hoffnung erlaubt hätten.

EIN PAAR SONNTAGABENDE nach der Ernte gab es einen weiteren beunruhigenden Vorfall.

Sie hatten gerade das Radio zum Brotofen zurückgebracht, als sie Schritte im Hof hörten.

Alle atmeten tief ein.

Keiner rührte sich.

Dann ging Tom hinaus und fand drei russische Gefangene auf dem Hof. Sie waren offensichtlich geflohen. Einer von ihnen war ein junger Mann, der nicht viel mehr als ein Knabe war. Sie mussten durch die enge Tür in der vorderen Mauer in den Hof gelangt sein, die einer der Familienangehörigen versehentlich nicht verschlossen hatte, wie Tom feststellte.

Die drei Russen, die in Lumpen gekleidet waren, sahen erschreckend dünn und erschöpft aus. Durch die Löcher in ihrer Kleidung konnte Tom rote Striemen sehen, Zeichen der brutalen Behandlung, die sie erfahren hatten.

Sie signalisierten ihm, dass sie etwas zu essen brauchten, und trotz des ranzigen Geruchs, der von ihren Körpern ausging, führte er sie in die Küche und gab jedem von ihnen eine Brotkruste, einige gekochte Kartoffeln, ein paar Äpfel und kalten Kaffee. Dann zogen sie weiter.

Die Familie wünschte, sie hätte den Gefangenen mehr geben können, aber obwohl sie eine Farm besaß, wurde ein

Großteil ihrer Erzeugnisse von den Deutschen genommen, und den Rest, teilten sie mit ihren Freunden und Nachbarn, die keine Landwirte waren.

Sie hatten sich sogar überlegt, ob sie, falls ein einzelner Gefangener auf ihren Hof käme, ihn in dem Versteck unterbringen sollten, das sie für Tom gebaut hatten und das noch nicht gebraucht wurde. Aber sie waren nervös, weil die Zukunft ungewiss war, weil sie den einzigen Ort, an dem sie Tom verstecken konnten, verlieren würden und weil sie angesichts der Freundschaft von Kathleen mit dem Deutschen ein echtes Risiko eingehen würden. Und so entschieden sie sich dagegen.

Aber sie waren entschlossen, weiterhin jedem Gefangenen, der kam, etwas zu geben, auch wenn es nicht viel war.

WIE SOLL man das alles in fünfundzwanzig Worten zusammenfassen, fragte sich Rose verzweifelt.

Nun, das konnte sie nicht, wurde ihr klar.

Stattdessen würde sie alles in einem langen Brief niederschreiben, und bevor sie ihre Familie wieder besuchte - sie war zuversichtlich, dass sie das eines Tages schaffen würde -, würde sie ihnen den Brief schicken.

Sie würden dann verstehen, wie das Leben für alle auf der Insel gewesen war, sodass sie nicht darüber reden mussten, wenn sie sich trafen. Ihr Leben im besetzten Jersey sollte am besten in der Vergangenheit bleiben, und wenn die Freiheit kam, wäre es besser, nur über die Erleichterung, die sie empfanden, und die Zukunft zu sprechen.

Nachdem sie den Brief geschrieben hatte, würde sie die Nachricht in fünfundzwanzig Worten an ihre Familie verfassen, in der sie sagte, dass sie alle gut zurechtkämen und sich niemand Sorgen machen müsse. Sie warf einen

Blick auf die Uhr. Es war später, als sie gedacht hatte: Sie würde mit dem Schreiben des Briefes warten müssen, bis sie die Nachrichten gehört hatte.

Als sie aufstand, um zum Farmhaus hinüberzugehen, hörte sie die Hintertür zuschlagen. Schritte polterten die Treppe hinauf. Erschrocken hielt sie sich die Hand an die Kehle, als die Wohnzimmertür aufschwang.

Tom stand in der Tür und umklammerte die Klinke, sein Gesicht war weiß.

Sie hielt sich an der Rückenlehne des Sofas fest. »Was ist los, Tom?«, flüsterte sie.

»Es ist eine offizielle Ankündigung in der Abendzeitung«, sagte er und holte keuchend Luft. »Alle britischen Staatsbürger, die nicht ihren ständigen Wohnsitz in Jersey haben, werden in ein deutsches Internierungslager deportiert. Und alle Männer zwischen sechzehn und siebzig, die nicht auf den Inseln geboren sind, zusammen mit ihren Familien. Genau dazu zählen wir«, sagte er.

»Das kann nicht sein«, sagte sie, ihre Stimme war ein Flüstern.

»Doch, das ist so. Ich bin in London geboren. Deshalb haben sie vor einiger Zeit eine Liste mit den Bewohnern der Inseln erstellt, in der auch ihre Geburtsorte aufgeführt sind. Sie handeln jetzt danach. Das bedeutet, dass wir alle in den nächsten zwei oder drei Tagen nach Deutschland geschickt werden. Zwölfhundert von uns müssen schon morgen nach Deutschland aufbrechen.«

Das Papier und der Stift, die Rose in der Hand gehalten hatte, fielen zu Boden, als sie dastand und das Blut aus ihrem Gesicht wich.

30

———

S *päter*

DIE FAMILIE, einschließlich Kathleen, saß mit weißen Gesichtern im Wohnzimmer von William und Annie und wartete darauf, dass William von einem Telefongespräch zurückkehren würde.

»Wie kann man von einer Familie erwarten, dass sie in wenigen Stunden ihre Angelegenheiten regelt, ihre Besitztümer verschenkt, ihr Geld auf der Bank deponiert, sich von ihren Freunden verabschiedet und zum Hafen fährt?«, fragte Annie irgendwann, an niemanden gerichtet.

William kam zurück ins Zimmer, und sie saßen kerzengerade.

»Und?«, fragte Annie und hielt sich an der Armlehne ihres Stuhls fest.

»Der Befehl kommt von Hitler persönlich«, sagte William und setzte sich schwerfällig hin. »Anscheinend hat er den Befehl vor einem Jahr gegeben, als sie die Einwohnerlisten erstellt haben, und er ist ziemlich sauer, dass der Befehl nicht ausgeführt wurde. Das bedeutet, dass der Kommandant und die Offiziere es diesmal nicht wagen, ihn zu ignorieren, und jeder muss sich an der Brückenwaage versammeln und nur das mitnehmen, was er tragen kann.«

»Wo werden sie uns hinschicken?«, fragte Annie ängstlich. »Wenn wir das nicht wissen, wie sollen wir dann wissen, was wir mitnehmen und was wir zurücklassen sollen?« Sie brach in Tränen aus.

»Und was ist mit der Farm?«, fragte Tom und legte seinen Arm fest um Rose.

William ging zu Annie hinüber, beugte sich hinunter und legte seine Arme um sie. »Ich bin sicher, sie werden uns ausschließen, Annie«, sagte er und umarmte sie. »Darum habe ich ja auch gebeten. Wir arbeiten alle auf der Farm, und der Himmel weiß, dass sie Nahrung brauchen. Sie werden weder die nächsten Kartoffelerträge noch unsere Tiere und Produkte verlieren wollen. Ich bezweifle, dass irgendjemand von uns irgendwo hingehen wird«, fügte er beruhigend hinzu und sah sich um, während er sich aufrichtete.

Annie sprang auf und schlang ihre Arme um seinen Hals. »Oh, danke, William«, sagte sie, wobei ihre Stimme durch sein Hemd gedämpft wurde.

»Ich stand nicht auf der Liste, oder?«, fragte Kathleen.

»Du gehörst zu Toms Familie, nicht wahr? Also, ja. Aber ich habe ihnen gesagt, dass du für den effizienten Betrieb der Farm unerlässlich bist. Genau wie Rose.«

»Und was passiert jetzt?«, fragte Annie und wischte sich über die Augen.

William holte tief Luft. »Ich denke, jeder von uns sollte einen Stapel mit dem machen, was er mitnehmen würde, wenn wir gehen müssten, aber wir sollten nicht schon alles einpacken. Auch wenn ich sicher bin, dass wir an Ort und Stelle bleiben werden, ist es gut, für den Fall vorbereitet zu sein, dass etwas Unvorhergesehenes passiert. Ich fange jetzt an.« Er wandte sich der Tür zu.

»Was wird mit dem Hof passieren, wenn wir gehen müssen?«, fragte Tom besorgt. »Was ist mit den Tieren?«

William hielt inne. »Da die Familie Le Feu französischer und nicht britischer Abstammung ist, wird man sie nicht deportieren. Ich werde ihnen jetzt einen kurzen Besuch abstatten und mit ihnen reden. Wenn es zum Schlimmsten kommt, wissen wir, dass jemand ein Auge auf die Tiere hat, die wir noch haben.« Er ging hinüber zur Tür.

»Ich rufe gleich morgen früh Klaus an«, rief Kathleen dem sich zurückziehenden Vater hinterher. »Er wird nicht mitbekommen haben, dass ich auf der Liste stehe, und wenn ich es ihm sage, wird er mich von der Liste streichen.«

William blickte zu ihr zurück. »Pack eine Tasche, Kathleen, nur für den Fall.«

Sie starrte ihn an und öffnete den Mund, um zu sprechen.

»Keine Widerrede«, sagte er und ging hinaus.

WENIGER ALS EINE Stunde später kam William zurück. Rose, Tom und Annie saßen wieder im Wohnzimmer und warteten auf ihn.

»Die Le Feus werden die Farm im Auge behalten, wenn es sein muss«, sagte er ihnen mit müder Stimme. »Und sie werden uns morgen in ihrem Wagen nach St. Helier bringen, wenn meine Bitte nicht erfüllt wird.«

»Was sollen wir jetzt tun?«, fragte Annie.

»Wenn du dir überlegt hast, was du mitnehmen willst,

wenn wir gehen müssen«, sagte er ihr, »dann schlaf ein bisschen. Wenn ich bis zum morgigen Frühstück keine Antwort auf eine Ausnahmegenehmigung erhalten habe, rufe ich den Bailiff an, um herauszufinden, wie es um uns steht.«

Tom stand auf, gefolgt von Rose. »Wir gehen jetzt nach Hause«, sagte er. »Du sagst uns doch Bescheid, sobald du Neuigkeiten hast, egal wie spät es ist?«

William nickte. »Natürlich.«

Gerade als Tom und Rose die Haustür erreichten, klingelte das Telefon. Ihre Herzen blieben stehen. Sie atmeten alle tief ein und hielten den Atem an.

William rannte zum Telefon, um abzunehmen.

Annie stand im Flur, die Hand vor dem Mund, die Schultern gekrümmt.

Kathleen kam aus ihrem Schlafzimmer und trat an den Rand des Treppenabsatzes.

Wenige Augenblicke später kam William mit blassem Gesicht zurück. »Tom, Annie und ich können bleiben - als Farmer sind wir davon befreit. Aber Kathleen und Rose müssen gehen.« Er deutete seine Frustration und Hilflosigkeit an. »Ich habe alles versucht, was ich konnte. Ich habe gefragt, wer sich um die Kartoffeln kümmert, das Kartoffelmehl herstellt und alles andere. Das ist zu viel für meine Frau allein, sagte ich ihnen. Aber sie wollten nicht hören.«

Sie hörten eine Bewegung auf dem Treppenabsatz und sahen, wie Kathleen in ihr Zimmer verschwand.

William ging an den Fuß der Treppe. »Wenn du morgen für dich selbst bittest, Kathleen«, rief er ihr nach, »dann musst du auch für Rose bitten. Und vergiss nicht zu packen!«

Ihre Zimmertür fiel mit einem Knall zu.

»Ich will nicht freigestellt werden, Vater«, sagte Tom unverblümt, legte seinen Arm um Rose und hielt sie fest.

»Wenn Rose weggeht, gehe ich mit ihr. Ohne mich geht sie nirgendwo hin.« Er drehte sich zu Rose um. »Was auch immer vor uns liegt, wir werden es gemeinsam angehen.«

»Oh, Tom!« Sie umarmte ihn fest. »Ich liebe es, dass du das sagst, aber du musst hierbleiben. Du wirst auf der Farm gebraucht. Und dann ist da noch die Farm der Gorins, um die du dich kümmern musst. Kathleen und ich werden nicht hier sein, um Josh zu unterstützen. Es gibt kaum genug zu essen in Jersey. Um das Beste aus dem zu machen, was es gibt, müssen so viele Farmer wie möglich bleiben.«

»Ich sage es nur ungern, aber Rose hat recht, Tom«, sagte William leise. »Wir brauchen dich hier. Es ist zu viel für Annie und mich allein.« Er sah Rose an. »Du solltest besser deine Tasche packen, Rose, aber hoffentlich brauchst du sie nicht. Ich werde nicht aufgeben. Ich werde morgen früh noch einmal bei der Behörde anrufen und sie daran erinnern, dass wir tatsächlich zwei Farmen betreuen. Auf Biegen und Brechen werde ich dort jemanden finden, der eure Namen von der Liste streichen kann.«

Rose nickte, ihr Gesicht war leichenblass. »Danke, William.«

Er ging auf sie zu. Tom ließ seinen Arm fallen und trat zurück.

»Es tut mir so leid, liebe Rose«, sagte William mit zitternder Stimme. Dann legte er seine Arme um sie und umarmte sie. »Ich hoffe, du weißt, wie lieb wir dich gewonnen haben.«

In der Dunkelheit vor ihrem Haus standen Rose und Tom Seite an Seite, hielten sich an den Händen und starrten vor sich hin.

Das stahlschwarze Wasser war leicht silbern gefärbt

durch den leuchtenden Mond, der tief am Himmel stand. Zarte weiße Wolkenfetzen zogen über das Gesicht des Mondes und legten eine mystische Aura über die Szene.

»Ich präge mir dieses Bild ein«, sagte Rose leise. »Wo immer ich auch lande, ich möchte die Augen schließen können und diese Aussicht sehen und mir vorstellen, dass du neben mir stehst, genau wie jetzt.« Sie sah Tom an. »Ich liebe dich so sehr, und das werde ich immer tun.«

Er hob ihre Hand an seine Lippen und küsste sie. Als er ihren Arm senkte, strich die kühle Nachtluft über die Stelle an ihrer Hand, die von seinen Tränen nass war.

Sie lehnte ihren Kopf leicht an seine Schulter, und sie standen beieinander, ihre Herzen voll, und sagten kein weiteres Wort mehr, aus Angst, die Kontrolle zu verlieren und der Trauer nachzugeben, die sie überwältigen würde.

Hoch oben flog ein einsames Flugzeug über den Mond, eine schwarze Silhouette, die den Mond in zwei Teile teilte.

31

—————

Am nächsten Morgen waren sie alle früh auf den Beinen. Kathleen blieb für sich, aber der Rest der Familie versuchte, dem Tag eine gewisse Normalität zu verleihen.

Sobald er gefrühstückt hatte, begab sich William ins Wohnzimmer, wo man ihn telefonieren hören konnte. Tom kümmerte sich um die Kühe, und Annie kochte Würstchen und Kartoffeln, Essen, das man für eine Reise einpacken konnte.

Rose faltete die beiden dicken Pullover zusammen, die Annie ihr gegeben hatte, nachdem sie gesehen hatte, wie wenig praktische Kleidung Rose noch besaß, und legte sie auf den Tisch zu den übrigen Sachen.

»Ich nehme einen Zinnbecher mit, wenn ich darf«, sagte Rose. »Wenn wir irgendwo anhalten, wo es Wasser gibt, brauche ich etwas zu trinken, und es könnte nützlich sein, wenn ich im Lager ankomme.«

Wo auch immer im Haus sie sich befanden, alle außer Kathleen, deren Hoffnung auf Klaus lag, beteten verzweifelt, dass William erfolgreich sein würde.

Aber was, wenn er es nicht war, fragten sie sich. Was würde dann passieren? Würde es einen Telefonanruf mit Anweisungen geben, oder würde jemand zum Haus kommen und ihnen sagen, wohin sie gehen sollten und wann? Keiner von ihnen hatte eine Ahnung, und die Ungewissheit verstärkte ihre schlecht unterdrückte Angst.

Nur Kathleen zeigte Anzeichen von Entspannung, als sie mit dem Rücken zum Glas an der Fensterbank lehnte und einen Knopf an einem ihrer Kleider annähte. Sie hatte mit Klaus gesprochen, erzählte sie ihnen beim Frühstück. Er würde am Sammelplatz sein und sie aus der Gruppe der Deportierten herausholen.

»Und Rose auch«, hatte Tom scharf gesagt. »Wenn nicht, wird dir niemand hier jemals verzeihen.«

»Ich werde mein Bestes tun«, hatte Kathleen lässig gesagt. »Nicht, dass ich sie hier haben will. Es war besser, bevor sie kam.«

»Kathleen!« Toms Stimme klang bedrohlich.

»Na gut, na gut. Ich werde sie auch von der Liste streichen lassen.«

Tom hatte Rose angeschaut und verwundert den Kopf geschüttelt.

Nachdem sie ein Mittagessen zubereitet hatte, das eingepackt und außerhalb des Hauses gegessen werden konnte, war Annie in der Küche damit beschäftigt, eine Handvoll Brombeerblätter in der Teekanne mit kochendem Wasser zu übergießen.

Sie stellte die Kanne in die Mitte des Tisches, damit jeder, der wollte, eine Tasse Tee bekam, und kehrte an ihren Arbeitsplatz zurück, wo sie begann, Rüben, Kohlrüben und Kartoffeln für einen Gemüseeintopf zu zerkleinern.

Wenige Augenblicke später kam William mit schweren

Schritten zurück in den Raum. Sie drehten sich hoffnungsvoll zu ihm um. Doch sein Gesicht verriet sein Versagen.

»Es tut mir so leid, Rose«, sagte er. »Ich habe mit allen Verantwortlichen gesprochen, die ich kenne. Aber die deutschen Offiziere haben Hitler vor einem Jahr nicht gehorcht, und im Grunde haben sie Angst, es wieder zu tun. Man hat mir gesagt, dass sie mit der Deportation nicht einverstanden sind, aber gezwungen sind, mitzumachen. Es scheint, dass dies Hitlers Vergeltung für die britische Internierung von fünfhundert Männern im Iran im letzten August ist.«

»Was hat das mit Jersey zu tun?«, rief Tom verzweifelt aus.

William schüttelte den Kopf. »Frag mich nicht. Es macht keinen Sinn. Aber die deutschen Beamten haben die Zahlen für die Abschiebung bekommen, und sie halten sich daran. Es müsste schon einen sehr triftigen Grund geben, damit jemand von der Liste gestrichen wird. Da die Arbeit von Rose und Kathleen gering qualifiziert ist, sehen sie das nicht als Grund, sie auszunehmen.«

Rose brach in Tränen aus.

»Es tut mir so leid, Rose«, wiederholte William. »Und das muss auch für dich zum Verzweifeln sein, Tom.« Er schenkte sich eine Tasse Brombeerblättertee ein. »Eine weitere schlechte Nachricht ist, dass jeder, der zurückbleibt, einen Ausweis bei sich tragen muss. Darauf werden unser Foto, unser Beruf, unser Geburtsdatum und unser Geburtsort stehen. Das ist für den Fall, dass es eine zweite Deportationswelle gibt.«

Rose trocknete ihre Augen. »Ich glaube, ich nehme meine Sachen, gehe zurück ins Haus und packe sie. Es ist schwer zu entscheiden, was ich mitnehmen soll, da mein Gehirn mich nicht klar denken lässt.«

»Ich komme mit dir«, sagte Tom schnell. »Ich vergeude

keinen Moment, in dem ich bei dir sein könnte.« Er hob ihren Kleiderstapel und ihren Becher auf.

»Da wir nicht wissen, was passiert, werden wir früh zu Mittag essen«, sagte Annie.

Es klopfte an der Tür.

Furcht lag in der Luft.

Annie zog ihre Schürze aus, hängte sie an den Haken, und mit totenbleichem Gesicht ging sie in den Flur, um die Haustür zu öffnen.

Ein Polizist der ehrenamtlichen Polizei von Jersey und ein deutscher Soldat standen draußen.

»William«, rief sie.

Er stellte sich hinter sie und legte ihr jeweils eine Hand auf die Schultern. Tom und Rose gingen zur Tür und lehnten sich gegen die Türpfosten.

Der Polizist aus Jersey räusperte sich. »Wir sind hier, um Ihnen mitzuteilen, dass Rose Benest und Kathleen Benest heute auf dem Vier-Uhr-Boot sein müssen«, sagte er. »Es tut mir leid, Annie.«

»Sie sollten es besser wissen«, schimpfte Annie. »Wie können Sie ihnen nur helfen, etwas so schrecklich Grausames zu tun.«

»Geben Sie nicht mir die Schuld«, sagte er sichtlich verärgert. »Wir hatten in dieser Angelegenheit nichts zu sagen. Und überhaupt«, fügte er abwehrend hinzu, »ist es nicht besser, wenn jemand zu Ihnen kommt, der mitfühlend ist und der versucht, alles so schmerzlos wie möglich zu machen? Oder hätten Sie es vorgezogen, zwei unbekannte deutsche Soldaten zu sehen, als Sie gerade die Tür geöffnet haben?«

»Ich hätte es vorgezogen, niemanden zu sehen und nicht zu wissen, dass meine Familie bald auseinandergerissen wird.« Ihre Stimme blieb ihr im Halse stecken.

»Wenn Sie mich fragen, halten wir das für eine schreckliche Sache«, sagte der Polizist aus Jersey. »Und das tun auch viele der Deutschen.« Der deutsche Soldat stimmte zu. »Sie würden sich wundern, wie viele Soldaten sich bei den Bewohnern entschuldigen, weil sie sie vertreiben mussten. Sie finden das alles falsch. Aber sie müssen ihren Befehlen gehorchen.«

Sie nickte, traute sich aber nicht, etwas zu sagen.

»Also um vier Uhr«, sagte er sanft. »Jede Person darf nur einen Koffer mitnehmen. Sie sollen sich warm anziehen, feste Stiefel tragen und Proviant für zwei Tage mitnehmen. Außerdem sollen sie Geschirr für die Mahlzeiten und eine Trinkflasche mitnehmen.«

Er neigte den Kopf zu ihr, dann kehrten er und der deutsche Soldat zu ihrem Auto zurück.

AM FRÜHEN NACHMITTAG hatte Rose ihren kleinen Koffer gepackt.

Zusätzlich zu ihren Kleidern, einer Schüssel und einer Tasse steckte sie eine Flasche Jeyes-Flüssigkeit hinein, die Annie ihr gegeben hatte, weil sie sie brauchen könnte, wenn der Ort, an den sie geschickt wurde, schmutzig war, und ein Nähset, das sie für sich selbst angefertigt hatte und das einige Nadeln, Baumwollrollen, einen Fingerhut und eine Schere enthielt. Sie hatte auch ein paar Fotos eingesteckt - eines von Tom und eines von ihrer Familie bei ihrer Hochzeit - und ein Kartenspiel.

Wie alle, die sie kannte, hatte sie aufgrund des Mangels an nahrhaften Lebensmitteln stetig an Gewicht verloren, sodass sie problemlos zwei Schichten Kleidung tragen konnte. Sie entschied sich, ihre wärmsten Sachen zu tragen, denn die

Worte des Offiziers aus Jersey hatten sie vermuten lassen, dass die deutschen Winter bitterkalt sein konnten, und allein ihre dicken Pullover hätten ihren ganzen Koffer ausgefüllt.

Sie versuchte, Kathleen vorzuschlagen, dass sie dasselbe tun sollte, aber Kathleen lachte ihr ins Gesicht und sagte, da sie nirgendwohin fahre, würde nicht mehr in ihrem Koffer sein als ein paar Kleider, eine Strickjacke, eine Tasse und ein Teller.

Der einzige Grund, warum sie überhaupt einen Koffer mitnehme, fügte sie hinzu, sei, dass sie sicher war, dass ihr Vater sie nicht ohne einen solchen gehen lassen würde, nur für den Fall, dass etwas schiefgehen würde.

Die ganze Familie setzte sich zum Mittagessen zusammen und aß schweigend, jeder in seinen Ängsten vor der Zukunft versunken.

Nach dem Essen bestand Annie darauf, dass Rose das letzte Brot, die Würstchen, die kalten Salzkartoffeln, vier Dosen Sardinen und eine große Tüte ihrer Grapenuts-Frühstücksflocken mitnahm, die sie aus Mangold mit einem Tropfen Milch gemacht hatte.

»Es ist auch genug für Kathleen da, wenn es sein muss«, sagte Annie zu ihr. Verzweifelt hielt sie sich an Roses Arm fest. »Oh, Rose, ich kann nicht glauben, dass das passiert«, rief sie verzweifelt aus.

Sie zog sich zurück und hielt Rose auf Armeslänge fest. »Falls ich später nicht mehr dazu komme, es zu sagen«, sagte sie mit zitternder Stimme. »Ich habe das Gefühl, als würde ich heute zwei Töchter verlieren. Denn genau das bist du für mich geworden, liebe Rose. Eine richtige Tochter.«

»Oh, Annie.« Roses Stimme blieb ihr in der Kehle stecken. Und sie umarmten sich innig.

Dann wandte Annie sich ab, damit man ihre Tränen nicht sah.

Da alle Autos der Leute aus Jersey beschlagnahmt worden waren, brachte William einen ihrer Farmwagen vor das Haus. Annie kletterte hinten hinein, gefolgt von Rose und Kathleen. Tom reichte ihnen ihre Koffer und stieg dann neben William auf.

William zerrte an den Zügeln, und die Pferde setzten sich in Bewegung.

Als sie sich der Brückenwaage näherten, sahen sie, dass die Straßen blockiert waren. Sie wussten, dass sie den Rest des Weges zu Fuß gehen mussten, also band William den Wagen in einer Seitenstraße an, und sie gingen zu Fuß weiter.

Beim Näherkommen sahen sie, dass rund um das Gelände Deutsche mit aufgepflanzten Bajonetten postiert waren, die jeden, der kein Deportierter war, daran hinderten, sich den Piers zu nähern. Nur Kathleen und Rose konnten noch weiter gehen.

Der Lärm der Menge war ohrenbetäubend. Aber über dem erwarteten Geschrei und Gebrüll konnten sie auch Lachen hören.

Sie blieben stehen und sahen sich überrascht an.

Annie starrte vor sich hin. »Ich dachte, ich hätte mir das Lachen eingebildet«, sagte sie verwundert, »aber das habe ich nicht. Ich dachte, die Leute wären hysterisch und würden weinen und jammern. Aber das sind sie nicht. Sieh sie dir an! Sie unterhalten sich und lachen miteinander. Nicht alle, aber viele von ihnen.«

»Es erinnert mich an den Queen's Park Crescent an einem Markttag«, sagte Rose und zwang sich zu einem

Lächeln. »Ich bin froh, dass wir den Deutschen zeigen, dass sie unseren Geist nicht gebrochen haben und es auch nie tun werden.« Sie drehte sich zu den anderen um, ihre Unterlippe zitterte. »Wie ich euch vermissen werde!«

William und Tom streckten ihre Arme aus, und sie trat in sie hinein.

»Komm auch her, Kathleen«, sagte William mit heiserer Stimme. »Lass dich umarmen.«

Sie schüttelte den Kopf und sah sich weiter in der Menge um. »Nicht nötig. Ich werde bald wieder zu Hause sein. Dann könnt ihr so viele Umarmungen bekommen, wie ihr wollt.«

Einen Moment später riefen ein paar Soldaten Rose und Kathleen zu, sie sollten sich zu den Leuten gesellen, die in der Schlange standen, um zum Pier zu gelangen. Rose machte einen Schritt nach vorne. Tom fing sie auf, zog sie zu sich und küsste sie fest auf die Lippen.

»Du bist in meinem Herzen, Rose, ich liebe dich so sehr.«

Ein Beamter aus Jersey kam heran und zog Rose von Tom weg. »Sie müssen jetzt gehen«, sagte er. »Und Sie auch, Miss«, sagte er zu Kathleen, die auf Zehenspitzen stand und in Richtung des Hotels Pomme d'Or blickte, und schob Kathleen auf die Brückenwaage.

Rose drehte sich um, um sich von Tom zu verabschieden. Eine Woge der Liebe überkam sie und raubte ihr den Atem, sodass sie nicht sprechen konnte.

»Wir werden hier warten und sehen, ob ihr zurückkommt, Rose«, sagte William hastig. »Mit etwas Glück seid ihr in ein paar Minuten wieder bei uns. Aber wenn das Schlimmste eintritt und ihr nicht zurückkommt, gehen wir auf den Gipfel des Mount Bingham und beobachten eure

Abreise. Wir werden dort sein, bis das Boot ganz außer Sichtweite ist.«

Sie nickte.

»Oh Tom,« hauchte sie.

Dann drehte sie sich mit einem leichten Winken um und eilte Kathleen hinterher, wobei ihr Koffer gegen ihre Knie stieß.

»Rose, Rose!«, hörte sie Tom mit verzweifelter Stimme hinter ihr her rufen.

»Ich werde dich immer lieben, Tom«, rief sie in die Luft.

Ihre Worte erreichten ihn über das Getöse der Menge hinweg, und er brach zusammen.

»Wo ist denn Klaus?«, fragte Rose, als sie und Kathleen durch die Bewegung der Menschenmenge in Richtung Victoria Pier getrieben wurden.

»Er wird hier irgendwo sein«, sagte Kathleen zuversichtlich. »Er könnte meinen Namen bereits von der Liste gestrichen haben.«

»Und warum bist du dann mit uns anderen hier?«, fragte Rose.

»Klaus hat gesagt, ich soll hier auftauchen, dem Mann meinen Namen geben, und dann wird mir gesagt, dass ich freigestellt bin.«

Rose sah sie erstaunt an. »Aber warum musstest du überhaupt kommen?«

»Das habe ich Klaus auch gefragt«, sagte Kathleen gereizt. »Er sagte, die Listen seien bereits an die Leute gegeben worden, die sie prüfen, und er könne sie nicht mehr ändern. Aber er weiß, dass wir für das Vier-Uhr-Schiff angemeldet sind, und er kommt zum Hafen, um dem

Beamten zu sagen, dass er mich von der Liste streichen soll.«

»Kann er das tun?«

»Natürlich«, sagte Kathleen verächtlich. »Die Beamten können jemanden freistellen, wenn er zum Beispiel krank ist oder ein neugeborenes Baby hat. Klaus wird ihnen sagen, sie sollen schreiben, dass ich krank bin und nicht abgeschoben werden darf.«

»Jerrybag«, hörte sie jemanden murmeln, als er sich an ihr vorbei drängte.

Und dann schickte sie ein harter Stoß von hinten auf den Boden.

Als sie sich wieder aufrappelte, sagte sie laut und trotzig: »Sie werden sich wünschen, dass sie nicht so hochnäsig gegenüber den Deutschen gewesen wären, wenn sie in den Rüstungsbetrieben im Ruhrgebiet Schwerstarbeit leisten oder auf dem Land schuften müssen, um das deutsche Volk zu ernähren. Klaus wird deinen Namen nicht streichen, Rose, also musst du dich daran gewöhnen«, spottete sie. »Ich bin sicher, das wirst du irgendwann.«

»Und du bist glücklich genug, dass das mein Schicksal sein soll, oder?«, sagte Rose eisig. »Wie kannst du die gleichen Eltern wie Tom haben? Du bist nichts weiter als eine selbstsüchtige, kaltherzige Ziege.«

Kathleen hob ihre Hand, um Rose zu schlagen. Dann hielt sie inne, die Hand in der Luft. »Da ist er!«, rief sie aufgeregt. »Ich sagte doch, dass er hier ist.«

Sie ließ den Arm sinken und drängte sich durch die Menge zum Kai, weil sie unbedingt zu Klaus wollte. Rose folgte ihr.

Klaus schien mit einem anderen Offizier zum Pier gegangen zu sein. Sie sahen, wie er mit dem Beamten, der die Liste hielt, ein paar Worte wechselte. Dann schienen er und der Beamte auf die Liste zu schauen. »Er sucht nach meinem Namen«, sagte Kathleen glücklich.

Klaus sagte etwas zu dem Beamten, der daraufhin nickte. Dann gingen er und sein Beamtenfreund weg.

»Benest!«, rief der Beamte über die Köpfe der Menge hinweg. »Benest«, rief er erneut.

Kathleen drückte ihren Koffer an die Brust und drängte sich vorwärts, Rose dicht auf den Fersen.

Als sie den vorderen Teil der Menge erreicht hatte, gab Kathleen sich zu erkennen.

»Hier entlang«, sagte der Beamte. Er schob sie in Richtung des Bootes.

»Wie bitte?«, rief sie und schlug seine Hand von ihrer Schulter. »Ich muss nicht gehen. Der deutsche Offizier, mit dem Sie vorhin gesprochen haben, hat Ihnen gesagt, Sie sollen mich streichen. Sie sollen sagen, ich sei krank.«

»Er sagte mir, dass Sie und Ihre Schwester verdächtigt werden, antideutsche Flugblätter zu verteilen, und dass Sie auf dem ersten Boot sein müssen, das ausläuft. Sie müssen jetzt an Bord gehen. Das Boot wird bald voll sein, und die, die nicht an Bord gehen, müssen morgen wiederkommen. Aber mir wurde gesagt, ich solle dafür sorgen, dass Sie heute abreisen.«

»Das muss ein Irrtum sein«, sagte Kathleen hochmütig zu dem Beamten. Aber er hatte sich schon der nächsten Person zugewandt und suchte deren Namen auf der Liste.

Einer der deutschen Soldaten, die auf dem Pier standen, trat vor und schlug sie mit der Seite seines Gewehrs, sodass sie zu Boden stürzte.

»Geschieht dir recht«, zischte der Mann hinter ihr. Als er über sie treten wollte, hielt er inne, wischte seine schmutzigen Schuhe an ihrem Kleid ab und ging weiter zum Boot.

Eine unerwartete Welle des Mitgefühls durchströmte

Rose, und sie stellte sich schnell schützend zwischen Kathleen und die nächste Person, während Kathleen sich auf die Beine kämpfte.

»Du hast einen Riss in deinem Kleid, wo der Soldat dich geschlagen hat«, sagte Rose und legte ihren Arm um Kathleens Schulter. »Wir können ihn flicken, wenn wir am Ziel sind.«

»Ich bin sicher, das freut dich sehr«, sagte Kathleen.

Sie schüttelte Roses Arm ab, strich sich den Schmutz vom Rock ihres Kleides, hob ihren Koffer auf und ging zum Boot, wobei ihr Tränen über die Wangen kullerten.

Rose blieb an ihrer Seite.

ROSE STAND auf dem Oberdeck des Bootes, lehnte sich an die Reling und sah zu, wie Jersey sich langsam entfernte, während sich das Schiff vom Pier wegbewegte.

Irgendwo auf dem Gipfel des Mount Bingham, mit freiem Blick auf den Hafen, würden Tom, William und Annie sein, da war sie sich sicher. Sie konnte fast die Wärme ihrer Blicke spüren.

Sie ließ ihren Blick über die dichte Menschenmenge schweifen, die ihnen vom Hügel aus zujubelte, und versuchte, ihre Gesichter zu erkennen, aber es gelang ihr nicht. Alle wurden viel kleiner, je weiter sie sich vom Ufer entfernten.

Aber sie wusste, dass ihre Gesichter irgendwo zwischen den Taschentüchern zu sehen waren, mit denen die Leute verzweifelt winkten, und das reichte ihr.

Hatten sie es geschafft, sie in dem Wirrwarr von Gesichtern, die sie vom Boot aus anstarrten, zu entdecken, fragte sie sich. Sie hoffte, dass sie es getan hatten. Und für den Fall, dass sie es geschafft hatten, denn sie wollte nicht, dass sie traurig aussah, winkte sie mit der Hand, so fest sie konnte, und lächelte die ganze Zeit durch ihre Tränen hindurch.

An ihrer Seite starrte Kathleen auf das Meer hinunter, ihr Gesicht war düster.

Plötzlich ertönten über dem Geschrei der Möwen und dem Rauschen der Wellen die Klänge von *The White Cliffs of Dover*, die vom Wind zu ihnen getragen wurden.

Einen Moment lang herrschte eine erstaunte Stille unter den Deportierten.

Dann erkannten sie, dass ihre Familien und Freunde ihnen den besten Abschied bereiteten, den sie ihnen geben konnten, und dabei ihren Trotz und ihre Verachtung für die Grausamkeiten, die unschuldigen Familien angetan wurden, herausschrieen.

Und um Rose herum begannen die Menschen auf den Decks mit den Menschen am Ufer zu singen, so laut wie sie konnten. Und sie tat es auch. Die Deportierten und die Menschen auf dem Mount Bingham sangen gemeinsam *There'll always be an England*, gefolgt von *God Save the King*.

Allmählich wurden die Stimmen vom Ufer aus so leise, dass sie vom Tosen der Wellen und dem Geräusch des Motors übertönt wurden, bis sie schließlich gar nicht mehr zu hören waren.

Der Gesang auf dem Schiff verstummte und die Leute suchten sich einen Platz an Deck, um sich niederzulassen, bis sie St. Malo erreichten, das Gerüchten zufolge ihr erstes Ziel sein sollte.

Was auch immer vor ihnen lag, dachte Rose mit grimmiger Entschlossenheit, als sie ihren Koffer aufhob, sie würde es überstehen. Die Gewissheit, dass sie und Tom eines Tages wieder zusammen sein würden, war alles, was sie brauchte, um durchzuhalten.

32

D eutschland, *September 1942*

S IE LAG auf der Pritsche in dem Lager, das ihr Zuhause werden sollte, hatte ihre magere Mahlzeit gegessen, und die schwere Dunkelheit um sie herum wurde von den Geräuschen der Nacht durchbrochen, von Frauen und Kindern, die übermüdet, weinerlich und einsam nach ihren Männern und Vätern riefen, von Schreien, die aus den Tiefen von Albträumen aufstiegen, die von der Ungewissheit genährt wurden, vom Dröhnen ferner Flugzeuge. Rose wartete auf das Vergessen des Schlafs.

Die Reise nach Deutschland war lang, mühsam und zermürbend gewesen, und die nächsten Monate versprachen ebenso schwierig zu werden.

Vor drei Tagen hatten sie auf dem obersten Deck des Schiffes übernachtet und waren daher unter den ersten, die von Bord gingen, als sie um sieben Uhr morgens St. Malo erreichten, und fast die ersten, die den Zug bestiegen, der sie durch Frankreich, Belgien und Luxemburg zu ihrem endgültigen Ziel, einem Internierungslager in Biberach in Süddeutschland, bringen sollte.

Auf dem Schiff hatten die Menschen die Befürchtung geäußert, dass sie bei der Ankunft in St. Malo in Viehwaggons gepfercht und stundenlang ohne Essen und Wasser zurückgelassen werden würden. Aber das war nicht der Fall. Zur Erleichterung aller wurden sie in Waggons zweiter Klasse untergebracht.

Der Waggon, den sie und Kathleen ergattert hatten, bot Platz für acht Passagiere, wobei die Sitze in Vierergruppen angeordnet waren, zwei Sitze gegenüber zwei Sitzen. Sie und Kathleen saßen nebeneinander, und ihnen gegenüber saßen ein Mann und eine Frau, die jeweils ein unruhiges Kind auf dem Schoß hatten.

Betäubt von den vielen erschütternden Ereignissen, die sich so schnell ereignet hatten, hatten sie sich zurückgelehnt, während der Zug langsam über das Land rollte, vorbei an kriegszerstörten Städten und Dörfern.

Wegen der nächtlichen Bombardierung waren sie gezwungen, in aufrechter Haltung zu schlafen, und mit Ausnahme der Kinder, die in den Gepäckablagen schliefen, hatten sie nur unruhig schlafen können. Ihnen war kalt, und wenn sie das Dröhnen der Flugzeuge hörten, hatten sie Angst, dass ihr Zug von Piloten, die sie für den Feind hielten, ins Visier genommen werden könnte, die Bomben über ihnen abwarfen, gefolgt von dem unerträglichen Quietschen jeder einzelnen Bombe, wenn sie fiel.

Während der ganzen langen Reise hatte der Hunger an ihnen genagt. Da sie dieselben mageren Brot- und Wurstrationen erhalten hatten wie ihre Bewacher, waren die Lebensmittel, die Annie eingepackt hatte, sehr willkommen.

Aber da sie nicht wussten, wie lange es noch dauern würde, bis sie das Ende ihrer Reise erreichten, hatte Rose es rationiert.

Die Familie ihnen gegenüber hatte, wie Rose erleichtert feststellte, ebenfalls Lebensmittel mitgebracht. Hätten sie es nicht getan, hätte sie sich gezwungen gefühlt, Annies Essen zu teilen.

Wasser konnten sie nur aus dem Feuereimer schöpfen.

Sie hatten Rennes, die erste Station ihrer Reise, früh am nächsten Morgen erreicht, wo man ihnen Suppe, Wurst und Brot gegeben hatte. Dasselbe bekamen sie auch in Luxemburg, wo sie nach Rennes einen kurzen Zwischenstopp einlegten, und in Ulm, das sie am späten Abend erreichten. In Ulm wurde ihnen gesagt, dass sie ihr Ziel am nächsten Morgen erreichen würden.

Das war das erste Mal, dass sie den Namen Biberach hörten.

Während der gesamten Reise hatte Kathleen geschwiegen, bis auf ein einziges Mal.

Irgendwann auf der Reise durch Frankreich hatte sie die Beherrschung verloren und dem ihr gegenüber sitzenden Mann befohlen, die Klappe zu halten und aufzuhören, den Kindern zum millionsten Mal zu sagen, dass sie sicher sein würden. Sie machten nicht einfach nur einen aufregenden Urlaub, und jede Stunde, seit sie in den Zug gestiegen waren, zu hören, dass sie in Sicherheit seien, war mehr als genug, um es zu ertragen.

Die Frau hatte zu ihrem Mann hinübergeschaut und die Augenbrauen hochgezogen. »Was erwartest du von einer Hure wie ihr?«, hatte sie gesagt, so laut, dass es jeder im Waggon hören konnte.

Kathleen war rot geworden.

Als der Vater wenig später dieselben tröstenden Worte

an seine Kinder richtete, hatte Kathleen ihm einen verächt-
lichen Blick zugeworfen, sich aber einen Kommentar
erspart.

Sie waren alle sehr erleichtert gewesen, als sie endlich
den Bahnhof von Biberach erreichten, der, wie sie erfahren
hatten, etwa dreißig Minuten Fußweg von ihrem Internierungslager entfernt lag. Als sie auf den Bahnsteig traten und
ihre schmerzenden Glieder streckten, atmeten sie tief die
frische Luft ein.

Beim Aussteigen aus dem Wagen streifte die Frau versehentlich Kathleen. Die Frau war schnell zurückgesprungen.

Sie hörten, wie sie »Schlampe« und » Schmutz« zu
ihrem Mann sagte, und es war der Frau und ihrem Mann
gelungen, sich mit ihrem Gepäck und ihren Kindern von
Rose und Kathleen zu entfernen und in eine der hintersten
Fünferreihen zu gelangen, in die sie von den Deutschen
gesteckt wurden.

Erschöpft von zu wenig Schlaf und mit einem Koffer, der
sich von Minute zu Minute schwerer anfühlte, hatte sich
Rose in der Hitze des Tages den steilen Hügel hinaufge-
quält, beschwert durch ihre zwei Schichten dicker Kleidung.
Für Kathleen, die nur eine Schicht leichter Kleidung trug
und nur wenig in ihrem Koffer hatte, war das Gehen
einfacher.

Als sie in Sichtweite des Lagers kamen, wich Rose von
ihrer Fünferreihe zurück und hielt einen Moment inne, um
Luft zu holen und sich umzusehen.

Sie gingen durch offene Felder, die von dunkelgrünen,
bewaldeten Hügeln umgeben waren. Hinter ihr, im Süden,
ragte eine Reihe schneebedeckter Berge in den Himmel.
Das waren die Bayerischen Alpen, hörte sie einen der
Soldaten zu einem Deportierten in der Nähe sagen.

Wäre sie nicht so müde und so besorgt über das, was vor

ihr lag, hätte sie die Umgebung vielleicht ganz reizvoll gefunden. Aber sie war zu erschöpft, und das war nicht der Ort, an dem sie sein wollte.

Sie wollte in Sichtweite der weiten Strände Jerseys und des glitzernden blauen Meeres sein; sie wollte oben auf dem stufenförmigen Hang stehen und die kleinen Boote beobachten, die mit ihren weißen Segeln in den Hafen von St. Aubin einliefen.

Sie wollte sich umdrehen und den einladenden bernsteinfarbenen Schein der Bauernhäuser aus Granit sehen, die fruchtbaren Felder, von denen einige üppig mit dunkelgrünen Kartoffelpflanzen bewachsen waren, während andere unter dem Mantel des Weizens golden schimmerten. Sie wollte über windgepeitschte Heidelandschaften schreiten, die vom Glanz des gelben Stechginsters erfüllt waren.

Sie wollte frei sein, bei Tom zu Hause, und seine Arme um sich spüren!

Ein Stoß von hinten durch einen Gewehrkolben zwang sie, wieder loszulaufen, und sie beeilte sich, ihre fünfköpfige Gruppe einzuholen. Kathleen befand sich am Ende der Reihe, wie sie feststellte, und es klaffte eine beträchtliche Lücke zwischen ihr und den anderen drei.

Wieder einmal durchflutete sie unwillkürlich eine Welle des Mitgefühls für Kathleen.

Abgesehen von der Qual, ihre Familie und das einzige Zuhause, das sie je gekannt hatte, verlassen zu müssen, und dem Elend, unter Menschen gefangen zu sein, die sie verachteten und die eine Geringschätzung für sie empfanden, die sie, wann immer sie konnten, zur Schau stellten, trug Kathleen die zusätzliche Last, zu wissen, dass Klaus sie angelogen und sie auf die grausamste Art und Weise öffentlich zurückgewiesen hatte, die man sich vorstellen konnte.

Sie eilte auf Kathleen zu, schlüpfte in die Lücke neben ihr und blieb an ihrer Seite, bis sie das Lager erreichten.

Ein Gefühl der Verzweiflung durchströmte die Deportierten, als sie sich dem Lager näherten und seinen militärischen Stil sahen, mit Stacheldraht an den Seiten und hohen Wachtürmen, die auf sie herabblickten.

Wachen führten sie in die Mitte des Geländes, an dessen drei Seiten schwere, aus Holz und Beton gebaute Baracken standen.

Roses Herz sank. Es würde wie in einem Gefängnis sein, dachte sie, als sie in Fünferreihen auf dem Paradeplatz standen und auf den Appell warteten.

Nach dem Zählappell erhielt jeder einen Zettel mit einer Nummer, die seine Lagernummer sein sollte. Die Fingerabdrücke wurden abgenommen, und es wurde ein Foto gemacht. Sie wurden gewogen und ihre Größe gemessen, und die Angaben wurden in einem Lagerregistrierungsdokument festgehalten.

Nach einem weiteren Appell wurden die Koffer durchsucht. Dann wurde ihnen gesagt, dass man sie holen würde, wenn es Zeit für das Essen sei. Sie sollten ihr Essen aus der Kochstube abholen und es zum Essen in ihre Baracken bringen.

Schließlich wurden sie, erschöpft von der Reise und der Prozedur, die sie bei ihrer Ankunft durchgemacht hatten, in die Baracken gebracht, wo sie schlafen sollten, die Frauen und Kinder in anderen Baracken als die Männer. Jungen, die älter als vierzehn Jahre waren, mussten mit den Männern gehen.

Sie und Kathleen waren in derselben Baracke untergebracht, in einem offenen Schlafsaal mit Holzbetten in Reihen und einem schwarzen Ofen an jedem Ende des Raums. Als sie die Betten zählten, stellten sie fest, dass es dreiundachtzig waren, zusammengepfercht in einem Raum, der eindeutig für einen Bruchteil dieser Zahl gedacht war.

Auf jedem Bett lag eine graue Armeedecke und eine mit Stroh gefüllte Matratze, die mit blau-weißer Karomusterung bezogen war. Ein Spind neben jedem Bett enthielt einen Essensnapf und einen Becher, und es gab einen kleinen Raum für Schuhe und Kleidung.

Rose saß schwer auf der oberen Koje und wartete auf den Moment, in dem sie Essen holen konnten. Kathleen saß auf der unteren Pritsche.

»Du siehst genauso fertig aus, wie ich mich fühle«, bemerkte Rose und blickte zu ihr hinunter.

Kathleen ignorierte sie.

Die Frau, die das Bett auf der anderen Seite von Kathleen hatte, Marjorie de Gruchy, eine mürrische Frau, die mit Kathleen zur Schule gegangen war, saß mit dem Rücken zu ihr. Wie alle Frauen in den Betten neben ihrem Bett, die entweder auf ihren Kojen saßen oder ihre Koffer auspackten und versuchten, ihre wenigen Habseligkeiten in den kleinen Spinden unterzubringen, ignorierte Marjorie Kathleen geflissentlich.

Bei einer plötzlichen Bewegung an der Tür der Baracke standen alle auf und starrten in diese Richtung, dann setzten sie sich in Richtung Ausgang in Bewegung. Bald strömten die Leute den Mittelgang entlang, in der Hand die Schüsseln und Becher, die in ihren Spinden waren. Rose kletterte schnell von ihrem Bett herunter und nahm die Schüssel und den Becher, die man ihr gegeben hatte, in die Hand.

»Komm schon, Kathleen«, sagte sie. »Lass uns gehen und alles holen, was da ist. Und dann putzen wir den Bereich um unsere Betten herum.«

· · ·

Es war lange nach Mitternacht, als Rose die Augen
schloss und in einen tiefen Schlaf sank. Ihr letzter Gedanke
war, dass es am nächsten Morgen um fünf Uhr dreißig
Frühstück geben würde, und danach jeden Morgen für eine
beliebig lange Zeit.

33

D*er folgende Tag*

NACH DEM ERSTEN Frühstück in den Baracken wurden die Frauen und Kinder aufgefordert, sich an ihre Betten zu stellen, um von den Wachen gezählt zu werden, die dann den Bereich um jedes Bett inspizierten. Sie würden jeden Tag gezählt und kontrolliert, wurde ihnen gesagt.

Nach der Inspektion entschied Kathleen, auf ihrem Bett sitzen zu bleiben, während Rose sich zu den anderen Frauen gesellte, die sich vor dem Fenster versammelt hatten und beobachteten, wie die Männer auf den Exerzierplatz geführt wurden, wo sie sich in einer Reihe aufstellten und gezählt wurden.

Zur hörbaren Erleichterung derjenigen, deren Ehemänner und Väter in den Männerbaracken untergebracht waren, hatte ihnen ein Wachmann, der gut Englisch sprach, mitgeteilt, dass die Männer im Laufe des Tages zu ihnen stoßen würden. Er hatte auch den Tagesablauf in Biberach beschrieben.

So wie sie am Vorabend ihre Suppe und ihre Brotkruste abgeholt und in die Kaserne zurückgebracht hatten, so wie sie am Morgen ihr Frühstück abgeholt hatten, mussten sie mit Schüssel und Tasse zur Kochstube gehen, um jede Mahlzeit abzuholen und in ihre Kaserne zurückzubringen. Mittagessen gab es um zwei Uhr, Abendessen um halb sechs.

Jeden Abend mussten sie um halb acht in der Kaserne sein, wo sie erneut gezählt wurden, und wurden dann bis zum Morgen eingesperrt.

Die Männer durften den Tag nach der Zählung auf dem Exerzierplatz, zu dem sie jeden Morgen bei jedem Wetter mit dem Signalhorn gerufen wurden, mit ihnen verbringen.

Zur großen Enttäuschung der wartenden Frauen dauerte die Zählung der Männer an diesem Morgen zwei Stunden. »Die machen das mit Absicht«, wurde gemurmelt.

Schließlich kam eine Wache zu ihrer Baracke und sagte, sie könnten nach draußen gehen.

In freudiger Erwartung eilten die Frauen zur Tür, begierig darauf, der abgestandenen Luft in dem überfüllten Raum zu entkommen und mit ihren Männern wieder vereint zu sein. Als alle außer Rose und Kathleen gegangen waren, stand Kathleen auf und verließ zügig die Kaserne.

Rose eilte ihr hinterher und schloss sich ihr auf dem zentralen Gelände an. Doch Kathleen drehte ihr den Rücken zu und ging allein weiter.

Mit einem leichten Achselzucken ging Rose in die entgegengesetzte Richtung. Sie schlenderte über das Gelände, vorbei an den lärmenden und aufgeregten Gruppen, die Familien und Freunde wieder zusammenführten, und an den Kindern, die wild herumliefen und vor Freude kreischten, weil sie ihre Väter wiedersahen.

Als sie das Zentrum erreichte, blieb sie stehen und starrte in die Richtung, aus der sie gekommen waren, in der Hoffnung, einen Blick auf die Welt jenseits ihres Beton- und Drahtgefängnisses werfen zu können. Doch Wachtürme und Stacheldraht verbargen alles außer den Spitzen der Alpen.

Als sie sich umdrehte, um nach Norden zu schauen, sah sie, dass die Baracken, Nebengebäude und Wachtürme auch diese Sicht versperrten, und sie konnte die offenen Felder und bewaldeten Hügel nicht sehen, von denen sie wusste, dass sie dort waren.

Ihr Blick fiel auf Kathleen, die allein an der anderen Seite des Geländes stand und niedergeschlagen den losen Kies auf den Boden kickte.

Sie wollte zu ihr hinübergehen, aber die Wachen riefen ihr zu, dass sie sich alle wieder in Fünferreihen aufstellen sollten, und so eilten sie und Kathleen zu der Stelle, an der sie bei ihrer Ankunft am Vortag gestanden hatten.

Sie sollten die Funktionen der Gebäude kennen, die drei Seiten des zentralen Geländes bildeten, informierte der Wächter sie.

Er zeigte ihnen das Krankenhaus, die Lagerräume für Pakete und Kleidung des Roten Kreuzes, den Schulraum, die Kantine und die Küche. Es gab auch einen Tischtennisraum und einen Konzertsaal, der für Tanzveranstaltungen genutzt werden konnte. Außerdem Duschbäder, einen Trockenraum für Wäsche, eine Lagerpolizeiwache und ein Gefängnis.

Er deutete auf einen teilweise sichtbaren zweistöckigen Block hinter einer Reihe von Baracken und sagte ihnen, dass dort deutsche Offiziere, die Unterkünfte des Hauptmanns, eine neue Küche und Schulräume für die Oberstufe untergebracht seien.

Dann erinnerte er sie daran, dass sie ihre Schüsseln und Tassen mitnehmen und ihr Mittagessen um zwei Uhr in der Küche abholen sollten; bis dahin hätten sie Freizeit. Er schlug die Fersen zusammen, drehte sich um und schloss sich einer der kleinen Gruppen von Wächtern an.

Die Reihen lösten sich auf.

Rose sah Kathleen wehmütig an. »Es ist kein schöner Ort«, sagte sie, »und wir fühlen uns wie Gefangene. Das ist so ungerecht, denn wir sind freie Menschen von einer besetzten Insel. Aber es hätte viel schlimmer sein können. Ja, das Essen ist furchtbar, wenn man von der gestrigen Mahlzeit ausgeht, aber wenigstens haben wir dreimal am Tag etwas zu essen, was mehr ist als viele Leute in Jersey bekommen.«

»Es wird hier so langweilig sein«, sagte Kathleen missmutig. »Es wird den ganzen Tag nichts zu tun geben.«

»Ich nehme an, dass wir vielleicht Briefe schicken können. Wenn ja, könnten wir an Tom und deine Eltern schreiben. Und ich könnte an meine Familie in London schreiben. Sie machen sich sicher Sorgen um uns. Das ist doch eine Idee, oder?«

»Aber das wird doch kaum Zeit in Anspruch nehmen, oder?«, schnaubte Kathleen.

»Wie wäre es, wenn du ein paar Bilder von dem Ort malst?«, schlug Rose vor. »Wenn wir hier wegfahren, könnten wir sie mit nach Hause nehmen und den anderen zeigen. Ich bin sicher, dass man uns Papier und Stifte gibt, wenn wir darum bitten.«

»Mach du es, wenn du willst. Ich tue es nicht. Wenn ich diese Bruchbude erst einmal verlassen habe, werde ich nie wieder etwas sehen wollen, was mich daran erinnert.«

Rose stieß einen inneren Seufzer aus. »Wie wäre es dann mit Tischtennis? Das wäre eine Möglichkeit, sich zu bewegen«, fügte sie hinzu. »Die Leute könnten eine Art Turnier veranstalten.«

»Sie würden dich mitspielen lassen, aber nicht mich«, sagte Kathleen unverblümt. »Aber das ist in Ordnung für mich. Ich will nichts mit ihnen zu tun haben.« Und sie machte sich auf den Weg zu ihrer Kaserne.

Rose hielt mit ihr Schritt. »Du weißt nicht, ob sie dich mitspielen lassen. Ihre Feindseligkeit könnte nachlassen, wenn sie sehen, dass du im selben Boot sitzt wie sie. Und es sind auch Leute aus Guernsey hier. Sie wissen nicht, was du in Jersey getan hast.«

»Doch, das werden sie erfahren, wenn ich versuche, bei irgendetwas mitzumachen. Diese Kuh mit dem Käsegesicht wird es ihnen auf jeden Fall erzählen.« Sie deutete auf Marjorie de Gruchy, die in der Tür zu ihrer Kaserne stand.

Als sie die Kaserne erreichten, mussten sie zur Seite treten, damit Marjorie mit einer kleinen Gruppe von Frauen hinausgehen konnte.

Als sie sahen, dass Rose und Kathleen auf sie warteten, sahen sich die Frauen an und kicherten. Dann schlossen sie zueinander auf, um sich so weit wie möglich von Rose und Kathleen fernzuhalten.

Rose ging zuerst in die Baracken, gefolgt von Kathleen. Als sie sich Kathleens Bett näherte, sank ihr Herz und sie blieb stehen.

Kathleen drängte sich an ihr vorbei und starrte auf ihre Koje. Die graue Decke, die sie ordentlich gefaltet auf der Matratze liegen gelassen hatte, lag zerknüllt auf dem Boden und sah aus, als wäre sie im Dreck vor der Kaserne gewälzt worden. Der blau-weiß gestreifte, karierte Matratzenbezug hatte einen langen Riss, aus dem ein großer Klumpen Strohfüllung heraushing.

Keiner von beiden sprach einen Moment lang.

»Was sagtest du darüber, dass die Feindseligkeit nachlassen wird?«, fragte Kathleen schließlich.

»Ich habe ein paar Nadeln und Faden mitgebracht«, sagte Rose mit gezwungener Fröhlichkeit. »Wir werden es flicken. Es wird nicht lange dauern.« Sie bückte sich und holte das Nähzeug aus ihrem Spind.

Kathleen setzte sich schwer auf das Etagenbett und blickte unglücklich um sich.

Rose hielt ihr eine Nadel und eine Rolle weißer Baumwolle hin. »Hier, lass uns anfangen zu nähen. Und Kopf hoch - es kann nur besser werden.«

ABER DAS WURDE ES NICHT.

Jedes Mal, wenn sie sich einer Gruppe von Menschen näherten, machten die Leute Anstalten, sich in einen anderen Bereich zu begeben.

»Es ist ziemlich offensichtlich, dass Marjorie und ihre grässlichen Spießgesellen allen von mir erzählt haben«, sagte Kathleen ein paar Tage später, nachdem der Morgenappell beendet war und sie auf dem Boden saßen, angelehnt an die Außenwand ihrer Baracke. »Und es sind auch nicht nur die Leute aus Jersey. Die Leute aus Guernsey haben mich auch schon böse angeguckt.«

»Das wird mit der Zeit nachlassen«, sagte Rose. Sie hielt ihr Gesicht in die Sonne. »Was für ein herrliches Wetter. Wenn wir jetzt in Jersey wären - einem Jersey ohne einen einzigen Deutschen - könnten wir die Gemüsemesser aus dem Fenster werfen, den Weg zur Promenade hinunterlaufen, die Straße zum Strand überqueren, die Schuhe ausziehen und den Sand zwischen den Zehen spüren. Und dann könnten wir am Wasser entlanglaufen und uns von den Wellen umspülen lassen. Wie schön wäre das«, fügte sie mit einem Seufzer hinzu.

»Überall wäre es schön, wenn wir nur weit weg von den selbstgerechten Bürgern hier wären.«

»Sie werden sich nicht immer so schlimm verhalten wie jetzt«, versicherte Rose ihr.

»Das werden sie«, sagte Kathleen niedergeschlagen. »Es ist klar, dass sie sich nicht ändern werden, egal, wie lange wir hier sind. Sie werden alles tun, was sie können, um mir das Leben zur Hölle zu machen. Und jetzt sind sie auch noch fies zu dir, wie ich festgestellt habe. Sie ignorieren dich, beschimpfen dich und tun das Gegenteil von dem, was du willst.«

»Du weißt ja, was man sagt: Stöcke und Steine werden mir die Knochen brechen und so weiter. Lach sie aus. Zeig ihnen, dass ihre Boshaftigkeit dir nichts anhaben kann.«

Kathleen drehte sich um und sah Rose an. »Warum stehst du mir zur Seite, Rose? Und leihst mir deine Kleider? Schließlich ist es meine Schuld, dass ich nicht die Kleidung mitgebracht habe, die ich hätte mitbringen sollen. Und du hilfst mir bei Dingen wie dem Flicken meines Matratzenbezugs. Ich verstehe das nicht. Wenn ich an deiner Stelle wäre, würde ich mich ignorieren. Warum bist du dann so nett zu mir?«

Rose dachte einen Moment lang nach. »Ich weiß es wirklich nicht«, sagte sie langsam. »Es liegt nicht daran, dass ich dich mag, denn das tue ich nicht. Seit ich in Jersey bin, bist du so gemein zu mir, wie du nur kannst, und machst mir deutlich, dass es dir leidtut, dass Tom mich geheiratet hat.«

»Genau das meine ich. Warum meidest du mich dann nicht, so wie alle anderen auch?«

Rose gestikulierte ein wenig verwirrt. »Ich nehme an, weil du Toms Schwester bist und er dich liebt. Und ich liebe Tom. Und du bist die Tochter von William und Annie. Sie waren gut zu mir und ich habe sie lieb gewonnen. Tom und deine Eltern würden wollen, dass du hier einen Freund hast, und sie würden es hassen, wenn du schlecht behandelt würdest. Da sich hier anscheinend niemand freiwillig meldet, um dieser Freund zu sein, habe ich wohl erkannt, dass ich es sein muss.«

»Das ist sehr nobel von dir«, sagte Kathleen mit einem Hauch von Spott.

»Wenn du das so sehen willst, ist das deine Sache. Aber ich weiß, wie sehr ich meine Schwestern vermisse, und ich würde wollen, dass jemand nett zu ihnen ist, wenn sie in deiner Lage wären.«

Beide verstummten.

»Es gibt etwas, das ich dich schon lange fragen wollte«, sagte Rose nach einer Weile, um die Stimmung zu unterbrechen, »und der Zeitpunkt ist so gut wie jeder andere. Du warst schon entschlossen, mich nicht zu mögen, bevor du mich getroffen hast, und nichts, was ich getan habe, konnte daran etwas ändern. War das nur wegen Emily?«

»Was sollte es sonst sein?«

»Dass du dachtest, ich könnte dich im Geschäft deiner Mutter ersetzen, zum Beispiel?«

Kathleen zuckte mit den Schultern. »Ein bisschen davon könnte schon wahr sein. Ich wäre nicht erfreut gewesen, wenn ich zugunsten von dir aus dem Laden verdrängt worden wäre.«

»Und es gibt keinen anderen Grund?«

»Nicht, dass ich wüsste«, sagte Kathleen.

»Seht euch diese Huren an«, riefen zwei Frauen im Vorbeigehen, und ein Klumpen Spucke landete neben Rose auf dem Boden.

Sie und Kathleen standen auf, gingen weiter an der Wand entlang, rutschten hinunter und setzten sich wieder mit ausgestreckten Beinen hin.

»Ich nehme an, da könnte noch etwas sein«, meldete sich Kathleen.

Rose schaute sie überrascht an.

»Ich habe nicht geglaubt, dass du Tom wirklich liebst«, sagte Kathleen. »Ich dachte, du wolltest nur London entfliehen und woanders hingehen, und Tom zu heiraten war deine Art, das zu tun. Ich dachte also, dass du Emilys Hoffnungen aus einem wirklich oberflächlichen Grund zunichtegemacht hättest. Ich war mir sicher, dass du es hassen würdest, die Frau eines Landwirts zu sein, was Emily liebend gerne gewesen wäre, und dass du dich mit Tom langweilen und jemand anderen finden würdest. Ich nehme an, ich war in seinem Namen wütend.«

»Glaubst du immer noch, dass ich Tom nicht liebe?«, fragte Rose.

Kathleen drehte sich um und sah sie an. »Ich bin sicher, dass du das anfangs nicht getan hast. Aber als du versucht hast, mir zu beweisen, dass ich falschlag mit dem, was du für die Farm und Tom empfindest, denke ich, dass du es jetzt vielleicht doch tust.«

»Du hast recht, ich liebe Tom wirklich sehr.« Sie hielt inne. »Und ich habe ihn geliebt, als ich ihn geheiratet habe. Aber was ich damals für ihn empfand, ist nichts im Vergleich zu dem, was ich jetzt für ihn empfinde. Aber du warst auch verlobt, glaube ich, sagte Tom. Du weißt also, dass man jemanden lieben kann, und dann, wenn man mehr Zeit mit ihm verbringt und ihn besser kennenlernt, liebt man ihn noch mehr. So war es bei meinen Gefühlen für Tom.«

»Er hat dir also von Arthur erzählt, ja? Das ist schon ewig her.«

»Es tut mir leid, was passiert ist«, sagte Rose mitfühlend.

»Das muss es nicht. Ich bin lieber unverheiratet, als jemanden zu heiraten, der nicht wirklich mit mir zusammen sein will.« Sie legte eine Pause ein. »Es muss daran liegen, dass ich nicht die Art von Mensch bin, mit dem man zusammen sein will. Immerhin haben mich alle verlassen. Vor allem Joshua. Ich mochte Josh wirklich, aber er hat mir klar gemacht, dass er sich nicht binden will. Und das wäre er mit mir gewesen. Das ist wenig schmeichelhaft. Du wusstest, dass ich eine Zeit lang mit ihm zusammen war, nicht wahr?«

Rose nickte. »Tom hat es mir erzählt.«

»Und dann Arthur, und dann Emily - ich bin sicher, ihre Eltern hätten sie bei uns wohnen lassen, wenn sie sie angefleht hätte, aber das hat sie nicht - und jetzt Klaus. Eine dramatischere Art, jemanden loszuwerden, den man nicht mehr um sich haben wollte, kann es nicht geben«, sagte sie und ihre Stimme brach.

»Da ist ein Fehler in deiner Argumentation«, sagte Rose.

Kathleen schaute sie überrascht an, ihre Augen waren voller Tränen. »Ach ja?«

»Natürlich gibt es den. Ich bin immer noch hier an deiner Seite, nicht wahr? Und ich gehe auch nicht weg.«

34

L ondon, Oktober 1942

»Es macht mir nichts aus, euch zu sagen, dass ich mir ziemliche Sorgen mache«, sagte John, während er die Verdunkelungsjalousie herunterzog und damit den bernsteinroten Lichtschein, der sich über die Stadt wölbte, die Silhouette der ungleichmäßigen Dächer und den Anblick des Nachthimmels, der bei jeder Explosion zerbrach, ausblendete.

Nachdem er sich vergewissert hatte, dass kein Licht an den Seiten des Rollos entweichen konnte, setzte er sich in den Sessel gegenüber von Mabel. »Ja, es ist schon so lange her, dass wir von Rose gehört haben, und selbst dann war es nicht viel.«

»Na ja, viel konnte es ja auch nicht sein, oder?«, erinnerte Mabel ihn. »Aber glücklicherweise scheinen einige der Einschränkungen zu enden, wie unser schöner langer

Brief beweist. Ja, das war in der Tat sehr willkommen, auch wenn das, was sie zu sagen hatte, beunruhigend war.«

»Es ist sehr ungerecht, dass wir so wenig darüber hören, was auf den Kanalinseln passiert«, sagte Violet. »In keiner der Zeitungen, die ich in der Bibliothek gelesen habe, stand etwas über die Deportationen. Rose wird in ihrem Brief nicht viel sagen können, weil sie damit rechnet, dass er zensiert wird, aber es muss schrecklich sein, mitten im Feindesland gefangen zu sein.«

»Tom hätte mit ihr gehen sollen«, sagte Iris.

»Es wird einen guten Grund gegeben haben, warum er es nicht getan hat«, sagte Mabel weise.

»Und was passiert, wenn Deutschland den Krieg verliert?«, fragte Iris. »Was dann? Was werden die Deutschen mit allen in den Lagern machen?«

Violet runzelte die Stirn. »Da hat Iris recht.«

Iris kicherte. »Kann ich das schriftlich haben? So ein Lob höre ich nicht oft.«

»Das ist nicht lustig«, sagte Violet hochmütig. Sie änderte ihre Position und sah ihren Vater an. »Die bessere Frage ist vielleicht, was passiert, wenn sie gewinnen. Sie könnten, weißt du. Sieh dir Stalingrad an: Es liegt in Schutt und Asche, und die Deutschen drängen die Russen zurück. So wie es aussieht, könnten die Deutschen die Kontrolle über die Stadt übernehmen. Wenn ihnen das gelingt, könnten sie den Verkehr auf der Wolga blockieren und die Ölfelder im Kaukasus erobern. Wenn sie dieses Öl hätten, könnten sie den Krieg gewinnen.«

»Du hast zu viele Zeitungen gelesen«, sagte John entschieden. »Die Russen machen es ihnen nicht leicht, und wir wissen nicht, welche versteckten Reserven sie haben. Es wäre nicht das erste Mal, dass Deutschland versucht, nach Russland vorzudringen und scheitert. Wir dürfen nicht pessimistisch sein, wie es viele Zeitungen sind. Und schon gar nicht, wenn wir an Rose schreiben. Wir wollen nicht, dass sie sich Sorgen um uns macht.«

»Ich kann mir nicht vorstellen, warum sie sich Sorgen um uns machen sollte«, sagte Iris lässig. »Schließlich befinden wir uns mitten in London und werden täglich von Bomben überschüttet. Unsere Straßen sind voller Schutt, überall liegen Sandsäcke herum und unter unseren Füßen knirscht das zerbrochene Glas, wenn wir auf dem Bürgersteig gehen. Wir sind in einer Stadt, in der nachts Brände den Himmel erhellen, keine Straßenlaternen. Was gibt es da zu befürchten?«

John lächelte sie an. »Du weißt, was ich meine, Iris. Und es ist auch möglich, dass sie nicht weiß, was hier vor sich geht, genauso wenig wie wir wissen, was in Jersey oder Deutschland passiert. Ich bin sicher, dass die Zeitungen und Sendungen zensiert werden.«

»Vielleicht hat sie von der Einberufung unverheirateter Frauen gehört«, sagte Violet. »Falls ja, werde ich sie daran erinnern, wenn ich ihr schreibe, dass Iris zu jung ist und dass ich als Studentin davon befreit bin.«

»Und du kannst ihr berichten, was ich gemacht habe«, sagte Iris.

»Warum schreibst du ihr nicht selbst?«, fragte Violet.

»Das werde ich, aber nicht im Moment. Es ist wichtiger, dass ich mich um die Nähausrüstung kümmere. Da ich jede Woche drei Nähkurse gebe, verbrauche ich tonnenweise Nadeln und Baumwolle, und ich brauche so viel Material, wie ich in die Finger bekomme. Aber ich glaube, es würde sie interessieren, was wir machen.«

Mabel nickte. »Iris hat recht, Violet. Ich bezweifle, dass Rose überhaupt weiß, dass wir seit einem Jahr eine Kleiderrationierung haben.«

»Keine Sorge, ich werde es ihr mitteilen«, sagte Violet.

»Und du könntest Rose erzählen, dass Iris auch eine Lehrerin ist, Violet«, fügte Mabel hinzu und strahlte Iris an.

»Ein Flickkreis ist nicht dasselbe wie eine Schulklasse«, sagte Violet gereizt.

»Ich sehe da keinen Unterschied«, erwiderte Iris. »Ich bringe den Frauen bei, wie man aus einem alten Filzhut Hausschuhe macht, aus einem Mantel, aus dem sie herausgewachsen sind, eine schicke Weste, und aus Decken Kleider und Mäntel. Und ich zeige ihnen, wie sie einen Mantel mit einem neuen Saum verlängern oder mit einem schicken Kragen aufpeppen können. Oder wie man hübsche Zierflicken herstellt, um abgenutzte Stellen zu bedecken. Oder einfach, wie man Socken stopft. Die Broschüre der Regierung Reparieren und Flicken erklärt den Frauen nicht, wie sie die Dinge, die sie vorschlagen, machen sollen. Ich tue das. Nicht jeder wird mit dem Wissen geboren, wie man näht, weißt du?«

»Offensichtlich«, sagte Violet ungeduldig.

»Und außerdem«, fuhr Iris fort, »wenn sie zu meinen Kursen kommen, haben sie Spaß. Das ist auch wichtig. Sie sitzen nicht zu Hause und machen sich Gedanken über die Bomben. Sie mögen es, einen festen Ort zu haben, an den sie gehen können, wo sie andere Menschen treffen können - einen Ort, der kein feuchter Luftschutzkeller ist. Ich kann mir keine bessere Verwendung für Mid Hams vorstellen, als einen Nähkreis zu beherbergen.«

»Na gut, ich werde ihr auch mitteilen, dass du Lehrerin bist, Mrs. *Sew-and-Sew*«, sagte Violet mit übertriebener Müdigkeit.

Iris stieß einen erstickten Ausruf aus. »Ach, nicht schon wieder dieser Name! Seit die Regierung das Flugblatt mit der grässlich grinsenden Puppe mit den großen Augen herausgebracht hat, nennen mich die Leute aus Spaß nur noch so. Also bitte nicht auch noch du.«

»Ich wollte dich etwas fragen, Iris«, sagte John. »Kommen irgendwelche Männer zu deinen Nähgruppen?«

»Gelegentlich«, sagte sie. »Sie kommen zum Beispiel, wenn sie einen Knopf an ihre Uniform nähen müssen. Sie bitten darum, dass man ihnen zeigt, wie es geht, und verschwinden dann, sobald wir es ihnen gezeigt haben, weil wir die Arbeit für sie erledigt haben!« Sie lachte. »Warum? Willst du dich uns anschließen?«

»Um Himmels willen, nein! Es ist nur so, dass dich jemand gesehen hat, wie du mit einem Mann durch Queen's Crescent gelaufen bist«, sagte John.

Iris zuckte mit den Schultern. »Ich weiß nicht, wen sie meinen. Es stimmt, ich treffe manchmal Leute, die ich beim Tanzen kennengelernt habe, und wenn das der Fall ist, gehen wir vielleicht zusammen die Straße entlang. Aber das ist alles.«

John und Mabel tauschten Blicke aus.

Iris sah sie stirnrunzelnd an. »Ich hoffe, ihr wollt mir nicht sagen, dass ich nicht mehr zum Tanzen gehen soll, oder? Es gibt keinen besseren Weg, dem Druck der ständigen Bombenangriffe und dem Tod zu entkommen. Anderen Eltern macht das nichts aus - das Hammersmith Palais macht bessere Geschäfte als je zuvor. Und mit Violet ließe es sich vielleicht leichter leben, wenn sie jede Woche tanzen ginge, anstatt in die Bibliothek zu laufen.«

»Natürlich meint das dein Vater nicht so, Liebes«, sagte ihre Mutter schnell. »Er will damit nur sagen, dass du aufpassen sollst, mit wem du dich auf der Straße zeigst. Du willst doch keinen schlechten Ruf bekommen.«

»Du kannst doch nicht erwarten, dass ich jemanden ignoriere, den ich beim Tanzen kennengelernt habe, nur weil er sich auf der Straße und nicht auf der Tanzfläche befindet, oder?«

Ihre Mutter zögerte. »Man grüßt sich im Vorbeigehen oder man geht mit einem Mann die Straße entlang - das ist ein Unterschied. Ich bin sicher, mehr muss ich nicht sagen, Iris. Oder doch?«

Iris blickte ihre Eltern an.

35

D eutschland, Oktober, 1942

ROSE LEHNTE sich auf ihrem Bett zurück und wartete darauf, dass die Frauen nach draußen gehen konnten. Sie würde nicht so weit gehen zu sagen, dass sie glücklich war, aber sie hatte sich eingelebt und das Gefühl des Schreckens verloren, das sie empfunden hatte, als sie den Stacheldraht und die Wachtürme zum ersten Mal gesehen hatte.

Es gab Dinge, die sie immer noch ärgerten, wie die lange Zeit, die die Zählung der Männer auf dem Exerzierplatz jeden Morgen dauerte, die immer abgeschlossen sein musste, bevor die Frauen nach draußen durften.

Obwohl die Temperaturen sanken, war es immer noch mild und ziemlich trocken, und alle wollten so lange wie möglich an der frischen Luft sein, bevor der November kam, von dem die Wachen gesagt hatten, dass er viel kälter sein würde und dass es wahrscheinlich auch schneien würde.

Aber der lange Appell hielt sie die meiste Zeit des frischen Herbstmorgens drinnen, und das war eine ständige Quelle der Irritation.

Im Großen und Ganzen wurden sie jedoch besser behandelt, als sie erwartet hatten, und obwohl das Essen nicht reichlich war und häufig aus geschmacklosem Brei bestand, bekamen sie wahrscheinlich mehr zu essen als die meisten Menschen auf den Inseln.

Plötzlich gab es eine Bewegung unter den Frauen, die sich nach dem langen Warten auf den Weg zur Tür machten. Sie wollte gerade aufstehen und nach draußen gehen, als sie am anderen Ende des langen Raumes, in der Nähe des Eingangs zum Schlafsaal, einen lauten Tumult hörte.

Sie setzte sich auf, schwang die Beine herum und drehte sich in die Richtung. Zwei Frauen, die sichtlich aufgeregt in die Baracken gestürmt waren, beugten sich vor und holten schwer atmend Luft.

Kathleen hatte sich aufgerichtet und starrte ebenfalls zu ihnen hin.

»Steht auf!«, rief eine der Frauen, als sie sich aufrichtete und wieder sprechen konnte. »Wir ziehen um!«

»Packt eure Sachen!«, rief die andere.

Die Frauen eilten zu ihren Betten und zogen ihre Koffer unter den Betten hervor, wobei sie sich immer schneller bewegten und immer panischer wurden.

Doch bevor sie irgendetwas einpacken konnten, erschien einer der Wachmänner in der offenen Tür.

»Halt!«, rief er und hob die Hand.

Alle blieben stehen, wo sie waren, und sahen ihn an.

»Die Leute von Jersey ziehen um«, sagte er, als Stille herrschte. »Nicht die Leute von Guernsey. Die Guernseyer werden in Biberach bleiben. Die Männer aus Jersey sind angewiesen worden, in ihre Kasernen zurückzukehren und zu packen.«

»Wohin kommen die Leute aus Jersey?«, fragte eine Frau, die in der Nähe der Wache stand.

»Alle Männer, die nicht verheiratet und über sechzehn Jahre alt sind, kommen in das Männerlager in Laufen. Der Rest der Jersey-Männer und -Frauen wird in das Lager in Wurzach geschickt. Sie brechen morgen nach Wurzach auf.«

»Können wir nicht hierbleiben?«, fragte eine der Frauen.

Der Wächter schüttelte den Kopf. »Das ist nicht möglich. Es kommen Familien aus Dorsten hierher, und die brauchen Betten. Sie müssen also gehen. Es tut mir leid.«

Und er ging hinaus.

In allgemeiner Hilflosigkeit und mit wiedererwachten Ängsten begannen die Familien aus Jersey, die wenigen mitgebrachten Kleider und Besitztümer zu packen.

AM NÄCHSTEN MORGEN, nach dem Frühstück, saßen Rose, Kathleen und alle anderen, die an diesem Tag verlegt wurden, auf ihren Betten, die gepackten Koffer an der Seite.

Als der Wachmann kam, standen alle auf. Er befahl ihnen, um Viertel nach zehn auf den Exerzierplatz zu gehen und ihre Koffer mitzunehmen.

Sie taten dies, und nachdem sie fast eine Stunde lang in Fünferreihen in der frischen Oktoberluft gestanden hatten, wurde ihnen befohlen, den Hügel hinunter zum Bahnhof zu gehen, nachdem jeder von ihnen zuvor eine Ration Brot und Fleischwurst erhalten hatte.

Sie waren zu besorgt um die Zukunft, um die Schönheit der Wälder mit ihren goldglänzenden Bäumen und den dunstigen blauen Alpengipfeln, die sich über ihnen erhoben, zu sehen, und setzten einen Fuß vor den anderen, mit gesenktem Kopf, bis sie den Bahnhof erreichten. Dort stiegen sie in einen Zug und starrten aus den Fenstern, zu betäubt, um die hügelige Landschaft und die dichten grünen Wälder, durch die sie fuhren, wahrzunehmen.

Um halb drei Uhr nachmittags erreichten sie das Lager in Wurzach. Es lag am Rande eines kleinen Dorfes, das aus einer Ansammlung von Häusern mit roten Dächern bestand. Das Lager war ein sehr großes, dreistöckiges Steingebäude, das wie ein großes, von Stacheldraht umgebenes Haus aussah.

Als sie an der offenen Eingangstür vorbeigingen, erblickten sie eine kunstvolle Eingangshalle, aus deren Mitte eine geschwungene Marmortreppe emporstieg. Sie wurden jedoch in den hinteren Teil des Gebäudes geführt, den die Wachen als »Schloss« bezeichneten, und sollten dort auf die Zuteilung ihrer Zimmer warten.

Als sie an der abschreckenden steinernen Fassade hinaufstarrten, legte sich ein Hauch extremer Niedergeschlagenheit über die Gruppe. Und als sie das kühle Innere des Schlosses betraten und dem Wachmann über steile Steintreppen und durch steinerne Gänge folgten, verstärkte sich dieses Gefühl der Niedergeschlagenheit noch.

Der erste der Gänge führte zu den Schlafsälen, in denen jeweils dreißig bis vierzig Frauen jeden Alters und Kinder untergebracht waren. Jungen über zwölf Jahren sollten zu den Männern gehen, deren Schlafsäle sich im Stockwerk darüber befanden.

Als sie die Hälfte des Ganges hinter sich hatten, hielt der Wachmann vor ihnen inne und zeigte an, dass dies ihr Schlafsaal sei. Die vorderen Mitglieder der Gruppe gingen voran und blieben abrupt stehen.

Rose, Kathleen und der Rest der Gruppe drängten sich um sie herum, und gemeinsam standen sie da und starrten entsetzt auf den langen Raum vor ihnen.

Der Putz fiel von der Decke. An einer Seite des Raumes befanden sich hohe Fenster, die mit Schmutz bedeckt waren. Die nackten Holzdielen waren mit Dreck überzogen.

Trotz eines großen schwarzen Eisenofens in der Mitte des Schlafsaals konnten sie die Feuchtigkeit in der Luft spüren.

An den schmutzigen Wänden standen dicht an dicht hölzerne Etagenbetten mit Strohmatratzen, jedes Bett mit einem kleinen Tisch und einer Bank daneben.

Langsam bewegten sich die Frauen auf die Betten zu. Jede fand eines und verharrte dort, während sie sich verzweifelt umsah.

Kathleen stellte ihren Koffer auf eines der Betten und Rose legte ihren auf das Bett daneben.

Als die Frauen sahen, in welch erbärmlichem Zustand die Latrinen und die Duschen am Ende des Schlafsaals waren und dass die Matratzen, auf denen sie schlafen mussten, feucht und von Flöhen befallen waren, begannen einige von ihnen zu weinen.

Der Wachmann, der sie zu ihrem Schlafsaal geführt hatte, erklärte ihnen als Entschuldigung für den weitverbreiteten Schmutz, dass das Schloss früher französische Kriegsgefangene beherbergt habe. Kurz vor dem Krieg sei ein moderner Flügel gebaut worden, der aber noch nicht fertiggestellt sei. Abschließend sagte er, dass sie die meisten Mahlzeiten im Schlafsaal einnehmen würden.

Er wandte sich zum Gehen, doch Marjorie de Gruchy hielt ihn auf.

»Wir werden Eimer brauchen«, sagte sie ihm mit Nachdruck. »So können wir nicht leben.« Sie gestikulierte um sich herum. »Wir müssen diesen Ort irgendwie sauber machen.«

Rufe wie »Es ist dreckig« und »Es ist zu schlimm« waren im ganzen Raum zu hören, als die Frauen ihre Stimmen wiederfanden.

Es fehle an Eimern, Besen und anderen Reinigungsgeräten, erklärte ihnen der Wärter unwirsch. Es gäbe irgendwo einen oder zwei Eimer, und sie müssten mit dem, was sie finden könnten, ihr Bestes tun. Er würde ihnen jedoch ein Entlausungspulver schicken, das die Flöhe in ihren Matratzen abtöten würde, fügte er hinzu und verließ den Raum.

Rose öffnete ihren Koffer und holte ihre Jeyes-Flüssigkeit heraus. »Das können wir verwenden«, sagte sie zu Kathleen. »Ich habe es ein paar Mal in Biberach benutzt, aber danach haben wir es nicht mehr gebraucht und ich habe es vergessen.«

Sie nahm es mit und ging durch den Schlafsaal, um nach etwas zu suchen, in das sie Wasser füllen konnte. Als sie in der Nähe der Latrinen einen kleinen Eimer sah, nahm sie ihn und schüttete ein wenig Jeyes hinein.

Für den Rest des Tages schoben sie alle ihre Müdigkeit beiseite und machten sich an die Reinigung ihres Schlafsaals. Sie schrubbten jede Oberfläche mit kaltem Wasser. Mit einem halben Ziegelstein kratzten sie den Dreck von den Böden, und mit Glasscherben entfernten sie den Schmutz von den Tischen, Bänken und Betten.

Einige Dielen waren durch das Alter verrottet, aber als sie bei den Wachen nach Holz fragten, sagte man ihnen, es gäbe keins, und auch kein Glas, um die zerbrochenen Fenster zu reparieren.

Sobald das Flohpulver eintraf, streuten sie es großzügig

auf ihre Matratzen und gaben es an die anderen weiter, wenn sie ihr Bett gemacht hatten.«

Als es bei Rose ankam, schnappte sie es sich schnell, damit niemand beschloss, dass sie und Kathleen es nicht benutzen durften. Nachdem sie eine dicke Schicht auf ihre Matratze geschüttelt hatte, behandelte sie Kathleens Bett für sie, bevor sie das Pulver an die nächste Person weitergab.

Später am Tag, als sie im Schlafsaal gezählt wurden, fragten einige der Mütter mit Kindern den Wärter, ob es eine Schule gäbe, und Marie Marrett fragte, ob sie irgend-eine Art von Arbeit verrichten könnten. Sie seien besorgt, so erzählte sie dem Wärter, wie sie den Tag unter diesen beengten Verhältnissen ausfüllen könnten.

Es gab keine Arbeit, sagten die Wärter, und keine Schule. Es gäbe aber Kerker, und dort könnten sie die Kinder unterrichten. Aber sie müssten die Lehrer sein. Außerdem gab es einen Konzertsaal und einen Ballsaal. Wie sie ihre Zeit verbringen würden, das Lager zu organisieren und zu entscheiden, wie sie sich beschäftigen wollten, blieb ihnen überlassen.

Kurz nachdem er gegangen war, kam Maries Ehemann Arthur von der Männeretage herunter und trug ein paar Zettel bei sich. Sie versammelten sich alle um ihn. Rose und Kathleen hielten sich hinter allen zurück, achteten aber darauf, dass sie nah genug waren, um ihn zu hören.

»Ich bin zu jedem Schlafsaal gegangen«, sagte Arthur, »und habe allen das Gleiche gesagt. Erstens dürfen wir unsere Mahlzeiten mit euch in euren Zimmern einnehmen und den Tag mit euch verbringen, so wie wir es in Biberach getan haben. Aber wir müssen abends rechtzeitig zur letzten Zählung wieder oben sein.«

»Ich nehme an, das ist besser als nichts«, sagte Marjorie.

»Zweitens«, fuhr er fort, »haben sie uns klar gemacht,

und ich bin mir sicher, dass sie es auch euch gesagt haben, dass es an uns liegt, zu entscheiden, was wir tagsüber machen. Wir haben also ein Lagerkomitee gegründet und die Zuständigkeit für verschiedene Aspekte des Lagerlebens übernommen.«

»Das ging ja schnell!«, rief Marjorie aus. »Wer macht was?«

»Kenneth wird für die Küche zuständig sein und Ian für die Wäsche. Wir hoffen, dass du mit Kenneth die Küche übernimmst, Joan«, rief er einer molligen Frau zu, die im hinteren Teil der Gruppe stand. »Da du Schulköchin bist, weißt du, wie man mit vielen hungrigen Menschen umgeht und wie man alles sauber hält.«

»Das mache ich gerne«, sagte Joan und strahlte vor Freude. »Und Susan kann mir helfen.« Sie lächelte ihre Tochter an.

»Wenn ihr wollt, bin ich für die Erziehung der Kinder zuständig«, meldete sich eine drahtige Frau namens Georgina. »Wir werden eine Liste von Internierten aufstellen, die bereit sind, Unterricht zu geben. Wir können das Rote Kreuz um Material bitten. Die Kinder werden nicht viel haben, um sich abzulenken, also gibt es keinen Grund, warum sie nicht mit den Kindern in Jersey mithalten sollten.«

»Die Wache hat uns gesagt, dass es eine Konzerthalle und einen Ballsaal gibt, Arthur«, sagte Marie, »also können wir unsere eigene Unterhaltung organisieren. Ich melde mich freiwillig dafür, wenn niemand anderes den Job übernehmen will.«

Marjorie lächelte sie an. »Du wirst das ausgezeichnet machen, Marie.«

»Wenn wir irgendwelche Materialien bekommen könnten«, rief Rose über die Köpfe hinweg, »könnte ich eine

Nähgruppe organisieren. Ich bezweifle, dass wir vom Roten Kreuz Textilien bekommen, aber vielleicht bekommen wir Kurzwaren und können so unsere Kleidung ausbessern oder das, was wir haben, anpassen.«

»Das glaube ich kaum«, sagte Marjorie kalt. Und sie wandte Rose und Kathleen demonstrativ den Rücken zu.

»Also hat sich eigentlich nichts geändert«, sagte Kathleen leise. »Abgesehen davon, wo wir sind.«

AM ENDE der ersten vier Wochen in Wurzach wurde der Mangel an gutem Essen zu einem großen Problem. Sie ernährten sich hauptsächlich von dünner Kohlsuppe und Schwarzbrot, das sie nur mit Vorsicht aßen, nachdem mehrere Holz- und Glassplitter im Brot gefunden worden waren.

Aber sie wussten von Joan, dass die deutschen Wachen besseres Essen hatten als sie, und dass die Deutschen ihre Kartoffeln gerne schälten, bevor sie gekocht wurden. Die Wächter zuckten mit den Schultern und sagten, sie könnten sie haben, und so wurde das Schlangestehen für die Schalen bald Teil ihrer täglichen Routine und ihr Verzehr Teil ihrer Ernährung.

Das Brot wurde einmal in der Woche geliefert und war häufig verschimmelt, wenn es ankam. Da es in einem feuchten Lager aufbewahrt wurde, verschlechterte sich sein Zustand rasch, und die verschimmelten Teile mussten abgeschnitten werden. Das weggeworfene Brot wurde nie ersetzt, sodass es noch weniger Brot gab, als es eigentlich hätte sein sollen, was ein ständiger Grund zum Meckern war.

Sobald sie sich im Lager eingelebt hatten, durften sie drei Briefe pro Monat schreiben. Alle schrieben ihren Familien in Jersey über den Mangel an Lebensmitteln.

Sie bemühten sich jedoch, ihr Leben so zu schildern, dass die Familien, die ihnen nicht helfen konnten und die selbst Gefangene der Deutschen waren, nicht unnötig beunruhigt wurden.

Zu Roses Erstaunen, und auch zu dem der anderen, schienen ihre Bemerkungen über das Essen, die Zensur ihrer Briefe überstanden zu haben und von ihren Familien an das Rote Kreuz weitergeleitet worden zu sein, denn einige Wochen später traf eine Lieferung von Paketen des Roten Kreuzes aus England im Schloss ein.

Beim Anblick der Sendungen, die kleine Dosen mit Weichkäse, Klim-Trockenmilch, Butter, Tee, Kakao, Zucker, Dosen mit Dosenfleisch und Gemüse, Schokolade, Marmelade und Packungen mit getrockneten Bohnen enthielten, die Annie für die Zubereitung eines Jersey Bean-Crock verwendete, brachen einige der Deportierten in Tränen aus.

»Ich weiß nicht, warum du so glücklich aussiehst«, sagte Kathleen Rose bitter. »Davon werden wir nichts sehen. Marjorie wird Joan sagen, sie soll uns das Minimum geben.«

Nicht lange nach dem Eintreffen des ersten Pakets des Roten Kreuzes ereignete sich ein weiterer Vorfall, der ihre Laune noch mehr hob.

Joan war für eine unerwartete Freude verantwortlich. Sie und ihre Tochter Susan waren im Keller des Schlosses, wo die Kartoffelvorräte gelagert wurden. Beide trugen Schürzen mit tiefen Taschen und füllten Säcke mit Kartoffeln für die Wächter.

Als sie bemerkten, dass der ältere Wachmann, der sie beaufsichtigte, ihnen häufig den Rücken zuwandte, konnten sie nicht widerstehen, die Kartoffeln in ihre Schürzentaschen zu stecken.

Als ihre Taschen so schwer waren, wie sie es wagen konnten, und die erforderlichen Säcke mit Kartoffeln gefüllt waren, verließen sie den Keller, wobei Susan vor Joan ging. Bevor Joan Susan aus dem Raum folgen konnte, spürte sie das Gewicht der Hand des Wächters auf ihrer Schulter.

Sie hatte solche Angst, dass sie für das Stehlen von Kartoffeln bestraft werden würde, dass ihr Herz in Panik schlug. Doch zu ihrem Erstaunen sagte der Wärter in sehr schlechtem Englisch, sie solle die Kartoffeln unbedingt mit den anderen Einwohnern von Jersey teilen.

Die Aufregung war groß, als sie und Susan in den Schlafsaal zurückkehrten, die Kartoffeln in die Höhe streckten und sie dann in die Asche des großen Ofens in der Mitte des Raumes warfen, um sie zu backen.

Keiner sprach ein Wort. Alle saßen auf ihren Betten, starrten auf den Ofen und warteten sehnsüchtig auf den Moment, in dem die gebackenen Kartoffeln fertig waren. Sobald sie fertig waren, nahm sich jeder eine.

Das taten auch Rose und Kathleen.

Marjorie und ihre Freundinnen waren so damit beschäftigt gewesen, ihre Kartoffeln mit Butter vom Roten Kreuz zu bestreichen, dass sie vergessen hatten, dafür zu sorgen, dass Rose und Kathleen ohne auskamen.

»Das war wunderbar«, sagte Rose, als sie ihre Kartoffel aufgegessen hatte. »Ich hoffe, sie haben nicht gemerkt, dass wir auch eine hatten, und ich hoffe, Joan bekommt bald wieder welche.«

Kurze Zeit später kam zur Erleichterung der Lehrerin Georgina und aller Mütter eine Ladung Pakete vom Roten Kreuz an. Sie enthielten Lehr- und Geschichtenbücher für Kinder, die jeweils mit einer Genfer Rotkreuzmarke versehen waren.

Georgina übernahm sofort die Kontrolle über die

Bücher. Sie seien von einer römisch-katholischen Organisation in Amerika zur Verfügung gestellt worden, erklärte sie den Deportierten, als sie die Bücher in Augenschein nehmen konnte. Sie fügte hinzu, dass die Kinder am nächsten Morgen in der Schulstunde einen gemeinsamen Dankesbrief an die Organisation schreiben und vielleicht ein Bild dazu malen würden.

Nicht lange danach kam eine weitere Lebensmittellieferung des Roten Kreuzes. Bei der Übergabe an Kenneth und Joan schlug Kenneth vor, einen Teil der Konserven gegen Eier und frische Produkte einzutauschen, da die Kinder und auch alle anderen diese Lebensmittel benötigten.

So wurde beschlossen, dass Arthur und Ian, die beide einigermaßen Deutsch sprachen, es wagen sollten, über den Stacheldraht zu klettern und in das Dorf zu gehen, das direkt südlich des Haupteingangs lag.

Sie mussten darauf hoffen, dass sich im nächsten Wachturm niemand aufhielt und dass die Dorfbewohner, mit denen sie sprachen, ein Interesse daran hatten, ihr Verlassen des Schlosses zu verschweigen.

Während alle von den Fenstern aus zusahen und mit angehaltenem Atem warteten, sahen sie, wie Arthur und Ian den Zaun überwanden und aus dem Blickfeld verschwanden. Kurze Zeit später sahen sie zur Erleichterung aller, wie die beiden Männer den Zaun überkletterten, um wieder ins Schloss zu gelangen.

Wenige Augenblicke später eilten die Männer in den Frauenschlafsaal, wo sie schnell umzingelt wurden.

»Wir haben einige freundliche Dorfbewohner gefunden«, sagte Arthur ihnen. »Tatsächlich schienen alle, mit denen wir sprachen, freundlich zu sein. Als wir sie fragten, ob sie etwas von ihren frischen Produkten gegen unsere

Konserven eintauschen würden, waren sie von der Idee begeistert.«

»Das war wirklich Glück!«, rief Joan aus.

»Es ist auch ein Glück für sie«, sagte Ian. »Die Menschen im Dorf leiden, wie anscheinend überall in Deutschland, sehr unter den Entbehrungen des Krieges, und so ist es kein Wunder, dass sie bereit waren zu handeln. Wir müssen allerdings sehr vorsichtig sein, wenn wir das Schloss verlassen. Sie haben uns gewarnt, dass wir fast neben einem Lager der Hitlerjugend wohnen.«

Danach brachten die beiden Männer jedes Mal, wenn ein Paket des Roten Kreuzes mit Lebensmitteln eintraf, einige der Dosen in die Dorfgaststätte und tauschten sie dort ein.

Einmal, einige Wochen später, erfuhren sie bei Ians Rückkehr, dass er gegen etwas anderes getauscht hatte - er hatte mehrere Dosen Dosenfleisch gegen die Teile eingetauscht, die zum Bau eines einfachen Radios benötigt wurden. Er würde es in seinem Schlafsaal verstecken, sagte er ihnen grinsend.

Irgendwann begannen sie sich zu fragen, ob die Wachen nicht wussten, was vor sich ging.

Obwohl einige der Wachen älter oder verwundet waren und nicht mehr an der Front kämpfen konnten, schien es sehr unwahrscheinlich, dass sie keine Ahnung hatten, dass zwischen den Dorfbewohnern und den Deportierten ein reger Handel stattfand.

Die meisten der Wachleute waren freundlich zu ihnen und gaben den Kindern Süßigkeiten. Einige der Wächter begleiteten die Kinder bei Spaziergängen auf den Feldern außerhalb des Schlosses. Während dieser Spaziergänge durften sie Löwenzahnblätter pflücken und sie mitnehmen, um sie mit den Internierten zu teilen. Diese Blätter waren ihre einzige Form von grünem Gemüse.

Sie kamen daher zu dem Schluss, dass die Wachen höchstwahrscheinlich absichtlich die Augen vor dem Geschehen verschlossen hatten.

Ihr Verdacht bestätigte sich, als Arthur im Frauenschlafsaal eine Landkarte an die Wand hängte, auf der er jeden Tag mit roter Wolle die Fortschritte der alliierten Armeen markierte.

Zufällig betrat der Lagerkommandant bald darauf den Schlafsaal und sah die Karte. Er blieb stehen und starrte sie an, aber zu ihrer großen Überraschung und Erleichterung ging er, ohne etwas zu sagen.

Danach ging der Kommandant häufig in den Schlafsaal und überprüfte die Bewegung der roten Wolle, aber er äußerte sich nie dazu.

Die Ankunft eines Pakets des Roten Kreuzes mit Stiften und Farben ermutigte eine Reihe von Internierten, mit dem Zeichnen und Malen zu beginnen. Einige hatten vor, das Leben im Lager zu illustrieren, andere wollten Geburtstags- und Weihnachtskarten anfertigen.

Das sah nach Spaß aus, dachte Rose, und so beschloss sie, sich einer der Malgruppen anzuschließen, um eine Karte für Tom zu gestalten. Doch als sie sich in den Kreis setzte, wurden die Farben schnell außerhalb ihrer Reichweite platziert, und das Papier und die Karten, die sie benutzt hatten, verschwanden plötzlich aus ihrem Blickfeld.

Sie war nicht willkommen, das war ihr klar, und sie stand auf und kehrte auf die Bank neben ihrem Bett zurück.

»Was hast du erwartet?«, fragte Kathleen und schrieb weiter an ihrem Brief.

· · ·

ALS DER DEZEMBER kam und der Schnee einen dichten weißen Teppich auf den Boden legte, hatten sich die Internierten in eine Routine von Aktivitäten eingelebt, die Rose und Kathleen ausschlossen.

Kathleen sagte Rose mehrmals, sie solle gehen und sich mit jemandem anfreunden, sie brauche sie nicht und wolle ihre Gesellschaft nicht.

Rose ignorierte ihr Gerede.

---

36

*J*ersey, Dezember 1943

»Nun, das ist das zweite Weihnachtsessen, das wir hinter uns gebracht haben, seit Rose und Kathleen weggeschickt wurden«, sagte Annie und hob die Reste des Apfelkuchens und des Karrageen-Moos-Puddings auf. »Es tut mir leid, dass mein Puddingversuch ein bisschen nach Salzwasser geschmeckt hat. Egal, wie sehr man ihn versüßt, Karrageen-Moos schmeckt immer ein wenig nach Meer.«

»Ich habe es gründlich gewaschen«, sagte Tom, »und so viel Sand wie möglich entfernt, bevor ich es in der Sonne trocknete.«

Annie nickte. »Ich weiß, dass du das getan hast. Dank dir war es nicht so salzig, wie es hätte sein können. Aber ein Hauch von Meer wird wohl immer unvermeidlich sein, da es sich um Seetang handelt. Ich lasse den Zuckerrübenkuchen auf dem Tisch stehen, vielleicht möchtet ihr ja ein

Stück davon zu meinem Kaffeeversuch, den ich jetzt bringe.«

»Es war ein ausgezeichnetes Mahl, Frau Benest«, sagte Joshua. »Hut ab, dass Sie das während der Besatzungszeit geschafft haben.«

»Wenn wir uns auf die gleiche Menge Haferflocken wie die Leute in der Stadt beschränkt hätten, hätte ich es nicht geschafft. Aber dank deines Hafers, Josh, und dank des Deutschen an der Getreidemaschine, der dir mehrere Säcke Hafer für dich selbst überließ, war es möglich. Ich bin sehr froh, dass du heute hier sein konntest und etwas davon mit uns gegessen hast. Wie auch immer, ich werde jetzt mal den Kaffee holen.«

Sie stand auf und ging mit den Resten des Puddings zu ihrem Arbeitsbereich hinüber.

Ein paar Minuten später kam sie mit einem Tablett zurück, auf dem vier Tassen, eine Kanne Kaffee und ein Kännchen Milch standen. Sie stellte alles in die Mitte des Tisches. »Würdest du bitte den Kaffee einschenken, Tom?«, fragte sie und setzte sich wieder.

»Hat Dad dir erzählt, dass wir einen Brief vom Gesundheitsamt bekommen haben, Josh?«, fragte Tom und reichte ihm eine Tasse Kaffee.

»Nein, hat er nicht. Worum ging es darin?«

»Um Schmutz in der Milchprobe, die sie genommen haben. Die sind so dumm, dass sie nicht merken, dass der Milchmann, wenn er zum Depot kommt, unsere Milch mit all der anderen Milch, die er gesammelt hat, vermischt. Was also in unseren Kannen landet, ist eine Mischung aus Milch von verschiedenen Farmen. Und leider sind nicht alle Landwirte so vorsichtig wie wir.«

»Was habt ihr getan?«, fragte Joshua.

»Dad hat ihnen geschrieben und gesagt, dass sie zum

Depot gehen sollen, wenn wir ankommen, und eine Probe aus unseren Kannen nehmen sollen, bevor unsere Milch mit der von anderen gemischt wurde. Das haben sie natürlich nie getan, aber wir haben auch nichts mehr von ihnen gehört«, sagte Tom zufrieden.

Annie warf einen Blick auf Joshua, der Tom gegenüber saß. »Wir sind so froh, dass du dich entschieden hast, den Tag mit uns zu verbringen, Josh. Es wäre ein trauriges Weihnachten gewesen, wenn nur Tom, William und ich da gewesen wären. Aber werden deine Eltern dich nicht vermissen?«

Er grinste sie an. »Sie werden kaum Gelegenheit gehabt haben, mich zu vermissen - meine drei Cousins und ihre Familien waren zum Mittagessen bei ihnen. Fünf Kinder unter sechs Jahren sind dabei. Es ist erstaunlich, wie verlockend eine Farm an einem Tag wie Weihnachten sein kann«, fügte er lachend hinzu. »Ich habe Paul die Ehre überlassen, in meinem Namen zu feiern. Das Einzige, was meine Eltern heute vermissen werden, ist ein bisschen Frieden. Tom hat mir einen willkommenen Rettungsanker zugeworfen, als er sagte, ich könne mich euch anschließen, wenn ich wolle.«

William lachte. »Nun, wir sind froh, dass du so denkst, Josh. Wie Annie schon sagte, sind wir sehr froh, dich hier zu haben.«

Joshua räusperte sich. »Ich wollte fragen, ob Sie etwas von Kathleen gehört haben?«, fragte er. »Haben Sie überhaupt etwas von ihr gehört? Oder von Rose, natürlich?«

»Wir bekommen ab und zu einen Brief von ihnen«, sagte Annie, schnitt vier Stücke Kuchen an und deutete an, dass sie sich selbst bedienen sollten. »Ich hatte erwartet, dass wir schon wieder einen Brief bekommen hätten, aber wahrscheinlich haben sie sich wegen Weihnachten verspätet.

Wenigstens wissen wir, dass es ihnen gut geht. Es ist nett, dass Sie fragen.«

Er zuckte mit den Schultern. »Kathleen kam immer auf die Gorins-Farm, um sich die Zeit zu vertreiben. Ich vermisse unsere Unterhaltungen. Nicht, dass wir jemals viel miteinander gesprochen hätten«, fügte er schnell hinzu.

»Wir glauben, dass sie es im Lager nicht leicht hat«, sagte William. »Ihre Verbindung zu den Deutschen ist allgemein bekannt, und die Frauen, mit denen sie zusammen sind, sind ziemlich unfreundlich zu ihr.«

Joshua nickte. »Das muss schwer für sie sein.« Er hielt inne. »Ich habe ihren Deutschen ein paar Mal in der Stadt gesehen, jedes Mal mit einer anderen Frau.«

»Vielleicht war er einmal ihr Deutscher«, sagte William, »oder sie dachte, er wäre es, aber er wird es sicher nicht mehr sein, auch nicht, wenn sie zurückkommt. Aber es ist Rose, die mir leidtut. Kathleen hat uns berichtet, dass Rose seit dem Tag ihrer Abreise zu ihr hält, und sie meiden Rose auch, weil sie Kathleen gegenüber loyal ist.«

»Ich wusste gar nicht, dass die beiden sich so gut verstehen«, sagte Joshua.

»Tun sie nicht«, mischte sich Tom ein. »Kathleen war in der Vergangenheit ziemlich unfreundlich zu Rose, aber Rose ist nicht die Art von Person, die einen Groll hegt.«

»Ich persönlich finde, dass die Frauen im Lager es zu weit treiben«, sagte Annie entrüstet. »Ja, Kathleen hat sich mit dem Deutschen angefreundet, und das war äußerst unklug. Aber die meisten von uns verbrüdern sich in irgendeiner Weise mit den Deutschen, vor allem die Farmer.«

»Wir haben aber keine andere Wahl«, sagte Tom.

»Dennoch versorgen wir die Deutschen mit Milch, Butter, Weizen, Hafer und Kartoffeln und auch mit einer

Menge Tiere«, sagte Annie. »Und mehr als die Hälfte der Inselbewohner arbeitet auf die eine oder andere Weise für die Deutschen. Und Schwarzhändler nutzen die Rationierung aus, um sich auf Kosten der Einwohner von Jersey zu bereichern. Einige der Deportierten stammen aus Familien, die genau das tun. Ich weiß, es ist etwas anderes als Kathleens Freundschaft mit dem Deutschen, aber es ist nicht so anders, dass es die Behandlung rechtfertigt, die sie immer noch erfährt.«

»Dieser Deutsche war vor nicht allzu langer Zeit auf der Gorin-Farm«, sagte Joshua. »Er hatte ein paar Todt-Arbeiter dabei.«

»Was hat er gewollt?«, fragte William.

»Unsere Äpfel. Sie zwangen eine riesige Schaufelmaschine durch die schmale Gasse. Die Maschine war viel zu breit, und ihre riesigen Raupenräder zerstörten die Hecke. Aber die Arbeiter von Todt lachten sich kaputt über den Schaden, den sie anrichteten - es war ihnen einfach egal.«

William nickte. »Diese Männer sind schlimmer als die deutschen Soldaten«, sagte er. »Viel schlimmer. Ihre Grausamkeit gegenüber den russischen und spanischen Gefangenen, aber auch gegenüber den anderen Arbeitern, ist unfassbar. Das sind die, die wirklich brutal sind.«

»Aber die deutschen Soldaten können sehr nachtragend sein«, sagte Tom, »wenn jemand ihre Regeln bricht. Zum Beispiel, wenn man ein Radio hat. Schaut euch die Leute an, die in den letzten Monaten verhaftet und ins Gefängnis gesteckt oder deportiert wurden, nur weil sie ein Radio hatten oder Flugblätter verteilt haben oder weil sie einen geflohenen russischen Gefangenen versteckt und verpflegt haben.«

William nickte. »Das ist wahr. Aber solange sie nicht gegen die Regeln verstoßen, werden die Leute meistens in

Ruhe gelassen. Und viele Soldaten bemühen sich, freundlich und hilfsbereit zu sein. Und so wie wir hungriger werden, werden sie es auch. Vielleicht nicht die an der Spitze, aber die einfachen Soldaten schon.«

»In letzter Zeit wird ziemlich viel von der Farm gestohlen«, erzählte Joshua. »Ich versuche, den Hof nicht länger unbesetzt zu lassen, als ich muss. Habt ihr das auch festgestellt?«

»Das haben wir«, sagte William. »Seit Monaten verschwinden immer wieder Sachen. Ich glaube, es sind sowohl die deutschen Soldaten als auch geflohene russische Gefangene, die unsere Hühner, Kaninchen, Gemüse und so ziemlich alles mitnehmen, was sie tragen können. Wir bewachen die Kühe und Schweine gut. Und wir haben kaum die Augen von der wunderbaren Gans gelassen, die es zum Abendessen gab.« Er lächelte Annie breit an. »Aber bis jetzt ist noch niemand in unser Haus eingebrochen. Leider können das einige unserer Nachbarn nicht von sich behaupten. Es ist eine Sauerei.«

»Ich bezweifle, dass das noch lange so weitergeht«, sagte Tom. »Der Krieg wird bald zu Ende sein. Erst der Sieg der Alliierten in Tunesien im Mai und dann der Rücktritt von Mussolini im Juli ...«

»Tom!«, rief Annie aus. Und sie schaute Joshua alarmiert an.

Er lachte. »Machen Sie sich keine Sorgen, Frau Benest. Ich habe ein Kristallgerät. Da, ich habe es Ihnen gesagt. Jetzt können Sie mich auch verraten.«

»Du musst vorsichtiger sein, Tom«, sagte Annie vorwurfsvoll.

»Das ist Josh, über den du sprichst«, sagte Tom und lachte leise. »Also, um fortzufahren. Die schweren Bombenangriffe in Frankreich, von denen wir in den letzten

Monaten immer wieder gehört haben, deuten darauf hin, dass eine Invasion der Alliierten in Frankreich bald bevorsteht.«

»Hoffen wir, dass du recht hast«, sagte Annie inbrünstig. »Wie wäre es in der Zwischenzeit mit einer Partie Karten?«

DRAUSSEN VOR DEM Farmhaus wartete Tom, während Joshua die beiden Pakete mit Kuchenresten, die Annie ihm gegeben hatte, in den Weidenkorb auf der Vorderseite seines Fahrrads legte und das Fahrrad aufschloss.

»Du klangst interessiert an Kathleen, so wie du nach ihr gefragt hast«, sagte Tom und lehnte sich mit dem Rücken an die Wand, um ihn zu beobachten. »Oder habe ich das falsch verstanden?«

Joshua richtete sich auf und lachte unbeholfen. »Ich nehme an, ich vermisse sie wirklich. Ich habe jedenfalls oft an sie gedacht.«

»Ich weiß, dass ihr beide vor ein paar Jahren zusammen ausgegangen seid, aber dann habt ihr einfach aufgehört. Kathleen hat nie gesagt, warum. Als Nächstes war sie mit diesem Trottel Arthur Costain zusammen.«

»Ich war zu jung, um mich niederzulassen, und Kathleen war es nicht. Das wars, kurz und bündig.«

»Und jetzt?«

»Jetzt, wo ich in einer sehr schwierigen Zeit für die Farm eines anderen verantwortlich war, bin ich erwachsen geworden. Und ich stelle fest, dass ich ihre Besuche vermisse.« Er zuckte mit den Schultern. »Wahrscheinlich denkt sie gar nicht mehr an mich, so verrückt wie sie nach diesem Deutschen war. Ich würde gerne glauben, dass sie doch hin und wieder an mich denkt und dass sie über ihn hinweggekommen ist.« Er zögerte. »Wenn du ihr schreibst, könntest du erwähnen, dass ich mich nach ihr erkundigt habe, wenn du willst.«

»Noch besser wäre es, du würdest ihr selbst schreiben.«

In der Dunkelheit sah Tom ihn lächeln. »Vielleicht werde ich das tun«, sagte er. »Aber ich muss jetzt los. Es ist fast Mitternacht. Es ist wirklich gut, dass die Deutschen beschlossen haben, die Ausgangssperre für heute Nacht und die nächsten paar Nächte zu verlängern, ohne dass die Leute an der Spitze davon wissen, aber ich will mein Glück nicht herausfordern, indem ich mich noch länger draußen rumtreibe.«

»Gehst du jetzt zurück zu deinem Haus oder zu den Gorins?«, fragte Tom.

»Zu den Gorins. Da bin ich in letzter Zeit öfters, wegen der ganzen Diebstähle. Wie auch immer, wir sehen uns«, sagte er.

Mit einem Winken fuhr er los und durchbrach die Dunkelheit mit dem rhythmischen Klirren der Metallklammer, die den Schlauch an seinem Reifen hielt.

Tom steckte die Hände in die Taschen und ging vom Farmhaus zu seinem Cottage. Als er die Haustür erreichte, blieb er stehen und schaute in den Himmel.

Eine schwarze, mit Sternen übersäte Nacht blickte auf ihn zurück.

Das letzte Mal, als er auf diese Weise dort gestanden hatte, war er mit Rose zusammen gewesen.

Ein Schauer durchlief ihn.

Von irgendwo jenseits der Schwärze spürte er ihre Anwesenheit.

Er schnappte nach Luft, und seine Arme sanken kraftlos herab.

Er starrte sehnsüchtig in den Himmel und wusste mit absoluter Gewissheit, dass Rose in diesem Moment irgendwo in Deutschland zu den Sternen hinaufblickte und ihm ihre Liebe schickte.

»Ich liebe dich auch, Rose«, sagte er und blickte in die kalte Nacht hinauf. »Und es bricht mir das Herz, dass du so weit weg von mir bist. Es gibt keine Minute des Tages, in der ich nicht an dich denke und mir wünsche, wir wären zusammen. Pass auf dich auf, meine Rose.«

Während er zusah, schwebten seine Worte auf einer Nebelsäule in den Himmel hinauf.

37

———

D*eutschland, Juni 1944*

MIT EINEM HEFTIGEN SCHAUDER, als sie eine Reihe von Mäusen vor sich über die Steinstufen laufen sah, blieb Rose wie angewurzelt stehen, als sie die hintere Wendeltreppe hinaufstieg, die zur Frauenetage führte.

Dann hielt sie den Korb mit der Wäsche, die sie in der Wäscherei abholen sollte, fester und stampfte mit dem Fuß auf die Stufe, um die Mäuse zu erschrecken, und stieg so schnell sie konnte weiter.

Joan beklagte sich ständig über die Rattenplage in der Küche, die sich hartnäckig gegen die gründlichste Reinigung wehrte, die unter diesen Umständen möglich war. Und in der Waschküche war es ebenso schlimm, da sie von Mäusen überrannt war.

Sie taten ihr Bestes mit den wenigen Reinigungsmitteln, die ihnen zur Verfügung standen, aber sie hatten nicht ausgereicht, um das Ungeziefer aus allen Teilen des Schlosses zu vertreiben, die sie benutzten.

Sie achtete darauf, wo sie hintrat, und ging weiter die Treppe hinauf.

Dann hörte sie Schritte über sich.

Sie blieb stehen und lauschte.

Die Schritte kamen auf sie zu. Es war nur eine Person, erkannte sie.

Ihr Herz schlug schnell.

Sie wollte dort nicht allein sein, wenn es einer der deutschen Wächter war. Nicht, dass einer von ihnen jemals beschuldigt worden wäre, eine Frau gegen ihren Willen gezwungen zu haben, aber es wäre eine unangenehme Situation, in der sie sich befinden würde.

Sie drückte sich so dicht wie möglich an die kalte Steinwand, damit die Person vorbeigehen konnte, ohne dass sie sich berührten.

Einen Moment später kam Marjorie um die Spirale herum die Arme beladen mit Matratzenbezügen.

Erleichterung durchflutete Rose und schwächte sie mit ihrer Kraft. Es war nur Marjorie, so unangenehm sie auch war.

Sie blieb, wo sie war, hielt den Blick gesenkt und wollte, dass Marjorie kommentarlos an ihr vorbeiging.

Als Marjorie mit ihr gleichzog, merkte sie, dass sie den Atem anhielt.

Marjorie blieb stehen, lehnte sich gegen die Wand und starrte Rose an, ohne zu lächeln. Ihre Augen verengten sich. »Du machst mich neugierig«, sagte sie. »Damals in Jersey sind du und Kathleen nie miteinander ausgekommen. Wenn du nicht da warst, hat deine liebe Schwägerin alles daran gesetzt, die Leute gegen dich aufzubringen. Und jetzt bist du hier und spielst die treue Gefährtin einer Frau, die dir gegenüber ein Miststück war. Eine Schlampe, die etwas Abscheuliches getan hat, indem sie ihr Volk verriet und mit dem Feind schlief. Warum unterstützt du sie jetzt?«

Rose starrte Marjorie hart an. »Sie hat ein Recht darauf, zu mögen, wen sie will. Das ist ihre Sache. Mit einem Deutschen überfreundlich zu sein, ist nicht die einzige Art, das Jersey-Volk zu verraten, wie du sagst, aber ich sehe nicht, dass du jemand anderem gegenüber feindselig bist. Oh, wie dumm von mir. Du kannst dir selbst gegenüber kaum feindselig sein, oder?«

»Ich war noch nie gut in Rätseln«, sagte Marjorie kalt. »Ich habe keine Ahnung, wovon du sprichst.«

»Na, vom Schwarzmarkt natürlich. Die exorbitanten Preise, die die Schwarzmarkthändler für die von ihnen verkauften Lebensmittel erzielten, ermutigten sie, noch mehr aus den Geschäften und Lagerhäusern zu stehlen - Lebensmittel, die eigentlich für jeden zu einem vernünftigen Preis erhältlich sein sollten. Wenn man es sich also nicht leisten konnte, die Taschen der Profiteure zu füllen, musste man verhungern, weil die Läden keine Lebensmittel mehr verkaufen konnten.«

Marjorie lachte unbeholfen. »Das passiert in einem Krieg.«

»Das muss nicht sein. Nicht, wenn die Menschen sich weigern, bei den Schwarzhändlern zu kaufen. Aber du und deine Familie haben regelmäßig Schwarzmarktwaren gekauft, Marjorie, und damit hast du den Profiteuren geholfen, auf dem Rücken der Bedürftigen reich zu werden. Manche würden sagen, dass es genauso schlimm, wenn nicht noch schlimmer ist, als sich in einen attraktiven Deutschen zu verlieben, wenn man dazu beiträgt, dass Lebensmittel für Menschen, die ärmer sind als man selbst, unerschwinglich werden.«

»Und manche würden sagen, dass wir es den Schwarzhändlern zu verdanken haben, die die Deutschen bestohlen
haben, dass wir überhaupt Zucker auf der Insel hatten!
Viele Leute haben auf dem Schwarzmarkt eingekauft«,
konterte Marjorie. »Ihr könnt nicht uns die Schuld dafür
geben, was sie verlangen.«

»Doch, das können wir!«

»Das ist nicht annähernd so schlimm wie die Jagd nach
Nylonstrümpfen und Schokolade, wie Kathleen es getan
hat«, spottete Marjorie. »Sie hat nur ihren Rock hochge-
hoben und sich zurückgelehnt. Es gibt ein Wort für Leute
wie sie. Wie war das noch gleich?« Sie verzog das Gesicht,
als würde sie nachdenken.

»Du hast dazu beigetragen, dass es für arme Menschen
schwieriger geworden ist, genug zu essen zu bekommen,
Marjorie«, sagte Rose mit fester Stimme. »Das ist verab-
scheuungswürdig, und das weißt du auch. Was Kathleen
betrifft, so ging es ihr nicht darum, Nylons oder sonst etwas
zu bekommen. Sie hatte Klaus wirklich gern.«

Marjorie lachte spöttisch. »Aufrichtige Zuneigung zu
einem Deutschen, der uns auf unserer eigenen Insel als
Gefangene hält?«

»Aufrichtige Zuneigung zu einem gut aussehenden
Mann«, sagte Rose. »Auch wenn du die Deutschen nicht
magst, kannst du nicht leugnen, dass viele von ihnen
attraktiv sind. Und meistens sind sie rücksichtsvoll zu ihren
weiblichen Freunden. Es ist also nicht wirklich überraschend, dass sich einige der Mädchen aus Jersey, wie Kathleen, wirklich in sie verliebt haben.«

»Es geht nicht darum, wie sie aussehen, sondern darum,
was sie getan haben.«

»Wie alle Soldaten müssen sie Befehlen gehorchen«,
erwiderte Rose. »Aber es gab viele Gelegenheiten, bei

denen sie freundlich zu den Jersey-Leuten waren. Verwechsle sie nicht mit den bösartigen Todt-Arbeitern.«

»Du bist also auch eine Deutschlandfreundin, was?«, spottete Marjorie.

»Und schau dir die Soldaten hier in Wurzach an«, fuhr Rose fort. »Sie lassen uns regelmäßig auf den Feldern spazieren gehen. Sie sehen absichtlich nicht, dass die Männer über den Zaun klettern, und sie ignorieren Joan, die regelmäßig Kartoffeln holt. Sie tun für uns, was sie können. Wahrscheinlich wollten sie den Krieg genauso wenig wie wir.«

»Du kannst dich der Tatsache nicht entziehen, dass wir hier gegen unseren Willen festgehalten werden.«

»Das ist nicht die Schuld einzelner deutscher Soldaten. Und außerdem wird es nicht mehr lange dauern«, sagte Rose. »Du musst die mürrischen Gesichter der Wachen heute Morgen gesehen haben. Wir alle wissen, dass die Alliierten gestern in Frankreich gelandet sind, auch wenn wir versuchen, es nicht zu zeigen. Es kann nicht mehr lange dauern, bis der Krieg zu Ende ist.«

»Das weiß ich. Ich beobachte auch die rote Wolle«, sagte Marjorie ungeduldig.

»Du hast Kathleen jeden Tag gestraft, seit wir Jersey verlassen haben, und das ist fast zwei Jahre her. Du hast gesehen, wie sie unter Klaus' grausamer Art, die Dinge zu beenden, gelitten hat. Du kannst ihr doch sicher verzeihen, was sie getan hat, und die anderen ermutigen, nett zu ihr zu sein.«

Marjorie zuckte mit den Schultern. »Ich halte sie nicht davon ab.«

»Doch, das tust du. Du bist die Sorte Mensch, der die Leute folgen. Ich hoffe, du kannst zeigen, dass du im

Grunde deines Herzens ein netter Mensch bist. Genug ist genug, Marjorie.«

Ohne auf eine Reaktion zu warten, löste sich Rose von der Wand und ging die Wendeltreppe hinauf.

JERSEY, Juni 1944

ALS SICH DIE Sonne am späten Nachmittag dem Horizont näherte und die Schatten auf den Feldern länger wurden, überließ William es Tom, die Ernte der Jersey Royals zu beenden, und führte die Kühe zum Melken herein.

Annie ging in die Kartoffelscheune, um die neuen Kartoffeln zu sortieren.

Es war ein ziemlicher Schock gewesen, als die Deutschen alle Kartoffeln eingefordert hatten, weil sie in der folgenden Woche nach Frankreich verschifft werden sollten, um die deutschen Truppen zu ernähren.

Aber sie mussten den Anschein erwecken, dass sie der Forderung nachkamen, auch wenn sie nicht damit rechneten, dass sie die Forderung erfüllen mussten.

Nicht jetzt, da die Alliierten in Frankreich gelandet waren.

Zwei Nächte zuvor hatten sie trotz des starken Windes und der rauen See ein Flugzeug nach dem anderen über dem Himmel kreuzen sehen und heftigen Flakbeschuss von den Deutschen gehört.

Am nächsten Morgen erfuhren sie, dass die Menschen an der französischen Küste angewiesen worden waren, alles zu verlassen und fünfundzwanzig Meilen landeinwärts zu ziehen, und dass die Alliierten in der Normandie gelandet waren.

Nach der anfänglichen Aufregung über die Landung der Alliierten war alles sehr ruhig geworden. Es war, als hätten die Menschen Angst zu hoffen, Angst, dass sich das, was zum Greifen nah schien, als Illusion erweisen könnte. Alle gingen ihren täglichen Geschäften nach und hielten, wie Tom am Abend bemerkt hatte, den Atem an.

Da sie seit dem Tag der Invasion nicht mehr telefonieren durften, konnten sie niemanden kontaktieren, um herauszufinden, was los war, und so fuhr Tom am nächsten Morgen mit dem Fahrrad nach St. Helier.

Als er zurückkam, erzählte er William und Annie beim Mittagessen, dass ausnahmsweise nur sehr wenige Deutsche auf den Straßen zu sehen waren - meist nur die Fahrer der Post. Die einzigen Deutschen, die er im Vorbeigehen gesehen habe, hätten sehr mürrisch gewirkt, sagte er.

Aber der Royal Square war voll von Menschen. Der Bailiff war allerdings nicht erschienen, um eine Proklamation abzugeben, und auch der Kommandant hatte sich nicht gezeigt.

Auch in der Bucht und im Hafen lagen Schiffe, und die Leute fragten sich laut, ob die Deutschen in der Nacht abziehen wollten.

»Ich habe Paul in der Stadt getroffen«, erzählt er. »Er erzählte, dass gestern Abend eine große Gruppe von Deutschen auf einer Wiese in der Nähe seiner Farm gefeiert hat. Er konnte es nicht glauben, aber es schien, als würden sie die Landung in der Normandie feiern. Sie hatten eine Ziehharmonika dabei und tanzten und sangen bis nach Mitternacht. Er fand das sehr seltsam.«

»Ich nicht«, sagte Annie. »Sie werden Eltern, Frauen und Kinder haben, die sie seit Jahren nicht mehr gesehen haben. Ich bin sicher, sie freuen sich, dass sie sie bald wiedersehen können.«

William nickte. »Da könntest du recht haben. Aber es könnte auch eine Art sein, den Alliierten zu trotzen. So wie wir vom Gipfel des Mount Bingham gesungen haben, als Rose und Kathleen abgereist sind.«

An diesem Abend druckte die *Jersey Evening Post* eine Proklamation des Kommandanten, in der alle aufgefordert wurden, Sabotageakte oder feindliche Handlungen gegen die deutschen Streitkräfte zu unterlassen. Solche Angriffe würden mit dem Tod bestraft werden, hieß es.

»Ich glaube nicht«, sagte William mit einem Lächeln.

Als es Zeit für die Nachrichten war, holten sie das Radio aus dem Brotofen. Annie kochte eine kleine Menge des echten Tees, den sie für besondere Anlässe aufbewahrt hatte, und die drei saßen in der Küche und genossen ihren Tee, während sie hörten, wie der König die Nation zum Gebet aufrief.

Keiner von ihnen wagte es, den noch so zerbrechlichen Glauben zu äußern, dass Kathleen und Rose bald wieder bei ihnen sein würden.

Die folgende Nacht war ruhiger. Sie hörten zwar Flugzeuge über sich und ständigen Beschuss, aber es gab kein Flakfeuer.

Am frühen Morgen erwachten sie jedoch durch das Geräusch von Maschinengewehrfeuer. Später sahen sie, dass einige der Schiffe in der Bucht von St. Aubin beschädigt und andere versenkt worden waren. Und sie wussten, dass sie Geduld haben mussten.

Die Invasion war nur der erste Schritt gewesen - der Krieg war noch nicht zu Ende.

Sie waren immer noch vom Feind besetzt und bekamen von ihm Befehle. Sie durften weder telefonieren noch Nachrichten des Roten Kreuzes empfangen oder versenden, und es war ihnen verboten, sich nach zehn Uhr abends noch draußen aufzuhalten. Alle Theater wurden geschlossen, und es gab keine Tanz- und Unterhaltungsveranstaltungen mehr.

Schlimmer noch, es wurde klar, dass nach der Befreiung Frankreichs die Lebensmittellieferungen für die Inselbewohner und die deutschen Besatzungstruppen eingestellt werden würden. Es gab ohnehin schon wenig, und ohne die zusätzlichen Vorräte könnten viele verhungern.

Als sie am nächsten Abend zu Bett gingen, schwand ihre Hoffnung, Rose und Kathleen bald wiederzusehen, schnell.

LONDON, *Juni 1944*

»ABER DER KRIEG ist doch fast vorbei«, sagte Iris irritiert, als Mabel sie daran erinnerte, dass es Zeit war, in den Wellblechschuppen im Garten zu gehen. »Jetzt ist alles viel ruhiger, warum müssen wir dann noch in den Schutzraum gehen? Ich würde lieber in meinem Bett schlafen. Du nicht auch, Violet?«

»Ja, schon, wenn es sicher ist«, sagte Violet. »Es stimmt, dass es heutzutage viel weniger nächtliche Angriffe gibt, da die Deutschen im russischen Winter feststecken, aber der Krieg ist erst vorbei, wenn Churchill es sagt.«

»Was denkst du, John?«, fragte Mabel. »Wollen wir heute Abend drinnen bleiben? Iris hat recht, es ist jetzt wirklich viel ruhiger.«

John sah von dem Bericht auf, den er las, und lächelte die drei an. »Ich nehme an, dass wir irgendwann wieder in unsere Betten zurückkehren müssen, also kann es genauso gut heute Nacht sein. Holt eure Sachen aus der Hütte,

Mädchen, und geht nach oben. Du auch, Mabel. Ich werde nur noch diese letzten Seiten zu Ende lesen.«

IRIS ÖFFNETE die Augen und starrte hinauf in die Dunkelheit.

Da war ein seltsames Geräusch am Himmel, und es kam immer näher.

Sie runzelte die Stirn. Es war kein Flugzeugmotor, da war sie sich sicher - sie war an den Lärm gewöhnt, den sie machten. Nein, das war anders. Es war eher ein kontinuierliches Dröhnen, mit einem Rasseln dazu. Und es wurde immer lauter.

Sie zog ihre Daunendecke bis zum Kinn hoch. Das Geräusch war über ihr, dann wurde es still.

Sie entspannte sich und lockerte ihren Griff um die Daunendecke.

»Unter eure Betten!«, hörte sie ihren Vater von unten schreien.

Sie warf sich auf den Boden und krabbelte unter das Bett, als eine gewaltige Explosion die Luft sprengte. Die Fensterscheiben zersprangen und der Raum füllte sich mit Staub. Ihre Hände flogen zu ihren Ohren und sie lag dort in Angst und Schrecken. Über ihr gab das Bettgestell nach, und ihre Daunendecke rutschte auf den Boden.

Dann war alles still.

Hustend kroch sie unter dem Bett hervor, schüttelte ihre Pantoffeln aus und zog sie an, dann versuchte sie aufzustehen. Aber ihre Beine zitterten so sehr, dass sie sie nicht mehr tragen konnten, und sie setzte sich schwer auf ihr Bett.

Sie fror gewaltig.

Vom Treppenabsatz aus hörte sie ihre Mutter rufen: »Mädchen, geht es euch gut? Antwortet mir!«

»Es geht mir gut«, rief sie. »Ich bin nur erschrocken.«

»Mir auch«, kam es aus Violets Zimmer.

Sie hustete erneut und unternahm einen weiteren Versuch, aufzustehen. Als sie aufrecht stand, beruhigte sie sich und machte ein paar Schritte zur Tür. Unter ihren Pantoffeln knirschte es. Als sie nach unten blickte, sah sie, dass sie auf Putz- und Glassplittern lief.

»Wo ist Vater?«, hörte sie Violet rufen, als sie ihre Zimmertür öffnete.

»Ich bin hier unten, unverletzt«, erklang Johns Stimme die Treppe hinauf zu ihnen.

Sie nahm ihren Morgenmantel von der Rückseite der Tür, wickelte ihn um sich und ging auf den Treppenabsatz hinaus. Als sie ihre Mutter und ihre Schwester sah, die auf dem Weg zu ihrem Vater waren, ging sie hinter ihnen her.

»Du hast eine Schnittwunde im Gesicht«, sagte Mabel besorgt zu John, als sie am Fuß der Treppe ankam und ihn musterte.

»Es ist nichts«, sagte er. »Ich hörte etwas, das ich für eine Bombe hielt, rief nach euch und rannte zur Hintertür, weil ich dachte, ich könnte rechtzeitig in den Schutzraum gelangen. Als ich die Tür aufzog, löste sie sich aus dem Rahmen und traf mich an der Seite des Gesichts. Es ist aber nur ein Kratzer. Wir können von Glück sagen, dass niemand von uns ernsthaft verletzt wurde.«

»Ich frage mich, ob noch andere Häuser in der Straße beschädigt worden sind«, sagte Mabel, »abgesehen von den zerbrochenen Fenstern.« Sie ging zur Haustür, öffnete sie und ging ein paar Schritte den Weg entlang. Iris und Violet folgten ihr.

Einige ihrer Nachbarn waren aus ihren Häusern gekommen und sahen sich um. Eine ältere Dame ein paar Häuser weiter kniete auf der Straße und betete.

Iris ging zum Ende des Weges und starrte hinunter auf das Ende der Straße. Eine Gruppe von weiß behelmten Aufsehern eilte dort entlang.

»Nun, alle Häuser in der Allcroft Road scheinen zu stehen«, sagte sie und wandte sich wieder den anderen zu.

»Das war aber knapp«, sagte Mabel mit zittriger Stimme und scheuchte sie zurück ins Haus.

»Du hast recht«, sagte Iris und schloss die Haustür hinter ihnen. »Es war zu knapp. Ich weiß, was ich vorhin gesagt habe, aber ignoriert es einfach. Ich werde den Schutzraum benutzen, bis wir wissen, dass der Krieg endgültig vorbei ist.«

»ICH WEISS NICHT, ob du vorhast, Rose noch einmal zu schreiben, während wir immer noch unsicher sind, ob irgendetwas zu ihr durchdringt, Violet«, sagte Mabel am nächsten Abend, als sie den Teig über das Fleisch und das Gemüse in der Pastetenform legte, »aber wenn du das tust, wäre es vielleicht besser, den gestrigen Vorfall mit der VI nicht zu erwähnen. Wir wollen der armen Rose nicht noch mehr Sorgen bereiten.«

»Ich würde nicht im Traum daran denken, ihr das zu verraten«, sagte Violet entrüstet. »Sie sind viel zu unheimlich. Und sie würde es genauso wenig glauben wie wir, dass es einen Flugzeugtyp gibt, der keinen Piloten braucht. Die Stille vor dem Einschlag war erschreckend. Rose braucht das nicht zu wissen.«

38

D eutschland, April 1945

»ICH WAR in der Nähe des Seiteneingangs, als ein Panzer
heranrollte, und ich hatte schreckliche Angst, das kann ich
euch sagen«, sagte Marjorie, als sie in der Mitte des Schlafsaals stand und ihre Worte in tränenreicher Aufregung
übereinander stürzten. »Ein Mann stieg aus und fragte nach
jemandem, der Französisch sprach. Französisch, nicht
Deutsch«, fuhr sie fort, wobei ihr die Tränen über die
Wangen liefen.

»Es waren französische Soldaten«, sagte sie. »Ich rief
nach Marie. Ihre Mutter war Französin, wisst ihr. Und sie
kam herunter und sprach mit ihnen. Sie wollten wissen, wo
die Haupttore sind, und sie sagte es ihnen.«

Marie stürzte ins Zimmer und rannte zum nächsten
Fenster. »Sie kommen«, rief sie. »Die Franzosen kommen.«

Alle rannten zu den Fenstern und schoben sich gegenseitig beiseite, weil sie verzweifelt nach draußen sehen wollten.

Ein allgemeines Aufatmen ertönte, als sie sahen, wie sich eine Reihe von Panzern dem Haupttor näherte. Sie blinzelten gegen die Mittagssonne und starrten fassungslos auf sie hinunter.

Der erste Panzer erreichte die Tore und hielt an.

Zwei der französischen Soldaten kletterten aus dem Panzer und hielten etwas in der Hand. Sie gingen zu den Toren, schlugen die Schlösser ein und schwenkten sie weit auf. Wenige Augenblicke später rumpelten die Panzer und Jeeps durch die geöffneten Tore.

Als der erste Panzer den Haupteingang erreichte, kam der Konvoi zum Stehen. Ein Soldat stieg aus dem vorderen Panzer aus. Er schaute in die Gesichter der Männer und Frauen an den Fenstern, grinste sie an und winkte ihnen zu.

Dann rief er einige Worte auf Französisch.

»Wir sind frei«, flüsterte Marie ungläubig. »Er sagt, dass alles in Ordnung ist, dass wir jetzt nach unten kommen können.«

Der Raum tobte. Kreischend vor Aufregung und Freudentränen stürmten sie aus dem Schlafsaal, den Korridor entlang und die zentrale Marmortreppe hinunter.

Rose und Kathleen, die mit ihnen Schritt hielten, erreichten den Fuß der Treppe, rannten durch die offenen Türen und stürzten nach draußen.

Sie standen Seite an Seite an der frischen Luft und riefen: »Wir sind frei!« Instinktiv fielen sie sich in die Arme und drückten sich fest aneinander.

Dann, plötzlich unbehaglich, trennten sie sich.

Kathleen vermied es, in Roses Gesicht zu schauen, drehte sich um und ging zurück ins Schloss.

Rose ging zu den Internierten, die sich um die französischen Soldaten drängten, und stellte sich hinter die Gruppen, die ihre Freunde umarmten und weinten, während sie die Soldaten immer wieder fragten, wann sie nach Jersey zurückkehren könnten.

Die Franzosen hatten nicht gewusst, dass sie dort waren, erfuhren sie erstaunt, als Marie ihre Worte übersetzte. Bis etwa eine Stunde zuvor hatten die Franzosen gedacht, das Schloss sei das örtliche Hauptquartier der Nazis. Sie hatten keine Ahnung, dass es ein Internierungslager war.

Sie waren zuerst in das Dorf gegangen und hatten es von den deutschen Soldaten verlassen vorgefunden, also hatten sie sich zum Schloss begeben.

Erst als sie die deutschen Wachen in Begleitung des Dorfvorstehers mit einer weißen Kapitulationsfahne auf sich zukommen sahen, entdeckten sie, dass das Schloss ein Kriegsgefangenenlager war.

Die Amerikaner würden in ein paar Tagen eintreffen, wurde den Internierten gesagt, und bis dahin sollten alle im Schloss bleiben. Niemand sollte sich davonmachen, mahnten die Franzosen. Das wäre sehr gefährlich, denn sowohl sie als auch die Amerikaner machten Jagd auf die Menschen und könnten sie für den Feind halten und erschießen.

»Wir haben uns fast drei Jahre lang mit unserer Gefangenschaft abgefunden«, sagte Marjorie, als sie sich auf den Rückweg ins Schloss machten. »Ich denke, wir können noch ein paar Tage ertragen.«

39

———

J*ersey, 9. Mai 1945*

»DAS WAR ETWAS GANZ BESONDERES«, sagte Annie, als sie inmitten der Menschenmenge auf dem Royal Square standen. »Als Churchill sagte: »Unsere lieben Kanalinseln«, und dass die Feindseligkeiten offiziell um eine Minute nach Mitternacht enden würden, war ich sehr bewegt.«

»Ich auch, Annie«, sagte William, sichtlich gerührt.

»Und dann zu hören, dass eine britische Kommission unterwegs ist«, fuhr sie fort, »und dass sich britische Marineeinheiten bereits der Insel nähern. Und zu sehen, wie sie die deutsche Flagge von der Pomme d'Or abnehmen und den Union Jack an ihre Stelle setzen.« Sie schüttelte den Kopf. »Den heutigen Tag werde ich nie vergessen.«

William legte seinen Arm um sie und nickte. »Ich auch nicht«, sagte er.

»Ich fühle mich endlich frei«, fuhr Annie fort. »Ich weiß,

dass die Deutschen uns heute Morgen gesagt haben, dass der Krieg vorbei ist, aber bis jetzt hat es sich nicht wirklich so angefühlt.«

»Nicht einmal nach der Rede des Königs gestern Abend?«, fragte William erstaunt. »Und all die Autos und Motorräder zu sehen, die heute Morgen aus den Heuschobern und Scheunen gezogen wurden? Hat das nicht alles real gemacht?«

»Nein, nicht ganz«, sagte Annie. »Erst jetzt, bei all der Aufregung um uns herum und den Union Jacks überall, und wenn ich alle paar Minuten Teile der Nationalhymne höre, weiß ich ganz genau, dass wir das überlebt haben und frei sind.«

William lächelte auf sie herab. »Ich habe mich schon etwas früher frei gefühlt als du. Als wir letzten Monat, etwa eine Woche bevor der Feigling sich das Leben nahm, nicht wie üblich Hitlers Geburtstag feierten und als die Leute anfingen, Union Jacks zu kaufen, während die Deutschen tatenlos zusahen, da, glaube ich, spürte ich, dass es vorbei war.«

»Der Moment der Wahrheit für mich«, sagte Tom, »war, als alle Radios, die versteckt waren, plötzlich auf den Fensterbänken auftauchten, Musik ertönte und die Leute zu tanzen begannen. Und alle Glocken erklangen auf der ganzen Insel. So hört sich Freiheit an. Und zu wissen, dass ich Rose bald wiedersehen werde - das bedeutet Freiheit.«

»Das tut es, mein Sohn«, sagte William, legte seinen freien Arm um Toms Schultern und umarmte ihn kurz.

Ein deutscher Soldat stand abseits der Menge und sah niedergeschlagen zu, wie sich ekstatische Gruppen von Menschen vor ihm tummelten.

»Einige der Deutschen tun einem schon ein wenig leid«, sagte Tom und deutete auf den Soldaten. »Alles, woran sie geglaubt haben, ist besiegt worden. Und die einfachen Soldaten haben so sehr an Gewicht verloren, wie wir auch. Einige sind genauso Opfer, wie wir es waren. Sie wurden gezwungen, ihre Familien und ihre Heimat zu verlassen, und sie wissen nicht einmal, ob die Menschen, die sie lieben, den Krieg überlebt haben.«

»Aber sie sind immer noch der Feind«, sagte William scharf. »Und wegen ihrer Aktionen haben wir seit Weihnachten keinen Strom mehr und schon lange davor kein Gas mehr. Und wenn der Krieg noch viel länger gedauert hätte, hätten wir nicht einmal mehr Kerzen gehabt.«

»Das weiß ich alles«, erwiderte Tom.

»Ich für meinen Teil werde so schnell nicht vergessen, wie es war«, fuhr William fort, »unsere Winterabende in der Kälte und im Halbdunkel zu verbringen, nur mit dem Licht, das eine Dose Dieselöl mit einem Schnürsenkel als Docht ausstrahlt. Und mit kaltem Wasser, und das nur für ein paar Stunden am Tag. Das solltest du nicht so schnell vergessen, Tom.«

»Das werde ich natürlich nicht«, sagte er gereizt. »Ich weise nur darauf hin, dass wir nicht die Einzigen auf der Insel sind, die gelitten haben.«

»Und wenn das Schiff des Roten Kreuzes Ende Dezember nicht mit Lebensmittelpaketen angekommen wäre«, erinnerte Annie ihn, »wären weit mehr von uns gestorben, als es der Fall war. Wir waren buchstäblich am Verhungern. Diese Pakete des Roten Kreuzes haben uns das Leben gerettet. Und die Freude, wieder Seife zu haben, ist unbeschreiblich.«

»Und Schuhe«, fügte William hinzu, »anstatt auf dünnen, abgenutzten Sohlen, die nicht mehr zu reparieren waren, oder auf harten Holzstücken laufen zu müssen.«

Tom öffnete den Mund, um noch etwas zu sagen, aber Annie hielt ihn auf.

»Die Sonne kommt endlich heraus«, sagte sie fest. »Ich denke, wir haben für heute genug über den Kampf gesagt, den wir geführt haben. Heute ist ein Tag zum Feiern, und wir sollten uns auf die Zukunft konzentrieren. Denkt daran, dass wir Kathleen und Rose bald wiedersehen werden. Es wird sich nicht ganz richtig anfühlen, bis sie wieder bei uns sind.«

DEUTSCHLAND, *Juni 1945*

»ES IST JETZT einen Monat her, dass Jersey befreit wurde«, sagte Rose, als sie auf dem Gelände stand und nach Süden starrte. »Ich hatte nicht erwartet, so lange hier festzusitzen, nachdem mir gesagt wurde, wir seien frei. Ich dachte, wir würden in ein oder zwei Tagen nach Hause fahren. Bis wir morgen in die Lastwagen steigen und von Amerikanern, nicht von Deutschen, zum Flughafen gefahren werden, werde ich wohl nie glauben, dass wir frei sind.«

»Wenigstens durften wir einen Ballsaal benutzen, während wir warteten, und es gab einige Tänze«, sagte Kathleen. »Es ist schade, dass die Amerikaner und die Franzosen nicht miteinander auskamen und getrennt werden mussten, denn beide Truppengruppen waren lustig. Die Amerikaner schienen besonders gerne zu tanzen und sich wirklich zu amüsieren.«

Rose warf Kathleen einen überraschten Blick zu. »Ich wusste nicht, dass du die Tänze magst. Du hast dich geweigert, mit jemandem zu tanzen.«

»Kannst du dir vorstellen, was Marjorie und ihre Leute

gesagt hätten, wenn ich aufgestanden wäre und getanzt hätte?«, fragte Kathleen mit einem Lachen. »Ich habe mich nicht getraut, das zu riskieren. In den letzten Monaten schienen sie nicht mehr ganz so gemein zu mir zu sein, und ich wollte ihnen keinen Grund geben, wieder damit anzufangen. Aber in meinem Kopf tanzte ich, und es gefiel mir. Und der Rest von mir hat die Atmosphäre genossen.«

Rose lächelte breit. »Jetzt klingst du schon mehr wie dein altes Ich. Nur, dass du mir gerade viel sympathischer bist als dein altes Ich«, fügte sie lachend hinzu.

Kathleen warf ihr einen schnellen Blick zu. »Wissen deine Eltern und Schwestern, dass ich böse zu dir war, und hast du ihnen von Klaus erzählt?«

Rose schüttelte den Kopf. »Nein, zu beidem. Ich hätte sie vielleicht beunruhigt, und das wollte ich nicht.«

»Ich hoffe, sie mögen mich«, sagte Kathleen nach ein paar Minuten.

»Ich bin sicher, das werden sie. Du hast viel mit Iris gemeinsam, und ich kann es kaum erwarten, dass du sie kennenlernst. Aber es ist ärgerlich, dass sie die Reisebeschränkungen für die Kanalinseln noch nicht aufgehoben haben, also müssen wir nach England fahren und dort bleiben, bis es so weit ist.«

»So kann ich aber deine Schwestern kennenlernen«, sagte Kathleen.

Rose verzog das Gesicht. »Ich habe ein schlechtes Gewissen, weil es sich so anhört, als ob ich meine Familie nicht wiedersehen will und als ob ich nicht möchte, dass du sie kennenlernst, was ich aber tue. Aber ich vermisse Tom so sehr, und ich vermisse mein Leben in Jersey. Ich möchte, dass es wieder so ist wie vor der Ankunft der Deutschen.«

Kathleen drehte sich zu Rose um. Ihre Augen füllten

sich mit Tränen. »Es wird nicht mehr so sein wie früher«, sagte sie.

Rose schaute sie besorgt an. »Was meinst du? Warum weinst du?«

»Es wird nicht dasselbe sein, Rose - es wird besser sein. Ich verspreche es. Emily hätte mir nicht so beigestanden, wie du es getan hast«, sagte Kathleen, und ihre Stimme wurde leiser. »Ich glaube nicht, dass viele Menschen das getan hätten. Fast drei Jahre lang hast du deine Kleidung mit mir geteilt, du hast dich um mich gekümmert und du warst die einzige Person, die mit mir geredet hat, obwohl jeder hier dich dafür gemieden hat.«

Tränen liefen Kathleen über die Wangen.

»Und du hast mir nicht ein einziges Mal die Schuld daran gegeben«, fuhr Kathleen fort. »Du warst wie eine richtige Schwester für mich - sogar besser als eine richtige Schwester es hätte sein können. Und wenn wir nach Hause kommen, werde ich es wieder gutmachen.«

Rose legte ihre Arme um Kathleen und umarmte sie. »Du musst nichts wieder gutmachen, Kathleen. Du hast dich schon lange wie eine echte Schwester angefühlt«, sagte sie. »Und das wirst du auch immer.«

40

———

L*ondon, Juli 1945*

»DAS WAR ALSO LOWER HAMS«, sagte Rose, als sie und Kathleen den Laden verließen und in Richtung Allcroft Road abbogen. »Jetzt hast du alle drei Läden gesehen. Es wären noch mehr gewesen, wenn es nicht den Krieg gegeben hätte. Wenigstens sind Upper und Lower Hams wieder Läden und werden nicht mehr als Depots genutzt. Aber nach ein oder zwei Bemerkungen von Vater vermute ich, dass es in Zukunft weitere Veränderungen geben wird. Ich habe allerdings keine Ahnung, was das sein wird.«

»Ich habe unseren Besuch in Mid Hams sehr genossen«, sagte Kathleen. »Iris weiß wirklich, was sie tut. Ich war so beeindruckt von der Gruppe, der sie im Hinterzimmer geholfen hat. Gestern Abend sagte sie, dass die Kleiderrationierung wahrscheinlich noch ein paar Jahre andauern würde, sodass die Menschen ihre Kleidung weiter anpassen müssten, aber auf eine stilvolle Art und Weise. Und heute Morgen habe ich gesehen, wie hervorragend sie ihnen dabei hilft.«

»Ich bin erstaunt, wie gut sie sich entwickelt hat - ich glaube, meine Eltern sind es auch. Sie scheint wirklich erwachsen geworden zu sein. Violet hat sich nicht verändert - sie war schon immer fleißig und interessiert daran, was in der Welt vor sich geht, und sie ist es immer noch. Ich bin sicher, dass sie eine ausgezeichnete Lehrerin ist. Es macht ihr sicherlich Spaß, Menschen zu unterrichten. Einschließlich uns«, fügte sie lachend hinzu.

Kathleen lächelte. »Das überrascht mich nicht. Als wir über Kleidung sprachen, war es Violet, die sich einmischte und sagte, dass die Läden trotz all der Werbung, die neue Stile verspricht, immer noch ziemlich leer sind, weil die Produktion zwar gestiegen ist, aber das meiste, was hergestellt wird, exportiert wird.«

Rose lachte. »Ja, das ist typisch Violet.«

»Ich glaube mich zu erinnern, dass du gesagt hast, ich hätte viel mit Iris gemeinsam«, sagte Kathleen und warf einen Seitenblick auf Rose. »Wenn du das immer noch denkst, fühle ich mich geschmeichelt.«

»Ich denke, das hast du. Allerdings weiß ich nicht wirklich, wie Iris jetzt ist. Ich weiß aber, dass Vater sich Sorgen macht, dass Iris mit einigen der männlichen Kunden ein wenig zu freundlich umgeht. Aber sie war schon immer sehr sozial eingestellt«, fuhr Rose fort, »viel mehr als Violet und ich. Und Vater und Mutter waren immer besorgt um sie, das ist also nichts Neues.«

Sie gingen ein paar Minuten lang in geselligem Schweigen weiter.

»Du hast das Wort *flatterhaft* nicht benutzt, um Iris zu beschreiben, aber ich glaube, das hast du gemeint. War das die Ähnlichkeit mit mir?«, fragte Kathleen. »Ich bin nicht verärgert, wenn es so war - ich bin nur neugierig.«

»Vielleicht war da ein bisschen was dran«, sagte Rose und kicherte. »Ihr seid beide gesellig, und das ist gut so. Aber ich denke, du bist vielleicht ein bisschen ernster geworden, und Iris auch. Der Krieg verändert schließlich jeden.«

Sie erreichten das Ende der Allcroft Road und bogen um die Ecke.

»Was ist mit dir, Rose?«, fragte Kathleen, als sie die Straße hinuntergingen. »Hat der Krieg deine Meinung darüber geändert, was du vom Leben willst? Willst du jetzt, wo du wieder in deiner alten Heimat bist, immer noch so leben wie auf einer Farm in Jersey, oder würdest du lieber hierbleiben?«

Rose blieb stehen und sah Kathleen an. »Ich kann es kaum erwarten, wieder nach Jersey und zu Tom zurückzukehren«, sagte sie mit zitternder Stimme. »Ich vermisse ihn so sehr. Wir haben so lange darauf gewartet, frei zu sein, und jetzt, wo wir es sind, sitzen wir in England fest. Es ist so ungerecht. Der Krieg hat nichts daran geändert, wie ich mich fühle. Tom und Jersey sind mein Zuhause, und du, William und Annie werden immer ein Teil dieses Zuhauses sein.«

Ihre Stimme brach.

»Ich bin so froh, dass du so empfindest, Rose«, sagte Kathleen leise. »Ich hätte es gehasst, meine Schwester zu verlieren. Und es bedeutet, dass ich dir nichts kaputtgemacht habe.«

»Das hast du ganz sicher nicht«, sagte sie und wischte sich mit dem Handrücken über die Augen, als sie sich wieder auf den Weg machten. »Und was ist mit dir? Du hattest immer vor, auf dem Hof zu bleiben, bis du heiratest.

Hat die Deportation deine Pläne geändert? Oder hast du gesehen, was für ein Leben du hier in London haben könntest? Ich bin sicher, du könntest bei meiner Familie bleiben, wenn du willst.«

Kathleen dachte einen Moment lang nach. »So weit habe ich noch nicht gedacht. Ich wollte einfach nur frei sein. Um ehrlich zu sein, habe ich mich nicht darauf gefreut, zurück nach Jersey zu gehen und all die Leute zu sehen, die meinten, sie hätten das Recht, über mich zu urteilen. Aber es ist jetzt etwa zwei Monate her, dass Jersey befreit wurde, also werden die Leute mit ihrem Leben weitermachen. Und da Marjorie und die anderen gegen Ende unserer Zeit in Wurzach weniger böse waren, habe ich nicht mehr so viel Angst vor der Rückkehr wie früher.«

»Was die Männer angeht, so wird es jetzt sicher einige neue Männer auf der Insel geben, und vielleicht triffst du bald jemanden, der dir gefällt.«

Kathleen wurde rot. »Vielleicht. Aber eigentlich habe ich Josh ziemlich vermisst. Mutter hat in ihrem letzten Brief erwähnt, dass Josh mehrmals auf der Farm vorbeigekommen ist, um mit ihnen zu essen, und sie sagte, dass er immer nach mir fragt. Vielleicht hat er mich auch vermisst.«

Rose strahlte sie an. »Das wäre perfekt. Er ist wirklich nett.« Sie zögerte. »Und ich nehme an, du freust dich auch darauf, Emily zu sehen.«

Kathleen zuckte mit den Schultern. »Das tue ich wohl. Aber nicht so sehr, wie du vielleicht denkst. Schließlich brauche ich keine Freundin, die mir so nahe steht, dass sie wie eine Schwester ist, denn ich habe ja schon eine Schwester.« Sie blickte in Roses Gesicht. »Keine Blutsschwester hätte mir eine bessere Freundin sein können als du, Rose. Ich bin so froh, dass Tom dich kennengelernt hat und dass du in Jersey bleiben wirst.«

»Dann sind wir schon zwei.« Sie lächelten sich an und gingen dann langsam den Hügel hinunter.

Als sie sich dem Haus näherten, sah Rose eine Gestalt auf einer der Stufen sitzen, die zur Eingangstür führten. Ihre Schritte gerieten ins Stocken. Sie ergriff Kathleens Arm.

»Das ist nicht wahr, oder? Das kann nicht sein«, flüsterte sie. Ihre Sicht verschwamm. »Es kann nicht sein.«

Die Gestalt stand auf und sah sie an.

Kathleen blieb stehen und löste sanft ihren Arm aus Roses Hand.

Rose ging noch ein paar Schritte auf die Gestalt zu und blieb dann wieder stehen.

»Er ist es. Es ist Tom«, hauchte sie, und ihre Stimme war voller Staunen. »Es ist mein Tom.«

Er begann, die Straße zu ihr hinaufzulaufen.

»Tom!«, schrie sie. Sie ließ ihre Tasche fallen, rannte zu ihm und warf sich in seine Arme.

»Oh, Tom«, weinte sie und vergrub ihr Gesicht in seiner Jacke, während er seine Arme um sie schlang. »Ich habe dich so sehr vermisst.«

»Und du hast mir auch gefehlt, Rose, jede einzelne Minute an jedem einzelnen Tag.«

»Ich kann nicht glauben, dass du wirklich hier bist«, rief sie und Tränen liefen ihr über die Wangen, während sie ihn festhielt. »Es ist so eine Überraschung, so eine wunderbare Überraschung. Ich hätte nicht gedacht, dass du hierher kommen kannst. Sie werden uns keine Reiseerlaubnis geben, bevor nicht alle Beschränkungen aufgehoben sind.«

»Für uns ist es einfacher, eine zu bekommen. Ich musste dich einfach sehen«, sagte Tom. »Jeden Morgen, seit du frei bist, habe ich an die Tür des Verwaltungsgebäudes geklopft.

Ich glaube, sie haben endlich nachgegeben, nur um mich loszuwerden.«

Sie zog sich zurück, starrte ihn an und schüttelte verwundert den Kopf. »Ich kann nicht glauben, dass du es bist.« Sie hob ihre Hand und berührte sein Gesicht. »Oh, Tom«, sagte sie, und ihre Worte waren ein langer, inniger Seufzer. »Ich kann nicht beschreiben, wie es sich angefühlt hat, nicht bei dir zu sein.«

»Das brauchst du auch nicht. Ich habe es auch gespürt«, sagte er und seine Stimme brach. »Du bist die andere Hälfte von mir, Rose, und ich möchte mich nie wieder so unvollständig fühlen. Und da Dad mir auf der Farm den Rücken freihält, bis ich dich zurückbringen kann, muss ich das auch nicht.«

»So viele Worte«, sagte sie, wobei ein Hauch von Belustigung in ihrer Stimme mitschwang. »Aber wirst du jemals aufhören zu reden und den Worten Taten folgen lassen? Nur einen Moment lang.« Sie berührte sanft seine Lippen.

Er grinste sie an. »Wie wäre es damit für den Anfang?« Er umfasste ihr Gesicht mit seinen Händen. »Aber sei gewarnt! Ich bin aus der Übung, also werde ich das mehr als einmal versuchen müssen.«

In einer Explosion der absoluten Freude trafen sich ihre Lippen, Mann und Frau, erneut.

EINE BITTE. WENN DIR 'AM SEIDENEN FADEN' GEFALLEN HAT …

.... wäre es wirklich nett von dir, wenn du dir einige Minuten Zeit nimmst und eine Rezension zum Buch hinterlassen könntest.

Rezensionen geben dem/der Autorin ein willkommenes Feedback und sie machen den Roman auch für andere Leser sichtbar, sowohl durch die Rezension als auch dadurch, dass mehrere Werbeplattformen eine Mindestanzahl von Rezensionen verlangen, bevor sie jegliche Werbung für das Buch übernehmen.

Deine Worte haben also wirklich Gewicht.

Vielen Dank!

'AM TAGESENDE' STELLT SICH VOR

Wenn Ihnen *Am seidenen Faden* gefallen hat - und ich hoffe, dass es so ist – dann würdest du vielleicht auch gern eine Kostprobe von *Am Tagesende,* den ersten Roman über die Familie der Linfords, lesen.

Obwohl *Am Tagesende, Die Wiederkehr* und *Im Dämmerlicht* Teil einer Reihe sind, ist jeder Band auch ein eigenständiger Roman.

Am Tagesende ist die Geschichte von Robert Linford und Lily. *Die Wiederkehr* ist die Geschichte von Thomas Linford und Alice. *Im Dämmerlicht* ist die Geschichte von Dorothy Linford und Franz Hartmann.

Wenn Sie *Am Tagesende* noch nicht gelesen haben, sollten Sie das Anfangskapitel lesen, das Sie auf den folgenden Seiten finden.

AM TAGESENDE: KAPITEL 1

Oxfordshire, England,
Dezember, 1919

Mit tiefgebeugten Häuptern zum Schutz gegen die klirrende Kälte des eisigen Dezemberwinds standen die Trauernden im kleinen Friedhof hinter der steinernen Kirche - die Damen mit tiefschwarzen Florschleiern und die Männer in wärmendem Kaschmir.

Mit bleichen Gesichtern starrten sie auf den handgefertigten Sarg, der im noch offenen Grab lag. Es war dies die letzte Ruhestätte des im Alter von achtundsiebzig Jahren verstorbenen Arthur Joseph Linford, dem Gründer von Linford & Sons, einem der wachstumsstärksten Bauunternehmen Südenglands.

Wir haben unseren Bruder, Arthur Joseph, der Barmherzigkeit Gottes anvertraut und übergeben den Leib nun der Erde, intonierte der Gemeindepfarrer.

Etwas abseits von den übrigen Trauernden starrte Joseph Linford mit unbewegter Miene auf den Sarg seines Vaters. Dann hob er den Blick und schaute über das offene

Grab hin zu seinem Sohn Robert und zu Roberts Gattin Lily. Ihr Gesicht war von einem kurzen schwarzen Florschleier verdeckt und sie hatte ihre Hand in den Mantelärmel ihres Gatten gesteckt.

Mit finsterem Blick betrachtete er nun seinen Bruder Charles, der neben Lily stand. Sarah, Charles' Gattin, hatte sich mit etwas Abstand auf seiner anderen Seite aufgestellt. Noch so eine absurde Ehe, dachte sich Joseph.

Über seine eigene Gattin und Tochter hinweg blickte er seitlich auf Thomas, den jüngsten der drei Brüder, der am Grabrücken stand.

Thomas' Beinprothese verursachte ihm offensichtliche Beschwerden, denn er stützte sich schwer auf seinen Stock und seine Gattin Alice.

Josephs Blick verweilte kurz bei Alice und er fühlte erneut das Erstaunen, das ihn bei ihrem Anblick stets erfasste. Es war für ihn durchaus verständlich, weshalb Thomas Alice geheiratet hatte, doch beim besten Willen konnte er nicht verstehen, was sie an ihm fand. Ja, sie hatte sich gut verheiratet, aber ihr Leben mit Thomas war sicher kein leichtes, und eine Frau, die so gut aussah wie Alice, hätte ihr Leben doch sicher auch mit einem aufgeschlosseneren Mann verbessern können.

Joseph wandte sich nun von beiden ab und über das Grab hinweg erneut Robert zu, und eine Welle heftiger Enttäuschung erfasste ihn.

Gefolgt von Zorn.

Wie war es möglich, dass sich Robert, sein einziger Sohn, von einem hübschen Gesicht so hatte einnehmen lassen, dass er völlig blind für die soziale Herkunft und die fehlende Bildung dieser Frau geworden war. Und was noch schlimmer war – dass er sie schließlich auch geheiratet hatte? Es war einfach unfassbar.

Er war völlig entsetzt gewesen, als Robert ihm erzählte, dass er Lily Brown liebte, die im Krieg als Land Girl auf einem Bauernhof in der Nähe von Chorton House, dem Landhaus der Familie in Oxfordshire, ausgeholfen hatte. Beim ersten Anblick des Mädchens hatte er sofort gewusst, dass sie für seinen Sohn völlig ungeeignet war, und er hatte Robert daraufhin immer wieder ermahnt, dass er mit seinen achtzehn Jahren doch noch gar nicht wüsste, was er im Leben einmal wollte, und er hatte ihn auch immer wieder aufgefordert, sich von dem Mädchen zu trennen.

Aber hatte Robert auf ihn gehört und seinen Rat befolgt?

Keineswegs.

Und eineinhalb Jahre später war sein Entsetzen noch größer gewesen, als ihm Robert eröffnete, dass Lily ein Kind erwarte und ihn bat, seiner Heirat mit Lily zuzustimmen.

Er hatte seine Zustimmung anfangs natürlich verweigert.

Er bot Robert an, der Frau eine großzügige Abfindung für sie und das Kind zu geben, wenn sie sich bereiterkläre, die Umgebung zu verlassen. Oder, falls sich Robert wirklich nicht von ihr trennen konnte, ihr die Möglichkeit zu bieten, sie in einem kleinen Haus in der Gegend unterzubringen, wo sie von Robert nach Belieben so lange diskret besucht werden könnte, bis – und Joseph war sich dessen absolut sicher - der Tag kam, an dem sich Robert bewusst geworden war, mit welch geistloser Frau er es zu tun hatte. Dann könnte er seine Besuche ganz einfach einstellen und sich auf das Leben konzentrieren, für das er geboren war.

Es war doch gar kein Grund vorhanden, sein Leben durch eine Ehe mit ihr zu ruinieren.

Doch Robert war stur geblieben und sagte, er würde andernfalls bis zu seinem einundzwanzigsten Geburtstag warten, da er dann die Zustimmung seines Vaters nicht mehr brauche, und er würde Lily dann am Tag nach seinem Geburtstag heiraten.

Bei seiner hartnäckigen Verweigerung, auf die Stimme der Vernunft zu hören, hatte ihn aber sicher sein Großvater unterstützt. Josephs Vater hatte Lily nicht nur bei sich in seinem Haus in Hampstead aufgenommen, nachdem sie der Bauer von seinem Hof gejagt hatte, sondern hatte ihr auch versprochen, für die Zeit von zwei Wochen vor der Geburt und für einen Monat danach eine Kinderschwester anzuheuern. Und wenn das nicht schlimm genug gewesen wäre, wollte er danach auch noch ein Kindermädchen einstellen!

Der nunmehr verstorbene Arthur Joseph Linford hätte es Robert gar nicht leichter machen können!

Schließlich konnte Joseph gar nicht anders, als der Heirat zuzustimmen und sofort danach war Robert zu Lily und seinem Großvater gezogen. Sechs Monate danach hatte James das Licht der Welt erblickt.

Außer Roberts Großvater und seiner jüngeren Schwester, Nellie, war niemand aus der Familie zu Roberts Hochzeit gekommen. Dorothy, das älteste von Josephs drei Kindern, wäre wahrscheinlich dabei gewesen, doch sie wohnte in Deutschland.

Bei dem Gedanken an Dorothy verfinsterte sich Josephs Blick erneut.

Natürlich müsste er nach Deutschland schreiben und ihr den Tod ihres Großvaters mitteilen. Das wäre aber ganz sicher sein erster und letzter Brief an sie. Was ihn betraf – und seine Frau und die anderen standen in dieser Angelegenheit hinter ihm – gehörte Dorothy ab dem Tag, an dem sie einen Deutschen geheiratet hatte, nicht mehr der Familie an.

In Gedanken sah er das Bild seiner Tochter vor sich, ihre intelligenten dunkelbraunen Augen und ihr lachendes Gesicht. Dabei erfüllte ihn ein durchdingender Schmerz des Verlusts. Weshalb war Dorothy nur so schwach gewesen!

Er wischte sich verstohlen die Augen und blickte erneut auf den Sarg.

Was um Himmels willen hatte sich sein Vater dabei gedacht, als er Robert half, sein Leben so zu zerstören?

Alle wussten, dass Robert eines Tages die Leitung von Linford & Sons übernehmen und sich darin bewähren würde. Trotz seiner jungen Jahre zeigte er bereits, dass er nicht nur fähig war, eine erfolgreiche Baufirma zu leiten, sondern dass er auch über die nötige Vorstellungskraft verfügte, sie in neue Höhen zu führen. Seine Heirat mit Lily Brown war ganz offensichtlich gegen die Interessen der Firma gegangen und es war erstaunlich, dass Roberts Großvater, der Gründer der Firma, ein Mann, der nie irgendwelche irrationale Entscheidungen getroffen hatte, so charakterwidrig gehandelt hatte.

Ein plötzlicher kalter Windstoß rüttelte an den kahlen Hecken um den auf einem Hügel gelegenen Friedhof. Eine Menge trockener Blätter wirbelte über den harten Boden und häufte sich um die alten Grabsteine. Joseph zitterte und zog den Kragen seines Mantels enger um seinen Hals.

Ja, Robert hatte einen Fehler gemacht, aber er verdiente es nicht, für den Rest seines Lebens unter den Folgen seiner jugendlichen Verliebtheit zu leiden. Daher oblag es doch sicher ihm, als Roberts Vater und Vorstand von Linford & Sons, alle nötigen Maßnahmen zu ergreifen, um dies zu verhindern.

Josephs Blick wandte sich wieder Lilys Gesicht unter dem Trauerflor zu und er kniff seine Augen zu schmalen Schlitzen zusammen.

Fehler ließen sich wiedergutmachen und dieser Fehler würde da keine Ausnahme sein. Zum Wohl von Robert und von dessen kleinem Sohn James würde er diese Frau, sobald es ihm gelang, aus deren Leben schaffen, ganz gleich wie er es bewerkstelligen würde.

DANKSAGUNGEN

Ich bin meiner brillanten Buchcover-Designerin Jane Dixon-Smith für ein weiteres großartiges Cover, das den Ton von *Am seidenen Faden* perfekt einfängt, und meiner hervorragenden Lektorin Lorna Fergusson unendlich dankbar.

Ein großes Dankeschön geht auch an Stella, meine Freundin im Nordengland, die jedes fertige Manuskript als Erste zu Gesicht bekommt und mir immer die konstruktive Kritik gibt.

Wie in all den Jahren seit meiner ersten Veröffentlichung wurde mein Jahr durch gemeinsame Mittagessen und Schreibausflüge mit befreundeten Schriftstellern bereichert. Es gibt zu viele Freunde, um sie alle aufzuzählen, aber sie wissen, wer sie sind, und ein großes Dankeschön an sie alle, die dazu beigetragen haben, dass das Schreiben von The Loose Thread ein so angenehmer Prozess war.

Beim Schreiben von Der lose Faden habe ich mich auf viele Quellen gestützt, nicht zuletzt auf meine Reise nach Jersey, um den Roman vor Ort zu recherchieren. Das Militärmuseum der Kanalinsel in St. Ouen war eine Quelle vieler faszinierender Informationen, und ich verbrachte auch viel Zeit im Jersey Museum & Art Gallery in St. Helier. Mein Besuch in den Jersey War Tunnels war ein Schritt zurück in die Vergangenheit.

Ich habe mich auch auf viele Bücher gestützt, um die Informationen zu finden, die ich brauchte, um diese Zeit lebendig zu machen. Es gibt zu viele, um sie alle zu nennen, aber ich möchte hervorheben: When the Germans Came, von Duncan Barrett, The German Occupation of the Channel Islands, von Charles Cruickshank, The Model Occupation, von Madeleine Bunting, A Doctor's Occupation, von Dr. John Lewis, Jersey Occupation Diary, von Nan Le Ruez, Voices from the Occupation, von Penny Byrne & Liz Wackett, Growing Up Fast, von Bob Le Sueur, MBE, A Cake for the Gestapo, von Jacqueline King, und Wartime Britain 1939-1945, von Juliet Gardiner.

Sollte es irgendwelche Fehler geben, so ist das allein meine Schuld.

Abschließend möchte ich noch einmal meinem Mann Richard für die Unterstützung danken, die er mir stets gewährt, und dafür, dass er mir erlaubt, tagsüber die Tür meines Arbeitszimmers hinter mir zu schließen und ungestört in meine fiktive Welt einzutauchen.

ÜBER DIE AUTORIN

Liz Harris ist gebürtige Londonerin. Nach einem Abschluss in Rechtswissenschaften ging sie nach Kalifornien, wo sie sich in allen möglichen Beschäftigungen versuchte – vom Kellnern am Sunset Strip bis hin ins Sekretariat des CEO einer großen japanischen Handelsfirma.

Sechs Jahre später kehrte sie nach England zurück. Sie ging zurück an die Universität und erwarb einen Abschluss in Englisch, und dann an weiterführenden Schulen, zuerst in Berkshire und dann in Cheshire, unterrichtete.

Zusätzlich zu ihren neunzehn veröffentlichten Romanen wurden auch mehrere ihrer Kurzgeschichten in Anthologien und Zeitschriften veröffentlicht.

Liz wohnt jetzt in Windsor in der Grafschaft Berkshire. Ihre Interessen sind Reisen, Theater, Lesen und kryptische Kreuzworträtsel. Noch mehr über Liz erfahren Sie unter

www.lizharrisauthor.com

LIZ'S NEWSLETTER

Liz entsendet jeden Monat einen Newsletter mit Updates zu ihrer Arbeit als Schriftstellerin, was sie alles unternommen hat, wohin sie gereist ist und sie berichtet über interessante Fakten, die sie entdeckt hat.

Du kannst ganz beruhigt sein, dass Liz deine E-Mail-adresse nie an irgendeine andere Person weitergeben wird.

Als Dank dafür, dass du Liz's Newsletter abonniert hast, erhältst du ein Gratisexemplar eines ihrer Romane in voller Länge.

Zum Anmelden und für dein Gratisbuch gehst du zu:

www.lizharrisauthor.com

WEITERE WERKE VON LIZ HARRIS

Historische Romane

Die Kolonisten

Eine Erbschaft in Darjeeling (Darjeeling Inheritance)

Liebe und Verrat in Cochin (Cochin Fall)

Hanoi Spring

Simla Mist

Die Linford Serie

Eine mitreißende Geschichte aus der Zwischenkriegszeit.

Am Tagesende (The Dark Horizon)

Die Wiederkehr (The Flame Within)

Im Dämmerlicht (The Lengthening Shadow)

Drei Schwestern

Am seidenen Faden (The Loose Thread)

The Silken Knot (erscheint auf Englisch im September 2024)

The Woven Lie (erscheint auf Englisch im Frühjahr 2025)

Allgemeine historische Romane

The Road Back

In a Far Place

A Bargain Struck

Golden Tiger

A Western Heart (erscheint auf Englisch im Dezember 2024)

<u>**Zeitgenössische Romane**</u>

The Best Friend

Word Perfect

Evie Undercover

The Art of Deception